番茄小说

与你共荣共光

陆沉七◎著

SPM
南方传媒 花城出版社

中国·广州

U0654838

图书在版编目（ＣＩＰ）数据

与你共荣光 / 陆沉七著. -- 广州 ： 花城出版社，
2023.1
ISBN 978-7-5360-9746-9

Ⅰ．①与… Ⅱ．①陆… Ⅲ．①长篇小说－中国－当代
Ⅳ．①I247.5

中国版本图书馆CIP数据核字(2022)第156923号

出 版 人：张　懿
责任编辑：李珊珊
技术编辑：薛伟民　林佳莹
封面设计：ⅡDⅡ线视觉传达

书　　名	与你共荣光 YUNI GONG RONGGUANG
出版发行	花城出版社 （广州市环市东路水荫路 11 号）
经　　销	全国新华书店
印　　刷	广东虎彩云印刷有限公司 （东莞市虎门镇黄村社区厚虎路 20 号 C 幢一楼）
开　　本	880 毫米 ×1230 毫米　32 开
印　　张	15.375
字　　数	490,000 字
版　　次	2023 年 1 月第 1 版　2023 年 1 月第 1 次印刷
定　　价	65.00 元

如发现印装质量问题，请直接与印刷厂联系调换。
购书热线：020-37604658　37602954
花城出版社网站：http ://www.fcph.com.cn

目　录

第一章　跌下神坛

十一月的洛杉矶下起了倾盆大雨，雨幕接连，天色昏暗，温度骤降。

此时加州大学教学楼内已经没有什么学生了，而江洛琪刚刚完成了最后一门学科的考试。

她裹紧了身上的外套，迫不及待地钻进了车中。

车门一关，隔绝了外界喧嚣凛冽的风雨。

习惯性地打开手机里的鲸鱼直播App，还未点进直播间，闺密阮秋涵的电话便打了进来。

她顺手滑动了接听。

"喂，琪琪，等会儿来体育馆接我吧。"手机里传来一阵有气无力的声音。

江洛琪一听便察觉到了她的不对劲，微微拧眉："行。你怎么了？"

阮秋涵重重地叹了口气："唉，别提了，你看微博吧。最后一场比赛要开始了，先不说了，挂了啊。"

挂了电话之后，江洛琪又回到了鲸鱼直播的界面，点进了现在正在进行的"Survivor"第五届PGC（全球锦标赛）的直播。

一进直播间，屏幕便被各式各样五彩斑斓的弹幕刷了屏。

然而这些弹幕却都有一个共同点——

天啊，这还是AON吗？五把十三分，真的服了。

哈哈哈哈，这就是世界冠军AON，别在国外丢人现眼了吧。

"淘汰王"陆景然，这两天淘汰的人还没得别人一把淘汰的人多吧？

狙击手也是搞笑了，每把拿栓狙每把都狙不到人。

嗯，反向"吃鸡"也是"吃鸡"，AON牛逼！

…………

——全都是在嘲讽AON战队。

如此种种。

甚至还有比这更难听的话。

原本平静的心情渐渐起了波澜，江洛琪蹙着眉将弹幕关闭后，导播又正好将镜头切到了AON战队所在的位置。

只见屏幕那头，一张熟悉的侧脸线条硬朗，眉头紧拧成一团，高挺的鼻梁下唇角绷成了一条直线。

耳机内适时传来解说的声音："现在镜头里的正是AON战队的队长Ran，看得出来他此时的状态不是很好。这几日小组赛的"KD"也只有一点几，不知是不是队内协调出了问题，虽然小组赛只剩下最后一场了，但还是希望他们能好好调整过来。"

镜头扫向了其他队员，无一例外，脸色都极差。

随后镜头又切到了其他战队。

江洛琪这才打开了微博，随意一翻就能见到各大营销号正在带AON战队的节奏，而AON战队的官博及各队员的微博也已经完全沦陷。

她将手机扔到了一旁，按了按眉心。

"Survivor"，便是自从吃鸡游戏盛行后又一极受欢迎的FPS游戏。而PGC，则是"Survivor"举办的一个全球性比赛。今年是第五届比赛，在美国洛杉矶举行。参加比赛的每个国家都有固定的名额，中国大陆赛区占了四个。

和这次比赛不同，AON战队在去年这个时候获得了第四届PGC全球总冠军，而陆景然因为在比赛期间淘汰人数最多，获得了"淘汰王"的荣誉称号。

一时之间，人人都将他们捧上了神坛。

江洛琪甚至还清晰地记得那一日他们夺冠，四个年轻的男人手捧金杯，身披国旗，沐浴在金雨之下，每个人的脸上都挂着笑，双眸散发着明亮的光彩。

当主持人递话筒问他们获奖感言时，他们异口同声高呼：

"Survivor China No.1——"

全场沸腾欢呼。

这是一种信仰。

也是向四年前的世界冠军致敬。

那时的他们，一言一语间，都散发着无穷无尽的灿烂光辉。

而不是像现在这般，如跌下神坛的泥人一般，满身狼狈。

在第四届PGC落幕后，AON战队狙击手兼指挥萧明言在他最巅峰时期宣布退役，将指挥的重任交给了队长陆景然。

而彼时，新人程一扬和他的队友在同年的"高校杯"中大放异彩夺得冠军，AON高层决定签他来顶替"言神"的狙击位。

正当众人都以为AON会这样一直顺风顺水下去，却没想到AON接下来这一年的成绩起起伏伏，令人担忧。

他们在PCL（中国赛区冠军联赛）春季赛、夏季赛和MET（亚洲赛）中发挥不够稳定，失去了晋级PGC的资格。随后好不容易在PCM大师赛上杀出层层重围，重回巅峰晋级成功，最后却在这一届PGC的小组赛惨遭滑铁卢。

小组赛持续三天，但是这三天AON战队的状态一直在下滑，名次堪堪稳住倒数第二的位置，与倒数第一也只差了几分。

还剩最后一场比赛，已经无力回天。

毫无疑问，今日的比赛结束后，AON战队便会被淘汰回国，无缘决赛。

谁又能想到，短短一年的时间，曾在世界电竞赛上大杀四方的

AON战队，会跌至如此地步？

实在是令人唏嘘。

一想到这里，江洛琪的心尖便如同蚂蚁啃食般酸痒难耐。

无关乎某个人的存在，AON战队毕竟是她最喜欢的一个战队。

此时最后一场比赛已经开始，她将手机扔在了副驾驶座上，长舒了一口气。

脑海中还一直回荡着刚才镜头里的那一张侧脸。

她闭了闭眼，又睁开，自我安慰——

没关系，以后还有的是机会。

江洛琪微敛心神，这才开车朝体育馆的方向驶去。

待她到达体育馆时，正值比赛结束，雨也小了许多。透过蒙雾的车窗，可以看到大门处不少观众相继拥出，有人面色欢喜，也有人忧愁。

她点开微博看了一眼最后结果——

小组赛倒数第一。

这个名次犹如一块巨石压在她的心口，闷闷的，有些透不过气。

将车停在体育馆旁的停车场，江洛琪给阮秋涵发了个消息，等待回复，却又忽然注意到不远处的屋檐下似乎有两个人正在拉扯。

熟悉的队服映入眼帘，本来想置之不理的江洛琪挪到了副驾驶的位置。

摇下一半的车窗，丝丝冷风夹杂着细雨灌入，那两人争吵的内容也悉数入了她的耳中。

"你到底什么意思？你不想待在AON就趁早离开，比赛的时候演我们是什么意思？"

"我怎么演你们了？我不是一直在听队长指挥吗？打不到人怪我？我被淘汰了怪我？你不就是想说比赛没比好都怪我吗？"

"呵，你也真够搞笑了。你一个狙击手冲在前面干什么？巴不得给别人送人头？每次团战都是你先倒，故意开枪暴露我们的位置，你的操作意识呢？身位露那么多，不是送还是什么？"

"没办法，我第一次参加国际比赛，紧张。"被指责的那人神态轻松，嘴角甚至还挂着一抹轻蔑的笑意。

"你别拿这个破理由搪塞我们，你别以为我们不知道，你早就和EMP的经理谈过了吧，就等PGC结束转会期一到就去他们EMP了吧。"

那人嘴角笑意顿时一僵，似乎是被戳中了心事，眼神飘忽，推开抓着自己的手："……你爱怎么想怎么想，我回酒店收拾东西了。"

说完，那人似是怕再被纠缠，直接淋着雨快步离开。

而身后骂骂咧咧的男子也是气得不轻，抢起拳头就往墙上砸。

"太阳神，仔细点手，你还要打比赛的。"

一个陌生而又清冷的女声拉回了男子的理智，循着声音看去，偌大的停车场此刻只停了一辆白色的兰博基尼跑车。

而声音，正是从车内传出来的。

车窗完全降了下来，尽管隔着朦胧的雨雾，但那双清明透亮的眸子却依旧摄人心魄。

那个女生长了一张漂亮到极致的脸，齐肩的长发完美地衬托了她的脸型。她的眉眼微弯，犹如桃花盛开一般温柔风情。

男子怔了怔，看了眼跑车，又看了眼江洛琪的脸，随即干笑两声："谢谢啊，我先走了。"

而男子转身离开前低声嘟囔的"富婆"二字也并未逃过江洛琪的耳朵。

江洛琪失笑。

刚才争吵的二人正是AON战队的突击手温旭阳和狙击手程一扬，而之前先行离开的程一扬，则正好是江洛琪的前男友。

所以一开始在二人争执的过程中，她并未出声。

毕竟她和程一扬的故事不可谓不狗血。

大一在电竞社相识之后，程一扬便对江洛琪展开了猛烈追求。也不知是看在他苦追的分儿上，还是看他游戏技术高超的分儿上，江洛琪最终还是同意了。

虽然他们那时确定了男女朋友关系，但江洛琪心中却只有游戏，每次和程一扬约会不是在网吧就是在电竞社的办公室。

说出来谁敢相信，他们连手都没牵过。

随后他们在一起不到半年，江洛琪、程一扬和电竞社的两个朋友一起参加了"Survivor"高校杯，由于配合默契，操作意识在线，他们获得了最后的冠军。

高校杯之后，AON战队的经理因为看中了程一扬的栓狙技术，于是便将他签入了AON。而程一扬的前女友在网上得知了他的消息之后，便来找他和好。

一边是白月光前女友，一边是长得好看但心里只有游戏的校园女神。江洛琪本来以为他还会好好纠结一下，结果他当即就甩了她，光速和前女友和好。

这也是导致江洛琪在之后很长一段时间苦练栓狙的原因。

不为别的，就只为她能在游戏里用程一扬最擅长的栓狙虐他N次。

毕竟不蒸馒头争口气，面子还是要靠自己挣回来。

阮秋涵给江洛琪回了消息，让她来体育馆的正门。

天色已暗，体育馆仍是灯火通明。

此刻馆内的观众已经全部离开，正门处有好几个战队都围着AON的队员，言语间几乎都是安慰的词语。

江洛琪经过的时候忍不住朝那个方向多看了几眼。

没有其他原因，只是因为陆景然站在其中实在是太打眼了。明亮柔和的白炽灯光打在他的脸上，氤氲出一层淡淡的光芒。脸部轮廓棱角分明，黑发遮盖住了额头，低垂着眼眸看不出任何情绪。

他并未说话，温旭阳和另一个名叫阿昆的队友则在回应其他人的安慰，脸色都不太好看。

"然神真人比直播上帅多了吧！"

熟悉的声音自耳边传来，江洛琪回过神来才发现阮秋涵不知何时已经来到了自己的身边。

微愣之际，阮秋涵又直接扑进了江洛琪的怀中，长叹一声后略带哽咽地说："琪琪，我好难过啊。"

他们曾经在巅峰处创造辉煌，如今却以如此惨烈的方式失足跌落至谷底。

他们想过拿不了冠军，却从没想过会沦落到小组赛倒数第一的成绩。

今晚的AON的粉丝注定难眠。

尽管内心同样难受，但江洛琪仍然弯了弯唇角，安慰她："没事的，不过是一次比赛而已。AON的实力大家都心知肚明，东山再起不过是时间问题而已。"

"我知道，不过那个渣男实在是太过分了！"阮秋涵抬头，语气愤愤不平，"不知道EMP给了他什么好处，竟然在世界电竞赛上这么演然神他们。"

阮秋涵口中的"渣男"指的自然就是程一扬了，联想到先前在停车场温旭阳同程一扬的争吵内容，江洛琪也大概能猜得到这些事情的前因后果。

自从她和程一扬分手之后，倒也看清了这个人的心性，他要强、心傲，不甘居人之下。

而在AON战队，前有已经退役但仍在神坛之上的言神，现有实力不俗又气质出众的队长陆景然，就连平日里擅长插科打诨的温旭阳和阿昆也比他要受欢迎。

世界冠军战队这名头听起来响亮，但程一扬在其中受到的关注太少了，甚至一有比赛失利，就有一些无脑粉丝将锅都扣在他的头上。

也正因为如此，他急于想表现自己，就巴不得赶紧脱离AON这个整体。

只是临走前还不忘踩AON一脚，这人品行径也担得起一个"渣"字。

见江洛琪没说话，阮秋涵又抱着她的手臂道："说真的，琪琪，我觉得你比程一扬厉害多了，正好程一扬滚了，你就去AON打职业赛吧。"

她的话音刚落，一阵轻快的声音便插了进来——

"啾啾，你说让谁来我们AON打职业赛啊？"

温旭阳一早就看见了阮秋涵，待得了空闲就连忙赶了过来。

此时江洛琪正好背对着他，他并没有认出她来。

阮秋涵是鲸鱼直播的知名女主播，ID名为"阮啾啾"。这次比赛鲸鱼直播的高层委派她跟随PCL的战队来到洛杉矶，直播一些赛前花絮，所以她和PCL的几支战队队员都比较熟络。

听到声音，江洛琪转过了身，笑着和温旭阳打招呼："嗨，太阳神，又见面了。"

温旭阳霎时睁大了眼睛，语无伦次："富……富婆？"

"温旭阳，你说谁呢？"阿昆也走了过来，听到他的称呼当即皱了眉头，一巴掌毫不留情地拍向他的后脑勺，"怎么这么没礼貌？"

"没事，可能是我之前在停车场吓到他了，"江洛琪抿唇笑，随即大方利落地做自我介绍，"我叫江洛琪。"

"她是S大的学生，今年正好在加州大学做交换生。我跟你们说，她玩'吃鸡'真的很厉害。"阮秋涵面带骄傲地介绍，那语气就像是在向别人炫耀自家小孩成绩优异一般。

"哦？是吗？"温旭阳和阿昆顿时来了兴趣。

毕竟打游戏的女生不少，但是打游戏厉害的女生却是凤毛麟角。

"其实还好……"江洛琪腼腆地笑了笑，微微侧头之时却正好撞进了一双黝黑深邃的眼眸中，呼吸不由得一顿。

陆景然不知何时也走了过来，静静地看着她，眼神无波无澜，在和江洛琪目光交会一瞬，淡淡地移开了视线。

"的确挺厉害的，去年'高校杯'的冠军。"

简短的一句话，也听不出任何语气。

江洛琪却愣住了，他竟然还记得自己？

"是哦，老大，你不说我都忘了你是去年'高校杯'的颁奖嘉宾了，"温旭阳恍然大悟，又忽然想到了什么，"程一扬不也是去年'高校杯'的冠军吗？难道他们是一个队伍的？"

闻言，阮秋涵当即翻了个白眼，没好气地说："你少说一句会死吗？程一扬算什么，怎么能和我们家琪琪相提并论。"

温旭阳顿时噤声，似乎也明白了为什么阮秋涵自始至终都看程一扬不顺眼。

"我说真的，不是我吹，我家琪琪比程一扬厉害多了，她的水平打职业赛绰绰有余。"阮秋涵依旧不忘记卖弄自己的闺密。

"别听她胡说。"江洛琪无奈失笑，她这还不叫吹？就连她自己都不能保证自己的水平就一定比程一扬厉害。

不过——

江洛琪又偏头看向陆景然，眼底中好似多了一抹特殊的光芒："不过我的确是挺想加入AON打职业赛的，不知道加入AON有什么条件吗？"

"你真的想打职业赛？"温旭阳的语调变得有些怪异。

他之前还以为阮秋涵说笑，但看江洛琪的神色又不像是在开玩笑。他们不是没见过女生打职业赛，但相对来说毕竟还算少数。

阿昆也是一脸的不敢置信。

陆景然脸上依旧没有过多的表情，回视她的眼神也并无半分惊讶，就好像她的这番言论都在他的意料之中。

良久，他才轻声说："你把你的个人游戏数据、近几个赛季的排位发到我们经理的邮箱，只要符合职业水平，就会考虑是否让你进AON。"

顿了顿，他又说："经理的邮箱在官博上可以找到。"

江洛琪双眼一弯："我知道了。"

阮秋涵也跟着打包票："放心，不会让你们失望的！"

由于PCL赛区的PTG战队进入了最后的决赛，所以阮秋涵还需要继续待在洛杉矶直播赛前花絮。而AON战队和其他两个未进总决赛的战队，只能先行回国。

三日后。

S市AON战队基地。

"卧槽，这真的是富婆的游戏数据吗？"温旭阳坐在电脑屏幕前，揉了揉自己的眼睛，再三确认眼前的数字。

阿昆被温旭阳的一惊一乍吸引了过来，嘴里还塞了个饺子。待看到屏幕上的图片时，差点顺不过气来被噎到。

AON战队经理陈明拍了拍阿昆的后背，也是一脸的惊叹："原来她就是Loki，早先我就想找她了，但是一直没有联系渠道。近几个赛季她的排位分基本都是保持在亚服前五，其中还有一个赛季的'KD'达到十点几，登顶亚服第一，实力一直很稳定。"

"那还犹豫什么？签她啊！刚好她不是擅长狙击位吗？正好可以替代程一扬。"温旭阳愈发看好江洛琪，催促着陈明赶紧联系她。

而坐在一旁沙发上始终沉默着的陆景然却突然发话了："不行。"

短短两个字，直截了当地拒绝了温旭阳的提议。

"为什么？"这下不仅是温旭阳，就连阿昆和陈明也都异口同声提问。

"你要是一开始就决定不让她进AON，为什么还要告诉她怎么申请？"温旭阳不满地嘟囔，"我还以为你一开始就很赞同她加入我们呢。"

陆景然淡淡地瞥了他一眼，也并未多说，而是直接将手里的手机甩给了他。

温旭阳慌乱地接住了手机，只见手机屏幕上一串醒目的标题刺激着他的眼球——

"一个帖子带你认识S大金融系系花江洛琪"。

再往下翻，帖子上首先是贴出了江洛琪的照片，以证实她是公认的系花。紧接着又贴出她入学两年来的专业排名，每次都是第一。不仅如此，她还参加过大大小小的不同类别的比赛，获得过各种各样的奖项……

说是学神也不为过。

温旭阳和阿昆对视了一眼，瞬间就明白了陆景然不同意的原因。他和阿昆都是因为高中学习成绩不好，大学没考上而又正好擅长游戏这才进的电竞圈。

但是江洛琪不一样。

她前途似锦，有更好的选择机会，的确没必要来打职业赛，甚至还可能因为打职业赛前途受到影响。

客厅内顿时鸦雀无声。

最终，陈明摇了摇头，叹气："不如我打电话和她聊聊吧。"

陆景然默许了。

接到陈明电话的时候，江洛琪正在公寓内收拾行李。她打算等总决赛一结束，便和阮秋涵一道回国。

"喂，您好。"

"你好，我是AON的经理陈明。"

"陈经理，您好。"江洛琪并没有丝毫惊讶，陈明的电话在她意料之中。

"是这样的，你的数据符合我们打职业赛的要求，只是……"陈明欲言又止，望了望陆景然，拒绝的话实在是说不出口。

"只是什么？"江洛琪疑惑追问。

只听得电话那头似是传来一阵嘈杂的声音，随后又听到一道熟悉的嗓音。

"我是陆景然。"

"嗯……"江洛琪一个愣神，想打招呼的话语滑到嘴边又被她硬生生咽了下去。

而电话那头的陆景然则是语气冷淡地说着："我能理解你想打职业赛的心情，但是我觉得你应该以学业为重，不应该因为打职业赛而荒废了学业，也不想看到你以后后悔走上职业电竞这条路。"

江洛琪："……"

她想了千万种拒绝她的理由，却万万没想到理由竟然是因为她学习太好。

她深吸了一口气，语气依旧很冷静："你又怎么知道我会因为打职业赛而耽误学习？你然神可以边打职业赛边修学业，我就不可以边打职业赛边修学业吗？"

"……"这下轮到陆景然沉默了。

陆景然是S大毕业的，这是众所周知的一件事。说起来，陆景然还是江洛琪的直系学长。

"我是真的很热爱电竞，我小学时就对'FPS'游戏十分有兴趣，初中开始接触'FPS'游戏，'吃鸡'出的第一年我就开始玩了。况且，我努力学习就是为了能做自己想做的事情，而不是为了让你觉得我只是想玩玩。"

"所以，我不会后悔。"

江洛琪一口气说完一大段话后有点喘。

而电话那头的呼吸声却突然变缓了许多，陆景然又沉默了一会儿，也不知道是不是被她的那段话打动了。

打动倒不至于，陆景然只是在听到她说的某一句话时，突然回忆起了一些事情。

良久，他似是叹了口气，颇为无奈地问："你现在不是交换生吗？"

意识到了对方态度松动，江洛琪赶忙回答："我这个学期的课程已经都学完了，和校方领导申请就可以直接回国了。"

"那好吧，"陆景然最终还是松了口，"回国后来基地报到。"

"好，你可不能反悔。"江洛琪一口应下。

而此时AON战队基地的某些人，却是满脸震惊地盯着陆景然。

一开始无论如何都不同意的是他，现在突然变卦应承下来的也是他。

他们怎么不知道他们这位队长大人还有如此善变的一面？

陆景然直接忽略了众人的目光，将陈明的手机扔还给他便往电梯走去。

背着众人的眼底却多出了一抹不易察觉的笑意。

第五届SurvivorPGC落幕，PCL唯一一支进入总决赛的PTG战队最终也并未进入前三。

来自中国的队员与粉丝皆都带着遗憾回国。

而PCL赛区也进入了转会期。

这一日一大早，EMP战队的官博便官宣了一件重大的事情——

EMP电子竞技俱乐部：在遵循选手的个人意见，以及和@AON电子竞技俱乐部友好协商的前提下，原AON战队的Survivor游戏选手程一扬（Young）以转会形式正式加入EMP战队。欢迎Young加入我们EMP大家庭，EMP_Young正式连接，期待今后一起创建辉煌！

此条微博一出，各大粉丝便都涌入了EMP战队的官博。

我扬神天下第一狙：等了这么久转会期都快要结束了，还好等到了我扬神，AON菜鸡队伍怎么配我扬神？

程一扬老婆：希望老公在EMP能够有更好的发展，说实在的，在AON的确限制了我老公的发展。

傲影无双：楼上那两个怕不是Young的脑残粉？捧一踩一有意思吗？电竞圈谁不知道EMP和AON是死对头？程一扬这么做不就是当面打AON脸吗？

陆景然老婆：那个程一扬老婆，我还没说你老公在世界赛上拖我老公后腿呢，你好意思在这乱吠？有点自知之明OK？

绝地枪王666：程一扬好歹是然神带出来的新人，这么高调宣布转会，这不就是现实版的农夫与蛇吗？况且PGC上明眼人都看得出来程一扬失误太多了，这样的人EMP还敢要？

我就吃个瓜：扬神一走，AON就没有厉害的狙击手了，听说二队也没有能顶替的人，希望AON老板尽快招到厉害的狙击手！

....

EMP的官博热闹非凡，与之相反，AON的官博却没有发布任何信息。

不用说，程一扬已经和AON的高层撕破了脸皮。

而此时，S市国际机场。

原本江洛琪打算订和PTG战队队员同一列航班回国，但是阮秋涵却说自己好不容易出趟国，央求着江洛琪带她在洛杉矶玩了几天才一起回国。

如今也已经十二月份了。

陈明一早就给江洛琪发了消息，说温旭阳会来机场接她，所以她们二人便在接机的人群中搜寻温旭阳的身影。

然而找寻了一圈却都没看到温旭阳。

"这个温旭阳，怎么这么不靠谱？"阮秋涵气呼呼地拿出手机，正准备给温旭阳打电话，肩膀却忽然被人拍了一下。

阮秋涵转过头，只见一个戴着鸭舌帽、墨镜和口罩的人凑了过来，还隐隐约约能听到他的诡异笑声。

"啊——"

阮秋涵吓得直往江洛琪身后钻。

江洛琪将那人的帽子摘了下来，语气无奈："太阳神，光天化日之下你怎么打扮成这副模样？"

温旭阳"嘿嘿"一笑："毕竟我是公众人物，机场人又多，万一被粉丝认了出来引发骚乱就不太好了。"

"我呸！"阮秋涵从江洛琪身后探出了身子，狠狠地瞪了他一眼，"你还公众人物？我敢打赌，放眼整个机场绝对没人会认出你！"

"唉，你生什么气，我又不是故意吓你的，谁知道你反应这么大？"温旭阳从江洛琪那接过自己的帽子压在了阮秋涵头上，又顺手摸了摸她的头。

"好了，别生气了，老大还在路边等我们呢。"

阮秋涵低着头，耳根浮现出一抹淡淡的红色，并未听到温旭阳的后半句话。

而江洛琪却是听得清清楚楚。

她惊讶地问道："然神也来了？陈经理不是就让你来接吗？"

温旭阳挠了挠头："嘻，我们队里就老大有车，他又不给我开，那不就只有他和我一起来咯？"

一提到车，他又意有所指地朝江洛琪挑了挑眉，转移了话题："富婆，你那辆兰博基尼会不会运回国？要是运回国的话考不考虑借我开开？"

"你想得美，"阮秋涵毫不留情地打消了他的念头，"那可是琪琪爸爸送给她的成年礼物，你要是不小心蹭坏了，把你卖了都赔不起。"

温旭阳苦着一张脸。

江洛琪笑着打圆场："能运回国，不过要和我爸说。但是我提前回国的事情没有告诉我爸妈，所以只能等过年的时候说了。"

他们出了机场大厅。

马路边停了不少车，但其中最引人注目的还是不远处那辆黑色路虎越野。

不，应该说是倚靠在车门边的那个男人。

陆景然身着一套简单的运动休闲服，一只手插在口袋里，另一只手上夹着半根烟。他的头发略微有些凌乱，神色惺忪，像是还未睡醒就被人拖了出来。

一见到江洛琪几人，陆景然微微站直了身子，手中的烟也顺势捻灭扔进了旁边的垃圾桶内。

"然神！"阮秋涵欢快地打了一声招呼。

江洛琪走近，也脆生生地唤了声"然神"。

陆景然面无表情，轻飘飘地瞥了她一眼。

不知是不是江洛琪的错觉，她总觉得他好像心情不太好。

温旭阳一边将她们的行李搬到后备厢，一边提醒江洛琪："都要一个战队的人了，叫'然神'多见外，你就叫'然哥'好了，我们有时候还有二队的小崽子们都是这么称呼他的。"

江洛琪"嗯"了一声，微敛着眸又唤了声"然哥"。

陆景然神色稍缓。

他们都上了车。

首先将阮秋涵送回她租住的公寓，再回AON基地。

窗外街景极速后退着，看着熟悉的街道、熟悉的高楼大厦，江洛琪也忍不住心生感慨。

快一年没回来了。

温旭阳有一搭没一搭地找话题和她聊天。

"你是S大金融系的？"

"对。"

温旭阳回过头来看她："老大也是S大金融系的。"

"我知道，"江洛琪笑了笑，"然哥在我们学校就是传说，我进校的时候然哥刚好毕业，但我们系的老师都特别喜欢然哥，每次上课都会拿然哥举例。"

"而且我们系的光荣榜上长年累月挂着然哥的照片，我们学校混电竞圈的不混电竞圈的基本都拿然哥当偶像。"

一提到这些事，江洛琪就忍不住多说了几句。

温旭阳听得兴致勃勃，就连陆景然也透过后视镜看了她一眼。

兴许江洛琪自己都没发现，她在说起关于陆景然的事情时，眼底犹如万千星辰陨落，让人移不开眼。

AON基地位于S市东北边的别墅区，距离市区比较远，但胜在环境幽雅，空气清新，不少战队的基地也都在这片别墅区。

车在小区内缓慢行驶，没多久便在一栋白色四层别墅前停了下来。

江洛琪下了车，温旭阳帮她提行李，陆景然去车库停车。

别墅旁有一片自带的花园，只是长时间无人修理导致杂草丛生。

江洛琪站在别墅大门前，打量着面前这幢别墅。

果然，豪门战队不是说说而已。

温旭阳正打算开别墅大门，身后却忽然传来了一声轻佻的口哨声。

"太阳神，你们又是从哪拐回来的漂亮妹妹？"

江洛琪循着声音看去，只见对面四个男子扒拉着别墅的大门，争先恐后地朝她抛着媚眼。

场面一度滑稽搞笑。

"对面是鲸鱼战队的。"温旭阳实在是没眼看那四人，只和江洛琪解释了一句。

江洛琪恍然，难怪她觉得那四个人有些眼熟。

鲸鱼战队是鲸鱼娱乐公司的亲儿子，听名字就知道鲸鱼战队和鲸鱼直播有着千丝万缕的关系。

而鲸鱼战队的队员和AON战队的队员关系十分要好，不仅住在对面，平日里还经常一起四排直播互怼。

"小姐姐，你叫什么啊？"鲸鱼战队的队长兼指挥胡黎主动搭讪，一双细长的狐狸眼微眯。

长得还真是人如其名。

还不等江洛琪回答，温旭阳便"呸"了一声，将她拉到身后："想什么呢？这是我们新来的官博小姐姐，别在这里搞得好像八百年没见过妹子一样，丢不丢人？"

胡黎忍不住一声哀号："凭什么你们的官博都是可爱的小姐姐，而我们只有小弟弟——不公平啊不公平——"

鲸鱼其他的队员也在纷纷附和，这场景像极了日日夜夜被囚禁的犯人在这里申冤。

江洛琪躲在温旭阳的背后偷笑，余光注意到陆景然正朝着这边走来。

胡黎也看到了陆景然，朝他打招呼："然哥，把你们家官博小姐姐让给我们呗，待遇绝对不会差她的。"

"官博小姐姐？"陆景然疑惑地看向温旭阳，而后者拼命地朝他挤眉弄眼。

江洛琪讪讪地冲他一笑，陆景然只觉得眉心一跳，随后淡淡地朝身后几人抛下一句"不可能"。

本就是玩笑的话语，鲸鱼战队的几人也都没当真，又随便调笑了几句便回了自家别墅。

陆景然和温旭阳带着江洛琪进了门，客厅内陈明和阿昆都在等着他们，与此同时，还有两个面生的人。

"Loki，来给你先介绍一下，"陈明十分热情地招呼，"我是陈明，AON的经理。这是阿昆，你未来的队友。还有这是我们队的教练，岳青寒和布丁。"

陈明一一介绍，江洛琪也一一打着招呼。

而关于两位教练，江洛琪在网上也有听说。岳青寒较为严肃，平常总板着个脸，日常监督选手训练和制定战术。而布丁则截然相反，脸上时常挂着温和的笑容，身材微胖，倒有一些可爱，日常工作则是数据分析和赛后复盘。

随后陈明又带着江洛琪熟悉基地。

客厅有一面墙装了一个展览柜，里面装着AON这几年获得的大大小小的荣誉，这面墙被他们称作"冠军墙"。

一楼多为AON队员的活动休息聚集处，还有几间客房是给工作人员偶尔留宿准备的。

而二楼则是AON二队和青训队员的训练室及卧室，也有一个不大不小的客厅和餐厅。一般而言，二楼的人鲜少会在一楼活动，除了偶尔的全体聚餐。

毕竟他们都对一队的前辈们保持着一种神圣般的敬意。

一队队员的训练室、会议室和健身房都设在三楼。

训练室由磨砂落地推拉门隔开，能很好地隔绝外面的视线，又不显得封闭沉闷。

训练室里面四台电脑横向排开，每个人都有相应的座位。会议室里则是一张大圆桌和一套投影设备，健身房里的设施也很齐全。

四楼便是AON一队队员、教练和经理的卧室。

为了上下楼方便，楼梯口旁还安装了电梯。

陈明将江洛琪带到了一间坐北朝南的房间，将钥匙交给她："这是你的房间，简单地布置了一下，钥匙好好收着，平常休息的时候记得锁门。"

顿了顿，陈明又似是想到了什么，叮嘱道："因为基地里都是男生，你要是觉得有什么不好意思的可以联系我们的官博小姐姐，她会经常来我们基地拍生活照上传微博。"

"我知道了，谢谢陈经理。"江洛琪接过钥匙。

陈明笑："不用叫我经理，你就跟着他们叫我'老陈'就行了。"

江洛琪弯了弯眉眼："好的老陈。"

房间布置得简洁干净，有内置的卫生间，甚至还贴心地给她准备了一张梳妆台。

阳台上的视野宽阔，江洛琪还发现这间房正好背对着鲸鱼战队基地。

想必也是怕她觉得尴尬。

这一份细心实在难能可贵。

陈明带江洛琪参观完基地之后，便将几份纸质合同递给了她。

合同上的内容和之前发给她的电子版差不多，包括合同时效、年薪多少，以及一些以后可能涉及的代言或者商演，还包括和鲸鱼直播平台签订的直播合同，一个月至少直播45个小时等之类的。

签了名，按下手印，便代表着她正式成为AON战队的一员。

合同一式两份，陈明整理好了合同后，迟疑了一会儿才略带歉意地说："是这样的，下个星期正好有'鲸鱼杯'的比赛，但是经我们和教练的商量，暂时不安排你首发。"

"为什么？"江洛琪微愣。

"你知道的，AON现在正处于舆论中心，下个星期的比赛必定会受到很多关注。而你刚进AON，还没有和其他队员一起训练，彼此间没有配合，下个星期的比赛难以打出成绩。更何况你又是女生，电竞圈对女生的包容度本来就不高，我们怕到时候粉丝带你的节奏，这对你很不利。

"我们暂时不会官宣你的加入，但是等这一个赛季'鲸鱼杯'结束，我们便会让你参加明年一月份的个人solo赛。我们相信你肯定会打出一个很好的成绩，这样就更容易让粉丝接受，之后你会一直是我们的首发。"

以防江洛琪误会，陈明解释得十分清楚，个中利弊也都是站在江洛琪角度来考虑的。

江洛琪也能明白他们的心意，下个星期的"鲸鱼杯"并不是说她加入就一定会输，而是不确定性实在太大。有靠前名次的话自然皆大欢喜，但若是有任何失误，矛头都会指向她。

所以AON所有人都不愿意她冒这个风险，选择了最稳妥的方法。

加入AON的第一天，便让江洛琪切实地感受到了集体归属感，心中情绪万千，最终只化成了一句——

"好，我会听从安排的，以后还请多关照了！"

午饭在基地里随便吃了一些，下午江洛琪将自己的行李物件收拾好之后，便打算先睡一觉倒倒时差。

她是被手机接连不断的微信消息吵醒来的，迷迷糊糊看向窗外，天色已经昏暗。

待清醒之后，江洛琪才点进了微信。

陈明将她拉入了AON的微信群，而此时群里的人也开始冒泡了。

太阳神第一帅：等会儿吃啥？我要饿死了，今天阿姨放假，中午都没吃饱。

kunkunkun：饿死你得了，刚好基地少一口饭。

是陈哥不是老陈：今天新队员加入，要不出去吃？

岳青寒：我和布丁就不去了，我们还有几个复盘没做。

布丁：内心os我很想去……

太阳神第一帅：寒神和布丁老师这么敬业，我们还有什么理

由偷懒？[抱拳][抱拳][抱拳]

　　岳青寒：你要是不偷懒好好打训练赛我保证不diss你。[微笑] [微笑][微笑]

　　太阳神第一帅：……

　　kunkunkun：要不问下我们Loki小姐姐的意见。[哈哈]@Loki 要拿99杀。

　　太阳神第一帅：@Loki要拿99杀。

　　是陈哥不是老陈：@Loki要拿99杀。

　　Loki要拿99杀：我……我也不知道这附近有啥好吃的。 [流泪]

　　太阳神第一帅：对不起我傻了，你今天才来，然哥呢，然 哥！@LJR。

　　kunkunkun：@LJR。

　　是陈哥不是老陈：@LJR。

江洛琪抱着手机看了半天，都没有看到陆景然回复群里的消息。

正当她以为他不会回复的时候，手机突然轻微震动了一下，屏幕 上方显示有一条新消息。

　　LJR：你平常喜欢吃什么？

江洛琪："？？？"

江洛琪吓得直接从床上坐了起来。

他他他……他竟然直接私聊了她？

陆景然竟然主动问她喜欢吃什么？？？

追星成功的满足感和幸福感瞬间溢满了整颗心脏，江洛琪压抑着 喉咙的尖叫声，垂着头回复。

她按着键盘的指尖都在轻微颤抖着，尽量让自己打的文字显得自 然正常。

　　Loki要拿99杀：我都行，不挑食。

　　LJR：吃辣吗？

　　Loki要拿99杀：吃，但是我记得太阳神好像不吃辣。

江洛琪记得陆景然和温旭阳都是S市本地人，但他们两人的口味却截然相反。

温旭阳口味偏甜，而AON其他人却都是无辣不欢，所以温旭阳不止一次在采访中吐槽过这些事情。

LJR：他的事你倒记得清楚。

Loki要拿99杀：何止他啊，我还知道你最喜欢吃火锅。

LJR：嗯，那就去吃火锅吧。

陆景然喜欢吃火锅这件事也是温旭阳在某次采访中爆料出来的，他吐槽然神喜欢吃火锅，但是又不喜欢吃完火锅后身上沾上火锅味，所以每次吃完火锅的第一件事就是洗澡及洗衣服。

LJR：下来吧，出发了。

Loki要拿99杀：马上。对了，附近有没有什么大型超市？我回来的时候想买些东西。

房间里的基本设施都已经安排好了，但是一些生活用品她还得自己去准备。

LJR：吃完带你去。

Loki要拿99杀：好！

江洛琪快速地换了一套衣服，简单地化了个淡妆，便下楼和队友们会合。

加上陈明刚好五个人，他们舍弃了战队的保姆车直接坐上了陆景然的路虎。

上车的时候却有一个小插曲，温旭阳委婉地向江洛琪提议坐后座，但是陈明却觉得女生和男生一同挤在后面不太好，便让她坐副驾驶。

然而温旭阳却说老大的副驾驶从来都不坐女生，怕老大会介意。

两个人的争论，以陆景然将江洛琪拎进副驾驶而结束。

第二章　首次聚餐

本来江洛琪夹在温旭阳和陈明的中间，不知道到底该听谁的，忽然就感觉后领被人提了起来，然后便被陆景然塞进了副驾驶。

"女生和男生挤的确不太方便。"

关上副驾驶的车门后，陆景然抛下这句话便直接回到了驾驶座，留下温旭阳、陈明、阿昆三人面面相觑。

"再不走你们就别去吃了。"陆景然发动了车子。

温旭阳、阿昆、陈明争先恐后地爬上车。

他们带江洛琪去的是他们平常经常光顾的一家火锅店，虽然不在市中心，但也是一个小型的广场，距离基地也不算太远。

为了照顾温旭阳的口味，他们点了一个鸳鸯锅。

由于是唯一一个女生，他们把点菜的机会让给了江洛琪。江洛琪也不推辞，点了一些自己爱吃的，又让其他人补充。

为了庆祝江洛琪的加入，他们还要了几瓶酒。由于陆景然要开车，他们便没有给陆景然倒酒。

"你喝酒吗？"阿昆倒酒的时候问江洛琪。

江洛琪点了点头："可以喝一点点。"

"哎哟，不错，"温旭阳打趣，"比阮啾啾强。"

话音刚落，在场几人的目光便都纷纷落在了温旭阳身上。

"你什么时候和啾啾喝过酒？她怎么没和我说过？"江洛琪双

眸微眯，联想到之前他和阮秋涵的互动，似是嗅到了一丝不同寻常的意味。

阿昆："我去，可以啊，这种事还瞒着兄弟！"

陈明闷了一杯酒，状似忧郁地说："唉，难道你要脱离我们单身小分队了吗？"

"单身小分队？"江洛琪眨了眨眼，"不会就是指我们在场的五个人吧。"

陈明打了个响指："聪明！"

"好了好了，你们别乱猜了，我和啾啾只是朋友。"温旭阳干笑了几声，给每人夹了几块肉，想以此堵住他们的嘴。

吃得正酣时，陈明让他们先停一下，举起酒杯感慨地说："首先，欢迎Loki加入AON。"

他顿了顿，这才继续说："其次，我相信AON在今后的比赛中一定能大放异彩，世界冠军是我们的，AON是最牛逼的！"

"AON牛逼！干杯！"

陆景然以茶代酒，五人的杯子碰在一起，发出清脆的声音。

自此，他们共同踏上了新的漫漫征途。

陆景然微微偏头，只见身旁的女孩脸颊有些酡红，嘴角残留着辣椒油的痕迹，一脸的心满意足。

江洛琪正和锅中的一颗鱼丸较劲，却突然见一只修长白皙的手拿着漏勺帮她盛了上来，放进了她的碗中。

愣神之际，一张纸巾又递到了自己的面前。

"谢谢。"江洛琪低声道谢，本就因喝酒变红的脸似乎更红了。

当吃得差不多的时候，陆景然起身去买单，却又想到了什么，低头对江洛琪说："这个商场里就有超市，等会儿直接去超市吧。"

"那他们呢？"江洛琪指了指对面三个人。

温旭阳和陈明喝得东倒西歪，就属阿昆酒量最好，也是最清醒的。

"你们去吧，我等会儿带他们打车回去。放心吧，丢不了。"阿昆朝陆景然和江洛琪比了个"OK"的手势，示意他们可以放心离开。

"麻烦你了。"江洛琪颔首，拿着自己的包包便跟在陆景然的身后离开了。

本来说好只喝一点的，但是由于心情太好，江洛琪就忍不住多喝了几杯。

以至于现在走路有些飘飘然。

陆景然双手插兜，目光一直追随着她的动作。

超市就在火锅店下面两层，江洛琪推着购物车慢悠悠地在货架间穿来穿去。

毛巾、牙刷、拖鞋、收纳盒……不一会儿，购物车便装满了一大半。

差不多选完之后，她才想起某个人好像不见了。

江洛琪又回过头，一个货架一个货架地寻找陆景然的身影。

最后在酸奶柜前看到了陆景然。

"你要买酸奶吗？"江洛琪从他的身后冒出，问他。

陆景然瞥了她一眼，并没有回答她的问题，而是反问道："你喜欢什么口味的酸奶？"

江洛琪答："草莓。"

话音刚落，陆景然便拿了几瓶草莓酸奶放进了江洛琪的购物车，不等她反应过来，又问："买好了？"

江洛琪点头："差不多了，到时候少了什么再说吧。"

陆景然转过身接过她的购物车，推向收银台。

江洛琪赶紧跟在其后，正要掏出手机结账，却又被陆景然的一句话堵了回去。

"你在外面等我。"

看着收银台前排起的一条长队，江洛琪当机立断选择在外面等他。

大概过了半个小时，陆景然才提了两大袋东西走了出来。

江洛琪主动上前想接过其中一袋，陆景然却一个侧身，绕过了她的动作后又大步走到了前方。

愣神片刻，江洛琪快步跟了上去。

"多少钱？我转给你。"江洛琪歪头看他。

"不用。"陆景然看都没看她一眼，淡淡地拒绝。

"可是……"江洛琪还想再说些什么，却在触到他眉宇间似是不耐烦的神色时将话吞了回去。

走出商场，把东西塞进后备厢之后，江洛琪想到温旭阳说过的话，正准备拉开后座的车门时，陆景然却已经先她一步拉开了副驾驶的车门，语气不容拒绝："上车。"

江洛琪讪讪地摸了摸鼻子，上了车。

车门一关，江洛琪便感觉到周围的空气似乎瞬间凝固。

为怕尴尬，江洛琪侧头看向窗外。

S市的夜景华丽而又奢靡，这也是她当初为什么要考S大的原因。

她喜欢这个城市。

车内暖气熏腾，江洛琪脱下外套放在腿上，又不知不觉偏过头来凝视着陆景然的侧颜。

说起来肤浅，她当初喜欢AON，也是因为陆景然这张与电竞圈格格不入的脸蛋。

他的相貌俊朗，身上宛若自带光辉，让人忍不住就被他吸引。

而此时，红绿灯路口。

陆景然踩了刹车，似是感应般侧过了头。

两人的目光猝然相撞。

他的瞳孔仿佛有种魔力，吞噬着她移不开眼。

车内的温度又上升了几分。

直到车后传来催促的喇叭声，两人才同时回过神来。

陆景然连忙转移了目光，踩下油门直视前方。

而江洛琪也尴尬地垂下了头，抬手捂住自己滚烫的脸颊。

车继续行驶着。

江洛琪无聊地刷着微博，这几天都被各大战队之间的转会消息给刷屏了。她手指滑动着屏幕，一个ID名为"AON老粉头"写的一篇文章吸引了她的注意力——

AON新狙击手身份预测：

博主AON七年老粉，以下预测纯属个人意见，不服来喷，随时奉陪。

首先，扬神转会，AON少狙击手这是众所周知的。但是转会期即将结束，新比赛要开始，AON还没有官宣新成员，不代表他们没有签新选手。而看其他战队的选手信息，并没有人转会到AON，这就说明AON要么准备二队升一队，要么就是签了新人。

AON二队的狙击手我了解一些，实力并不算强，不太可能进一队，所以我认为AON是签了新人。至于为什么迟迟不官宣，我想他们可能在憋个大招，我估计整个转会期都不会官宣。

而这位新人的身份我也做了一些预测，作为"Survivor"的老玩家，我研究了近几个赛季的天梯排行。很幸运，我发现了一个陌生的ID，这个ID从未出现在任何战队及游戏主播中，但是这个人的单排数据却是异常恐怖。

如果AON真的签了这个人，我觉得AON整个实力会比扬神在时更强。想知道这个人是谁，点赞超十万我就公布。

这人说得头头是道，江洛琪都忍不住要给他拍手叫好。

顺手点了个赞，她又点进了评论。

先不说到底有没有这样一个人，如果真的有这么厉害的选手，AON怎么可能不急着官宣？而且因为扬神的事情，AON怎么会又签新人？吃一堑长一智，博主知不知道这个道理？

这博主就是来蹭热度的，明明知道我们粉丝焦急不已，故意来吊我们胃口的。要是真的有这么厉害的人，早就被别的战队签了。

博主这言论不够让人信服，你应该加一句"要是假的我直播吃翔"。

这博主还真的在热评第三下面评论了一句"要是假的我直播

吃翔"。

江洛琪只觉得好笑，点进评论框评论："我相信你。"

"你在笑什么？"

身旁一直沉默的陆景然突然出声，倒是吓了江洛琪一跳，手机险些滑落。

江洛琪解释："没什么，我就是看到微博上有人预测AON新狙击手是谁，说得挺有意思的。"

"以后少刷微博，没什么好看的，影响心情。"

江洛琪心下了然，她在之前便听说过，一到比赛之际，经理、教练就会强迫选手将手机里的微博贴吧论坛都卸载，毕竟这上面的有些言论的确会影响到选手的发挥。

悄悄地又打开微博，江洛琪故意侧着身子不让陆景然注意到她的手机画面，随即快速点进了陆景然的微博主页。

关注！

OK了！

江洛琪心满意足地将手机收回了口袋，这时车也已经停在了基地车库。

三楼会议室的灯还亮着，陆景然给岳青寒和布丁送去了夜宵，又将江洛琪送到了房间门口。

陆景然："等会儿他们回来可能会很吵，如果你要休息的话就记得把门反锁。"

他们指的自然就是温旭阳、阿昆和陈明了。

江洛琪点了点头，随后便见陆景然打开了隔壁房门。

"然哥等一下！"江洛琪似是想到了什么，连忙出声。

陆景然推门的动作一顿，侧过头疑惑地看着她。

江洛琪蹲下身子在塑料袋内翻找着什么，随即便见她拿出了两瓶草莓酸奶，将其中一瓶递给了陆景然。

"谢谢然哥。"江洛琪笑。

陆景然微怔，盯着她手中的酸奶沉默了片刻，才伸手接过。

"早点休息。"

PGC过后的首次赛事袭来，由鲸鱼直播主办的"鲸鱼杯"S11赛季在十二月十八日正式开赛。

参加比赛的三十二支队伍皆由鲸鱼直播官方直邀，分为A、B、C、D四组先进行小组赛，为期六天，每天五场比赛。小组赛积分前十六的队伍进入最后的总决赛，为期三天，同样是每天五场。

小组赛从周一至周六，分别为A与B组、C与D组、A与C组、B与D组、A与D组和B与C组对战。

而AON战队被分到了最为轻松的B组，不仅比赛间隔相隔一两天，就连B组内的其他战队都是实力不算恐怖的，这就说明他们不需要每场比赛都面临强劲的对手。

如果运气好的话，AON是很有机会进总决赛的。

而当各大战队公布比赛名单时，尽管众网友已经猜到了结果，但在看到AON的比赛名单时，还是大失所望。

备受瞩目的AON战队，除了首发的陆景然、温旭阳和阿昆三人之外，补位的却是二队成员西瓜。

本以为AON憋了个大招，却没想到竟然是个哑炮。

比赛场地设在S市电竞体育馆，距离AON的基地不过十分钟车程，江洛琪跟随队友坐上保姆车前往电竞馆。

这还是江洛琪第一次如此近距离观看比赛。

而且不是作为观众，而是战队工作人员。

第一天比赛是AB两组，鲸鱼战队正好在A组，两个战队成员打了个照面，胡黎还不忘向江洛琪抛了个媚眼。

"小姐姐，等下看我怎么把太阳神打爆！"

温旭阳毫不留情地踹了他一脚："打爆你妈呢，需不需要爸爸教你做人？"

"啧，大庭广众之下，注意点形象。"阿昆撸了温旭阳一把，将他拉进了选手休息室。

比赛下午五点开始，现在四点，还有一个小时。

二队的西瓜显然有些紧张，坐在沙发上局促不安，不停地擦着手心里的汗。

见状，江洛琪坐在了他身旁。

西瓜苦笑地看着她："琪姐……"

这几天为了应付比赛，都是西瓜和陆景然三人一起打的训练赛，而平时的日常训练，便是江洛琪带着他训练。

毕竟是二队队员，饶是训练赛成绩还不错，但一到上了正式比赛，也难免吃没有比赛经验的亏。

江洛琪拍了拍西瓜的肩膀，安慰道："别紧张，你就当训练赛一样打就行了。"

"小西瓜，没事的，放平心态，好好发挥！"温旭阳也来劝慰。

阿昆递给了西瓜一瓶水。

只有陆景然一人沉默地坐在一旁，他的双肘撑在膝盖上，双手手指交叠，骨节泛着白。

这次比赛，压力大的不仅仅是西瓜，温旭阳、阿昆和陆景然同样承受着压力。

而身为指挥的陆景然，压力更大。

不能上场的江洛琪看着他们也只是瞎担心，赛前无论说什么都是没有用的，只能让他们自己调节好心态。

五点一到，赛事工作人员便来敲门提醒选手入场。

江洛琪和陈明、岳青寒留在休息室里看直播。

在主持人一顿慷慨激昂的开场词过后，便是宣布选手入场。

A、B两组战队分为左右两侧，每侧各8乘4个位置。而两侧的C位，正是鲸鱼战队和AON战队。

这也是这么多年来的比赛惯例，相对来说获得荣誉更多的战队才能安排在C位。

各选手依次落座。

画面转向解说。

一男一女两个解说都是熟面孔，男解说薛越和女解说林栀。

林栀："欢迎来到由鲸鱼直播独家播出的'鲸鱼杯'S11赛季小组赛，这里是本次比赛的直播现场，我是解说林栀。"

薛越："我是解说薛越。"

林栀："这次'鲸鱼杯'的小组赛一共持续六天，哪支战队会如同涅槃后的凤凰浴火重生，绝地大陆上的金雨又将为谁而落？选手们的表情看起来好像都挺轻松，那就让我们共同期待今天的诸强争霸吧。"

薛越："今日参加比赛的战队想必众人也都很熟悉，尤其是曾经的世界冠军AON，这也是本次比赛中最具争议的战队。他们到底是会继续延续世界冠军的辉煌，还是会从此一蹶不振呢？"

林栀："我倒觉得跌落谷底才能更好地走向高峰，而且薛老师可别只看AON，鲸鱼战队的实力也是有目共睹，这两个兄弟战队今天就将上演一番自相残杀，这让我实在是期待不已。"

薛越："那还等什么？让我们进入第一场'海岛地图'吧！"

画面再次一转，"海岛地图"上航线由西向东，规规矩矩的中部航线。而各战队的跳点也都一如既往，互不干扰。

AON一直跳的"海岛地图"中心P城，而尽管落地后离机场还有一段距离，鲸鱼战队的四人也仍是找了几辆车开向机场。

第一个圈也中规中矩地刷在了地图中部。

按照以往比赛惯例，前两个圈几乎是不会有人员伤亡，所以各战队基本都相安无事。直到第三个圈刷出，由于圈一直往南方切角刷，所以第三个圈仍是包含了陆地和海岛。

典型的阴阳圈。

而第四圈会排水，所以他们必须要猜测圈会刷在哪边，然后事先占好点位，才能获得先机。

AON战队却是在进圈途中和BP战队遇上了。

两个战队的车队在麦田相撞，这一战一触即发。

陆景然当机立断让队友下车，选择硬杠。

一阵激烈的交火之后，以二换四，最终拿下了BP战队的四分。

AON还剩陆景然和阿昆两人，但是这一战损耗了载具，仅剩的一辆载具血量也已只剩三分之一。

如果在途中遇上其他战队就根本没有逃跑的可能。

最后AON做出的决定是让阿昆开着那辆冒烟的摩托去前方探路，而陆景然则将药打满悄悄摸进圈。

意料之中，阿昆死在了进圈途中。

AON只剩陆景然一人。

第四个圈刷出，刷到了令人绝望的海岛上。

鲸鱼战队正是海岛的土著居民，靠着抢据的高点，接连收下了三个战队的分数。

西东两桥自是过不去了，陆景然只能选择从西桥下游过去。

然而却又和TON战队打了个照面。

TON战队还剩三人，以夹击之势围攻陆景然，虽然成功拿下陆景然人头，但己方队员也是一死一倒。

陆景然的反应不可谓不快，在如此绝境还能反杀两人。

电圈缩近，TON战队仅存一人也无法扶起倒地的队友，只得硬着头皮钻入海面。但他的运气也着实不好，还未游到对面便被毒死。

AON战队开场不算顺利，第一场排名第十，六个人头，没有排名分，只有六分人头分，总分数处于中游位置。而鲸鱼战队则是拿下了"首鸡"，十五分的高淘汰分外加十分排名分，以二十五分的成绩高居榜首。

然而第二场比赛幸运之神便没有眷顾鲸鱼战队了，直接刷了个极北圈，鲸鱼战队在进圈途中车队直接被人扫爆，四人连反打的机会都没有。

AON却是找到了一条好的进圈路线，直接进了前五。但天命圈与他们无缘，被另外四支战队架死在圈边，而陆景然和西瓜的配合却是收掉了六个人头。

第二场，AON战队十一分，鲸鱼战队零分。

第二场比赛结束已经晚上七点了，中场休息，赛事方给各参赛选手和工作人员准备了盒饭。

众人回到休息室。

前两场比赛的发挥比较稳定，陆景然几人回来后脸上也带了丝轻松的表情。

毕竟AON的总分数已有十七分，总排名第五。

鲸鱼战队二十五分排名第二。

排名第一的是CGM战队，也是一个老牌战队，第一场拿了十分，第二场"吃鸡"拿了二十分，一共三十分。

岳青寒简单地提了一些陆景然他们需要注意的一些问题，便让他们先吃饭。

江洛琪端着自己的盒饭挤到了陆景然他们那桌，蹲在一旁打开盒饭盖子。

"等下是'沙漠图'了吧？"江洛琪咬了一口肉。

"嗯。"陆景然瞥了她一眼，往旁边挪了挪。

江洛琪顺势坐在了陆景然身边。

她一边将盒饭里不喜欢吃的菜挑出，一边说道："我们'沙漠图'一直跳的皮卡多，但是有个战队最近训练赛的时候和我们抢跳点。"

"嗯，"陆景然又看了她一眼，突然道，"你不是说你不挑食吗？怎么这也不吃那也不吃？"

江洛琪："……"

她放下筷子："老大，这不是重点！"

"那你为什么说你不挑食？"陆景然面无表情地反问。

"噗——"一旁的温旭阳没忍住，口中的米饭都喷了出来。

江洛琪和陆景然同时将目光投向他。

"你们继续……"温旭阳捂着嘴连忙起了身，胡乱扯了几张抽纸便走开了。

陆景然又转回头，直视着江洛琪："嗯？怎么不说？"

江洛琪只好先解释："我当时刚来，当然不好意思说自己挑食啊……"

"噢，"陆景然顿了顿，"你继续说那个战队。"

江洛琪："……然哥要不你先教教我是怎么转移话题这么快的？"

"前几天的训练赛，AK战队虽然在'沙漠图'和我们战队抢跳点，但是游戏初期一直是井水不犯河水，也没有明目张胆地来蹲守我们。不过我觉得他们今天不仅会跟我们抢跳点，还会趁机在比赛初期就团灭我们战队。"

一般而言，战队之间都会有无形的协议，比赛时不抢跳点便是其中之一，这也是为了防止比赛开局便有大规模的掉人现象。

而AK战队是近几年新崛起的一个战队，从PDL一路打上PCL，实力不可谓不强劲。但是相较于AON这些老牌战队而言，枪法意识还是差了一点。

休息室里AON众人闻言也都围了过来。

温旭阳下意识就问出了口："为什么这么说？"

江洛琪却是摇了摇头："我也不知道，就是直觉。从他们第一次和我们抢跳点的时候，我就一直这么怀疑。"

"但是……"岳青寒皱着眉，有些不认同江洛琪的说法，"他们战队私下里也并没有和我们说过这件事，而且训练赛的跳点本来就不固定，也是为了锻炼选手的临场应变能力和进圈意识，我倒认为他们今天比赛仍然会选择以前的羚羊城跳点。"

毕竟比赛时候光明正大和AON抢跳点，无异于是自杀行径。

抑或是，他们存心要挑衅AON——

意识到这点的众人皆都沉默了起来，虽说岳青寒分析得很有道理，但不怕一万就怕万一，若是今天AK战队铁了心地要在沙漠图针对AON，而他们没有准备的话，今天这两场沙漠图，必定拿不到分数。

最终还是陆景然开了口："不管怎样，比赛的时候保持十二分的警惕，他们如果要针对我们肯定不会正面来杠，所以我们都要小心不要被他们的人阴了。"

温旭阳、阿昆和西瓜互相对视了一眼，都郑重其事地点了点头："收到！"

中场休息结束，众选手回到比赛台上。

第三场"沙漠地图"正式开始。

而休息室里的江洛琪三人，都紧张得屏住了呼吸。

这一局的航线由东北到东南，正好穿过地图东边的羚羊城——正是AK战队以往选择的跳点。

在飞机距离羚羊城还有一段距离时，江洛琪看到属于AON战队的标志跳下了飞机，与此同时，属于AK战队的标志也跟随着AON战队下了飞机。

正当众人以为AK战队选择的是羚羊城，却见他们全员都转换了方向，跟在AON的屁股后朝皮卡多飞去。

果然！

AK战队选择的落伞点是皮卡多蓝楼区和旅馆区，而AON四人一如既往地分散在了拳击馆、红楼及赌场。

前几日的训练赛中，AK战队搜完自己所在的房区后便会朝后方的野区撤退，丝毫没有和AON交战的意图。

然而今天的情况却是有所转变。

只见AK战队四人迅速搜完房区后便在蓝楼附近会合，随后悄悄地摸到皮卡多西侧的房区。

这一举动令解说也是惊讶不已，AK战队针对意图已是非常明显，如今就看AON战队是否能意识到危机并且化解危机。

江洛琪三人看的全景观战视角，能看到AK战队四人先是摸到了拳击馆附近。

此时拳击馆内阿昆和西瓜正在分享物资，AK战队的四人特意压了脚步，待阿昆发现不对劲时，他们二人已被AK四人包围住了。

一番枪击扫射，阿昆和西瓜转瞬就变成了两个盒子。

而正当AK队员舔包之际，消音M24的声音划过耳边，两名队员还没反应过来就跪倒在了地上。

正是陆景然和温旭阳!

陆景然和温旭阳正蹲在拳击馆对面的红楼最高一层的房间里，一人一把八倍消音M24。

AK战队其余两人不慌不忙地起烟救人，以四对二形成对峙局面。

对面四把枪架着，陆景然和温旭阳完全露不了头，露出一个头皮都能被对面射穿。

而此时圈将皮卡多刷了出去，AK几人为了速战速决，决定直接冲陆景然和温旭阳所在的房区。

当他们四人小心翼翼地摸进陆景然和温旭阳所在的房间时，却发现他们二人已不见了踪影。

难道他们临阵脱逃了？

但是AK几人也并没有听到车辆启动的声音，说明陆景然和温旭阳应该还在城内。

只是现在电圈临近，AK已没有多余的时间再排查其余的房区，只能先转移进圈。

然而殊不知，陆景然和温旭阳正在红楼下墙角处等着他们。

待AK几人一跑出红楼，陆景然和温旭阳当即精准地再次放倒其中两人，随后以掩体优势直接团灭了AK战队。

观众席上鸦雀无声。

随即瞬间爆发了热烈的欢呼声——

"这就是AON！"

"世界冠军AON！"

休息室内江洛琪悬着的心终于落了下来，她早该想到陆景然会有应对措施，但是看到先前阿昆和西瓜被阴时还是忍不住担心。

这一场比赛结束，AON战队排名第四，收了十二个人头，获得了十六分。

紧接着的一场沙漠图比赛，AK战队似乎对于上一场的结果不太满意，依旧选择了和AON争抢皮卡多跳点。

而陆景然却改变了战术，刚落地找到枪便带领三名队友主动围剿

AK战队四人。

AK战队毫无招架之力，开局三分钟，AK战队再次被团灭。

而这场比赛AON天命所归，皮卡多一直是安全区中心，直到最后一个圈仅剩五人——其中四人都是AON战队的人。

仅剩的那人清楚自己敌不过AON四人的夹击，也不想将自己这一分拱手让人，于是便一直躲在房区，直到最后梅花桩刷出，被电圈毒死。

AON吃了一场索然无味鸡。

除了开局团灭AK战队，之后便再也没有战队送上门来。

加上排名分，AON这场也只有十四分。但总分已有四十八分，总排名第二。

第一是鲸鱼战队，第三是CGM战队。

今天还剩下最后一场"雨林图"。

兴许已经是最后一场比赛了，各战队的选手都感到了疲惫，所以最后一把俗称"下班局"，各战队也都欢乐起来了。

"雨林图"本就比"海岛图"和"沙漠图"要小，难免会出现跳点重合的战队，所以比赛开局便十分激烈。不仅是AON，就连鲸鱼战队和CGM战队在刚落伞时都和其他战队打了起来。

耳边枪声震耳欲聋，也不知是他们约定好的还是怎样，AB两组前三名的战队在开局十分钟内便都全军覆没。

第三章　狭路相逢

今天的五场比赛结束后已经十点半了，待观众退场之后，各战队才相继出了体育馆。

而AON战队就这样和AK战队狭路相逢了。

AK战队的几人脸色并不好，见到AON几人时脸色更显尴尬。

AK战队的队长杨晨主动上前走了一步，向陆景然道歉："对不住了，然神，今天我们只是想碰碰运气，没想到还是高估了我们自己。你们放心，之后的比赛我们是不会再和你们抢跳点了。"

言外之意，挑衅AON就是故意的。只是他们本以为AON实力大不如前，今日却是因为他们的"以为"吃了大亏。

温旭阳看不惯杨晨这种态度，当即就想冲上去教训他们一番，被江洛琪和阿昆眼疾手快地拦住了。

"太阳神，"江洛琪压低声音劝他，"没必要因为这种人生气，而且打架会被禁赛，不值得。"

不让他动手，动嘴总行了吧？

温旭阳轻嗤了一声，讽刺道："想在我们的地盘分一杯羹，也得掂量一下自己有没有那分量吧。"

AK战队几人闻言脸色更加难看。

而杨晨的注意力却是落在了江洛琪的身上。

他"咦"了一声，问道："这个小姑娘是谁？怎么这么眼生？"

陆景然不动声色地挡住了他的视线，面色微沉，眉目间已爬上了不耐烦的神色："杨队长还是管好自己战队的人吧。"

杨晨心下了然地看了陆景然一眼，笑眯眯地说道："然神不愧是然神。"

说罢，他便和自己的队友先行离开。

"他那句话什么意思？"江洛琪一头雾水，总觉得杨晨说那句话配上那副表情似是有深意一般。

温旭阳不甚在意地打了个哈欠："管他呢。我饿了，我们赶紧回基地点个夜宵吧。"

江洛琪看着AK众人越走越远的身影，心底却隐隐浮现出不好的预感。

回到基地后，陆景然给众人点了份夜宵外卖，而岳青寒和布丁则是趁机给他们进行赛后复盘，点出他们今日比赛的一些小失误。

就这样折腾到了凌晨两点。

职业选手熬夜是常态，对他们来说凌晨两点不算晚，甚至有时候他们为了训练还会通宵练枪。

但是考虑到他们的身体状况，陈明便立下了规矩，无特殊原因两点半前必须上床睡觉，违者罚款一百元。

以至于在两点二十九分时，江洛琪眼睁睁地看见除陆景然之外的三人，皆都争先恐后地钻进了电梯回了自己房间。

江洛琪站在一楼客厅一脸蒙。

随即便察觉到自己的后领被拎了起来，然后她整个人被扔进了电梯。

在她还未反应过来之时，陆景然面无表情地走了进来，顺手按下了四楼。

江洛琪怯生生地开口问："他们怎么溜得这么快？"

陆景然抬手看了看腕表，漫不经心地解释："老陈规定两点半前必须上床睡觉，违者罚款一百元。"

"……"江洛琪悄悄地瞥了一眼手机屏幕，此时已是两点三十五分了。

她问："那你为什么不急？"

陆景然看了她一眼，那目光或多或少带了些鄙夷："我像是缺那钱的人吗？"

江洛琪："……"

她哭丧着一张脸："我缺啊，老大……"

电梯"叮"的一声到达了四楼，江洛琪迅速地向陆景然道了声"晚安"，又迅速地冲进了房间。

陈明正在微信群里重申他立下的规定，念江洛琪是初犯且先前不知情的分儿上原谅了她这一次。

而陆景然，则被理所当然地罚了一百块钱。

陈明又贴出了这个月的罚款名单，光是迟到晚睡这一项，陆景然便被罚了不下一千元。

但陆景然的反应，就和他先前在电梯里表现的一样无所谓——

老子就是不缺钱！

第二日C、D两组战队比赛，AON众人窝在训练室里看比赛直播。

由于陆景然、温旭阳和阿昆都签了直播合同，每个月都规定了固定的直播时长，所以他们便趁此机会也开了直播，带着粉丝一起ob（第三方解说）今天的比赛。

江洛琪的直播合同在她官宣之后才生效，所以她并不需要像另外三人一样想方设法补直播时长。

江洛琪的位置在训练室最里面，她窝在电竞椅里，电脑上播放的并不是比赛主直播间，而是EMP的战队视角直播间。

EMP被分在了C组，意味着AON和他们撞上要等到小组赛的最后一天。

而今天这场比赛，也是程一扬加入EMP之后的比赛首秀。

江洛琪撕开了一包薯片放在电脑旁，时不时地又瞅一眼旁边陆景然的电脑屏幕。

陆景然虽然在直播，但是摄像头并没有对着自己的脸，而是直接对着键盘。他也不像温旭阳和阿昆一样会仔细分析比赛战况，只是偶尔冒出一句——

"没了。"

"能打。"

"又白给。"

可虽然是这样，陆景然直播间的人气依旧高居不下。

江洛琪戴着耳机观察着程一扬的操作，余光却突然瞥到一只手越过陆景然的键盘上方，伸进了薯片袋子，又掏出一大把薯片缩了回去。

"……"江洛琪收回目光，此时程一扬正架着一把M24在房屋里打靶。

说起来，程一扬有个习惯，如果M24和98K同时摆在他的面前，那么他一定就会选择M24。尽管98K的威力比M24要高，但相对于98K来说，程一扬用M24更为顺手，也更容易狙击到人。

等到程一扬收下几个人头后，江洛琪看到那只手又伸了过来。

同样是抓了一大把薯片，缩回去的过程还不小心掉了一块在陆景然的键盘上。

陆景然凝视着自己键盘上的薯片："……"

下一秒，那块薯片又迅速被身旁的人捡了起来塞进了嘴里，还不忘抽出一张纸巾替陆景然擦了擦键盘。

目睹这一系列动作的江洛琪："……"

第一场比赛结束，EMP高击杀"吃鸡"。

EMP的队长魏思远上台接受采访，首先便是夸赞了一番程一扬的狙击枪法，又感叹遇到程一扬这样的队友实在是三生有幸。话里话外都在讽刺程一扬以前的东家——AON，是如何对他不公的。

"这他妈放屁！"温旭阳忍不住就爆了一句粗口，第三次将手伸到江洛琪的薯片袋里。

江洛琪忍无可忍："欸，我说……"

话还未说完，便见陆景然倏然起身，阴沉着脸走出了训练室。

江洛琪和温旭阳对视一眼，疑惑地问道："然哥这是怎么了？"

"可能上厕所去了吧。"温旭阳浑不在意地塞了满口的薯片，还有滋有味地舔了舔手指。

此时温旭阳的直播间弹幕——

> 太阳神请注意形象，摸了键盘鼠标和耳机的手就不要塞嘴里了。

> 我觉得然神应该是受不了太阳神在这一直吧唧嘴。

> 同感，另外问一下，太阳神吃的什么口味的薯片？

> 我弱弱地问一句，你们难道就没听到太阳神刚才在和一个妹子说话吗？

> 怎么可能是妹子，众所周知AON基地就是和尚庙，连官博小姐姐都不愿意多待。

> …………

五分钟后，陆景然回来了。

温旭阳头都没抬一下，开玩笑地问他："老大你的肾还好吗？怎么上个厕所这么久？"

话音刚落，便听见"哗啦"一声，十几包薯片全都砸在了温旭阳头上。

"卧槽？"温旭阳被吓了一跳，直接从椅子上弹了起来。

"哈哈哈哈哈……"江洛琪控制不住笑出声来。

陆景然淡定自若地坐回了自己的位置，看江洛琪笑得东倒西歪，抬手撑了撑她的椅子扶手。

"小心点，别摔了。"

此时，陆景然直播间的粉丝刚从温旭阳直播间里看了刚才那一幕薯片雨后赶了回来，正巧听到了这句温柔提醒——

> 什么情况？

> 别告诉我这是对太阳神说的？？

> 温柔然神难得一见，可惜看不到他说这话的表情。

完了完了完了，我然神被太阳神掰弯了。

此处@狐狸，她老公移情别恋了。

请说清楚狐狸的老公是太阳神而不是我们然神！

陆景然瞥了一眼屏幕上的弹幕，轻声解释了句："那句话不是和温旭阳说的。"

然而这句话掀起的风浪更大——

不是太阳神？难道是阿昆？

天哪？究竟是谁？西瓜？阿昆？我感觉我奇怪的知识增加了。

刚才在太阳神直播间好像听到了妹子的声音，那句话是不是对妹子说的？

妹子？？你是说AON和尚庙里出现了一个妹子？？

惊天新闻，AON成员金屋藏娇了！！

见陆景然一直盯着屏幕上滚动的弹幕，江洛琪也不由得好奇地凑了过去："然哥你在看什么？"

"没什么。"

虽是这么说，但陆景然仍是往旁边挪了下椅子，将屏幕让给江洛琪看——

我听得真真切切！就是妹子的声音！

对，她还叫了声"然哥"！我的妈呀！OMG！

跪求然神移一下摄像头，让我们看看小姐姐长什么样。

声音很好听，肯定是个美女。

等等，不会是然神的女朋友吧？

女朋友？？？！！！

女朋友？？？

女朋友！！！

屏幕顿时被这三个字刷屏。

江洛琪："……"

她偏头看了陆景然一眼，而后者气定神闲地倚在椅背上，宛若置身事外一般，丝毫没有要解释的意图。

而自始至终都不知情的局外人阿昆摘下了耳机，一脸迷茫地望着陆景然，扬声问道："老大，你究竟干了什么丧尽天良的事情？为什么你的粉丝都跑到我的直播间来问我你是不是有女朋友了？"

…………

第二日C、D两组的比赛，D组的EMP战队总分数排名第一，比A组鲸鱼战队还多出了十分，而C组的PTG战队总分数排名第二。

第四日比赛AON战队发挥稳定，同在B组的AK战队吃了上次的亏，这次便也不敢和AON抢挑点。除了西瓜有时候会出现操作失误的问题之外，他们的总分数仍然稳定在了前五。

转眼间就到了小组赛最后一日，也是众人万分期待的B、D组对决。

准确地说，他们想看的是AON战队对决EMP战队。

尽管比赛中也不一定就会遇上，但是一想到有这种可能，两个战队的粉丝都忍不住热血沸腾起来。

江洛琪依旧随行观战。

第一、二场"海岛地图"，也不知是不是运气好，AON战队始终没有和EMP战队遇上。进决赛圈之前，总有一个战队在转移进圈的途中全军覆没。

中场休息，江洛琪吃完盒饭前去卫生间。可谁知刚从卫生间出来，便和程一扬迎面碰上。

"琪琪？"程一扬不敢置信地盯着她看了半晌，声音带了几分惊讶，"你怎么在这里？"

江洛琪将头发撩至耳后，微垂着眼眸并未回答他的问题。

程一扬自顾自地又问了句："你不是在美国吗？什么时候回来的？"

江洛琪这才抬眸看了他一眼，目光疏离："我在哪儿好像和你没有关系吧？"

"也是。"程一扬微眯双眼，视线触及她脖子上挂着的工作牌——AON工作人员。

"A、O、N，"程一扬一字一句地念出了声，随即目光复杂地说，"我现在已经不在AON了，你要是想来EMP工作，我可以和我们经理说一声。"

江洛琪一愣，意识到程一扬的言外之意后轻笑出声。

"你以为我进AON是因为你？"江洛琪嗤笑。

程一扬皱了皱眉："难道不是吗？"

江洛琪淡淡地扫了他一眼，眸光更冷了几分："你未免也太看得起你自己了吧？"

"琪琪，"程一扬脸色一凝，带着些许恼羞成怒，"你在AON做工作人员又有什么出路？好好回去读书不好吗？"

"程一扬。"江洛琪深吸了口气。

程一扬："嗯？"

"别叫我琪琪，怪恶心的。"

说完，江洛琪便打算直接绕过他回到休息室，手腕却冷不丁被他一把扣住。

与此同时，江洛琪的另一只手腕也被人捏在了手心。

"然哥？"

看清来人后，江洛琪又惊又喜。

而陆景然并没有低头看她，只是沉默地同程一扬对峙。

程一扬似是也很惊讶陆景然的此番举动，看了眼他又看了眼江洛琪，最终还是松开了手。

陆景然顺势将江洛琪拉到了身后，只是捏着她手腕的手不曾松开。

"我还以为什么呢，"程一扬嘲讽地说道："原来是傍上了金主。"

金主？江洛琪又是一脸懵逼，这是说她吗？

陆景然的神色从始至终都没有半分变化，只是淡淡地说道："我们AON的人你管不着。"

"这是自然，"程一扬依旧笑着，"我只是在对我的前女友做出真诚建议，我也是为了她着想。"

他不提这件事还好，一提，更何况还是当着陆景然的面提，江洛琪自然就忍不了了。

"程一扬，有句话你听说过没？"江洛琪从陆景然身后探出个脑袋，"一个合格的前任就应该像死了一样。"

她的语气微冷："你要是做不到，需不需要我帮你一把？"

闻言，程一扬莫名感觉到了从体内升起的一股寒意。

他扯了扯嘴角："比赛快开始了，我就不和你们多废话了。"

江洛琪毫不客气："好走不送。"

待程一扬走后，陆景然这才垂头看向江洛琪。

他的眼眸幽静而又深邃，眸光晦暗不明。

不知为何，江洛琪却有种心虚的感觉，明明她也没做错什么。

她闪躲着目光，不知该说些什么。

半晌，陆景然才开口："以后遇到他不用理会。"

他的语气不咸不淡，听不出任何情绪。

江洛琪低着头"哦"了一声，目光突然落在了自己的手腕上。

陆景然的手仍是没有松开。

意识到这点的江洛琪呼吸顿了顿，此时这里只剩下他们二人，身体周遭的感官似是也清晰了起来。

手腕上贴合的皮肤传来阵阵暖意，陆景然的身上有着淡淡的烟草味。

尽管陈明平日里明令禁止选手抽烟，但他们有时候为了提神也会不管不顾地抽上一根。

陆景然也是，只是没有瘾，偶尔而已。

"发什么呆，回去了。"

清冷的声音将江洛琪拉回了现实，随即在她还未反应过来之时，陆景然便拉着她的手往休息室的方向走去。

在门口处陆景然松开了手，与此同时休息室的门从里面打开了。

温旭阳惊讶道："我们刚要去找你，比赛要开始了。"

"嗯，"陆景然侧头，"你先进去吧。"

温旭阳这才发现陆景然是和江洛琪一起回来的，只是比赛在即，他并没有多想，而是侧过了身子让江洛琪进去。

"加油。"江洛琪回过头，直视着陆景然的双眼，轻声说道。

第三场"沙漠图"比赛正式开始。

AON依旧选择皮卡多跳点，而EMP的跳点则是狮城。

就在大家猜测AON和EMP这场比赛会不会遇上之时，便见陆景然在两分三十秒的时候骑了一辆摩托车朝狮城的方向疾驰而去。

"他要干什么？"

不仅是休息室里的几人，就连观众席也都是一片哗然。

AON其余三人并没有跟上来，只有陆景然一人孤军深入。

难道他是想一人单挑EMP全队？

江洛琪看着面前屏幕上的"AON_Ran"距离狮城越来越近，心也忍不住提了起来。

狮城的EMP四人并不知道到底发生了什么事，他们的物资已搜寻得差不多了，正准备探查一下四周的视野。

眼见着陆景然的摩托开向了狮城上方靠近陨石坑的野区，就那么一刹那，江洛琪顿时就明白了陆景然的意图。

紧接着，似是要验证江洛琪的心中猜测一般，程一扬正好在狮城上方的马路边寻找载具，待他发现不对劲时，人已经倒了下来。

AON_Ran使用M416击倒了EMP_Young

AON_Ran使用M416淘汰了EMP_Young

随后，陆景然迅速骑上摩托，又飙回了皮卡多。

这一连串的动作也不过就花费了一分钟而已。

比赛台上，程一扬望着自己灰下来的屏幕，脸色难看至极。

而休息室内三人的脸色也并没有因为陆景然此举成功了而恢复正常。

岳青寒仍是拧着眉："小然这次太冲动了，虽然训练赛的时候就已经研究出来程一扬的行动路线，但是万一要是被提前发现了，这一分就白送了。"

陈明赞同地点了点头："看得我心脏病都快要吓出来了，还好没有被反杀。"

江洛琪单手撑着脑袋，思绪却是有点混乱。

她有点不明白陆景然的举动是为了什么，单纯地为AON出口气吗？可是为什么在前两场比赛的时候却又毫无作为？抑或是……

脑海画面回转到之前在卫生间前他护着自己的那一幕，江洛琪愣了愣。

总不可能是因为她吧？

心里存着疑问，第四场比赛"沙漠地图"又开始了。

这一局程一扬明显是怕陆景然再来阴他，开局一直躲在狮城内不出来。

圈一直往西边刷，AON四人转移速度较快，占据了一个较高的点位。

摸不准陆景然这局会不会又做出什么惊天动地的事，EMP四人进圈都进得小心翼翼。

而陆景然一直在注意屏幕右上角的淘汰信息。

直到——

EMP_Young使用Kar98K命中头部击倒了CT_Rain

98K的枪声距离不远，陆景然已是打好了主意。

只是他还未行动，耳机里便传来了队友的声音。

温旭阳："队长，我和你一起去。"

阿昆："我也要一起。"

西瓜："我也去。"

陆景然抿了抿唇——

"走吧。"

EMP四人占据了一座山的山顶，正观察着四周的战况，却冷不丁听到一声枪响——

AON_Watermelon使用M24命中头部击倒了EMP_Pink

导火线就此引燃，大战一触即发。

AON四人就在EMP对面的那座山上，隔山相望，枪林弹雨。

这种情况下就算能击倒人，补掉却是十分困难，所以在别的战队眼里，AON和EMP不过就是在浪费时间而已。

两方山头都起了不少烟，谁都没有再进一步的打算。

而此时，圈将AON和EMP都刷了出去。

EMP显然不想与AON久战，扔了烟便往后撤，纷纷坐上车准备绕道进圈。

而就当程一扬刚坐上一辆"蹦蹦车"的驾驶位时，两声枪响划过天际——

AON_Ran使用自动装填步枪命中头部击倒了EMP_Young

击倒距离246米。

仅仅两枪。

枪枪中头。

枪法精准得可怕。

程一扬这才意识到，刚才AON所谓的骚扰，也不过就是在确定哪个人是他。

心底凉意渐生，又逐渐转为怒火。

之前在对战时已经将烟幕弹都消耗完了，这次队友根本就来不及救他——

AON_Ran使用自动装填步枪命中头部淘汰了EMP_Young

再次全场轰动。

这一局比赛和上把一样，陆景然淘汰了程一扬后，便带着队友撤离。兴许是被AON搅乱了节奏，EMP最后并没有进入决赛圈。

这场比赛一结束，程一扬扔了耳机就要去找陆景然讨说法，却被队友们死死拦住。

左右两侧中心位置，两道目光遥遥相望。

一愤怒，一冷漠。

程一扬气得脸色铁青，但碍于比赛规则，再怎么样都不能在比赛期间寻衅挑事。

于是在最后一把"雨林图"，EMP四人追着AON报仇，双方两败俱伤，被其他战队收了渔翁之利。

小组赛结束，AON以总分第五的成绩晋级总决赛。EMP最终还是比AON多了十几分，位列第二。小组第一则是PTG战队。

小组赛积分前十六的队伍晋级总决赛，皆是实力强劲不容小觑的队伍。各战队休憩一天，下周一正式开始总决赛。

比赛结束，陆景然回到休息室后自然是被岳青寒说教了一番。但总归来说结果还是好的，岳青寒也只是让他以后别这么冲动。

众人回到基地，依旧是先进行赛后复盘，随后陈明宣布了明天给选手们放一天假，自行安排活动。

只是对于他们这些日常活动便是天梯和训练赛的职业选手来说，放不放假都没有什么区别。

江洛琪回到房间洗了个澡，边擦头发边走到了阳台上。

旁边陆景然的房间仍然亮着灯，窗帘掩了一半。江洛琪趴在栏杆上，下意识就探出身子想看看陆景然在干什么。

这时，隔壁阳台门被突然拉开，修长的身影半倚靠在门边。陆景然神色淡然，眸光幽幽地望向这边。

偷看被抓包的江洛琪讪讪地缩回了身子，干笑了一声，尴尬地和他打了个招呼："嗨，然哥，晚上好。"

陆景然懒懒地看了她一眼，又垂眸看向手腕上的腕表，略带低沉的声音同这寂静的半夜相得益彰："这么晚了，你怎么还没睡？"

"刚洗完澡，出来透口气。"江洛琪指了指自己未干的头发，解释道。

陆景然的目光顺着她的手指落在了她的头发上，感受到阳台上的丝丝凉风，他又转身进了房间。

江洛琪依旧趴在栏杆上，依稀能看见他在床头的抽屉里翻找着什么。

陆景然的房间风格就是简洁的冷灰色，连带着家具床单被子也是清一色的灰白。被那冷光的白炽灯一打，房间更显单调。

不一会儿，陆景然便回到了阳台，直接将手中的东西扔给了她。

"早点吹干头发早点睡觉。"

江洛琪手忙脚乱地接住，才发现是吹风机。她平日里没有吹头发的习惯，总是让头发自然干。但今日回来得晚，她若是等头发自然干就不知道会等到几点。

"外面冷，进去吧。"陆景然垂眼盯着她，深邃的眸光此时泛着不易察觉的温柔。

江洛琪"哦"了一声，正准备转身回房，却又突然想到了什么似的顿住了脚步。

陆景然沉默地看她。

江洛琪回过身子，试探性地问道："然哥，今天你为什么要针对程一扬？"

同样的问题温旭阳他们也都问过，但是陆景然都没有回答。

直到现在——

陆景然同江洛琪对视，见她的眉头微蹙着，未干的头发耷拉在耳旁，一双闪着碎光的黑眸似是满怀期待地看着他。

"不为什么"这四个字滑到嘴边又被他生生地咽了下去。

他幽深无澜的眸底似是盛了一丝笑意，随即便听他轻声说："只是想告诉他，不要随随便便就欺负我们AON的人。"

顿了顿，他的眸色更深了几分："尤其是你。"

江洛琪愣在原地。

见她这副模样，陆景然敛了眸中的情绪，又淡淡地说了句："毕竟你现在是我们的队友，今天换了谁在那里都会为你出气。"

这句话将江洛琪的思绪拉了回来，她眨了眨眼。

好像……这个理由也的确说得过去。

至少比刚才那个模糊不清的答案，更容易让她接受而不胡思乱想。

"这下你可以去休息了吧。"陆景然的声音带着一丝无奈。

"不，"江洛琪却摇头，嘴角露出狡黠的笑容，"然哥，你知道今天是什么日子吗？"

时间已经过了十二点，正是十二月二十四日——平安夜。

陆景然定定地看着她，没说话，却猜到了她接下来会说什么。

江洛琪继续说道："我好久没回S市了，想去市区玩，但是我的车没送回来，不知道然哥你方不方便带我一程？"

"你一个人吗？"陆景然问。

江洛琪点头。

陆景然淡然地移开了目光："正好我明天也要去市区，带你一起。"

"好，谢谢然哥，"江洛琪眼角一弯，晃了晃手中的吹风机，"我去吹头发了。"

"嗯。"

陆景然目视着江洛琪进了房间，侧倚靠在栏杆上，从口袋里摸出了一包烟，取出一根点燃。

烟雾缭绕，他眯了眯眼，嘴角溢出一个若有似无的笑。

一根燃尽，陆景然回房，正准备休息时却听到门口传来一阵敲门声，以及一道细微的呼唤——

"老大，你睡了没……"

陆景然沉着脸开了门。

门口温旭阳一脸谄媚地笑着，一看就知道有事相求。

陆景然眉尾微挑，言简意赅："什么事？"

"咳咳，"温旭阳有些不好意思地开口，"今天不是平安夜嘛，我之前答应啾啾要请她吃饭，所以想借一下你的车出门……"

陆景然"嗯"了一声，顺手从门边的柜台上拿了车钥匙就扔给了他。

温旭阳没想到陆景然这次这么好说话，吃惊之余还不忘狗腿地奉承几句："老大！今日之恩小弟没齿难忘，以后必定为你当牛做马毫无怨言，你让我往东我绝不敢往西……"

"滚。"陆景然面无表情地踹了他一脚，毫不留情地把门关上。

而门外的温旭阳却仍旧一副宛若做梦般的表情，盯着自己手里的车钥匙看了半晌，最后总结出一个结论——

老大心情挺好。

回房后，温旭阳又收到了一条来自陆景然的微信消息——

老大：注意安全。

温旭阳："……"

他怎么觉得这番话里有另外的意味？

第四章 所谓世家

翌日，江洛琪一觉睡到中午才起来。

她洗漱之后下楼，发现客厅就阿昆一人。

阿昆一看到她就指了指餐厅的方向："然哥点了外卖，趁热吃。"

江洛琪打了个哈欠坐在餐桌旁，边吃边问："然哥和太阳神呢？他们吃完了？"

阿昆瘫在沙发上玩手机，闻言头也没抬："温旭阳老早就出门了，也不知道干什么去，反正笑得一脸猥琐，应该不是什么好事。"

顿了顿，他又说："然哥应该在房里吧，他说你要找他就给他发消息。"

"噢。"江洛琪拿出了手机，先是给陆景然发了个消息，随后顺手点进了朋友圈。

朋友圈里都是些无聊日常，她的大学室友云西子在一个小时前发了一张"单排吃鸡"的截图，十七杀。

说起来自己还有礼物没有给她。

江洛琪点了个赞回复她——

> 到时候一起玩。

继续往下翻，却在无意间发现阮秋涵发了张自拍照。

时间大概是两个小时前。

配文——

"好久没出门了，出门逛逛，平安夜大家记得吃苹果。"

江洛琪默了半晌。

直觉告诉她这件事并不简单。

她径直点开了阮秋涵的头像。

Loki要拿99杀：［微笑］

Loki要拿99杀：去哪鬼混了？我还想让你今天陪我去逛街。

［微笑］

不过几秒，手机振动了一下，江洛琪原以为是阮秋涵回复了她，却发现陆景然的消息框多了一个红色的"1"。

陆景然：就来。

江洛琪顿时就将阮秋涵的事情抛在了脑后，迅速吃完了饭。

陆景然也在这时下了楼。

他穿着一件长款的黑色呢子大衣，戴着一个黑色的鸭舌帽，帽檐投下的阴影遮住了他眸底的情绪。

阿昆听到声音也坐了起来，看了眼陆景然又看了眼江洛琪，疑惑问道："你们今天要出去？"

"嗯，"陆景然简单地解释了下，"去市区。"

阿昆听完也没追问，继续躺回沙发上，低声嘀咕："今天什么日子，怎么一个两个都往市区跑？"

江洛琪屁颠屁颠地跟在陆景然身后出了门，却见他并未往车库方向走去，而是径直出了别墅大门，连忙加快了脚步与他并肩。

"然哥，不是开车吗？"江洛琪眨着眼睛问。

陆景然漫不经心地看了一眼时间，说："我那辆车借给温旭阳了。"

江洛琪愕然："那我们……"

话音还未落下，便见不远处一辆黑色的宾利轿车缓缓驶了过来。

副驾驶的车窗落了下来，陆景然见到驾驶座的人似是很惊讶："崇叔，您怎么亲自来了？"

说着，他打开了后座的门，示意江洛琪上车。

江洛琪也不方便多问，只得先爬上了车。却见那个被称为"崇叔"的人透过后视镜打量了她一番，眸光锋利。

她强压住内心的悸动，礼貌地回以一笑。实际上内心却在猜测这人到底是什么身份，单单一眼的气场便如此强势。

直到陆景然上了车坐在江洛琪身旁，崇叔启动车子后，才开口："三少爷，老爷子听说了你上次比赛失利，想找你聊聊但一直没时间。这次听说你要用车，老爷子便让我来了解一下情况。"

江洛琪能明显感觉到陆景然对崇叔比较尊敬，少了几分平时的冷冽，说的话也比平时多了不少。

"比赛失利是常事，也没什么，主要还是因为我们识人不清，这才着了道。您让爷爷不需要担心，我都能处理好的。"

"嗯。"崇叔似是满意地笑了笑，又透过后视镜看了江洛琪一眼。

盛满笑意的眸子很容易带给人慈祥的感觉，但江洛琪仍然察觉到了他眼底掩藏的锋芒凌厉。

这是浸淫商场多年，经历过多次腥风血雨才能显露出这种不露自威的气场。

这种感觉江洛琪也只在她的父亲谈生意时感受过。

她的脊背不由得一僵，这样的气氛令她实在是不自在。

随即便听到崇叔问："这位小姐的眉眼有些眼熟，是不是在哪见过？"

江洛琪正要做一番自我介绍，身旁的陆景然倒是先开了口。

他的神色依旧没有什么变化，淡定自若地替江洛琪回答："她姓江，C市人。"

崇叔恍然大悟："原来是江小姐。"

也就在这一刻，江洛琪能明显感觉到周遭的气压瞬间消融。

她还在疑惑当中，陆景然却又转移了话题，旁若无人地和崇叔聊起了家常。

"爷爷身体还好吗？"

"老爷子身体一向康健，没什么大问题。"

"大哥回来了吗？"

"大少爷回来了，只是近段时间经常往C市跑，除了老爷子也没人敢多问。"

"我哥最近怎么样？"

"二少爷倒还是那样，最近好像在追查什么案件，比较忙。"

江洛琪望着窗外，听到他们的对话也依旧毫无波澜。

早先她便听说过AON的队长陆景然是豪门世家子弟，但是任凭网友怎么扒都扒不出他的真实身份。而他们江家在C市也算得上有头有脸的世家，所以对此也是见怪不怪。

车子在市中心的一处商场前停了下来。

在江洛琪和陆景然下车前，崇叔出声叮嘱道："你们要回去了给我打电话，我派人来接你们。"

陆景然颔首："谢崇叔。"

江洛琪也跟着说了句谢谢。

崇叔笑眯眯地和江洛琪道了声"再见"，眉宇言语间已经没有一开始的警惕疏离。

她心想，兴许是他认识自己的父亲，所以态度才转变得这么快。

随后车子驶离，江洛琪望了望四周，问："然哥，你不是说你有事情要办吗？要不你先去忙？"

"没事，"陆景然顺手压了压帽檐，"现在没事了。"

"那你……"江洛琪微愣。

陆景然敛眸："你想干吗，我陪你。"

"真的？"江洛琪不确定地反问。

陆景然低低地"嗯"了一声。

江洛琪顿时来了兴致，掰着手指一件一件地数道："我想去买衣服鞋子，还想去专柜看看新品，还想去吃这里最出名的那家日料，晚上还想看最新上映的院线大片……"

陆景然："……"

好像有点后悔。

江洛琪自然是不敢让陆景然陪她到处逛一整个下午的，她直接去了几家以前常去的品牌店。除了试衣服时会问陆景然意见，其他时候就让他一个人在沙发上待着。

只是兴许他的气质太过于打眼，尽管戴了帽子遮挡了半张脸，但来来往往的年轻女孩仍是会忍不住多瞧他几眼。

江洛琪刚试完几套衣服出来，就见一女孩大着胆子走向了陆景然，红着脸对他说了什么。

陆景然懒洋洋地抬眼，眼睛蒙眬地氤着雾气，却没看那女孩，而是越过她，目光径直落在了她身后的江洛琪身上。

那女孩似是感应到了什么，一回头，便触到了江洛琪情绪不明的眼神，脸更红了，尴尬地说了声"抱歉"，便小跑着离开了。

陆景然垂头继续玩着手机游戏。

江洛琪结了账，有些无奈地坐在他的身旁："然哥，你这样不怕粉丝认出来吗？"

闻言，陆景然头也没抬："不会的。"

江洛琪："……"

她看了眼他清俊的侧脸，大半张脸都隐在阴影之下，不仔细看的确很难认出他的脸，但是——

江洛琪扶额，他可能低估了他的粉丝。

"我之前预订了Y家新款包包，你是在这里等我，还是和我一起去？"

江洛琪不敢对这位爷呼来喝去，每次去下一家店都要询问一下他的想法。

陆景然指尖一顿，随即熟练地点了游戏退出键，手指一滑，手机便落入了他的口袋。

他站起了身："走吧。"

江洛琪提着袋子跟在陆景然身后，察觉到包里手机一振动，正想掏出手机看一眼，却冷不丁撞上了陆景然的背。

鼻尖是好闻而又清爽的洗衣液气味。

"……然哥，你怎么停了？"江洛琪摸了摸额头。

陆景然单手插兜，轻飘飘地瞥了她一眼，理直气壮："我不认路。"

"……跟我来。"

江洛琪绕到陆景然身前，正想继续往前走，却忽然感觉到手上提的袋子被人扯住了。

不由停下来回头。

陆景然恣意地站在那儿，右手伸出了两根手指钩住了江洛琪袋子上的丝绳。

他的手细白而纤长，骨节微微凸起，泛着好看的白。

他的头似是没力气般耷拉着，片刻后才慵懒地开口："给我吧。"

两人这停顿的一番动作，已是惹得路人纷纷侧目。

随即一道压抑的惊呼声悄然在人群中炸开——

"这……这是然神吗？天哪，我是见到活的然神了吗？"

"的确好像……这就是然神吧……"

"有生之年竟然能看到然神逛商场……"

周遭议论声愈发大了起来，但那些粉丝却也只敢远远地看着不敢接近。

毕竟陆景然以前从未如此公开地出现在公共场合，如今突然出现倒让粉丝无法轻易接受这就是然神本人的事实。

更何况——

粉丝的目光顺着陆景然的动作落在了一旁的江洛琪身上。

——更加不敢相信然神竟然会和女生一起逛商场。

江洛琪扯了扯嘴角，看了一眼仍旧置身事外的陆景然，眼神质问他："不是说不会被认出来吗？"

陆景然微微耸了耸肩，偏过头去，一副和我无关的模样。

江洛琪："……"

周围聚集的人越来越多，甚至还有人偷偷打开相机拍照录视频。

事已至此——

江洛琪深吸了口气，提着袋子的手松了开来。

就在陆景然的注视之下，江洛琪扬着灿烂的笑容，朝那群围观的粉丝挥了挥手："嗨，你们好啊，我是然神此次出门的随行工作人员。这次出现在这里也是给粉丝福利，既然你们认出然神了，给你们十分钟的机会和然神签名合影留念哦……"

随即，迎着陆景然转变为惊愕的目光，江洛琪堂而皇之地溜了。

本来粉丝还不确定这是不是真的然神，被江洛琪这么一说，瞬间就沸腾了起来，一个两个争着抢着要和陆景然合影留念。

被粉丝团团围住的陆景然："……"

够狠。

江洛琪直接去Y家拿了预订的新款包包，回到先前的地方后已经过去了八分钟。

看着依旧被粉丝围得水泄不通的陆景然，江洛琪心里同情了两秒，随后蹲在一旁，慢吞吞地从包里掏出了手机。

先是拍了一张陆景然此刻被困的照片顺手发到了AON微信群，然后点开了阮秋涵刚才回复她的信息——

> 阮啾啾：对不起啊宝贝儿，今天我和朋友有约了，下次再陪你逛街~
>
> 阮啾啾：爱你，么么哒~
>
> 阮啾啾：平安夜快乐，记得吃苹果哦~［Wink］
>
> 江洛琪面无表情地回复了一句：老子不需要。

刚好两分钟。

江洛琪起身，捋了捋衣服上的褶皱，朝着那群粉丝走了过去。

"各位，十分钟到了，别打扰然神了。然神也是趁着今天出来放松的，大家体谅一下，体谅一下！"

幸好那群粉丝都不是无脑的脑残粉，也知道然神性子冷，不太喜欢人多，见状连忙让开了一条路。尽管多有不舍，但是没有继续黏着陆景然。

江洛琪将陆景然拖出了人群，察觉到了身后的低气压，她连忙赔着一张笑脸："然神你听我解释……"

"你说。"陆景然垂着眸，帽檐打下来的阴影遮挡住了他的神色。

江洛琪："……"

这回答好像和她想的不太一样。

陆景然压住了唇角的笑意："嗯？"

"……这个，"江洛琪吞吞吐吐地解释，"与其让他们一直猜测你是不是然神，还不如直截了当告诉他们，不然他们就可能一直跟着我们，到时候影响也不好……"

"所以你就把我卖了？"陆景然漫不经心地反问。

单凭陆景然说话的语气，江洛琪实在是猜不透他的心情，只能拼命摇头。

"没有没有，这怎么能叫卖呢？你看你好歹也是'吃鸡'职业选手，还是拿过世界冠军的，总分析得出当时的局势吧？不那样做的话说不定明天，哦，不，今晚的热搜就是'然神平安夜约会神秘女子'之类的。"

看着江洛琪在这一本正经地胡说八道，陆景然终是抑制不住笑意。

"好了，"陆景然伸手盖住了她的头，轻轻地揉了揉，"你不是要去吃日料吗？走吧。"

江洛琪顿住。

脑子好像有点转不过来了。

日料店在商场八楼。

吸取教训，江洛琪和陆景然坐在了最里面的隔间。

陆景然没吃过这家店的菜，点单的任务自然就交给了江洛琪。她点了几份店里的招牌菜，便让陆景然看菜单还有什么想吃的。

"我最喜欢吃这家的天妇罗和芝士大虾，"江洛琪边说边看手机，"大一的时候我每个星期都要拉着我室友来吃一次。"

陆景然单手撑着下颌，另一只手搭在桌上，手指轻轻地敲着桌面。

他的手机就放在桌上，此时屏幕一亮，好几条微信消息接连蹦了出来。

低眸看了一眼，又似是听到了江洛琪压抑的笑声，陆景然才划了下手机屏幕。

此时，AON微信群——

Loki要拿99杀：［图片］

是陈哥不是老陈：这是干什么？乌泱乌泱一群人，哪个明星来了吗？

kunkunkun：老陈，看仔细点，是我们老大。

是陈哥不是老陈：？？？

布丁：大型被迫营业现场？

岳青寒：今天小然有粉丝见面会？

kunkunkun：没有，估计是出去玩被粉丝认出来了。

Loki要拿99杀：实不相瞒，我拯救了今晚的热搜。

是陈哥不是老陈：？？？

kunkunkun：？？？

布丁：？？？

岳青寒：［疑问］

kunkunkun：寒神你破坏队形了。

太阳神第一帅：发生了什么？老大那张图的背景有点眼熟。

全员沉默。

太阳神第一帅：我一来你们就不说话了？？？

LJR：闭嘴。

这下真的沉默了。

陆景然按了按眉心，抬眸看了江洛琪一眼。

江洛琪只觉得刮来的眼风凉飕飕的，用手机挡住了陆景然的视线，恨不得把自己埋进手机。

好像刚才有点飘过头了。

正好服务员上菜，江洛琪眼疾手快给陆景然夹了只天妇罗："然哥，快吃。"

陆景然慢条斯理地咬了一口。

江洛琪又给他夹了一块寿司。

"然哥，"她又试探性问道，"等会儿一起看电影吗？好莱坞院线动作大片，我等了好久的，那个预告真的超级精彩。"

陆景然没理她。

"然哥……"江洛琪身子往前倾了倾，歪着头，"你是不是生气了……"

话还未说完，便见陆景然忽然抬了头。

他的帽子早已取下，额前几缕刘海耷拉下来，正巧落在眉尾附近。眸色深邃如墨，却依稀能见着点点碎光。头顶上打下暖灯，他的脸部轮廓都变得柔和起来。

没有看出任何类似于不耐烦的情绪，以及——

他的手微抬，筷子上夹了一块寿司准确无误地塞进了江洛琪的嘴里。

"看。"

陆景然懒洋洋地抽回筷子，话虽如此，但是他显得并没有什么兴趣。

"唔……"

江洛琪的思绪还停留在那一个"看"字，下意识就嚼了嚼嘴里的寿司。

然后下一秒——

口腔内芥末的冲意直钻鼻腔，江洛琪连忙将嘴里的寿司吐了出来，猛地咳嗽了起来。她的眼泪完全控制不住溢出眼眶，直到喝了好几杯水才舒缓过来。

"陆景然！"江洛琪瞪他。

"嗯？"陆景然抬眼看她。

她的眼眶微红，此时气呼呼的样子像极了要咬人的兔子。

"啊，"陆景然似是才回过神来，眼角一弯，"我还以为你挺喜欢吃芥末的。"

江洛琪："……"

这个小肚鸡肠的男人！

她自知理亏，只得又吃几块没蘸芥末的寿司压一压嘴里的芥末味。

吃完之后，江洛琪主动付了钱，又和陆景然一起上了十楼。

电影院在十楼。

因为今天是平安夜，外出约会的情侣不少，此时电影院外的等候区也坐满了人，基本都是成双成对的。

也正是因为如此，碍于自家男朋友，在场的女性便也不怎么敢向陆景然投去过多的关注。

江洛琪在吃饭时预订了VIP巨幕厅，在她取完票后陆景然也捧来了一桶爆米花和两杯饮料。

不过他看上去却是有些不自然，像是从来没有做过这种事一般。

江洛琪忍不住笑出了声。

陆景然眸色一暗："你笑什么？"

"没……"江洛琪可不敢再惹这位爷，伸出手拈了个爆米花塞进了陆景然嘴里。

陆景然："……"

陆景然："不太好吃。"

"是吗？"江洛琪也吃了一个，"挺甜的啊，又香又甜。"

"既然这样，"陆景然将那一桶爆米花都塞到了江洛琪怀中，煞有介事地叮嘱，"都归你了，不准浪费。"

"……"江洛琪垂眸看了眼，眼皮一跳，"然哥，你当我饭桶呢？"

陆景然挑眉："难道不是？"

江洛琪否认："不是！"

陆景然："哦。"

并没有将她的否认放在心上。

江洛琪还想为自己争辩几句，这时检票员正好广播电影即将开场，于是她便只有先咽下这口气，拉着陆景然去检票。

VIP巨幕厅内的座位都是豪华单人沙发，江洛琪选的位置在中间靠后，这场电影是3D场次，这个位置正好不远不近。

一坐下陆景然便将手中另一杯饮料放在了江洛琪沙发旁的扶手上，自己则懒洋洋地窝进了沙发里。

江洛琪瞅了他一眼，陆景然淡淡地回视她。

她只得收回了目光，时刻提醒自己不要吃多了没事做去招惹陆大爷。

电影还未开始，周遭的谈话声也极为清晰——

"欸，你说，琪琪是不是生我气了？你看她给我回的消息。"

"放心吧，琪姐哪这么小气，回去的时候我给她带个苹果，就说你送给她的。"

"你傻啊，这样他们不就都知道你今天和我出来玩了吗？"

"……是噢，没关系，我就说和你偶遇。"

"那好吧，好像也只有这样了……等我回去再好好吹一下她的彩虹屁。"

昏暗的环境中，江洛琪眯了眯眼。

身后的声音好像有点耳熟。

还好像和她有关。

她几乎是没有任何迟疑，反过身跪在沙发上，手臂撑在椅背上，幽幽地开口："我说，一个苹果加彩虹屁就能搪塞我吗？"

而此时，陆景然察觉到了动静也回头看去。

巨大屏幕正放着广告，光线突然变得明亮起来。

VIP巨幕厅内，中间靠后的位置，一前一后四人，八目相对。

"……我靠。"

沉默良久的温旭阳爆了句粗口。

陆景然瞥了身后二人一眼就又继续缩回沙发里。

阮秋涵也一时没反应过来,刚才还在谈论的人此刻突然出现在了自己的面前。

这可比鬼故事惊恐多了。

倒是江洛琪先开了口:"好巧啊。"

她眯着眼笑。

"好……好巧……"阮秋涵也笑。

江洛琪轻飘飘地瞪了她一眼:"重色轻友的女人。"

闻言,阮秋涵趴在江洛琪的椅背上,戳了戳她的脸颊,主动服软:"哎呀,琪琪,我也不是故意放你鸽子的,是温旭阳先约的我,我也不好爽约呀……"

江洛琪又瞪了温旭阳一眼,冷笑:"挖墙脚的男人。"

温旭阳:"……"

"不是琪姐,"温旭阳也凑了过来,为自己辩解,"我怎么就挖墙脚了?我还没说你挖我墙脚呢!"

"我挖谁了?"江洛琪翻了个白眼。

温旭阳拼命朝陆景然的方向使眼神,故意压低了声音:"可以啊,琪姐,一声不吭把咱老大搞定了,我和他认识这么多年,还从没见过他来电影院。"

江洛琪:"……"

她解释:"然哥送我来市中心,我只是为了感谢他才请他看电影的。"

"哎呀,琪琪,别解释了,"阮秋涵也压低了声音,一副"我懂"的模样,"我还不了解你?你以前还逃课去看然神的比赛,放心,我不会说出去的。"

百口莫辩的江洛琪:"……"

"电影开始了,别吵。"

低沉不耐烦的声音从旁边沙发传来，温旭阳和阮秋涵顿时乖乖坐正闭了嘴。

江洛琪看了一眼隐在黑暗中的陆景然，默默地扭回了身子。

只是不知道刚才的话他有没有听到。

当年她刚上大一的时候，AON每次比赛她都会想方设法去看现场。因为她成绩好，所以有时候逃课老师也睁一只眼闭一只眼。

但是自从程一扬加入AON后，江洛琪去了美国做交换生，便再也没有去过现场观赛，不过比赛她依旧一场不落地在直播平台上看完。

她口口声声说自己粉的是AON这个战队，和其中某个人无关，但深知她性格的阮秋涵，自然知道她是因为陆景然而粉的AON战队。

为此，阮秋涵早就留了个心眼，一有机会便介绍她和AON几人认识。

而现在，江洛琪如愿以偿进入了AON，却发现现实中的然神和传说中不太一样。

没有那么冷漠高傲，也没有那么难以接近，反而有时对待身边的人都带有一丝温柔，重情重义还护短，尽管有时脾气臭了点，但这也给他增加了一些人间烟火气，不再有那种高高在上的感觉。

江洛琪吃着爆米花，兀自笑了起来。

陆景然单手撑着头，目光从电影银幕上移到了江洛琪脸上，在她嘴角边的笑容停顿了片刻。

明明开场是个生离死别的场景，她为什么笑得这么开心？

电影结束，温旭阳、阮秋涵和江洛琪、陆景然打了个招呼便先溜了。

看着他们二人落荒而逃的背影，江洛琪皱了皱眉，从包里掏出手机给温旭阳发了个微信。

Loki要拿99杀：今晚你要是通宵不回基地，信不信老娘阉了你。［菜刀］

"你这样怎么感觉像是等丈夫归家的原配？"一旁的陆景然冷不

丁地开口，语气似是带有一丝不满。

江洛琪"哼"了声，理直气壮地说："我怕我养了这么多年的白菜被猪拱了。"

陆景然："……"

他转移了话题："我们现在回去吗？"

江洛琪点了点头，不受控制地打了个哈欠："现在快十一点了，明天还有比赛，早点回去休息养精蓄锐。"

陆景然："嗯，走吧。"

此时商场即将关门，电动扶梯上挤满了下楼的人。

陆景然抬手虚虚地放在江洛琪的后脖颈处，防止身后的人推搡。

商场外的广场依旧灯火通明，广场的正中央放置了一棵巨大的圣诞树，上面挂满了彩灯。

饶是将近午夜，S市市中心依旧如同白天一样热闹。

心想着既然来了就应该拍个照做纪念，江洛琪小跑到圣诞树前打算自拍一张。

摄像头打开，画面却正好锁定了陆景然。

周遭人来人往，陆景然双手插兜闲情自若地站在那儿，他身材修长，气质出众，同周围喧闹的气氛显得格格不入。

他的帽檐压得很低，但江洛琪仍能感受到他的目光。

心念一动，她毫不犹豫地按下了拍摄键。

此时此景，定格在了她的手机里。

"姐姐，买苹果吗？平安夜吃苹果能保佑一生平安的哦。"一道稚嫩的声音在身旁响起。

江洛琪回过身来，低头看到了一个约莫十岁的小姑娘，她的胳膊上挎着一个果篮，篮子里装满了又大又红的苹果。

小姑娘仰着头看她，一双大眼睛里满是真诚。

"好啊，姐姐要两个苹果。"江洛琪笑着给了她钱，自己挑了两个苹果。

再次回到陆景然身边，他似是等得有些不耐烦了，转身就走：

"崇叔让司机在那边等我们。"

江洛琪连忙跟在他的身后。

崇叔已经回去了，他派了司机来送陆景然和江洛琪回基地。司机只在陆景然上车的时候恭敬地唤了声"三少爷"，便一路无言。

回到基地时已经快十二点了，一楼客厅没人，关着灯，江洛琪和陆景然便也直接搭了电梯回四楼。

两人在房间门口分开，各自进了房。

陆景然洗了个热水澡，刚出来就收到了温旭阳的微信。

温旭阳：老大，我回来了，钥匙现在给你吗？

LJR：嗯，在房间。

刚发出去没几秒，便传来了敲门声。

陆景然开了门，却见温旭阳的手中还拿了个苹果。

温旭阳有些疑惑："这是谁给你的苹果？为什么放在你房间门口？"

陆景然淡淡地看了他一眼，面无表情地从他手中将苹果和钥匙都拿了过来，在他还未反应过来之时，反手将门关了起来。

"……"

温旭阳摸了摸鼻子，愈发搞不懂老大的心思了。

而房内，陆景然靠在门边，顺手点开了微信。

果然，在他洗澡的时候，江洛琪给他发了两条微信——

Loki要拿99杀：然哥，今天谢谢你啦，记得要吃苹果。

Loki要拿99杀：平安夜快乐。

凌晨五点，江洛琪被自己的手机铃声吵了醒来。

她翻了个身，顺手按掉了电话。

然而还没等几秒，下一个电话又坚持不懈地打了进来。

"……"

江洛琪很窝火。

她一把抄起电话，也没看是谁打来的，一接听就极其不客气地说："有屁快放，别打扰我睡觉。"

"睡觉？"电话那头传来熟悉的贱兮兮的声音，"江洛琪你能耐了？下午五点你还在睡觉？爸妈送你来美国是为了让你来睡觉的吗？"

江洛琪："……"

她看了眼手机屏幕——

江狗。

哦，原来是她的亲哥江洛嘉。

"你要干吗？"江洛琪不耐烦地揉了揉眉心，声音因为刚睡醒有些沙哑。

江洛嘉却是被她这番态度气炸了："我干吗？你忘了今天平安夜吗？我大老远从纽约赶过来，不就是可怜你一个人过节吗？你什么态度啊？"

顿了顿，江洛嘉兴许意识到自己不该这么暴躁，放缓了语气继续说："我在华人超市买了火锅的材料，现在在你公寓门口，快给我开门，我都敲了半天门。"

"……"江洛琪终于意识到了一丝不对劲，"等会儿，你说你在我公寓门口？"

江洛嘉："是啊。"

江洛琪沉默了几秒。

"哥。"

"怎么了？"

"我回国了……"

江洛嘉："……"

"你回国了？"江洛嘉忍不住怒吼，"你他妈不用读书了？说回国就回国？爸妈知道吗？"

"哥！"江洛琪连忙解释，"我学分修完了，和校方申请了回国，不会影响学业的。"

江洛嘉这才冷静了些许，但语气依旧含着怒气："所以你回国没有告诉爸妈？"

江洛琪低低地"嗯"了声。

"那你回国干什么了？"江洛嘉只觉得自己迟早要被这个妹妹气死，"你住在哪？回S大了吗？"

江洛琪："没有，我加入了AON战队，想打职业，现在住在AON的基地。"

江洛嘉："……"

"你别逼我亲自回国把你抓回去。"江洛嘉几乎是咬牙切齿。

"哎呀，哥，你知道我平常喜欢打游戏嘛……"江洛琪使出了惯用的撒娇伎俩，"你别生气，我是真的对这个感兴趣，你暂时别告诉爸妈行吗？也别说我已经回国了……"

江洛嘉："想都别想。"

江洛琪装哭："哥，你难道忍心看到妹妹被爸妈责骂吗？"

江洛嘉冷笑："早就想看了。"

江洛琪："……"

她忍了。

"哥，等过年回家我会亲自和爸妈说清楚的，我好歹也有20岁了，自己的事总能自己做决定吧？"

江洛嘉依旧冷笑："我看你是迫不及待想要嫁人了。"

江洛琪："……"

她狠下心："哥，你要是答应帮我这一次，我可以答应你一个条件。"

"两个。"

她咬牙："两个就两个。"

江洛嘉的语气这才变回了以往的油腔滑调："第一，借我十万块钱。"

"十万？你当我ATM机呢？"江洛琪想都不想直接拒绝。

江洛嘉嗤笑一声，毫不留情地拆穿她："别以为我不知道你藏了多少私房钱，哥哥我最近的钱都用去投资了，现在手头有点紧。怎么？你就这态度？还想我在爸妈面前替你瞒着？"

江洛琪："……行，十万就十万。"

她的心在滴血。

"第二，"江洛嘉唇角压抑不住笑意，"你的车还在这吧，借我开开，过年的时候让爸给你送回来。"

江洛琪："……油费自理，磕着碰着小心爸揍你。"

江洛嘉笑："没问题，车钥匙在哪？"

"公寓，密码221127，在我床头柜第一层抽屉，你别乱翻我东西……"

"知道了知道了，再见。"江洛嘉不耐烦地挂断了电话。

江洛琪看着黑下来的手机："……"

怎么有种被摆了一道的感觉？

被江洛嘉这么一闹，江洛琪也睡不着了，她穿着棉质睡衣，轻手轻脚地出了房间。

她本想去三楼的健身房锻炼一下，却发现训练室的灯亮着。

她好奇地推开了门，才发现四个位置上都坐了人。

从左至右分别是阿昆、温旭阳、陆景然和西瓜。

因为一队的训练室只有四个位置，所以西瓜平常和陆景然他们训练都是用的江洛琪的设备。

而他们四人都戴着耳机正在进行四排，谁都没有注意到门边的动静。

江洛琪轻轻地将门关上，径直走到了陆景然和西瓜的身后，安静地看着他们操作。

打竞技虽然不像训练赛一样针对比赛，但是难度也和训练赛难度相当，同时还能锻炼他们的默契以及磨合意识。

一局结束，他们以高击杀成功"吃鸡"。

西瓜摘下耳机，放松地伸了个懒腰，最先发现了江洛琪。

"琪姐，你怎么起这么早？"

其他几人这才注意到江洛琪，纷纷和她打招呼。

"你们这是一夜没睡还是怎么？"江洛琪随便扯了张凳子坐下，

手臂搭在陆景然和西瓜的椅子扶手上。

温旭阳解释："我们也才刚醒没多久，睡不着，刚才是我们打的第一把。"

而陆景然看着江洛琪单薄的睡衣，皱了皱眉，随手将椅背上自己的外套披在了她的身上。

别墅里开了地暖，不太冷，但江洛琪仍旧拢紧了外套。

"是啊，"阿昆转过身来，"本来想自己练练枪，结果发现他们一个醒得比一个早。"

说到这里，阿昆似是自嘲一笑："以前也就PGC的时候才有这种紧张的感觉，没想到现在这样一个小比赛也让我们乱了阵脚。"

此话一出，众人皆是沉默。

今时不同往日，也正是因为他们想要重现AON的辉煌，所以才会如此草木皆兵。

"好了，"陆景然轻声道，"一个比赛而已，我们还有很多机会，既然现在大家都醒了，那就开始训练吧。训练四个小时，然后大家就继续休息，保持好的状态来迎接比赛。"

"知道了，老大！"

天还没亮。

征程还未结束。

那一颗颗炽热的心，怀着对电竞的热爱，怀着对冠军的渴望，坚定不移。

前方路还遥远，踏过低谷才能攀上高峰。

总要有人，一往无前。

第五章 总决赛

S11赛季"鲸鱼杯"总决赛第一日，共有十六支战队参赛，小组赛前八的战队分别是PTG、EMP、CGM、鲸鱼、AON、BO、TKI和TLS。

能够跻身前十六参加总决赛的战队，实力都不容小觑，更何况这比赛还包含运气的成分，于是比赛结果也就多了几分不确定性。

第一场"海岛地图"，AON跳点P城，PTG跳点学校，EMP跳点Y城，鲸鱼依旧是机场。

第一个圈直接刷在了海岛上，典型的机场圈，隐约可以听见鲸鱼战队那边传来的欢呼声。

前两个圈各战队规规矩矩进圈，为了防止和前几个顺位的战队碰上，AON并没有选择第一时间过桥上岛。

他们在西桥桥头的加油站观察对面的情况，却冷不丁听见载具的声音朝着他们的方向驶来。

一吉普一轿车一摩托，三车三男，直接冲向了AON所在的加油站。

那些人是明知道这里有人故意来冲房区。

陆景然当即指挥队友防守，起烟拉雷。

车上三人下了车后却也不急着rush，直到一声枪响——

EMP_Young使用Kar98K狙击步枪击倒了AON_Watermelon

　　程一扬在加油站后的山头上给队友报点，EMP其余队员趁着西瓜倒地的弱侧绕了过去。

　　他们原先只想多拿一些淘汰分，也没想到会这么早遇到AON。

　　但既然遇到了，自然就不可能撤退。

　　阿昆反应极快，在西瓜倒地的那一瞬间就扔了个烟给他，自己则迅速绕后，然而没想到的是，他和三个壮汉迎面撞上。

　　EMP_Siyuan使用M416突击步枪击倒了AON_Kun

　　EMP_Siyuan使用M416突击步枪淘汰了AON_Kun

　　陆景然和温旭阳慢了几秒赶到，分散站位利用掩体反击。

　　一瞬间，枪林弹雨。

　　解说席上两名解说员的语气也激动了起来。

　　女解说员林栀："EMP的Young首先用栓狙放倒了AON的西瓜，EMP其他三人开始rush，阿昆想要绕后却正好撞上了他们，阿昆被击倒还被补了。Ran和sungod慢了一点，没有成功阻止阿昆的悲剧，此刻AON已经损失两人，但EMP还是满编队伍，Young也正朝着加油站赶来。"

　　男解说员浩南："Ran朝EMP的方向扔了个雷，拉开身位，探出头和小天对枪。两枪头！小天被击倒，Ran还剩一半血量，然神不愧是然神！"

　　林栀："Young又掏出了他的栓狙，八倍镜98K对着sungod的方向，sungod露出了个头皮，一枪！好像打偏了，但是sungod的二级头也没了。"

　　浩南："EMP的队长siyuan开始拉枪线，小天和西瓜两方都暂时救不了，看样子应该都没了。这边EMP的pink依旧往前顶，身后有Young在给他架枪，sungod完全露不了身位。"

　　林栀："桥头咖啡楼的TKI战队观望了很久，好像也想来分一杯羹，TKI的队长星辰在咖啡楼楼顶一直瞄着加油站这里。果然！星辰出手击倒了Ran，而另一边siyuan也拉到了sungod的侧身位，成功将AON团灭。"

浩南："真是可惜了，EMP本来可以以一换四，但然神的人头却被TKI抢了过去。不过这样前后夹击，AON生还的机会也不大。"

AON淘汰一人，排名十六，得分一分。

开局不利。

江洛琪趁着比赛间隙到比赛台上给陆景然他们送水。

他们的状态倒不是很差，就是心情有些沮丧。

EMP战队的位置正好在AON后面，他们是看不到前方的电脑屏幕及坐着的人，但是却看得到走来走去的江洛琪。

程一扬不由嗤笑一声。

周围讨论声喧嚣，但这声嗤笑仍是清晰地落入了江洛琪耳中。

她的动作一顿，转过身平淡无波地看了程一扬一眼。

程一扬好整以暇地回视她，那眼神就像在说："你看，我就说待在AON没前途吧。"

江洛琪不予理会，和陆景然他们聊了会儿天就回了休息室。

而接下来的四场比赛，AON就像是受了诅咒一般，把把都是天谴圈，要么就是在进圈的途中被人拦截，要么就是团战失误被团灭。

以至于今天的五场比赛下来，AON一共只拿了十五分，排名倒数。

这状态，倒和上个月参加PGC小组赛时的状态有些相似。

今天比赛结束，陈明就勒令他们将手机上微博贴吧等软件一一卸载。就连没有参加比赛的江洛琪，也不能幸免。

一回基地，岳青寒和布丁就给陆景然他们进行复盘，江洛琪旁听。

主要原因还是西瓜的节奏和陆景然他们三人有些脱节，之前小组赛的参赛战队实力参差不齐，再加上他们运气不错所以才取得较好的成绩。

但一到总决赛，个个都是实力强劲、参赛经验丰富的老牌战队，AON的这个弱点就被无限放大了。而陆景然本身作为突击手，是战队的主力担当，现在又要兼任指挥，在团战的时候难免会有些力不从心。

不过这次"鲸鱼杯"教练组也没有给AON定下目标，只是让他们好好摸索找寻一下当初的状态。

毕竟他们的征途远不止此。

也是为了让他们放平心态。

接下来的两天比赛，AON的发挥比第一天要稳定许多，但是偶尔仍会有失误，也没有什么精彩的高光操作，就这么平平淡淡地结束了比赛。

AON的成绩不温不火，处于中等，但与他们相反的则是EMP夺得了这一届的"鲸鱼杯"冠军。

程一扬更是在比赛中秀了好几波瞬狙甩狙，获得的关注也是EMP最多的。

网上言论四起，有说AON菜的，也有说AON开始走下坡路的，更有甚者还说EMP会取代AON成为世界冠军。

不过这个言论被其他战队的粉丝群起而攻之，毕竟一次比赛的冠军也证明不了什么。

AON几人在基地倒是好好休息了两天，微博卸载，手机关机，网络上所有言论一律不看，就窝在训练室里偶尔聊聊天，偶尔打打"天梯"，偶尔看看电影，偶尔玩玩"桌游"。

然而AON基地的宁静并没有持续多久，在十二月三十日这天一大早，许久没有登门的官博小姐姐急匆匆地赶了过来。

她按了半天门铃，又给陈明打了无数个电话，陈明才慢吞吞地下楼给她开了门。

"什么事，这么早就来了？"陈明连打了好几个哈欠。

"老陈，你看看这怎么回事？我们官博都要炸了！"

官博小姐姐名叫柚子，大学刚毕业，机缘巧合下来了AON替他们官方运营微博。她和战队成员不算熟稔，所以一有什么事都是先找老陈。

老陈接过柚子手机的时候脑袋还是蒙的，待看到屏幕微博上的一张张照片时，也忍不住睁大了眼睛。

微博文案——

AON队长陆景然和女工作人员谈恋爱石锤！

而配图则是上次平安夜江洛琪和陆景然在商场被粉丝认出时的照片，两人一起提着购物袋相对而立，高糊的图还真看出了那么一点甜蜜。

后面几张配图则是博主观赛"鲸鱼杯"时偷拍的江洛琪，她脖子上挂的工作人员证尤为清晰。

江洛琪的脸辨识度很高，尽管第一张配图她的脸高糊，但仍旧能将她和后面几张清晰照对应上来。

一时之间，AON的粉丝沸腾了，陆景然的女友粉爆炸了，AON的黑粉开始营业了——

陆景然老婆：？？？哪来的野鸡工作人员蹭我老公热度？也不照照镜子看自己长什么丑样，远离我老公OK？

AON的小仙女：楼上恶意怎么这么大？然神谈个恋爱怎么了？而且那个小姐姐长得挺漂亮的啊，我觉得和然神在一起挺配的。

AON是信仰：你们在意的是那个小姐姐配不配然神，我们在意的是AON竟然有这么漂亮的工作人员……实在不敢相信。

吃葡萄不吐葡萄皮：上次在商场碰到了他们，感觉不太像恋人，也许只是关系好的朋友而已。噢，那个小姐姐人还特别好，给我们十分钟让我们和然神合影留念，然神竟然还没拒绝。

无处不在的柠檬精：楼上的实名羡慕了，我也想和然神合影。［柠檬］［柠檬］［柠檬］

AON专业黑粉：难怪然神最近打比赛变菜了，原来是谈恋爱了，训练的时间肯定都用来陪女朋友了吧，真的辣鸡，早点退役吧。［蜡烛］

太阳神阿波罗：怎么哪都有黑粉？我然神训练赛从没缺席过

好吗？

　　白嫖王者：不知道你们记不记得上次然神直播，在他直播间听到的妹子声音……

　　微微一笑：楼上的，+1。

　　kd不上1不改ID：什么时候的直播？我去看看回放。

　　微微一笑：指路12月19日，真真切切是妹子声音。

　　…………

陈明看完热门评论，只觉得头皮发麻。

什么谈恋爱？什么直播？他怎么有点看不懂？

　　柚子抽回手机，一脸凝重地问："你只要告诉我这妹子到底是不是然神女朋友，我好回去赶一下通稿声明，让然神主动发微博承认这件事就完了。不然趁着刚比赛完带节奏的太多了，到时候有人网络暴力这妹子就很难收场了。"

　　"女朋友个屁，"陈明嬛了一把自己的头发，"这妹子是Loki！江洛琪！我们新签的狙击手！"

　　"她就是Loki？"柚子愕然。

　　她之前就听说过AON签了个女职业选手，官宣的通稿她也已经准备好了，就在等上面通知她什么时候发微博官宣，却不承想，她竟然是以这种方式认识Loki的。

　　"好了，没事，正好这段时间也要准备官宣，"陈明摆了摆手，"本来是打算明天去拍宣传照，一月一日官宣的，既然这样的话，就都提前一天吧。你先回去，到时候通知你。"

　　"……好。"

　　待得日上三竿，AON四人才陆续爬起了床。

　　江洛琪在洗手间边刷牙边将手机开了机，屏幕一亮，几十条微信消息顿时蹿了出来。

　　她刷牙的手一顿，另一只手划拉了几下屏幕，点进了微信。

　　微信最上方的是阮秋涵，就这么一上午的时间她就给她发了三十几条消息。

出乎她意料的是，她的大学室友和电竞社的朋友也都在这个时间段给她发了好几条微信。

是出了什么事吗？

江洛琪顺手点开了室友云西子的消息。

云西子：［图片］

云西子：姐妹你回国了？这照片上的人是你吧？

云西子：可以啊，神不知鬼不觉跑到AON当工作人员，就是为了撩男神。［点赞］［点赞］

江洛琪："……"

这什么跟什么？

她又点开了云西子发的图片，正是微博界面的截图，而一看到那个配文，江洛琪险些被自己的漱口水给呛到。

"咳咳……"

江洛琪又点开了其他人的消息，意思大都差不多，都在问她这个微博说的是不是真的。

哦，除了阮秋涵——

阮啾啾：我靠，我气死了，这个"陆景然老婆"是从哪冒出来的？敢说你丑？？？我他妈咽不下这口气！我要和她battle！！

阮啾啾：［图片］

阮啾啾：［图片］

阮啾啾：我"视奸"了这个傻逼的微博，你看看她发的自拍照！！

阮啾啾：真的，从没见过P图技术如此粗糙的网红，亏她还是然神粉丝后援会的副会长，长得丑就算了，还这么没素质！！

阮啾啾：老娘真的要被她气死了！！！

…………

江洛琪实在是想不通，她是怎么骂一个人骂出三十几条的微信的。

洗漱完后，江洛琪下了楼。

陆景然、温旭阳和阿昆正坐在餐桌旁吃饭，见她来了，温旭阳往旁边挪了个座位，把陆景然旁边的座位让给了她。

在下楼期间，江洛琪就把微博下载回来了，此时点开了微博热搜，将手机推到了陆景然桌前。

陆景然夹菜的手一顿，眼眸一扫，又平静地收回了目光。

刚起床，江洛琪不是很有胃口吃饭，此刻上半身半趴在桌上，双手托着脑袋，慢吞吞地开口："然哥，现在该怎么办？"

"不用管。"陆景然黑眸微敛，依旧慢条斯理地吃着饭。

江洛琪"哦"了一声。

既然当事人之一说了让她不用管这件事，那么她也不用操心这件事了。

倒是温旭阳和阿昆好奇地凑了过来，看到微博上的内容也是忍俊不禁。

温旭阳："实不相瞒，从然哥踏进电竞圈的这六年来，只要他身边出现个女的，微博上面那些营销号就会说然哥谈恋爱。"

阿昆点头："但是老大个别女友粉太恐怖了，本来就都是莫须有的事情，她们愣是网络暴力加人肉，别人主动澄清还抓着不放。也就是因为这样，AON的女工作人员都不敢接近老大。"

"这么恐怖吗？"江洛琪咋舌，忽然就想到了阮秋涵给她看的那个小网红。

这边三人聊得起劲，都没注意到陆景然突然放下了碗筷。

"是啊，这件事还是找老陈商量一下比较好，毕竟我们老大不可能一辈子不谈恋爱，"温旭阳越过江洛琪拍了拍陆景然的肩膀，意有所指地问，"是吧，老大？"

也不知陆景然有没有听出温旭阳的言外之意，他"嗯"了一声："我和老陈说一下。"

说曹操曹操到，老陈刚从电梯出来就直奔餐厅："Loki，吃完饭收拾一下，我带你去摄影棚拍宣传照。"

"不是明天拍吗？"江洛琪眨着眼睛问。

陈明解释："还不是你和小然的事，我和高层商量过了，决定提前一天官宣。你的个人微博号我们也准备好了，到时候直接发微博声明那天你们是四个人一起出去玩的就行。"

"好。"

江洛琪随便扒了几口饭，便准备和陈明一起出门。

"你们有谁想一起去走走的吗？"陈明又问已经瘫在沙发上的三人。

温旭阳和阿昆表示都没什么兴趣，倒是陆景然抬了头，主动道："我开车送你们去吧。"

"也好，"陈明并没有多想，"我也懒得联系司机开保姆车去了，走吧。"

陈明事先联系好的摄影棚在郊外，距离AON基地还是有点距离。

这次陈明坐在了副驾驶上，江洛琪自己爬到了后座。

一路上就听见陈明不停地在打电话，询问摄影师、化妆师、灯光师有没有都按时到场。

整得江洛琪还以为自己是要去拍大片的。

到了摄影棚，江洛琪先被化妆师带去化妆。

化妆师是个年轻女人，在给江洛琪上妆的时候眼底丝毫掩不住惊艳的神情。

"小妹妹，你这底子都可以去当明星了，怎么想着来打职业赛？"

江洛琪唇角上扬了些许，语气调皮："没办法，我一不会唱跳，二不会演戏，读书的时间都用来打游戏了，不打打职业竟为国争光，我还能做什么？"

化妆师被她逗笑了，又和她闲聊了许多。

化完妆后江洛琪换队服。

AON的冬季队服是一件黑金色的棒球服，除去一些投资商的商标外，领口处用特殊的金线绣了AON的队标。

而江洛琪这件外套，在左胸胸口处，也用同样的特殊金线绣了一个水滴形状的标志。

她记得，AON战队每个人的队服上都会绣不一样的形状标志。

陆景然是一簇火苗，温旭阳是一轮太阳，阿昆是一座小山。

而这个水滴，就代表江洛琪。

棒球服的背后还以像素风格印刷了江洛琪的ID——

"AON_Loki"

一股强烈的特殊情绪从心底涌了出来，看着全身镜里穿着一整套AON队服的自己，江洛琪的眼眶有些湿热。

她想做的不仅仅是打职业赛这件事而已。

她更想迟早有一天，能穿着这套衣服，像一年前那样，和陆景然他们一起走上被金雨笼罩的领奖台。

江洛琪平复了一下自己激动的心情，推开了换衣间的门，却见陆景然不知何时等在这里，背靠在对面的白墙上，正低着头静静地看着她。

他的瞳孔幽深如往，却在看见江洛琪的那一刻泛起点点碎芒。

宽大的队服将她纤瘦的身体包裹，黑色衬得她的皮肤更加白皙。兴许是要上镜的缘故，她脸上的妆容比往日要浓了些许，气质也更显清冷厌世。

然而她猝不及防抬眸看他的那一眼，眼尾倏地上扬，就如同春雪消融般，径直落在了他心尖最柔软的位置。

"然哥，你怎么在这里？"江洛琪笑靥盈盈上前。

陆景然唇角也不自觉地带了点笑意："老陈让我带你过去。"

"那我们过去吧，"江洛琪走着，又忍不住嘟囔了句，"中午吃少了，现在感觉有点饿，希望拍摄能早点结束。"

身旁的陆景然抿了抿唇，并不言语。

拍摄正式开始，因为只要拍江洛琪的单人宣传照，所以摄影师便让她随便摆pose。

陆景然和陈明说了声出去抽烟，便没有待在摄影棚里继续看江洛琪的拍摄。

在镜头面前江洛琪丝毫不觉得尴尬，动作摆拍都很自然，也加快了拍摄进度。

不过半个小时，摄影师就朝她做了个"OK"的手势示意结束了。

"这么快？"陈明惊讶地给江洛琪披了件厚外套，虽然摄影棚内开了暖气，但温度还是低了一些。

陈明："以前来拍战队宣传照的时候，没一个下午是搞不定的。"

江洛琪想起以往AON的宣传照，上面的陆景然几人的动作都极其不自然，表情也干巴巴的，不免失笑。

摄影师在电脑上处理样片，也忍不住夸赞她："小姑娘表现力是真的不错。"

江洛琪道了声谢，才发现某个人不见了踪影。

她疑惑地问："老陈，然哥哪去了？"

陈明也看了看四周："他之前和我说出去抽烟，怎么这么久都还没回来？"

顿了顿，他又催促江洛琪去卸妆，顺便把衣服换回来。

直到江洛琪和陈明出了摄影棚，才发现陆景然正靠在车门旁等着他们。

车子是启动的，江洛琪一钻进后座就被车里的暖气包裹，不由放松了身体斜躺着。

陆景然上了车，顺手就将驾驶座旁的一个纸袋递给了江洛琪。

江洛琪好奇地接过，打开一看，发现里面有一盒蛋糕和一杯热奶茶。

"然哥，你怎么知道我喜欢吃提拉米苏？"江洛琪欣喜地拿出蛋糕，此时她已经饿得前胸贴后背了。

陆景然的双手随意地搭在了方向盘上，漫不经心地回了句："随便买的。"

"是吗？"江洛琪吃了口蛋糕，含糊不清地问道，没有注意到从后视镜透过来的一道温柔目光。

陈明还在和工作人员沟通后续事宜，上车的时候正好错过了那两人之间的互动。

宣传照拍好之后，AON的高层命令也下达得非常及时。在十二月三十一日上午9点，AON的官博发了一篇官宣申明——

经战队高层管理人员商议，在采纳了AON战队队员的意见以及征询选手本人的意见后，AON战队决定聘用江洛琪（ID：Loki）为本战队的狙击手。

Loki曾代表S大获得"高校杯"的冠军，近五个赛季在亚服竞技FPP模式排名前五，上个赛季排名第一，分段高达4300。尽管Loki仍是新人职业选手，但本战队以及战队队员都对她寄予信心和厚望。

黑夜的繁星璀璨，和它的形状无关。前方征途漫漫，到处泥泞沟，蓥荆，棘丛生，AON重振旗鼓，朝着神坛的方向坚定不移地前进。

AON_Loki正在连接，还请大家拭目以待！

@AON江洛琪@AON陆景然@AON温旭阳@AON阿昆。

附图则是江洛琪的单人照，白色背景，黑金色的衣服，只有一张侧脸，眼睟低垂，鼻梁高挺，却生生地有种睥睨天下的气势。

此条微博一出，网友粉丝顿时炸开了锅——

白嫖王者：什么情况？昨天还是我们然神的绯闻女友，今天就摇身一变AON的狙击手了？这宣传照，我的妈，比昨天那高糊图清楚了不止一个档次，这样的颜值竟然轮得到我们电竞圈？？实在是不敢相信……

AON的小仙女：啊啊啊啊啊啊我死了，这小姐姐太杀我了！AON终于放出撒手锏了！！！我就说AON高层怎么可能没有准备！！

陆景然老婆：楼上的别高兴得太早，电竞圈女职业选手少不是没有道理的，别光凭数据说话，上了比赛才知道真正实力，谁知道她是不是来拖后腿的？

　　AON老粉头：我的微博置顶！！看到没有！！我预测的AON新狙击手就是Loki！！不过我也没想到竟然是个妹子啊啊啊啊啊啊我死了！

　　吃葡萄不吐葡萄皮：Loki小姐姐本人比照片好看百倍！！我当时就怀疑她长这么好看怎么可能只是工作人员，果然！！她就是我们万众期待的AON狙击手！！

　　AON是信仰："吃鸡"老玩家表示Loki只听其名不见其人，前几天还在猜她是男是女，为什么不打职业赛，今天就看我们AON官宣了。不得不说AON真的牛逼，这样的大佬都能找到。

　　AON专业黑粉：哦嗬，这样然神不就可以光明正大谈恋爱？到时候训练室里两个单身狗看他们两个秀恩爱？说实话看不懂AON的这波操作，官宣不代表就拿了冠军，AON还是好好反思一下内部问题吧！

　　我扬神天下第一狙：等会，"高校杯"的冠军，不是我扬神吗？难不成这两人以前还认识？？我感觉我吃到了惊天大瓜。

　　程一扬老婆：这里面的关系好像有点复杂……扬神是前AON狙击手，他"高校杯"的队友变成了现AON狙击手……

　　赚钱养啾啾：这个小姐姐的ID好眼熟……好像在啾啾直播间看到过……

　　………………

　　另一边，不仅AON四人转发了这条微博，阮秋涵也在为自己闺密疯狂打call，她的粉丝爱屋及乌，都纷纷关注了江洛琪的微博。

　　而程一扬的粉丝则跑到他的微博下面私信他和江洛琪是什么关系。

　　程一扬看到AON官宣微博的时候也是怔愣了片刻，旋即才意识到当初"高校杯"的时候江洛琪的实力就不低于自己，进电竞圈打职业赛也很正常。

　　只是他一想到那日他以为她只是工作人员时对她的讽刺，心中就郁结难舒。

他从没想过有朝一日竟然会和江洛琪成为竞争对手。

最后，程一扬发了条微博来回应这件事——

EMP程一扬：Loki换了个ID，看到照片才认出来。她的实力的确强劲，当年"高校杯"她打的突击位，意识操作都很不错。

就这么简短的两句话，心细的网友便已经扒出他的言外之意——

第一，他的确和江洛琪认识，一起打过"高校杯"。

第二，他们的关系可能不太好，不然江洛琪换ID的事情他不会不知道。

第三，江洛琪擅长的是突击位，并不是狙击位。

这倒是有点拆台的意思了。

不过这也就是粉丝间的互相掐架，没有引起什么大波澜。

见网上还有人揪着江洛琪和陆景然的关系不放，温旭阳干脆直接发了微博，将那日他们四人的电影票拍了张照，就说是他们三个再加上阿昆一起去看的电影。

刚睡醒下楼的阿昆拿着手机有点蒙："可以啊，太阳神，你还能P出四张同一场次的电影票来，佩服佩服，改天教教我怎么P。"

其他三名知情者互相对视了一眼，决定保持沉默。

今天是跨年夜，温旭阳前几日就和对面的鲸鱼战队约好了，今天晚上在AON基地的后花园一起搞烧烤。

所以吃过中饭，众人便开始分工。

陆景然开车带江洛琪、温旭阳和胡黎去超市买食材，其他人则负责烧烤的工具、煤炭和清理场地。

一路上温旭阳和胡黎坐在后座不停地斗嘴。

"你说你，瞒着兄弟有意思吗？别人明明是来打职业赛的，你偏说她是官博小姐姐，怎么？难道还怕我们在赛场上把她吃了？"胡黎手臂勒着温旭阳的脖子，细长的双眼微眯，颇有一丝咬牙切齿的意味。

"大哥，那又不是我的主意，老陈之前就说了，这件事暂时不能声张，不然我们队来个美女狙击手我早就宣扬得全世界都知道了。"

温旭阳语气无奈，将求救的目光投向坐在副驾驶的江洛琪。

江洛琪偷笑，但仍旧义气地替温旭阳说了句话："当时骗你是我们不对，黎哥你就不要因为这件事生气了。"

温旭阳认同地点了点头。

江洛琪又说："为了补偿你，我可以告诉你太阳神电脑E盘的密码……"

"……"温旭阳后知后觉反应了过来，"不是，琪姐，你怎么知道我E盘密码是什么？"

江洛琪无辜地眨了眨眼："上次阿昆用你电脑点进了E盘，然后密码被我们俩套出来了……"

"……卧槽，"温旭阳也顾不上胡黎，当即身子往前探，一脸心虚地问，"琪姐，你们真套出密码了？"

江洛琪拍了拍他的头，对胡黎郑重其事地说："不得不说，那些资源还真是极品，黎哥，你们可以资源共享一下……"

温旭阳："……"

胡黎笑得前俯后仰："哈哈哈哈哈……"

江洛琪他们去的超市正是她第一天来时去的那家大型超市，此处距离市区较远，在这遇到粉丝的概率也小了很多。

陆景然将车停在地下停车场，温旭阳和胡黎先乘电梯上了楼，江洛琪和陆景然慢了一步。

电梯上升，密闭的电梯厢内只有他们二人。

江洛琪正低着头回复阮秋涵的信息，忽然听到陆景然问："温旭阳电脑里的东西你真的看了？"

她下意识抬眸，和他直视。

今天陆景然依旧戴了个黑色鸭舌帽，帽檐正好和眉毛平行，露出了他平淡幽深的黑眸。

江洛琪笑了声，解释："密码是我和阿昆一起套出来的，但是里面是什么我没看，都是听阿昆说的。"

陆景然的嘴角落了点弧度，语气似是有些不满："他还真不把你当女生看。"

"哎呀，没事，"江洛琪嘴角笑意更浓，"以前我哥在家的时候，我就经常捣鼓他的电脑，总是能找出一些少儿不宜的东西，然后以此来敲诈他拿零花钱。"

一说到这，江洛琪便想到前些日子被江洛嘉坑去的十万块钱，不禁心中滴血，暗中盘算要怎么把场子找回来。

电梯到达了超市所在的那层楼，江洛琪和陆景然进去和温旭阳、胡黎会合。

他们已经挑了不少东西，五花肉、羊肉、牛肉等肉类装满了购物车的一半。

江洛琪补充了茄子、土豆还有一些烧烤必备调料，温旭阳和胡黎又不怕死地搬了两箱啤酒，嚷嚷着今晚谁先倒谁就是儿子。

"……"江洛琪掰着手指数了一下，又用手肘戳了戳身旁的人，嘟囔道，"我算了一下，估计每人也才两瓶啤酒，他们就这点酒量？"

"……"

陆景然忍无可忍地拦住了温旭阳和胡黎："你们是不是忘了别墅区的便利店有酒卖？"

温旭阳和胡黎面面相觑，同时"哦"了一声，又同时把那两箱啤酒搬回了原处。

江洛琪："哈哈哈哈哈哈哈哈……"

这两人在一起太逗了。

买好东西结完账，他们将东西都塞在了后备厢里，江洛琪打电话询问阿昆还有没有什么要买的，被偷偷告知今天还是老陈的生日。

他们当即决定去订了个双层水果蛋糕，留下了地址和联系方式，让店家大概晚上八点送到基地。

随后他们便直接返回。

AON基地的后花园已经架起了烧烤架，还摆了几张折叠木桌。

二队队员留在基地的也都下了楼和他们一起准备。

因为西瓜的表现不错，陈明将他依旧安排在了一队，不过是轮换位置，他的训练设备也搬到了三楼训练室。

此时江洛琪在厨房帮忙腌制肉类，阿昆、西瓜和鲸鱼战队的原木就负责串签子。

厨房和后花园只隔了个窗户，其他人都聚在花园里，时不时和江洛琪他们开个玩笑。

欢声笑语充斥了整座别墅。

一道颀长的身影正斜靠在别墅通往后花园的玻璃门上，指尖星光点点，深远悠长的目光轻飘飘地落了江洛琪的背影上。

她的长发及肩，用一根简单的黑色皮筋随便扎了个马尾，偶尔侧头和窗外的男生聊天，眼睛弯成一个很好看的弧度。

天色依旧明亮，自然光将她的脸部轮廓氤氲得柔和温婉。

好似一切就此定格。

陈明不知何时来到了陆景然身边，和他一样靠在玻璃门上，看着此情此景也是感慨："我们基地好久没这么热闹了。"

"嗯。"陆景然敛眸，食指微屈弹了弹烟灰。

当年萧明言还在的时候也是这样，两个战队的队员时常凑在一起聚会。后来言神退役，AON其他三人消沉了一段时间。

尽管后来程一扬加入，但他始终都融不进这个团体，和其他三人的关系也都不冷不热，再加上去年一年电竞圈的网友粉丝们几乎都盯着AON，他们也就不敢松懈下来。

直到现在。

毕竟不会再有比PGC小组赛倒数第一更差的成绩了。

"其实我有个问题一直想问你，"陈明的目光也投向了厨房的方向，随后也不等陆景然回答，直接问了出口，"你一开始就知道Loki是她吧？"

陆景然将烟头捻灭，随手扔进了一旁的垃圾桶。

"嗯，一直都知道。"

他的语气一如既往地清冷平淡，却又平添了几分无奈意味："原本没想让她来打职业赛，你知道的，电竞圈的水也不浅，更何况她又是女生，所以当年我才让你选的程一扬而不是她。"

陈明："那你现在又怎么让她来打职业赛了？"

陆景然："与其让她进别的战队，还不如放在自己身边好护着她。我也没几年打职业赛的日子了，趁我还在，让她好好玩玩。"

陈明："怎么感觉你们好像认识很久了？"

"也不是，"陆景然眉眼微扬，目光顿显柔和，"小时候有过一面之缘。"

"小时候？"陈明愈发疑惑了，他还想再追问，眼见着温旭阳兴高采烈地走了过来，便也止住了话头。

"老陈，然哥，我去接一下啾啾，她快到了。"温旭阳双眼都放着光。

陈明没好气地拍了一下他的肩膀："快去吧，别让她等太久。"

温旭阳屁颠屁颠地出了门。

阮秋涵来的时候江洛琪正好忙完，基地里的大老爷们也没让她们继续帮忙，将她们赶去了后花园。

第一次上门来做客，阮秋涵也不好意思空手来，带了一些自己亲手做的甜点。

此时天色已暗，后花园开了一盏白炽灯，三三两两的人围在烧烤架旁，胡黎在指导他们要怎么操作，时不时就有人被油烟呛得直咳嗽。

江洛琪和阮秋涵窝在花园的一个藤椅里，有一搭没一搭地聊着天。

忽然脸颊处传来一阵冰凉的触感，江洛琪被冻得缩了一下，随即回过头去。

只见一只骨节分明的手拎着一听啤酒在她眼前晃了晃，易拉罐上布满了细密的水珠，隐隐约约能感觉到从中散发出来的凉意。

"给我的？"江洛琪正要欣喜接过，那只手却又猛地往后一缩，随即另一只手抬起，将手中的两瓶酸奶分别塞进了她的掌心和扔给了一旁的阮秋涵。

陆景然单手拉开了易拉罐的拉环，迎着江洛琪怔愣的目光，仰头喝了一口啤酒，他的下颌线微绷，喉结滑动。

看着手中的草莓酸奶，江洛琪忍不住吐槽：“……不是，然哥，谁吃烧烤配酸奶的？”

闻言，陆景然眉梢一挑：“又没让你现在喝。”

江洛琪爬起身，跪坐在藤椅上，双手下意识就攀上了陆景然的手臂，带有恳求意味的语气说道：“然哥，我也想喝啤酒。”

陆景然用另一只手拿着易拉罐，又冰了她的脸颊一下，这才稍稍侧过身，往客厅的方向抬了抬下巴，声音微哑：“那里有不冰的啤酒。”

“可是……”江洛琪放软了声调，“啤酒就要喝冰的嘛……”

陆景然：“……”

路人甲阮秋涵：“……”

陆景然又看了阮秋涵一眼，问她：“你要喝什么？”

阮秋涵受宠若惊地抱紧了怀中的酸奶：“我喝酸奶就行了……”

“听见没？喝酸奶。”陆景然抬手揉了揉江洛琪的发顶，顺便将另一只手从她的怀中抽了出来。

“……好吧。”江洛琪泄气地坐了回去。

而此时烧烤架旁正好传来了一阵爆笑声，胡黎和阿昆他们一边捂着肚子，一边指着温旭阳的刘海，笑得连腰都直不起来。

温旭阳苦着一张脸，哀号着自己做了一上午的头发都毁了。

西瓜来给江洛琪他们解释，说是温旭阳烧烤的时候油倒多了，火苗一下子就蹿了起来，将他的刘海给烧了一部分。

于是乎，众人都争先恐后地掏出了手机，疯狂给温旭阳拍丑照，外加无情的嘲笑。

烧烤氛围浓厚，每个人都吃得不亦乐乎。

江洛琪最终还是偷偷地去冰箱拿了一听冰啤酒，只不过才喝了一半就被陆景然抓包，在她软硬兼施的撒娇下，陆景然妥协让她喝完了那一听。

夜深露重，寒意渐起。

酒足饭饱之后，众人回到了一楼客厅，围成一个圈，准备开始第二轮娱乐活动。

此时八点刚过，门铃忽响。

陈明正要起身去开门，却被温旭阳按了下来，眼神示意胡黎去开，江洛琪和阮秋涵也偷偷地跟了上去。

其余人也都心知肚明，纷纷围着陈明聊天，转移他的注意力。

突然，灯光骤灭。

陈明一惊："停电了？"

话音刚落，便见适才围着他的那些人皆都退后了几步，哼起了熟悉的生日快乐歌。

蜡烛的火光将黑暗撕开了一道口子，江洛琪和阮秋涵托着巨大的双层蛋糕缓缓走了过来。

"祝你生日快乐……"

火光微弱，但所有人的面孔都映得清晰。

他们稚嫩的眉眼皆都含着笑意，每个人此时此刻的情感都极为真挚。

陈明猝不及防地红了眼眶。

"老陈，快许愿吹蜡烛啊！"温旭阳出声催促。

"是啊，快许愿快许愿！"

陈明环视了一圈在场的所有人，吸了吸鼻子，这才轻声开口："今年我已经三十岁了，许不许愿其实也无所谓了。"

顿了顿，他又说："但是今天你们在场，我也就希望你们兄弟战队的情谊能一直这么持续下去。今后不管是我们AON，还是你们鲸鱼，我都希望迟早有一天能看到你们站上那个最高领奖台，能喊出那一句——"

众人相视而笑，异口同声："Survivor China NO.1——"

吹了蜡烛，开始切蛋糕。

由于刚刚才吃完一顿烧烤，众人也吃不下太多蛋糕，每个人的盘子里也就象征性地切了一块。

蛋糕是夹心的，江洛琪吃了一口，味道酸酸甜甜，但是却吃不出是什么果酱。

待她将盘子里的蛋糕吃完，温旭阳和阿昆已经在陈明的脸上涂满了奶油。

奶油大战一触即发。

"唉，你们别乱来啊，待会儿把沙发地毯弄脏了！！"

陈明止不住地嚷嚷，但是却没人听他的，已经开始互相攻击了起来，客厅俨然变成了一处战场。

江洛琪生怕他们殃及池鱼，拉着阮秋涵东躲西藏，但仍是被胡黎和原木堵了个正着。

四人对峙，大眼瞪小眼。

"黎哥、木哥，你们忍心对我们下手吗？"江洛琪小嘴一瘪，眼尾微落，做出一副楚楚可怜的模样。

阮秋涵也眨了眨眼睛，双眸氤氲着朦胧雾气："是啊，你们总不会欺负我们的吧……"

论演戏，江洛琪还远没有阮秋涵炉火纯青，更何况阮秋涵长相软萌可爱，此时装个乖，对面两男人顿时就心软了。

"好好好，我们不欺负你们。"胡黎摆了摆手，正准备和原木离开，却忽地注意到她们嘴角上扬的轻微弧度。

一丝不好的预感油然而生，然而还未等他们反应过来，两盘奶油就迎面扑了上来。

"叫你们欺负我们AON的人。"温旭阳恶狠狠地挥了挥拳头，一副大仇得报的模样。

而一旁的陆景然慢条斯理地收回了手，又抽出一张纸巾擦了擦指尖残余的奶油，连多余的眼神都没给狼狈的两人。

胡黎和原木叫嚣着要和温旭阳单挑。

温旭阳连忙躲在了陆景然背后："单挑？你们两个算什么单挑？而且又不是我一个人动的手，有本事你们也找然哥啊！"

陆景然斜睨了他一眼，毫不留情地走开，将他完全暴露在胡黎、原木面前。

胡黎眯了眯眼："我们一双，单挑你一个。"

原木揉了揉手腕："然哥我们打不过，但打你还是绰绰有余。"

随后，温旭阳杀猪般的惨叫声充斥了别墅的每个角落。

他们一直疯到将近十二点，在距离午夜最后几分钟时终于安静了下来，一群人围在电视机前，打开了即将结束的跨年演唱会。

"五——"

"四——"

"三——"

"二——"

"一——"

"新年快乐！！！"

"咔嚓"一声，陈明按下了相机的快门键，将此刻场景定格。

十二点一过，该发的祝福发完了，该拍的照片拍完了，该发的微博朋友圈也发完了，各回各家。

阮秋涵留在AON基地过夜，睡在江洛琪房间。

她们帮着清理客厅的残余垃圾。

兴许是周遭的环境突然安静了下来，也兴许是玩累了，江洛琪开始觉得浑身有些不舒服，穿的衣服不算厚，但是胸口却感觉有些闷。

"呀！琪琪，你的脖子怎么了？"阮秋涵注意到了江洛琪的不对劲，凑近扒开了她的衣服领。

"怎么了吗？"江洛琪心头咯噔一跳。

阮秋涵皱着眉，又将她的衣袖撸了起来，白嫩肌肤暴露出来，但此时上面星星点点的红疹却是极为突兀。

"我知道了！"阮秋涵恍然大悟，"那个蛋糕里的果酱是芒果果酱，琪琪，你芒果过敏啊！"

这边的一惊一乍将其他人都吸引了过来，陈明关切地询问："有没有什么不舒服的？芒果果酱应该没吃多少，要不要上医院看看？"

"应该没关系，涂一些过敏药就好了。"江洛琪并没将这当回事，正要将袖子撸下来时，手腕却倏然被人抓住。

陆景然将她往自己身边带了带，眉宇间似是笼罩着一层黑气："我带她去买药。"

说罢，也不等江洛琪反应过来，他便拉着她的手腕出了门。

她的手腕纤细，嫩白如瓷，陆景然手下不自觉地用了点力，她皓白的皮肤便蹭出了点红印。

直到上了车，陆景然才松了手，视线滑过她的手腕，眸光微敛，呼吸不由顿了顿："对不起，弄疼你了。"

"没有，不疼，"江洛琪缩回了手，想了想，又唇角上扬，笑道，"不用这么大惊小怪，涂点药就好了，放心吧，这方面我可有经验了。"

她的语气轻松，陆景然也知道她是在安慰自己，但此刻就是放不下心来。

暖气刚打开，车里的温度还没升上来，江洛琪只穿了一件单薄的白色线衣，此刻冷得缩了缩身子。

陆景然微叹了口气，将外套脱了下来披在她的身上。

他还是太着急了些，应该等她加件外套再带她出来的。

江洛琪道了声谢，将自己裹进了陆景然的外套当中。

鼻尖萦绕着如雪后松林般的清冽气味，夹杂着淡淡的烟草味，给人莫名的心安。

陆景然将车开到了最近的一家药店，江洛琪本来也想和他一起下车，但却被他以外面冷为理由按在了副驾驶上。

将外套还给他的话还未说出口，他便顶着半夜的寒风径直下了车。

见他只穿着一件卫衣，江洛琪的心忍不住揪了一下。

　　不过十分钟，陆景然便回来了，将外用内服的过敏药都买了回来。

　　他还顺便在药店接了一杯温水。

　　车门一关，陆景然裹挟着的寒意瞬间消融，他先将温水递给江洛琪，又在塑料袋中翻找着内服的过敏药。

　　江洛琪接过水的时候不小心触碰到了他微凉的指尖，下意识就伸手覆了上去。

　　陆景然的动作一顿，抬眸看她。

　　两人的距离依旧保持在安全距离之外，但车内暖灯一开，莫名地添了一丝暧昧的氛围。

　　江洛琪的耳尖骤然红了一片，她垂着眼不敢直视他，只是低声解释："你的手好冷……"

　　陆景然的目光还停留在她绯红的耳尖，闻言不禁轻笑出声。

　　他用另一只冰凉的手背蹭了蹭她的耳尖，又顺势揉了揉她的头，轻声细语地温柔哄道："乖，先吃药。"

　　江洛琪的脸好像更红了。

　　陆景然单手从药铝板上抠了两粒药喂她吃下，又顺着她的手喂她喝了一口水。

　　他的手温度回升。

　　江洛琪接过水杯，掌心依旧残留着温度，不知是来自杯中的温水还是来自他的指尖。

　　回到基地，和陆景然道了声晚安，江洛琪便回房洗澡，随后让阮秋涵帮自己涂药。

　　两人坐在床上，有一搭没一搭地聊着天。

　　江洛琪刷着微博，见陆景然和温旭阳他们都发了一张今晚的合照。

　　陆景然的微博评论明显比温旭阳的要多，不过评论里大多是在说"百年难遇然神发一次原创微博"，也有一部分粉丝感叹AON和鲸鱼之间的关系是真的融洽。

江洛琪点开了那张大合照，放大。

她和阮秋涵坐在正中间，陆景然坐在她的旁边，虽然没太多表情，但仍旧能看出他那时的心情是愉悦的，而他的头顶上则悬着一个剪刀手——是她悄悄伸过去的。

其余人以她们二人为中心散开在两边，每个人的脸上都挂着明晃晃的笑容。

江洛琪点开编辑微博的界面，也将这张照片发了出去。

不过片刻，便收到了几十条点赞和评论——

AON的小仙女：不得不说，Loki和然神在一起还是蛮配的，这话也就只敢在Loki微博下说说，免得被然神女友粉围攻。[嘻嘻]

吃葡萄不吐葡萄皮：我也觉得Loki小姐姐和然神好配！！！我真的越来越喜欢Loki小姐姐了！！！

赚钱养啾啾：啊！这两姐妹花怎么这么好看！！真不愧是我啾啾看上的女人！！

…………

身后阮秋涵的声音传来——

"琪琪，我觉得然神对你还是挺上心的。"

冰凉的膏药涂在手臂上的红疹处，却始终压不住心里的燥热。

江洛琪收回思绪，没吭声，也没否认。

阮秋涵继续说道："虽然吧，我知道你以前对他就是对偶像的那种喜欢，但是你进AON也有一个月了，你本来对然神就有好感，那种喜欢应该还是发生了质的改变吧？"

"……"江洛琪叹了口气，眼睫低垂，"我不知道。"

"这有什么不知道的？喜不喜欢你自己难道不清楚吗？"阮秋涵嘟囔着，对她的回答明显很不满意。

江洛琪反问："那你呢？"

涂药的动作一顿，阮秋涵双颊一红："……我怎么？"

"你对太阳神的感觉，你喜欢他吗？"江洛琪的嘴角带着戏谑的笑。

"我……"闻言，阮秋涵的头愈发低了，她将药膏的盖子拧好扔进了一旁的塑料袋，却迟迟没有回答。

"啾啾？"江洛琪微微歪着头。

"琪琪，你知道的，"阮秋涵忽然抬起了头，眸光不似以前明亮，反倒是多了几分晦暗，一字一顿，"我家里的事情，你都知道的。"

江洛琪微愣，心上忽然如同巨石砸下，压得她有点透不过气来。

阮秋涵唇角勾起了一个讽刺的弧度，像是在喃喃自语，又似是在提醒自己："他认识的只是表面上的阮秋涵，阮秋涵还有那么多事情他都不知道，他也没必要知道，没必要去蹚这浑水。"

"他那么好，是我配不上他。"说到最后，阮秋涵几近哽咽。

江洛琪心疼地将她拥进怀里，轻轻地拍了拍她的后背。

"琪琪，我成绩没你好，我考不上S大，不然我也不会去做主播这个行业，这么多年，要是没有你在我身边，我早就撑不下去了……"

"我知道，我都知道……"

江洛琪不是没想过帮她摆脱困境，但是她一直念着亲情，也不愿多麻烦她，于是便一直持续到了现在。

待阮秋涵的情绪平复了下来，两人并肩躺在床上，轻声细语地说起了悄悄话，直到不知不觉睡着。

第六章　首播首秀

第二天依旧睡到快中午才起来。

阮秋涵留在AON吃完了中饭，温旭阳才将她送回去。

两姐妹默契地装作昨晚什么都没有发生，江洛琪叮嘱温旭阳一定要将她安全送到家。

而今天下午两点半，是江洛琪的直播首秀。

距离两点半还有些时间，江洛琪窝在电竞椅里盯着电脑上的摄像头发呆。

一道人影走近，夹带着一阵清冽的气息。

"你发什么呆？"陆景然顺手将一瓶草莓酸奶放在她的键盘旁，坐回了自己的位置。

江洛琪收回视线，偏过头，想向陆景然取取经："你们直播的时候一般都会说些什么？会和弹幕聊天吗？"

陆景然："……"

"哦……"江洛琪回过神来，"我忘了，你是高冷人设。"

陆景然："……"

他毫不客气地揉乱了她的头发。

温旭阳还没回来，阿昆还在睡觉，西瓜不知道去哪了，此刻训练室里就只有他们两人。

江洛琪竟然感觉到了一丝紧张。

但她敢肯定不是因为和陆景然独处一室的原因。

似是看出了她的紧张，陆景然也打开了电脑，登录steam。

"等会儿我们双排吧，你打游戏打着打着就会忘记自己在直播了。"

江洛琪点头赞同："这是个好主意。"

两点半一到，江洛琪调试了一下摄像头和耳机，准备开播。

陆景然用ipad进入了她的直播间，放在她的面前，这样直播时看弹幕会更加方便。

直播一开，各路粉丝皆都涌入了她的直播间，弹幕清一色的——

小姐姐下午好！

小姐姐好漂亮啊~

小姐姐说句话呀……

江洛琪看着摄像头，清了一下嗓子，才开口："你们好……"

awsl，开口脆。

小姐姐再多说几句，一句不够。

是呀是呀~

江洛琪的笑容有些腼腆："我其实也不知道该说什么，我第一次直播，这样吧，你们发弹幕，我看到哪个就回哪个。"

——小姐姐开了美颜吗？皮肤好好噢。

江洛琪："没有吧，我都不知道怎么开美颜。"

——那肯定是化了妆。

江洛琪："实不相瞒，我今天起得晚，懒得化了。"

说到这，她还特意扯了一张纸巾在脸上抹了一把，凑到摄像头给粉丝看。

——我信了，小姐姐真的天生丽质。

——听说小姐姐要参加一个星期后的solo赛？

江洛琪点头："是啊，老陈都已经安排好了，我应该是直邀选手吧。"

哇，期待Loki小姐姐的比赛首秀！

一定要好好发挥，拿他个冠军回来！

我们会给你加油打气的！！

江洛琪笑："谢谢啦。"

此时，直播间左下角——

AON的小仙女给主播送了一架飞机x20

葡萄给主播送了一艘宇宙飞船

江洛琪惊呆了。

鲸鱼直播里，一架飞机一百元，一艘宇宙飞船两千元。

而这两位大佬一上来就两千两千地送。

有钱这么任性的吗？

她似乎忘记了自己以前给阮秋涵刷礼物的时候也是一艘宇宙飞船起步。

江洛琪咽了口口水。

"谢谢小仙女送的二十架大飞机，谢谢葡萄送的宇宙飞船，老板大气！"

江洛琪感觉有些口干舌燥。

这是不是代表她一夜暴富了？

有两位大佬开头，其他粉丝也都纷纷砸下了礼物。

一时之间，屏幕左下角应接不暇。

江洛琪连忙道谢。

和粉丝们聊了一会儿，江洛琪才点进了游戏。

她偏头问："然哥，'双排'吗？"

弹幕——

啊啊啊啊啊啊，我就知道Loki不会让我们失望！

然神答应她！！

要是能让然神开播就更好了！！！

然神快点上线，我们要看你们"双排"！！！

陆景然瞥了一眼ipad上的弹幕："我就不开播了，不然你们都跑到我直播间去了。"

他的声音不大，但透过江洛琪的麦克风完完整整地传入了直播间里。

　　啊啊啊啊啊啊，然神竟然和我们说了这么多字！！！

　　然神竟然这么温柔，受不了了，我。

　　果然然神只有在Loki小姐姐面前才温柔，这对cp我磕定了。

　　前面的，我们一起磕。

　　加入磕cp大队。

江洛琪失笑，果然她直播间内陆景然的粉丝还是要占多数。

她和陆景然组了队，开始了"双人四排"。

前一个月他们也不是没有一起打过游戏，但这还是他们第一次"双排"。

进了游戏，江洛琪便没怎么注意弹幕，也就在这时，一串夸张的进场特效霸了一半的屏幕——

　　EMP程一扬进入了该直播间

　　EMP的走狗来了？？

　　这是来看前队友还是前前队友啊？

　　扬狗滚吧，别打扰别人夫妻"双排"。

　　真不知道他是怎么有脸来的，当初害的AON还不惨吗？？

弹幕唇枪舌剑，而江洛琪的注意力都放在了游戏里。

这一把"雨林图"，他们一起跳的自闭城。

江洛琪打点在主楼，然而跳伞的时候卡了一下，当她开伞的时候已经慢了许多。

江洛琪："然哥，我先溜了，我去旁边的二层楼……"

陆景然："……"

　　弹幕又是清一色的哈哈哈哈哈哈。

他面无表情地在主楼楼顶落下，顺手捡了把AKM，将附近的两个人都打倒在地。

而江洛琪落的二层楼也有一个队和她抢，她运气好，落地旁就是一把M416，当即捡了起来换上子弹。

她翻进房内，有人正好上楼，还没反应过来就被她打倒。

那人的队友连忙冲了上来，想和江洛琪对枪，然而头刚探出来，就被两枪击倒。

另外两名队友相继上楼，江洛琪不慌不忙地又打倒其中一个，此刻子弹正好用完，她转身躲进身旁的小房间，按下R键换子弹。

那一队仅剩的一人拿着喷子就冲进了房间，正好撞在了江洛琪的枪口上，一命呜呼。

刚落地不过两分钟，江洛琪已经拿了四个人头。

单人灭队。

而主楼里的陆景然也不甘下风，同时和几个队的人周旋。

江洛琪舔完包，掏出了一把四倍镜98K。

来了来了，烧火棍来了！！！

等着刷666。

真的挺好奇Loki的栓狙用得怎么样。

我觉得既然AON敢签她，她肯定不比程一扬差。

江洛琪在窗口架枪，一个移动靶出现了她的镜头内，她毫不犹豫开枪。

一枪爆头！

我都没看到那个人……

666666

这……谁说Loki只会突击位的？？

基本操作基本操作，都坐下！

江洛琪又连续狙倒了两人，这才翻窗而下，朝主楼跑去。

此时陆景然正被火力夹击，堪堪锁住血躲进了小房间。

"然哥，撑住，我来了。"江洛琪翻进主楼一楼的时候，眼见着不远处躺着一个完好无损的三级甲。

而如果去捡三级甲的话就得绕到另一边楼梯去，势必会救援不及时。

她在心里掂量了一下三级甲和然哥的分量，决定还是先去捡了三级甲。

也就在这时，屏幕右上角——

wuyulunbi使用QBZ击倒了AON_Ran

wuyulunbi使用QBZ淘汰了AON_Ran

江洛琪："……"

陆景然："……"

江洛琪："对不起，然哥！我来晚了！"

陆景然："……"

弹幕——

果然，女人啊，男人永远比不上衣服。

我觉得他们这不是"双人四排"，明明都在"单人四排"。

然哥可能要怀疑自己的魅力了。

"然哥，放心，我给你报仇！"江洛琪雄赳赳气昂昂地跑上楼，压着脚步声靠近了陆景然暴毙的那间房。

里面两人舔包正舔得欢。

江洛琪捏了颗雷，在雷即将爆炸的时候扔到了他们脚底下。

"轰"的一声，一雷双响。

江洛琪喜滋滋地进去舔包。

沉默许久的陆景然突然开口："你身后有人。"

江洛琪吓了一跳，刚将视野拉到身后，突然"砰"的一声，屏幕灰了下来。

她被人用M24爆头了。

江洛琪："……"

然神早就知道后面房区有人，他是故意让小姐姐露头的。

前面的真相了，哈哈哈哈哈。

然神真的小肚鸡肠，哈哈哈哈哈哈哈。

江洛琪看了弹幕才反应过来。

她偏头瞪了陆景然一眼，问他："你故意的？"

陆景然眉梢一挑，语气无辜："怎么能呢？"

"……"

呵，小肚鸡肠的男人。

回到大厅，点了"准备"，江洛琪又看了眼弹幕。

也不知是不是故意，程一扬的弹幕正好在此时出现——

EMP程一扬：还不错

一般职业选手的账号都有官方认证，所以当他们发弹幕的时候，会在屏幕上形成一个夸张的气泡。

就算她不想注意到也难。

江洛琪的脸色微沉。

这狗怎么还在呢？

什么叫"还不错"？？明明比他厉害多了好吧？

快滚吧，别来窥屏！

江洛琪冷言冷语："这不是扬神？怎么来了不也刷个礼物捧捧场？"

她的本意是讽刺，谁料她的话音刚落，屏幕上便砸下了个宇宙飞船。

EMP程一扬给主播送了一艘宇宙飞船

江洛琪："……"

就在这时，又有好几艘宇宙飞船同时砸下，整个直播间顿时被刷了屏，她直播间的热度瞬间破了千万。

AON陆景然给主播送了一艘宇宙飞船x10。

江大爷给主播送了一艘宇宙飞船x10。

江洛琪："……"

然神来给媳妇撑场面了！！

扬狗那一艘宇宙飞船真的不够看。

对比之下，我们然神简直甩程一扬几条街啊！！

那个江大爷是谁？也是个老板！！！

不管了，反正先舔为敬！

江洛琪再次侧头，声音有些颤："然哥，有钱也不是你这么用的吧？"

　　然神内心os：给媳妇不亏。

　　这真的……冲冠一怒为红颜？？

　　扬狗好像走了。

　　哈哈哈哈哈，被wuli然神气走的吗？

　　不过一艘飞船的确没牌面，还是我们然神牛逼。

　　陆景然的指尖还停留在手机页面，闻言抬了抬眸，目光直直地落入她的眼中。

　　然而却答非所问："那个江大爷是谁？"

　　他的声音有些凉。

　　江洛琪头皮有点发麻。

　　一时之间她也想不起来那个人会是谁。

　　吃醋了？？

　　哈哈哈哈哈，兴师问罪来了。

　　论江大爷和然神谁是正宫。

　　忽然，江洛琪放在一旁的手机振动了一下，屏幕一亮，跳出了一条微信消息。

　　江洛琪瞥了一眼。

　　陆景然的目光顺着她的目光落在了手机屏幕上，眯了眯双眼——

　　江狗：快告诉他，我是他未来的大舅子。

　　江洛琪："……"

　　大舅子你妹。

　　不过好在不是什么身份不明的大老板，江洛琪松了口气，将手机解了锁，把聊天界面都展露在陆景然的眼前。

　　"我哥。"

　　顿了顿，又补充了句："我亲哥。"

　　陆景然："……知道了。"

　　弹幕已经笑成了一片。

　　接着他们又继续了"双人四排"。

还是"雨林图"，这次他们二人都跳到了主楼上，一人一把枪杀光了整个主楼的人。

旁边房区的人想要来干掉他们，也被他们全都反杀。

整个自闭城的人都被他们清理干净。

圈一直以自闭城为中心刷，他们这一局轻而易举地"吃了鸡"。

又玩了几把，温旭阳和阿昆都来了训练室，加入了他们的游戏行列，开始了"四排"。

其余三人都没有开直播，各自的粉丝全都涌入了江洛琪的直播间，直播间人气暴涨，礼物也是成倍成倍地刷。

下午六点，江洛琪下播。

下播第一件事就是点进钱包，数一数今天收到的礼物一共价值多少钱。

看着那一长串数字，江洛琪心满意足地关了页面。

她的微博又涨了许多粉丝，然而看到粉丝列表多了个"EMP程一扬"，她的心情又没那么好了。

她实在是看不太懂程一扬的操作。

个人solo赛的总决赛在一月十一日和十二日。

江洛琪身为直邀选手，前面的海选赛晋级赛都不需要参加，所以元旦过后的这一个多星期，她开始正式和AON其余三人一起打训练赛。

这日下午两点，江洛琪四人准时进了训练室，各自坐在自己的位置上。

岳青寒和布丁每人带了本记录本站在他们四人身后。

自定义服务器的名称和密码都发到了他们的手机，熟练地登录steam，打开加速器，点进了T08A房间。

T08训练赛是强度级别最高的，能进入的都是国内一流战队。

由于"Survivor"游戏的特殊性，不像其他游戏是1v1对决，所以也就造成了Survivor俱乐部在国内的数目数不胜数，而且这款游戏随机性也特别强，所以竞争也就更加强烈。

为了方便管理训练赛，一般都是由官方统一组织，将训练赛分为不同的强度级别。

在低级别表现好的都有机会进高级别的训练赛。

T08A里没有EMP战队，他们一向是被分在T08B。

等候期间，江洛琪忽然注意到了一个陌生的战队名字。

"这个ACE战队怎么好像以前没见过？"

温旭阳解释："这个战队的前身是JOKER，在两年前的夏季赛上昙花一现拿了第二名，后来就不行了。最近这个战队被人收购，内部管理层大换血，花重金从韩国请来了一个教练，实力又开始回升了。"

江洛琪："原来是这样。"

说话期间，训练赛开始了，地图是"海岛地图"。

陆景然在P城城头标了个点，AON其他三人都分散跳开。

阿昆飞得慢，在空中观察了一下其他战队的跳伞情况。

阿昆："P城旁边的野区跳了一个人，应该是搜完拿车的。"

陆景然："嗯，暂时不用管，城头这里有一辆吉普。Loki搜完教堂下的房子就先去占教堂，盯一下。"

江洛琪："好。"

"车库里有一辆摩托……"顿了顿，温旭阳低声骂了句，"靠，圈怎么又刷在了机场？"

江洛琪按下M键查看地图，白圈将海岛整个地圈了起来，是不可能再刷回来的。

陆景然："先不用管，三分三十秒动。"

"好。"

江洛琪爬上了教堂，用装了四倍镜的SLR瞄向了不远处的野区。

"然哥，野区房间门都是开着的，那个人刚翻下窗往车那里去，要打吗？"

陆景然沉吟片刻，问："几成把握打倒？"

江洛琪笃定："十成。"

"打。"

"砰砰"两枪，右上角显示信息——

　　AON_Loki使用自动装填步枪命中头部击倒了TLS_Laohu

　　AON_Loki使用自动装填步枪命中头部淘汰了TLS_Laohu

江洛琪拿下这局训练赛的一血。

陆景然："sungod骑摩托带Loki去拿车。"

温旭阳："得嘞。"

陆景然打开地图在海边六房附近标了个点："拿船，快速上岛。"

AON一行四人往海边快速转移。

阿昆："老大，右边悬崖上有一队，刚停车，正瞄我们。"

他的话音刚落，几声枪响就在他们耳边炸开。

陆景然不慌不忙："扔烟，下车，找掩体，反打。"

温旭阳分析："他们应该是TKI战队，每次这种机场圈他们就喜欢从这边悬崖游过去，但是这次他们转移得太早了吧？"

阿昆："他们应该是原本想找船，但是我们比他们快了一步，所以才停在那里好阻止我们上岛。"

江洛琪："然哥，有个人从海边摸下来了。"

"报点。"

"W255。"

　　AON_Ran使用Mini14命中头部击倒了TKI_Black

　　AON_Loki使用自动装填步枪命中头部击倒了TKI_White

温旭阳："Nice！"

阿昆："他们起烟了，我们走还是继续顶？"

陆景然："顶。"

AON四人拉开枪线，分散站位往悬崖上顶，最终以零换四成功吃下TKI四人。

第一场训练赛AON四人都手感极佳，尽管圈运不是很好，但仍然凭借陆景然的指挥成功高淘汰"吃鸡"。

一个下午他们的训练赛成绩稳居第一。

AON战队队员都没有直播训练赛的习惯，所以训练赛一结束，官博贴出了训练赛成绩的图片，评论底下皆是一片看好的声音。

尤其是江洛琪的击杀数是最高的。

训练赛结束，教练进行简单的复盘。

岳青寒先是重点强调了温旭阳偶尔不听指挥的问题，随后指出陆景然的指挥有时候过于保守谨慎，以至于会错过一些很好的机会。

阿昆的实力和心态一直是AON中最稳的一个，也正是因为如此，他们的后方一直由阿昆镇守。

最后才说到了江洛琪。

"Loki，通过这段时间的观察，你的意识和操作是完全没有问题的，"岳青寒看了一眼手中的记录本，"但是我发现你单点的手速相较于其他三人来说要慢了一些，你用连狙的时候，前几枪可能看不出问题，但后几枪的间隔时间就长了一些……"

见江洛琪一脸凝重地锁着眉头，岳青寒又将语气放轻松了些："不过这并不是什么大问题，毕竟男生和女生也是有差距的……"

他的话还没说完，就被温旭阳打断了："那可不，我们单身二十多年的手速是你个小姑娘能比的吗？"

岳青寒："……"

江洛琪："……"

陆景然："你很骄傲？"

阿昆："疯狂强调自己的手速你是在暗示什么吗？"

布丁："我怀疑你们在'开车'，而且有充足的证据……"

"咳咳，"岳青寒轻咳了几声，"其他没什么事就去吃饭吧，晚上的时间你们依旧自由安排。"

吃完晚饭后，江洛琪四人依旧回到了训练室。

阿昆和温旭阳照例开了直播，江洛琪坐在电竞椅上却有些思绪放空。

电脑屏幕的光明明暗暗，耳边是空调运作的呜呜声夹杂着温旭阳和阿昆玩笑时的怒骂声。

忽然眼前的光线暗了暗，熟悉的淡淡皂香味笼来，她的余光瞥见一只修长白皙的手在她键盘旁的桌面上反叩了叩。

江洛琪的意识回笼，抬头迷茫地看了陆景然一眼。

他站在她的身旁，顺着这个角度看去正好逆着光，看不太清他的神色，但仍能看到他另一只手正将一块毛巾盖在自己的头上。

发梢的水滴顺着脸颊轮廓落了下来，正好滴落在她搭在扶手的手臂上。

温温凉凉的。

"我去洗澡的时候你在发呆，我洗完澡了你还在发呆。"陆景然的嗓音低沉，却在此时宛若有种魔力般，使得耳边的嘈杂尽数褪去。

江洛琪的脑海渐渐清明了起来，然而说出的话却比她的大脑反应更快："没有，我没在发呆，我只是在思考你们是怎么练手速的。"

话音刚落，江洛琪又不可避免地想到下午温旭阳的那句玩笑话，顿了顿话头，面上一红，险些咬着自己的舌头。

随即又意识到自己似乎反应太过于明显，她正了正脸色，一本正经地直视着陆景然，眼神里写满了虚心求教。

陆景然："……"

这眼神他受不太住。

陆景然的喉结滑了滑，移开目光，顺手拉开电竞椅坐了下来，一手操作鼠标点进游戏，一手随意地擦了擦头发。

见状，江洛琪也连忙点进了游戏和他组队。

陆景然没带她进训练场也没点进竞技模式，而是匹配了街机模式。

街机和普通的休闲竞技模式都不同，是8v8混战，可以复活，哪一方先拿到五十个人头哪一方就赢。

一轮下来是三局，三局两胜。

江洛琪以为他是想先练练手感，见这地图适合钢枪，反手选了把AKM。

而陆景然的声音下一秒就透过耳机传了过来："用大炮或者MINI，六倍镜或者八倍镜。"

江洛琪愣了几秒便明白了过来，立即换成了大炮。

因为他们没进语音房间，陆景然便开了队伍麦。

而陆景然那句话刚说没多久，队伍里便有人开始叽叽喳喳。

1号队友："不是吧？这图用六倍和八倍镜，你是想在家逛街吧。直接拿把步枪干他们不行吗？"

6号队友："兄弟，虽然这只是街机，但是也要认真对待游戏吧，别人怼你脸上了你开个八倍镜不晕吗？"

5号队友："你们逼逼啥，没看到7号和8号是AON的然神和Loki吗？职业选手要你们在这教？"

1号队友："AON？就是那个在PGC小组赛倒数第一为国丢脸的队伍？哈哈哈哈，我笑了。"

此时对方一人正好摸到了江洛琪的近点，开了提前枪，听到这话的江洛琪当即怒气上涌狂点鼠标，手速快得连她自己都没反应过来那人就被她秒杀了。而一旁的陆景然仍是面色淡然，宛若没听到那人的嘲讽，不咸不淡地来了句："嗯，就按照这个感觉来。"

只有那个5号队友依旧和1号在互怼："你行你上啊，没看到然神现在都十八个人头了吗？你连他的零头都没有。"

也不知是不是那个黑粉刺激了江洛琪，接下来的几轮街机模式她用高倍连狙打近点的人基本都能爆头秒杀。

单点的手速也自然而然快了一些。

接下来的几日江洛琪一闲下来就会去练枪，让温旭阳这个偷懒专业户感到自愧不如，连带着整个战队这几日都勤快了不少。

不知不觉就到了solo赛总决赛的前一晚，前几日经过海选晋级赛已经晋级了五十四名职业选手，加上包含江洛琪在内的十位直邀选手，一共六十四名选手参加总决赛。

这场比赛是江洛琪职业生涯的第一场比赛，说不紧张那自然是假的，就害怕自己会在比赛中失误。

结束赛前训练赛的时候已经过了晚上十一点，江洛琪晚餐没吃多少，此时已经饿得隐隐有些胃疼。

见她弓着身子趴在桌上，陆景然停下操作游戏人物的手，手背往她的额头贴了贴，没察觉到异常后才温声问道："怎么了？"

江洛琪歪了歪头，瘪着嘴嘟囔："饿了。"

陆景然看了一眼手机屏幕上的时间，心下了然。

下午训练赛六点半才结束，而晚上的赛前训练赛七点就开始了，这半个小时里江洛琪也就随便扒了几口饭就回来继续训练。

再加上高强度的四个小时训练和复盘，饶是习惯这样节奏的陆景然等人也每次在训练完后筋疲力尽。

陆景然顺手取下耳机："你先去洗澡，我给你去厨房看看有什么吃的。"

随后也不管此时正在进行的游戏，站起身就准备出训练室。

"不是，老大，"见到他这一番突如其来的动作，温旭阳不明所以地问道，"你去哪？我这可是晋级大师的关键一把。"

陆景然轻飘飘瞥了他一眼，言简意赅："夜宵。"

温旭阳："？"

什么玩意儿？

敢情您打游戏打到一半已经饿得如狼似虎了连十分钟都等不了？

不过这一句话温旭阳是万万不敢说的，只能哀号："老大你就不能等这把打完再去吃夜宵吗？我已经在'钻一'卡了两个星期了——"

"我来吧，我替然哥陪你打。"江洛琪打了个哈欠，挪了挪屁股坐在了陆景然的椅子上。

陆景然轻"嗯"了一声，径直出了训练室。

江洛琪戴上耳机，扫了一眼屏幕，和陆景然、温旭阳组队"四排"的还有胡黎，以及CT的队长Rain谢泽雨。

"哈喽。"江洛琪打了个招呼。

他们刚灭了个队，此时胡黎正在舔包，突然听到女生的声音时吓了一跳，但又很快反应过来这声音是属于江洛琪的。

"Loki，怎么是你？刚才不还是然神吗？"胡黎舔了个完好的"三级头"，回到江洛琪身边将"三级头"扔了下来。

江洛琪顺手按了个F键捡起了"三级头"，道了声谢后解释："去厨房准备夜宵去了。"

"他？准备夜宵？"谢泽雨的语气有些阴阳怪气。

江洛琪好奇问道："怎么了吗？"

谢泽雨："我和他认识这么多年，反正从没见他进过厨房，不信你问太阳神。"

温旭阳："我做证，老大从来都是能点外卖绝不自己动手。欸，N方向来车了，扫他们！"

江洛琪熟练地开镜压枪，神色淡然地将那辆车扫爆收获了两个人头。

心底却在一丝一丝地泛起波澜。

由于江洛琪接手的时候已经刷到第四个圈了，所以这把打完不需要多少时间。

温旭阳正好以3500分上了"大师"段位。

也就在这时，江洛琪的手机振动，屏幕上一串陌生的S市本地号码。

"喂，您好。"

"……你好，我是……我是那个……送外卖的，现在在别墅楼下，你能下来拿一下吗？"

外卖？

江洛琪愕然，随即又无奈一笑。

果然这才符合陆景然的操作，只是她不明白为什么填的是她的手机号。

但电话已经打了过来，江洛琪攥着手机趿拉着拖鞋下了楼。

经过一楼厨房的时候，发现厨房亮着灯，然而却不见陆景然的身影。

江洛琪只披了件单薄的针织外套，打开别墅大门的时候被强行灌入的冷风冻得瑟瑟发抖，但见到铁门外的确站了个模糊的人影，想着拿了外卖就回来，小跑到了铁门处。

直到接过外卖，江洛琪才察觉有些不太对劲。

她抬头，映入眼帘的首先就是程一扬那张熟悉的欠揍脸。

江洛琪："……"

程一扬笑道："我就知道你还没休息，所以特意来给你送了夜宵。"

江洛琪冷着脸将手中的外卖塞还给了程一扬，转身就要回别墅。

然而程一扬却眼疾手快地拉住了她的手臂往后一扯。

本就疲惫的江洛琪被这一拉，身体不受控制地跟跄了几步，竟直接栽向了程一扬的怀中。

程一扬顺势就想搂着江洛琪的腰，好在她反应及时，手肘堪堪撑在程一扬的胸口处。

"你干吗？"江洛琪强压着怒气，想抽身退开，手臂反而被他拉得更紧。

江洛琪想都没想反手就给他甩了一巴掌。

清脆的巴掌声在这寂静的深夜里显得尤为突兀。

街边的路灯苍白而又冷然。

这一巴掌江洛琪是用了力的，打完后手掌一阵酥麻地疼。

而程一扬也被这一巴掌打蒙了，头微微偏了些许，抓着江洛琪手臂的手倒是松开了。

江洛琪趁机抽出手后退几步，防备而又警惕地盯着他。

程一扬舔了舔嘴角，似是冷笑了一声，目光陡然变得凌厉起来。

"不知道你跟我在这又当又立装什么纯洁？你以为这年头随随便便就能进顶级俱乐部吗？更何况还一开始就是首发位，你又没有什么身份背景。

"你说你和陆景然没什么我可不信,上次碰你一下他就紧张得要死。前段时间的微博也是你们故意炒作的吧?我前脚一走你后脚就加入了AON,你这是想在我面前炫耀什么呢?"

说着,程一扬又往前逼近了几步。

"嗤——"江洛琪冷眼看着他,眼底的嘲讽都要溢出来写满整个脸上,"我怎么样你管不着,而且我再怎么样也比你这种背信弃义忘恩负义的小人要好。

"我真搞不懂你脑子里装的都是些什么废料,自我膨胀心理真是比珠穆朗玛峰还要高一头,你以为我进AON就是为了报复你吗?你可还真把自己当成个角儿——"

话音还未落,程一扬猛地将手中的外卖砸在江洛琪的脚边,汤水溅到了她的裤腿上。

江洛琪眼都没眨:"呵,说不过我就动手?你自己是个吃软饭的,就幻想所有人都跟你一样是吃软饭靠金主吗?你这样明目张胆来给我送温暖你土豪女朋友知道吗?"

"闭嘴,你他妈说够了没?"

兴许是"吃软饭"三个字戳中了程一扬的痛处,他哪还有先前挂着面具对江洛琪有说有笑的模样,心中怒意翻腾,扬起手就要朝她挥去。

只是手还没落下,他便感觉到头皮被撕裂的疼痛,迫使他不得不往后仰着头,还未看清身后之人,膝盖处又忽然一软,扑通一声便跪在了地上。

"滚。"

头顶处传来森然的冷意。

陆景然眼底沉沉,宛若蓄着狂风暴雨。

程一扬狼狈地从地上爬了起来,阴鸷的目光扫过江洛琪和陆景然两人,伸手拍了拍身上的灰,忽地一笑:"我不过是来看看老队友,怎么你们一个两个都这么不给面子?"

"你有吗？"陆景然轻哂，"AON不欢迎你，我们也从未想承认你曾是我们的队友——"

他慢条斯理地抬起手看了一眼腕表："要是程先生还赖在这儿不走的话，我不介意叫保安来将你撵出去。"

程一扬扯了扯嘴角，又意味不明地朝江洛琪笑了笑："祝你明后天的比赛顺利。"

说罢，他便头也不回地离开了。

江洛琪这才注意到陆景然手上提了个购物袋，见上面的logo应该是别墅区二十四小时营业的生活超市。

"然哥你去买什么了？我下来的时候都没看到你……"

江洛琪的声音戛然而止。

陆景然从江洛琪的身边擦肩而过，席卷着微弱的寒风，连一个多余的眼神都没给她。

江洛琪在原地呆了几秒，才后知后觉陆景然好像是生气了。

她连忙转过身来亦步亦趋地跟在陆景然身后进了屋，满身的寒意在关了门后瞬间消融。

也就在这时小腿处传来的火烧般的疼痛使得她倒吸了口气。

先前程一扬打翻的外卖，滚烫的汤水溅湿了她的裤腿，虽然隔着一层布料但是小腿的皮肤仍是被烫到了。

然而那时当着程一扬的面，她自然是忍着痛和他对杠到底。

此时周遭温度回暖，被烫的地方犹如针扎般痛痒难耐，而陆景然依旧脚步不停地往厨房方向走去，江洛琪跟跄了几步追上前去用手指揪住了他的衣角。

陆景然脚步一顿，回眸看她。

江洛琪立即嘴角一瘪，指了指小腿处被汤水打湿的地方，委屈巴巴地哼了声："疼。"

顺着她指的方向看去，陆景然眉头轻皱，冷着脸吐出了两个字："活该。"

顿了顿又来了句："不是早说了让你不要理会程一扬吗？"

江洛琪：“……"

话虽如此说，但是陆景然仍然蹲下了身子，动作轻柔地卷起了她的裤脚，查看她被烫伤的地方，确定没有烫出水泡后才站起了身。

"去洗澡，伤口处用冷水冲一下。"

撂下这一句，他又径直进了厨房。

江洛琪："……"

此刻的她在心里问候了一百遍程一扬的祖宗十八代，是遗传了什么基因才能生出程一扬这种狗逼东西。

尽会来事。

待江洛琪洗完澡下了楼，却是被一阵香味给勾起了肚子里的馋虫。

之前折腾一番她早已没了胃口，此刻看到餐桌上摆着的一碗馄饨又不禁食指大动。

陆景然从茶水间走来，将一杯不明棕色液体塞进了江洛琪的手中，又转过身走了，那张臭脸上就差写上明晃晃的"别和我说话"五个大字。

江洛琪捧着瓷杯，嗅了嗅才闻出这是板蓝根。

她又坐回餐桌旁，见陆景然还不出现，做贼似的偷吃了一口馄饨。

温度刚刚好，不烫嘴也不凉。

就在江洛琪还想吃第二口的时候，余光瞥见一道身影走近，她连忙放下汤匙，乖巧地捧着杯子抿了几口板蓝根。

眼珠子还不忘打量一下陆景然的神色——

并没有什么变化。

陆景然并没理会她的小动作，走到她身边时却突然将她旁边的凳子抽了开来，在她还未反应过来之时便蹲在了地上，一手撩起了她棉质睡裙的裙摆。

小腿处被烫伤的地方传来一阵冰冰凉凉的触感，夹带着他手指上的温热，异样的感觉从小腿处如电流般直击心脏。

江洛琪呆愣地咬着杯口，嘴里还残余着半口板蓝根没有吞下去，但此时板蓝根的甜似是渗透进了她的每个细胞血管顺着血流传遍了全身。

杯中升腾的热气扑面，连带着脸颊和耳后根都升了温。

不过片刻，陆景然便替她抹好了药，抬头的那一瞬间正好撞进她盯着自己看的眼神。

温温润润的，犹如小鹿般清纯无辜，还有点呆。

他突然什么脾气都没有了。

陆景然轻叹一声，没忍住抬手摸了摸她的发顶，放柔了语调："吃完早点去休息，明天还有比赛。"

见他这么说，江洛琪便知道他消了气，应了一声后开始小口小口地吃馄饨。

边吃还不忘边解释："程一扬冒充送外卖的给我打电话，不然我也不会下楼见他，打他那一巴掌我手现在还疼呢。"

陆景然就坐在她身旁，手指滑动着手机屏幕不知道在看什么，闻言轻瞥了她一眼，不咸不淡地来了句："那是不是还得让我给你的手吹吹？"

江洛琪："……"

那大可不必。

待江洛琪吃完，准备收拾碗筷时，陆景然又按住了她的手，接过碗筷，让她直接上楼休息。

江洛琪自是没好意思就这样上楼，窝进沙发打算等他一同上楼。

兴许是刚吃饱，此刻一沾在柔软的沙发上，身体和大脑都得到了放松，困意便紧跟着席卷而来。

陆景然洗完碗筷从厨房出来时，便看到江洛琪抱着一个抱枕睡得极为安稳，也不知道梦到了什么嘴角还带了一抹笑。

他看了眼时间已经快一点了，上前拿掉了她手中的抱枕，将她整个人都挪进了自己的怀中，随后抱着她往电梯走去。

江洛琪睡着的时候格外安分，安安静静得如同小猫咪一样窝在陆景然的怀中。

电梯上行，当数字跳到了"3"的时候却是停了下来。

电梯门缓缓打开，温旭阳咋咋呼呼的声音传来："我他妈要气死了，刚上大师就连着落地成盒两把，我一晚上的努力都白费了！"

说着就要踏进电梯，而他身旁的阿昆显然比他先看到电梯里的两人，眼疾手快地拉住了温旭阳作死的步伐。

察觉到怀中的猫咪似是被吵得往他的怀里拱了拱，陆景然双眸微眯，极具压迫力的目光就这样落在了温旭阳身上。

"你干吗？进电梯啊！"温旭阳不明所以，看到阿昆一副非礼勿视的神情，也后知后觉感受到了压迫袭来。

他仅仅只往电梯里扫了一眼，便迅速收回了目光，一手挠了挠后脑勺，一手勾着阿昆的脖子往回走去："哈哈哈，我刚想起，训练室的电源忘记关了，阿昆，我们回去看看……"

电梯门又缓缓合上，继续上行。

陆景然将江洛琪抱回了她的房间。

她的房间已经不像她刚来的时候那么空旷，经她布置一番已经变成了一个温馨小窝。

轻柔地将江洛琪放在床上，陆景然替她盖好被子后正准备离开，注意力却被床头柜上摆放的一张照片吸引了。

照片里的背景他再熟悉不过，一年前那洒满金雨的比赛台上，身后都是队友教练，以及粉丝的欢呼呐喊。

而镜头前，江洛琪和他保持着适当的距离，举了个幼稚的剪刀手矜持地微笑，他的身子微微偏向她以配合她的身高，双眸中蕴满了夺冠后的欣喜愉悦。

昏暗朦胧的灯光打下，陆景然的嘴角似是往上牵了牵——

那不仅仅是因为夺冠而生的喜悦。

第七章　solo赛

翌日，江洛琪醒来发现躺在自己的床上时还有点蒙。

坐在床上回忆了下昨晚的细节，却只停留在自己躺在沙发上等陆景然，然后——就没有然后了。

洗漱完后江洛琪径直去了训练室，温旭阳正坐在自己的椅子上啃着吐司，见到她来了顺手递给了她一片。

"太阳神，我昨晚怎么回房间的？"江洛琪边吃边问。

哪知温旭阳一听到这个问题，立即心虚地移开了目光，头摇成个拨浪鼓似的："我不知道，我昨晚什么都没看见，你别问我，我还是个宝宝。"

江洛琪："……"

怎么感觉她昨晚好像做了什么见不得人的事一样？

这时陆景然和阿昆正说着什么推门而入。

江洛琪一瞧见陆景然，又迫不及待问他："然哥，我昨晚怎么回房间的？"

一旁的阿昆识趣地溜回自己的位置，同温旭阳进行了眼神交流，一致决定装作昨晚什么都没看到。

可谁知陆景然气定神闲地坐了下来，顺手按了电脑的电源键，悠悠地吐出了两个字——

"梦游。"

江洛琪：“……”

温旭阳和阿昆：“……”

温旭阳和阿昆皆以一种“你怎么敢做不敢认”的眼神谴责陆景然，却被后者一个轻瞥给堵了回来。

江洛琪狐疑地问旁边吃瓜二人组：“真的吗？”

吃瓜二人组互相对视了一眼，同时拼命摇头，又同时拼命点头，却硬是憋不出一个字来。

江洛琪：“……”

solo赛的总决赛持续两天，每天六场比赛，下午五点开赛。

AON战队只有江洛琪一人参加，所以下午前往电竞馆的时候只有陆景然和陈明陪同。

不过其余两人留在基地也会开着直播看比赛，同时为她疯狂打call。

solo赛是没有观众观赛的，但此时偌大的电竞馆里也已是人满为患。

陆景然替江洛琪背着外设包，又亲自将她送到她的位置，帮她检查外设连接是否有问题。

周遭各战队选手、教练来来往往，江洛琪却出奇地安静。

“嗨，然神，没想到今天你竟然会来到现场。”穿着职业套装的解说员林栀踩着高跟鞋走了过来，热情地同陆景然打着招呼，随后目光扫过一旁的江洛琪，眼底似是多了一丝不明情绪。

兴许是女人天生的直觉，江洛琪能察觉到林栀对她有着莫名的敌意。

陆景然朝林栀微微颔首以示回应，又继续帮江洛琪调试耳机设置。

林栀站在那儿有些尴尬，这才主动向江洛琪挑起话头：“你就是Loki吧，真是百闻不如一见，期待你今天的比赛能有好的表现。”

说着她便伸出了手。

江洛琪同她虚握了握手，淡淡地道了声谢。

林栀算是Survivor比赛解说圈的解说"一姐"，因此她在比赛解说中的出场率也极高。而她又向来在比赛中对AON持以看好的态度，以及偶尔能奶一口AON的圈运，所以在AON的粉丝中很受欢迎。

见江洛琪和陆景然两人似是都不太想理会她，林栀脸上的笑容僵了僵，随意找个理由便离开了。

"然哥，"江洛琪目送着林栀走远，"你们和林栀很熟吗？"

陆景然头也没抬："不熟。"

顿了顿又似是想到了什么，补充了句："温旭阳和阿昆好像和她关系还不错，有时候会一起打游戏。"

江洛琪"哦"了一声，便没再说话。

不过片刻，设备都调试得差不多了，陆景然将位置让给了江洛琪，正准备离开，却又突然停了下来，回过身来象征性地拍了拍她的头。

迎着江洛琪疑惑的目光，陆景然轻笑："好好比赛，不要有压力。"

江洛琪低低地应了声好。

比赛即将开始，江洛琪点进游戏界面才发现她的游戏参数都已经被调成常用的数值，就连鼠标的dpi（灵敏度）也是她最为习惯的。

心底暖意渐升。

比赛前，解说员照例要说一番开场白，只是这次的开场白似乎被故意引向了某个话题。

薛越："今天的solo赛一共有六十四名来自各大战队的选手，不知林老师最为看好哪名选手呢？"

林栀面对着镜头得体地微笑："那自然是全场唯一的一名女职业选手Loki了，毕竟外界对她的吹捧可是已经上了天。要知道已经有许久没女职业选手坐在这个比赛台上了，不知道Loki的实力配不配这个比赛台呢。"

"这……"薛越尴尬地替她圆话，"林老师还真是敢说，不管怎么说Loki都是AON的首发队员，虽然这是她的第一场比赛，但是我相信很多人都对她给予了厚望……"

林栀："那是当然，我们AON的粉丝可是很严格的，要是Loki实力不够格，粉丝自然第一个说'不'。"

薛越生怕她再说出些什么针对性言论，连忙转移话题："不过我还更看好另一个选手……"

选手没戴耳机进入比赛前是能听到解说员的声音的，在林栀这一番明显带节奏的言论之下，好几道打量的目光同时落在了江洛琪身上。

而坐在观众席观赛的陆景然和陈明也都不约而同地皱了皱眉。

陈明问："怎么回事？林栀向来都是帮AON说话的，怎么今天这么针对Loki？"

陆景然摇头，从始至终他的注意力都只在比赛台上的江洛琪身上。

而江洛琪也不是那种轻易就能被外界因素所影响的人，她淡定自若地戴上耳机，进了比赛的服务器。

第一场比赛"海岛地图"，江洛琪跳了个熟悉的点P城，圈往左上角龙脊山的方向刷，待她物资搜得差不多了便打算开车进圈。

然而她刚坐上驾驶位，就有个人突然冒了出来朝她扫射。

好在她反应及时跳下了车，以车为掩体反打了一波——

AON_Loki使用Beryl-M762淘汰了TYH_xiaoming

开局一杀。

随后江洛琪又不慌不忙地打好了药，开着这辆掉了一半血的爆头吉普车往龙脊山的方向慢悠悠地行驶。

这个圈对江洛琪来说是非常有利的，她本就擅长狙击，只要她在龙脊山上占据了较高的点位，便能专注打靶收获人头。

兴许是幸运之神的眷顾，这一场比赛的安全区都刷在江洛琪脸上，凭借着圈运和地理位置优越，她以十二个淘汰拿下了"首鸡"。

一场结束，江洛琪摘下耳机长舒一口气，抬眸望向不远处的LED

巨幕，上面的实时积分排名已经更新，"AON_Loki"挂在了榜首，首场得分二十分。

刚才那场比赛的确是运气占了优势，除了开局那波反杀之外，之后都没有和谁进行正面冲突，基本上是看到谁直接用98K一枪带走了，或者是趁着别人在打架的时候打了一波侧身坐收渔翁之利。

而后面几场比赛，就不知道有没有这么好的运气了。

尽管她向来天不怕地不怕，但此刻心里也有些忐忑紧张，牵动着呼吸也紊乱了几分，手心中已然是黏腻的汗。

不因其他，只因为她的名字前面顶了个"AON"，但也正是因为如此，她对此次solo赛的冠军也是势在必得。

收回目光时，江洛琪下意识就往观众席上搜寻，一眼就能从熙熙攘攘的人群中找到陆景然。

而陆景然此刻也正看着她。

两人的目光穿过重重人海，毫无征兆地碰撞在了一起。

没有过多言语表情，但江洛琪此刻的心却莫名定了定，好似一切慌乱都在此刻如潮水般退去。

第二场"沙漠地图"，江洛琪选择了一个较为偏僻但稳妥的跳点，前期基本属于避战状态。

而她的这个行为也被林栀过分解读——

"不太明白Loki为什么要选择避战，难道是因为上把纯属因为运气而这把怕和别人迎面碰上打不过才选择避战的吗？虽然'单排'比赛排名分同样重要，但是人头分相较于'四排'比赛更容易拿到才对……"

言语中无不置疑江洛琪的真实实力。

不过这番话江洛琪并没有听到，此时她正开车进圈，随意标了个大仓打算等待下个安全区。

然而刚进大仓，她便敏锐地察觉到了一丝不对劲，极其细微的脚步声从耳机里传来，她当机立断地往一旁掩体躲去。

也就在这时，枪声划过耳侧。

对方躲在墙后探出半个头皮开镜瞄着江洛琪，她思索了片刻后掏出了背后的M24。

屏幕准星对准对方头皮的那一刹那，开镜收镜一气呵成，完成了一个漂亮的瞬狙秒杀——

　　　　您使用M24击中头部淘汰了Whale_Fox。

看到后面的ID，江洛琪哑然失笑。

还真是解不开的孽缘啊。

而正处在AON基地看直播的温旭阳，一见到江洛琪将胡黎给秒杀了，当即笑得拍桌而起，给胡黎疯狂发微信嘲笑他。

　　胡黎只回复了他一个表情——:）

江洛琪一边心里向胡黎真诚道歉，一边含泪舔包舔得异常起劲。

也就在此时，两辆车突然朝着大仓冲了过来。

江洛琪本以为他们是不知道这里有人所以来抢点的，结果那两人下了车后却没对打，反而似是约定好了一般从不同方向包抄而来。

侧身完全被架住，江洛琪连反打的机会都没有屏幕便灰了下来——

　　　　EMP_Pink使用M416淘汰了您。

而透过死亡时的上帝视角，能清楚地看到那两人围着一个箱子象征性地来了波"秦王绕柱"，互相开了几枪却一滴血都没见着，随后便像是觉得不宜久战又纷纷往不同方向撤离。

这演技着实拙劣了点。

一声冷笑从江洛琪的嘴角溢出，她点进观战视角，果不其然，和Pink一起假惺惺演戏的就是EMP此次参赛的另一个队员小天。

回想起昨夜程一扬那句意味不明的"祝你比赛顺利"，原来他们是打着趁她羽翼未丰就将她扼杀在摇篮里的主意。

可真是卑鄙又无耻。

江洛琪摘下耳机，此时林柩解说的声音又碰巧传入了她的耳中——

"刚刚Loki那一波可真是可惜了，她要是听到有人接近就及时反应过来反蹲一波，也不至于被两人包抄。看来还是我们对她期望太高了，上把虽然'吃鸡'但是没有什么高光操作，这一把也只是拿了个人头便被人包夹，实在是看不出她的实力有什么可圈可点的地方……"

江洛琪皱了皱眉，察觉到口袋里手机振动，向身后的裁判申请后便拿出了手机翻看消息。

阮啾啾：宝贝，咋回事，我看直播突然看到右上角你被淘汰了，导播切过去镜头的时候已经打完了。

阮啾啾：这林栀怎么今天一直在带你节奏？你和她有仇还是她脑子有坑？什么叫没有高光操作？她懂吗她就在这瞎吹，气死老娘了！

江洛琪并未回复阮秋涵的消息，她知道今天自己是被EMP针对了，但是不代表她每把比赛都会让他们得逞。

她靠在电竞椅上闭目养神，手里的手机再次传来一阵轻微的振动。

她半眯着眼点开微信——

然哥：想吃什么？

江洛琪弯了弯唇。

等到第三场比赛结束的中场休息，便是各选手吃东西补充体力的时候。

她想了想，垂眸打字——想吃炸鸡。

然哥：好，第三场比赛结束后你直接来观众席。

话语间丝毫不提刚才的比赛。

这边江洛琪正和陆景然聊着天，那边第二场比赛也已经结束。

EMP的Pink以五个淘汰"吃了鸡"，但是由于第一把得分较低，所以两场比赛下来仍是比江洛琪差了两分低了一名。

江洛琪只看了一眼排名便收回了目光，却隐隐约约好似听到后排位置传来一声讥笑——

"唉，你说你，怎么这么不懂事？这谁？这可是前嫂子，不知道留点面子？你一梭子下去人就没了，你忘了扬哥可是让我们好好关照她的吗？"

一道打量的目光若有似无地落在江洛琪身上，语调依旧阴阳怪气："哎呀，我的错，我的错，我这不也没想到会和前嫂子遇上对吧。兄弟放心，接下来几把我一定让着她，遇到她就绕着走，免得被扬哥说我们欺负他前女友，哈哈哈。"

江洛琪回眸瞥了那两人一眼。

因为是solo赛，防止选手窥屏作弊，所以每个人的位置上三面都竖起了小隔板。

而EMP的那两人显然是怕自己的谈话不被江洛琪听见，以活动活动筋骨为由站了起来聊天。

江洛琪回头看他们也是在他们的意料之中，然而出乎意料的是，她并没有什么多余的情绪及反应，就连看向他们的眼神也仅仅是淡漠而已。

好似他们说的那番话同她没有丝毫关系。

Pink和小天突然就觉得兴致缺缺，悻悻地坐回了自己的位置。

而就在他们坐下之际，江洛琪的嘴角勾起了一个嘲讽的弧度——

既然他们想玩，她又何尝不陪他们玩玩呢？

第三场"雨林图"，江洛琪一改先前的战略，直接标了个自闭城的点。

这一局大约有十个人跳自闭城，单单中心主楼加上江洛琪就落了五个伞。

落地一把98K在手，江洛琪眼瞅着对面楼一个人影闪过，也不管枪上有没有装倍镜，当即给那人来了个甩狙爆头。

一杀成功后她又捡了一把BeryL-M762，除了枪上装了个红点瞄准镜外就没有任何配件，然而压枪时却依旧能稳稳当当地压成一个点——

要知道这把枪可是众所周知最难压的一把全自动步枪。

就连有人趁着她和别人对枪时想来掺和一脚，都被她以极快的反应速度丝血反杀。

solo赛不同于"四排"比赛，这完完全全比的就是个人实力，而毋庸置疑，江洛琪在这局伊始就已经完全展现了她的恐怖实力。

开局不过三分钟，右上角的淘汰信息已被江洛琪刷了屏。

而上一场比赛还在说江洛琪毫无亮眼操作的林栀此时脸色已经憋成了猪肝色，一边解说着江洛琪是如何以专业的意识和高超的技术进行反杀，一边觉得自己的脸似是隐隐作痛。

第一个圈开始收缩的时候，江洛琪就已经将整个自闭城清理完拿到了七个人头。

正当她在主楼楼顶用六倍镜瞄着附近的山上时，忽然听到消音M24的声音，她就知道，他们来了。

而本以为江洛琪还会继续杠的时候，却见她转身跳下了楼，坐上了事先停在楼下的一辆摩托——往相反的方向溜了。

Pink和小天见到这一幕也是丈二和尚摸不着头脑，为了不被裁判察觉到他们恶意组队，他们互相打了暗号后便一直保持着较远的距离，此时遇到这种情况也不知道该不该追。

圈继续收缩着，而江洛琪似是专门往人多的地方钻，但一旦EMP那两人接近，她便毫不犹豫地选择避战逃离。

也正是因为如此，到最后决赛圈的时候，江洛琪已经收获了恐怖的十七个淘汰分。

最后仅剩四人。

除了江洛琪之外，就是Pink、小天和另一个不知身份的选手。

梅花桩的点位已经刷新，江洛琪蹲在一颗石头后面，已经确定了另外三人的位置。

Pink此时也紧盯着江洛琪藏身的那颗石头，扔了好几个烟幕弹铺成了一道烟墙，想要趁机打她的一个侧身。

然而就在他闪进烟幕弹的那一瞬间，大炮密集的枪声在耳边炸响，他的屏幕顿时灰了下来。

　　AON_Loki使用自动装填步枪击中头部淘汰了EMP_Pink

　　就在江洛琪露头打掉Pink的那一瞬间，小天也从另一边摸了过来，可谁料她连枪都没收，就着一个八倍镜迅速拉动了镜头画面再次来了个爆头击杀。

　　这一系列操作如行云流水，枪法丝毫不因倍镜的高度而抖动半分。

　　但解决掉小天之后还剩一人，江洛琪刚关掉倍镜便听到了近在咫尺的脚步声。

　　回过身来时，枪管已经顶在了她的眼前，她来不及换步枪开镜，几乎是下意识的反应，就着腰射大炮迅速连点——

　　您使用自动装填步枪淘汰了AK_Chen

　　屏幕下方，血条处即将见底，然而屏幕中间显示的二十淘汰，以及右上角醒目的"大吉大利，今晚吃鸡"八个大字无不意味着她拿下了今天"第二鸡"。

　　比赛台上有人为江洛琪最后那波1v3精彩的操作而欢呼，她闭了闭眼，仍然没有回过神来。

　　这一局她的本意只是多拿点淘汰分，最后决赛圈那三人明显抱团针对她的意图昭然若揭，她本以为自己顶多拿个第二。

　　拿到第一真的是出乎她的意料了。

　　身后猛地传来一阵电竞椅碰撞的嘈杂声，紧接着两道身影沉着脸从江洛琪旁边快步掠过——

　　这一场EMP两人追着江洛琪满地图跑，虽然排名分拿到了，但是淘汰分却是少得可怜。

　　一抹兴味从江洛琪眼底划过，这就受不了了吗？这还只是刚开始呢。

　　第三场比赛结束，江洛琪以五十分的高分位居榜首，比第二名高出了整整二十分。

　　而第四场比赛开局，江洛琪又换了一种新的打法——

　　她不再追求淘汰和排名分，而是拎着一把栓狙开始满地图找人。

第四场"海岛地图"——

就在Pink和小天准备故技重施找到江洛琪位置速战速决时，殊不知某个人早已摸到他们身侧。

AON_Loki使用M24命中头部淘汰了EMP_Pink

AON_Loki使用M24命中头部淘汰了EMP_xiaotian

两人前后暴毙不过相差三十秒。

⋯⋯⋯⋯

第五场"沙漠地图"——

AON_Loki使用Kar98K命中头部淘汰了EMP_Pink

AON_Loki使用Kar98K命中头部淘汰了EMP_xiaotian

⋯⋯⋯⋯

第六场"雨林地图"——

AON_Loki使用AWM命中头部淘汰了EMP_Pink

AON_Loki使用AWM命中头部淘汰了EMP_xiaotian

⋯⋯⋯⋯

——无论他们两人如何刻意躲避，却都能被江洛琪捕捉到右上角的淘汰信息从而暴露位置，被她狙击得连反打的机会都没有。

第一天最后一场比赛结束，尽管后面三场比赛江洛琪排名分不高，但是凭借着高淘汰分依旧稳居第一。

解说员还在总结今日的战况及分数排名，江洛琪整理好外设正准备起身离开，旁边的路却已经被两人堵住了。

周遭来往的选手多，见状也忍不住停下脚步来看热闹。

Pink的脸已经黑成了锅底，他几乎是一字一句咬牙切齿地问："有意思吗？"

江洛琪弯眸一笑："有意思啊。"

顿了顿，她又眨了眨眼，似是极其无辜地反问："怎么了，二位哥哥？你们玩得不开心吗？"

"你——"小天气急，却又找不到话来反驳。

江洛琪轻噫一声，嘴角的弧度缓缓落了下来，眼神也冷冽了几分，以一副"老娘不陪你们玩了"的姿态淡淡说道："让让，好狗不挡道，学过没？"

说罢，她拎着外设包便打算绕开眼前这两条狗。

但是那两条狗明显不愿就此罢休。

"那有没有人教过你要好好尊重一下前辈？"Pink仍然以一副居高临下的态度堵住了江洛琪的路，抬手伸出食指点了点她的肩膀。

只是还没点第二下，一只手横空伸了出来攥住了他的食指微微往上一掰。

Pink吃痛，一偏头便看到不知何时出现在江洛琪身侧的原木。

原木蹙眉，双眸已盛满了怒意："你要是还想要你的手，就给我放尊重一点。"

胡黎也从原木身后走来，硬挤到了江洛琪和Pink的中间，不动声色地将她护在了身后。

"来，让我们看看你是怎么尊重前辈的？"胡黎冷笑，学着Pink刚才的模样，也伸出了食指重重地戳了戳他的肩膀。

Pink沉着脸避开了，将手指从原木的手中挣脱开来。

胡黎轻呵一声。

双方形成了鲜明的对峙状态。

"哟，还真是热闹。Loki，不还有一天比赛才结束吗？你怎么就开始在这里开庆功party了？"谢泽雨慢悠悠地穿过人群，一屁股坐在了一旁的比赛桌上，嚣张地跷了个二郎腿，审视而又凌厉的目光扫过Pink和小天。

毫无疑问，他也是来给江洛琪撑场面的。

Pink扯了扯嘴角，问道："我们之间的恩怨关你们什么事？"

胡黎一把攀上原木的肩膀，冷哼道："我们护着我们琪姐又关你们什么事？"

话语间丝毫不愿退让。

这边双方僵持不下，而另一边站在阶梯上的人却忽然让开了一条道路。

一道身影缓缓地拾级而上，俊逸的脸庞上没有多余的表情，但微蹙的眉头和眼底的不耐烦将他周遭的气压都降得极低。

他并未走近，在最后一级阶梯停了下来，深邃的目光透过人群准确无误地看向了江洛琪。

胡黎识趣地往旁边挪了挪。

"然神，这可不是我们故意挑事……"小天趁机想将锅都甩给别人，可话还未说完，陆景然锋利的眸光便扫了过来。

"当我瞎？"

短短三个字，寒意丛生。

小天顿时就噤了声。

目光再次落回到江洛琪身上，其中暗藏的锋芒寒意却在这一瞬间收敛消融。

陆景然眉眼的弧度都缓了缓，轻声说道："琪琪，过来。"

心跳在这一瞬间如擂鼓通天、小鹿乱撞，江洛琪大脑霎时一片空白，甚至都不知道自己是如何走到陆景然身边的。

陆景然一手从她手中拎过外设包，一手拉着她的手腕往台下走去。

胡黎几人走时也威胁地看了Pink一眼，警告他不要再生是非。

Pink暗狠狠地磨了磨后槽牙，可对方人多势众，他也只能眼睁睁地看着他们离开。

而此时不远处二楼解说室内，林栀正站在玻璃窗前，眼神晦暗不明地落在陆景然拉着江洛琪的手上，指甲一点一点地嵌入掌心。

此时已是深夜。

如墨一般的天边夜幕，点缀着点点星光。

回基地的车上，陈明询问江洛琪第二场比赛到底是怎么一回事。

当时导播并没有切到她的画面，但是陈明也能依据她后三场针对EMP那两人的表现猜到些什么。

从电竞馆出来到现在江洛琪和陆景然一句话都没说，此时听得陈明的提问，她下意识就抬眸看了眼后视镜。

陆景然正专注开车，没有任何反应。

江洛琪强压下从心底不停冒出的粉红小泡泡，将前因后果都说了一遍，就连Pink和小天在比赛结束时对她的嘲讽都复述了一遍。

"还真是欺人太甚，真以为我们好欺负了？"陈明情绪激动地猛捶了下座椅，"你后面几把干得漂亮，真是不教训他们一下就忘记谁才是爸爸了吗？"

江洛琪连忙出声："老陈你别动手，这不是我们战队的保姆车，捶坏了赔不起！"

陈明看了眼屁股底下坐着的真皮座椅，又看了眼自己的手："……"

对不起，是他手贱。

回到基地，温旭阳、阿昆、岳寒明和布丁都在一楼客厅等着他们。

他们自然也好奇为何后三局比赛江洛琪疯狂地针对Pink和小天。

只不过还不等他们询问，陆景然便不知从哪提了个外卖盒过来，轻拍了拍江洛琪的头，让她先吃点东西。

于是温旭阳他们便只能问陈明。

中场休息时吃的炸鸡现在早已消化，江洛琪坐在餐厅一边吃着外卖，一边看着陈明是如何绘声绘色地描述EMP那两人是如何"恃强凌弱""欺负弱小"的，听得温旭阳几人同仇敌忾，破口大骂那两人真的是狗不要脸——

似乎完全忘了后期那两人是如何被江洛琪爆捶得狼狈至极满地图逃窜。

江洛琪边吃边笑，比赛时的不愉快此刻早已烟消云散。

陆景然帮她倒了杯温开水放在一旁，见她吃夜宵还不忘盯着客厅的方向，伸手按下她的脑袋转了回来。

"先吃，小心噎着。"

江洛琪便乖乖地老实吃夜宵。

可注意力一回到这边，她的脑子里又不可避免回想起先前在电竞馆，陆景然的那一句"琪琪，过来"。

啊啊啊啊啊，她不行了！她要死了！

而陆景然完全没有注意到江洛琪的异常，在一旁垂着头看手机。

一串手机铃声打断了陈明几人的痛骂。

陈明掏出手机滑动接听，不过几秒便听到他突然惊呼出声——

"什么?！"

众人都被陈明的惊呼声吸引了过去，随即便见他脸色不太好地挂了电话。

陈明："所有人都将手机里的微博论坛贴吧卸载，你们也不要问是什么事，这件事俱乐部高层会处理的。"

温旭阳和阿昆面面相觑，不明所以地掏出手机卸载软件。

江洛琪喝水的动作一顿，当即就明白这件事一定和她有关。

"不用了，"陆景然站起了身，手自然而然地就搭在了江洛琪的头上，"我已经都知道了，这件事我来处理就好，没什么大影响。"

随即感受到掌心中毛茸茸的触感，他轻柔地蹭了蹭，又垂下眼睫道："吃完了吗? 吃完就上楼休息。"

江洛琪"哦"了一声，将杯中的温水喝尽，趿拉着棉拖跟着陆景然往电梯走去。

电梯上行的时候，江洛琪点开了微博，陆景然看到也并没有阻止她。

起因就是EMP的一个粉丝剪辑了今天的比赛直播视频，由于Pink第二场淘汰江洛琪的时候没有镜头，所以她只截了右上角的淘汰信息。

而后面四场比赛切到江洛琪视角的画面都比较多，尤其是淘汰Pink和小天的画面，都被粉丝完整地剪辑了下来——

> EMP不拿世界冠军不改名：今天的solo赛应该很多人都看了吧? 我就想问问Loki这是怎么一回事，我们Pink不过就第二场比

赛淘汰了你一次，用得着后面每场比赛都追着打吗？

我知道AON战队向来和我们EMP不对盘，但是Loki小姐姐比赛时戾气也太重了吧？比赛击杀淘汰我寻思着不是一件很正常的事情吗？怎么搁在您身上就必须得报复回来呢？难道现实生活中狗咬了你一口你还要咬回去吗？

另外还请AON高层好好考虑一下Loki适不适合打职业赛吧，真不是我歧视女性。但是你们Loki这么冲动不顾后果，到时候打世界赛，然神他们规规矩矩按部就班地进圈，就她一个人拎着把枪满地图狙击上把淘汰她的人，有意思吗？别玷污Survivor电竞圈的比赛环境了成吗？

@AON江洛琪，求您从哪来滚回哪去，［微笑］@AON电子竞技俱乐部，不给个解释我们EMP的粉丝是不会善罢甘休的。

［微笑］

这条微博发出来不过半个小时便已转发评论过万，评论区俨然变成了各家粉丝的撕逼场地——

EMP头号粉丝：赞同博主的说法，今晚看比赛真的是被Loki气到了。［菜刀］看比赛这么多年我还是第一次见这种情况，本来就只是比赛而已，有必要这么较真吗？要是受不了被淘汰就别进电竞圈打职业啊，［微笑］求某人尽快滚出电竞圈好吗:）

绝地枪王666：今晚的比赛本人一场不落地看完了，个人觉得Loki的确戾气过重，最后三场比赛是很明显的报复行为。但有一说一，如果Pink和小天的实力在线也不会被Loki按在地板上摩擦。

AON的小仙女：看过Loki直播的人表示Loki不是那种意气用事的人，当时第二场Loki被淘汰没有镜头，反正我是看到Pink和小天撞在一起了，但是他们两个只是象征性打了几枪就溜了，不排除他们做了什么才让Loki针对。

AON专业黑粉：楼上的别洗了，恶意报复反正是事实，这种戾气过重的人还是迟早滚出电竞圈吧。［蜡烛］［蜡烛］

［蜡烛］

我扬神天下第一狙：本来因为Loki曾是扬神队友对她还挺有好感的，但是这一波针对我Pink和小天就太过分了吧？EMP和AON不合这么多年也从没出现过这样恶意报复的行为，怎么到了Loki这一个刚进电竞圈的新人就这么为所欲为？

吃葡萄不吐葡萄皮：楼上的忘了上次"鲸鱼杯"小组赛你扬神被我们然神打爆了吗？不管怎么样，我Loki就是最飒的，［微笑］你们EMP粉丝与其在这发博diss我们Loki，还不如好好督促选手加强训练，免得下次又被我们Loki追着打。［微笑］

陆景然老婆：楼上的Loki舔狗？本AON粉自始至终都不赞同Loki进AON，看吧，这才第一次比赛，就算拿了solo赛冠军又怎样？路人缘好感度全都败光了。

吃葡萄不吐葡萄皮回复陆景然老婆：然神唯粉就别在这瞎说好吗？谁不知道你嫉妒Loki长得比你好看？顶着个然神粉丝后援会副会长的名头在这给然神招黑，长得丑就别出来搔首弄姿了，趁早滚回娘胎回炉重造吧。

…………

电梯到达四楼，江洛琪关了手机屏幕，眉头微微一皱。

陆景然以为她是在意网友粉丝骂她的言论，出声安慰道："这件事我会处理好的，你不用在意网上的言论……"

"不是，"江洛琪摇了摇头，做出一脸凝重的模样，"这件事的确是我太冲动了，早知道我应该等比赛完，找人给他们两个来一麻袋拖到小巷子里揍一顿了。"

陆景然："……"

江洛琪又自顾自地说："在游戏里面虐他们还是不够爽。"

陆景然："你要是想，我现在也能找人去给他们套个麻袋揍一顿。"

江洛琪被他逗笑："好啦，我开玩笑的，不过然哥你打算怎么处理这件事？"

陆景然："你睡一觉起来就知道了。"

见陆景然的确不打算向她透露，江洛琪也懒得追问，正好此时困意袭来，她揉了揉眼，和陆景然道了声"晚安"。

刚洗了澡出来，阮秋涵的电话便打了进来。

江洛琪趴在床上半眯着眼接听了电话。

阮秋涵焦急的声音传来："琪琪，你今晚真的是惹到EMP粉丝了，他们都发了微博艾特你和AON官博，说要你滚出电竞圈。"

江洛琪嗤笑一声："怎么？电竞圈他们家开的？我吃他们家粮了吗？EMP给我发工资了吗？"

"哎呀，琪琪，现在不是争论这个的时候，你好歹要发个微博解释一下到底发生了什么事啊，不然那些粉丝紧揪着这件事不放对你也没有好处。"

"好吧——"江洛琪打了个哈欠，"我等会儿看看。"

"你还等会儿？！给我现在！立刻！马上！卧槽，Pink和小天竟然发了微博回应这件事，你快看啊！"

经不住阮秋涵的狂轰滥炸，江洛琪强撑着眼皮再次打开了微博，只见Pink和小天都转发了那个粉丝的微博并评论——

> EMP小天：比赛过程中我问心无愧，但是的确是技不如人。

> EMP_Pink：在此真诚地向Loki道歉，不该在第二场比赛淘汰您。明天的比赛我一定会绕着您走，还希望您大人有大量，高抬贵手放过我们。

这两条微博一出，再次将江洛琪推上了舆论顶点。

他们的话语里丝毫不提自己恶意组队的事情，将事实隐瞒，毫不犹豫就将一口大锅扣在江洛琪的头上。

看着这两条从头到尾都充满着"白莲"气息的微博，江洛琪甚至都想给他们点个赞。

阮秋涵的声音再度从手机里传来："哎哟，卧槽，我就说EMP这次怎么这么狗呢，这次solo赛的冠名赞助方就是EMP背后最大的投资商。难怪他们敢搞小动作……"

似是察觉到江洛琪没有任何回应，阮秋涵又提高了音量："琪琪，你在干什么呢？我让你发解释的微博你有没有发啊！"

江洛琪按下微博的发送键，无奈地应道："发了发了，我困死了，先睡觉了。"

随后不等阮秋涵反应过来，江洛琪当机立断地按下了挂断键，盖上被子迅速进入了梦乡。

另一边阮秋涵边喝着牛奶边点进了江洛琪刚发的微博，差点一口牛奶喷出来——

AON江洛琪：第一，是恶意报复。第二，我不咬狗，但是我喜欢追着狗打。

隔壁房间。

"嗯，我知道了，谢谢大哥。"

陆景然刚挂了电话，便看到微博提示消息，一点进去就看到江洛琪几分钟前发的那条微博，不禁莞尔。

与此同时，不仅温旭阳和阿昆转发了江洛琪的那条微博，就连今天在现场的胡黎、原木和谢泽雨也都转发了她的微博力挺她。

这下就不仅仅只有AON和EMP的粉丝互掐了。

AON官博也没有就此沉默，兴许是得了高层的允许，官博也直接转发了江洛琪的微博，配了一个"磨刀霍霍向EMP"的表情包，而图片里EMP就是用两条狗的形象替代——

这又引发了新一轮的官博撕逼大战。

EMP官博甚至疯狂艾特江洛琪要她给个说法，否则就要去Survivor游戏赛事组委会投诉她。

直到陆景然的一条微博出现在首页上，各家粉丝又疯狂了——

AON陆景然：免费提供打狗棒。

锦（景）旗（琪）CP粉开始深夜营业了！

然而无论此时微博上的战火有多激烈，已经睡着的江洛琪对此一无所知，甚至还梦见了自己将程一扬、Pink和小天吊起来痛打了一番。

陆景然还贴心地送了一根鞭子过来，但是不知道为什么到了她的手上就变成了一根打狗棒——

不过这不重要，重要的是这打狗棒用起来还挺顺手的。

然后等到她打过瘾了，陆景然就站在不远处含情脉脉地对她说："琪琪，过来，饿了吗？我带你去吃好吃的。"

再然后——

江洛琪就被饿醒了。

睁开眼，窗外已经天光大亮。

严寒的冬日少见地现出了太阳，缕缕阳光洒下，透过一扇玻璃门折射在地面纤柔的白色地毯上，能清晰地看到空气中尘埃粒子飞舞。

窗外的天空是澄澈的蓝，万里无云，一眼看去悠远而又宁静。

好似所有纷争喧嚣都在此刻停止——

也的确如此。

就在江洛琪醒来的半个小时前，Survivor官方赛事微博就贴出了一则声明。

> Survivor官方赛事：经赛事官方调查组和技术人员的调查分析，确定EMP_Pink和EMP_xiaotian在昨天的solo赛中存在恶意组队的行为，现官方决定取消他们二人的比赛资格，禁训练赛十五天以示警告。

与这条微博一同发出来的还有昨天比赛的完整视频，以及技术组人员分析EMP恶意组队行为的证据。

视频里Pink和小天以枪声频率为暗号确定对方所在，随后便一直保持着不远不近的距离。尽管行为隐蔽，但仍然被技术组人员甄别了出来。

此条微博一出，网络的舆论瞬间就调转了风头。

EMP的高层起初是真的以为Pink和小天才是受害者，甚至都没想过调查当时比赛的录像便开始施加压力针对江洛琪和AON战队。

所以当赛事官方微博一出，EMP的高层瞬间就慌了神，一个电话便打给了投资商，希望他们能给出出主意。

然而电话没打通，却收到了投资商法务部寄来的解约函。解约的理由还很奇特，就是因为他们公司老总因为这件事粉上了江洛琪，所以便毫不犹豫地解了约，转头和AON合作去了。

因这件事，EMP高层一个电话就打给了战队经理，将他和Pink、小天都痛骂了一顿，并扣了工资。

江洛琪打开微博时便发现事态急转而下，不仅当初带节奏的EMP粉丝发了微博和私信向她道歉，就连Pink和小天也各发了条微博长文道歉。

也不知是故意的还是真的学识有限，他们二人的微博长文错别字、语病百出，众网友粉丝的评论风向顿时就变成了"语文课堂纠错大会"，还扬言让他们修改好后再发一遍。

虽然知道陆景然既然说了会帮她处理就一定会处理好，但是江洛琪也没想到竟然这么快就扭转了舆论风向。

心中突然涌现出一种冲动，也就是在这一瞬间，江洛琪没有任何迟疑，光着脚就跑出了房间。

长廊的尽头，一道颀长的身影倚靠在窗边，温暖的阳光下，将他整个人的轮廓都氤氲得极为柔和。

他微微侧着头不知在和谁打着电话，另一只手的指尖夹着一根烟，火光微弱，烟雾缭绕。

余光似是瞥见一抹熟悉的身影靠近，陆景然顺手掐了烟，低声说了句"等会儿再说"便直接挂断了电话。

随即回过头来看江洛琪，目光落在了她如羊脂玉般光洁的双脚上，微蹙了蹙眉。

"然哥……"江洛琪刚唤了声，便见眼前男人目光深邃地走了过来，随即她便忽然感觉到一阵天旋地转，整个人腾空而起。

鼻尖是夹杂着淡淡烟味的清冽气息，她被陆景然打横抱在怀中，一时忘了言语。

陆景然轻"啧"了声："不穿拖鞋乱跑什么？"

本是责怪的语气，落在江洛琪耳中却莫名多了一丝宠溺意味。

她的双手紧紧地攥着陆景然的衣服，脑子再次出现了一片短暂的空白，就连呼吸也开始不顺畅起来。

而陆景然似是并没有发现她的异常，抱着她径直回到了她的房间，将她放在床沿坐下，半蹲在她面前，将散落在一旁的棉拖捞了过来套在了她的脚上。

抬眼的时候发现江洛琪正一眨不眨地盯着自己看，房间里萦绕着属于少女的清香，心尖处宛若被轻轻挠了一下。

陆景然抬手揉了揉她的脑袋，柔声问道："怎么了？刚才找我是有什么事吗？"

不知是不是刚抽过烟的缘故，他的嗓音有些微哑。

江洛琪后知后觉回过神来，有些不自在地移开了目光，随口说道："就是想问问你是怎么这么快解决那件事的……"

"这样吗？"陆景然探究的目光看了她片刻，才继续说道，"也没做什么，我大哥最近刚好和EMP的投资商有合作，我也只是在我大哥面前提了一下，至于那个技术分析的视频……"

他的话还未说完，便被手机不停的振动打断了。

屏幕亮起的那一瞬间，江洛琪看到了上面的名字——彭予琛。

陆景然下意识看了江洛琪一眼。

"然哥，你接吧。"

江洛琪以为他是有什么重要的事情，正准备回避一下，却见他直接当着自己的面接听了电话。

"然哥，你刚才怎么突然挂电话了？"

因距离较近，江洛琪能清晰地听到他电话里的声音。

陆景然淡淡地回道："有事。"

"不是，然哥你怎么能这样呢？"彭予琛忍不住控诉道，"我昨晚带着公司的技术分析员熬夜加班了一个通宵才帮你把那个分析视频做了出来，你好歹要犒劳犒劳兄弟我吧？"

陆景然："没空。"

彭予琛："……"

彭予琛："资产阶级剥削农民工？然哥你好狠的心啊！"

"咕咕——"

忽然，一声微弱的肚子叫声传来，江洛琪愣了愣，随即似是怕被陆景然听见，便尴尬地用抱枕捂了捂自己的肚子。

然而陆景然已经注意到了她，轻声问："饿了？"

电话那边彭予琛疯狂点头："是啊是啊，我忙了一个通宵没吃没睡，现在都快饿瘪了……"

陆景然："没和你说。"

彭予琛："？"

陆景然又问江洛琪："想吃什么？"

江洛琪看了一眼他的手机，好似怕彭予琛会顺着5G信号爬过来揍她一顿，弱弱地说了句："想吃火锅……"

彭予琛："卧槽？妹子？然哥你说你有事就是在和妹子约会？是不是就是那个Loki啊，我见过她的宣传照，长得真好看，是我喜欢的类型……"

陆景然蹙眉："今天下午你还有比赛，在这之前就别吃辛辣的东西，火锅明天吃吧。"

被无视的彭予琛："……"

江洛琪："那好吧，那我想吃饭。"

彭予琛："明天火锅能带我一个吗？我也想见见Loki……"

陆景然："好，等会儿帮你点外卖。"

彭予琛："……"

卧槽，无情！

彭予琛怒挂了电话，并点开微信给陆景然下达了最后通牒——

我可真是看错你了，一直以为你和外头的那些狗男人不一样，没想到你也是一个重色轻友的货色！我告诉你，我生气了！要想老子消气……除非明天火锅带我一个。[哼]

通过陆景然和彭予琛的谈话，江洛琪便也知道了那技术分析视频是彭予琛的功劳，又想到他为了这个视频熬了一个通宵，当即有些于心不忍。

在陆景然起身准备离开时，江洛琪伸手揪住了他的衣角："然哥，不如明天我请你朋友吃饭吧，好歹他这次也帮了我。"

"明天再说，"陆景然看了一眼时间，"收拾一下下楼吃饭，下午还有比赛。"

"好。"

solo赛第二天，没了Pink和小天这样的人破坏比赛心情，江洛琪每场比赛都稳扎稳打，六场比赛"吃了三把鸡"，分数和第二名的差距越拉越大。

职业生涯的第一次比赛，江洛琪毫无悬念地拿到了冠军，再加上全场淘汰数最高，生存时间最久，还获得了"淘汰王"和"生存达人"的称号。

奖金加起来总共有十万元。

AON不从中抽成，这十万最终全都落入了江洛琪的口袋，让她再次感受到了一夜暴富的滋味——

尽管她买个包的钱可能都远远不止十万。

比赛结束后林栀还假惺惺地过来向江洛琪道贺，随即当着她的面问陆景然："然神，明天有空吗？我爸说好久没见你了，想一起吃个饭。"

她的笑容礼貌而又得体，但细细看去又能发现其中掩藏的一丝得意，好似在向江洛琪炫耀他们之间的关系不简单。

于是江洛琪也学着林栀的模样，微笑着眨着眼，故意捏着嗓音娇滴滴地问陆景然："然哥，明天有空吗？我们好久没有出去吃饭了，我请你去吃火锅好吗？"

陆景然："……"

路人甲陈明："……"

怎么这姑娘拿了冠军后脑子开始不正常了？

林栀瞪了江洛琪一眼："明明是我先约的然神。"

江洛琪也回瞪她："我今天上午就约了然哥了。"

眼瞅着这两人似是要吵了起来，陆景然只觉得有些头疼。

随即似是为了配合江洛琪，他揽过她的肩膀，轻捏了捏她的耳垂，偏过头来压低了嗓音道："答应你的自然不会忘。"

随后又对林栀说："不好意思，林小姐，明天没空。"

当着她的面答应了别人的邀约，还如此明目张胆地和她说没空，不亚于当众打她的脸。

察觉到江洛琪投来的戏谑眼神，林栀的小脸白了白，贝齿紧咬着下唇，良久才干巴巴地吐出一句："我还有事，我先走了。"

转过身的那一瞬间，眼底淬满了嫉妒怨恨。

"好了，我们……"

"走吧"两个字还未说出口，陆景然便察觉到怀中的某人扒拉了几下，推开他搭在她肩膀上的手臂，又回过头来不满地瞪了他一眼，便自顾自地拎着外设包头也不回地朝大门处走去。

陆景然："？"

他问一旁吃瓜吃得正嗨的陈明："她怎么了？"

陈明耸了耸肩，老老实实地回答："不知道。"

陆景然眯了眯眼："要你何用？"

陈明："？"

合着这关他什么事？

陆景然跟在江洛琪身后到了停车场，眼见着她打开后座的车门就钻了进去，眼疾手快地拦住了她关车门的动作。

江洛琪也不理他，自己往里面挪了挪，别开脸看向另一侧的车窗。

随即便感觉到熟悉的气息笼罩来，身侧的座椅往下陷了陷。

陆景然坐在了她的身旁并顺手关上了车门。

江洛琪继续往旁边挪，陆景然也不紧不慢地将他们的距离再次拉近。

直到江洛琪已经贴着另一侧的车门，陆景然也已经将他那侧的方向给堵死了。

江洛琪又回过头来瞪了他一眼，随即伸手搭上车门的内侧开关，想直接下车。

只是无论她怎么按，车门都没任何反应，这才后知后觉陆景然已经将车锁了。

江洛琪余光瞥到车钥匙正安安静静地躺在陆景然的上衣口袋里，旋即打算趁他不注意时身子猛地往前一探。

可谁知陆景然早有防备，趁她起身的时候一手搂着她的腰往怀里带了带，另一只手扣着她的手腕随意地搭在车门上，形成了一个暧昧的壁咚姿势。

鼻尖萦绕着的都是专属于陆景然的气息，江洛琪脑袋一蒙，便见深邃的眉眼近在咫尺，呼吸都似是交缠了起来，她不争气地红了脸。

见她这副模样，陆景然轻笑了一声，稍稍退开些许，搂着腰的手却是紧了紧。

他问："你在生气什么？嗯？"

他的声音似是掺杂着蛊惑，微扬的语调伴随着略带磁性的低沉嗓音落在耳廓，又像是细微火焰，顺着身体的脉络一路灼烧而去，直抵心脏深处最柔软的角落。

江洛琪垂下眼睫别过头，不敢再和他对视。

温热的呼吸喷洒在颈间，她的身体一点一点地失去了力气。

陆景然又道："你不说，那我们就一直这样待着。"

江洛琪轻哼一声，小声嘟囔着："你昨天还说和林栀不熟，今天她就以她爸爸的名义来约你吃饭……"

陆景然微怔，似是丝毫没想到她是因为这件小事生了气，语气中也夹杂着些许无奈："她是她，她爸爸是她爸爸。"

顿了顿，又解释："她爸爸是AON的投资商之一，我也只和他吃过一次饭，还是谈合作的时候吃的。"

"是吗？"江洛琪眨了眨眼。

陆景然"嗯"了声，随即便看到眼前小姑娘的眼中似是划过一抹兴味的笑意。

正疑惑时，便听到她用揶揄的语气来了句："哦……原来她是想潜规则你啊……"

陆景然："……"

他面无表情地捏了捏江洛琪腰间的软肉，这才松了手放开她，打开车门下了车。

外头寒风凛冽，却始终压不住他心里的燥意。

掌心中似是还残留着她腰间柔软的触感，陆景然兀自笑了笑，背靠着车门抽了根烟才再次上车。

两人安静得好似刚才什么都没发生过。

而陆景然正准备启动车时，才发现陈明五分钟前给他发了微信消息——

老陈：那个……我坐鲸鱼战队的车回去了。

老陈：咳咳，那个啥……注意安全。

陆景然："……"

翌日，陈明给江洛琪放了一天假。

因着陆景然和彭予琛约的是晚饭，于是她便约了阮秋涵一起去逛街。

陆景然请了假说要出门一趟，顺便将江洛琪送到了市中心。

距离目的地还有一个红绿灯的时候，江洛琪突然想起昨天林栀约他的事情，当即警惕地问他："然哥，你今天请假要干什么？"

此时正好红灯变绿灯，陆景然一只手控制方向盘，另一只手轻车熟路地揉了揉她的脑袋，说道："回家一趟，我晚点再来接你。"

想着陆景然也犯不着瞒骗她，江洛琪便也放下心来，优哉游哉地打电话询问阮秋涵到了哪里。

将江洛琪送到目的地后，陆景然开车往陆家老宅驶去。

穿过喧闹的市区，来到一个小镇，驶过一片青竹林，便能见到不远处延绵的屋顶轮廓。

大门处的监控早就看到了陆景然的车，在他赶到之前就敞开了大门。

黑色路虎直驱而入，绕过庭院才到达正厅门口。

陆家老宅还是二十世纪初建造的房子，经过几代人的传承，四处都透露出古色古香的沉稳气息。

佣人在陆景然下车前便打开了正厅的大门，皆垂着眼恭恭敬敬地唤了声："三少爷。"

陆景然大步往里走去，一眼便看到沙发上坐着一人，西装革履，双腿交叠，背靠椅背，鼻梁上架着一副金丝边框眼镜，眉眼和他有三分相似，却比他更多了几分成熟老练。

他单单就坐在那儿，便能感受到一股无形的压力袭来。

此时他正在翻阅手中的文件，上面密密麻麻地布满了英文字母，他却依旧能一目十行。

"大哥，你回来了？"陆景然有些惊讶。

陆子深是他的堂哥，因着年龄资历都是他们兄弟中最年长的，所以他们便都以"大哥"称呼。

前两日他和陆子深通电话的时候他还在国外，没想到今日就赶了回来。

闻言，陆子深略抬了抬眼皮，"嗯"了一声，道："公司有些事情要处理，你那边怎么样，还有什么需要我帮忙的吗？"

"不用了，"陆景然在他的对面落了座，"我今天回来是想看看爷爷的，听说他这几天身体不是很好。"

陆子深边翻文件边说："的确是不如以前硬朗，但也没什么要紧的问题。你今天回来得不巧，他和陈家老爷子去北海山庄钓鱼去了。"

"是吗？"陆景然无奈一笑。

随即便见陆子深的助理捧着手机急匆匆地走了进来，还不忘朝陆景然躬了躬身。

"陆总，洛小姐身边的人来了电话，说是洛小姐遇到了一些麻烦事……"

陆景然罕见地从他大哥脸上看到了异样的情绪。

只见陆子深翻阅文件的动作一顿，眉头微皱，眼底深处浮现出了显而易见的担忧神色。

"她怎么了？"他一边取下眼镜合上文件，一边立即站起了身往门外走去。

助理抱歉地朝陆景然笑了笑，连忙快步跟在陆子深的身后。

因着陆子深的离开，正厅里候着的佣人仿佛都松了口气。

他们比畏惧陆老爷子还要畏惧陆子深。

陆景然背靠在沙发上，周遭安静得落针可闻，他脑海中忽然就想起了先前在车上时江洛琪的小表情，嘴角弧度渐深。

他又怎么会不知道她是怕他应了林栀的约？

随即似是再也等不及片刻就想见到她，陆景然当即便也起身离开。

另一边江洛琪和阮秋涵逛了一下午的街，其间还向她打听了一些关于林栀的事情。

一说到林栀，阮秋涵便如同打开了话匣子似的，噼里啪啦说个不停——

"真不是我针对她，你知道吗，她可真是'绿茶界'的王者。上次PGC我不是和他们一起去了美国吗？PTG的队长阿诚你知道吧，他女朋友也是主播，和我一起去的美国。就他女朋友来大姨妈痛经，阿诚跑了好多家商店才找到红糖，林栀就在一旁阴阳怪气说啥，'要是她男朋友即将要打国际赛了，她可舍不得她男朋友每天训练这么累还来操心自己'，我跟你说，当时阿诚女朋友脸都绿了……

"对了，还有，上次我们主播聚会，她背了个'爱马仕'的包包来，真是各种和小姐妹炫耀。我看着她那包包还挺眼熟，想着你好像有个同款，但是那个金属扣的形状好像有些奇怪，我就多嘴问了句。结果你知道怎么着，她当即就炸毛了，冷嘲热讽说我没见过世面。

"呵，老娘没见过世面？你屋子里那一墙的'爱马仕'难道是做摆设的吗？虽然我买不起，但是我闺密买得起啊！老娘当场就和她撕了起来，甚至还发现了她的CL高跟鞋也是假的，你是不知道她当时的表情，就和吃了屎一样，哈哈哈哈……

"她虽然解说还挺专业的，但是玩游戏真的是菜得不行，老娘曾经有幸和她上过同一个车队，我和你说我真是被她气晕，全程哎呀哎呀叫个不停，枪法垃圾还要抢空投，嘤嘤嘤求三级套装，长了副御姐脸装什么小萝莉呢。那天下午我从'钻二'一路俯冲到'铂金'，真没把我心脏病给气出来……"

说着，阮秋涵还捂了捂自己的心脏，似是为了确认它还在不在自己的胸腔里。

江洛琪对解说的关注度不高，但是和林栀打交道的这几次对她的印象也的确不太好。

两姐妹又逛了一圈，等到差不多五点半的时候，想着陆景然应该快来了，她们便乘电梯下楼。

江洛琪看着毫无动静的手机，犹豫着要不要给陆景然打个电话。

而就在此时，她们刚走出商场，江洛琪一眼就看到了路边停着的那辆熟悉的路虎越野，心情顿时雀跃了起来。

江洛琪本想带着阮秋涵一起去吃火锅，但是阮秋涵晚上还要准点直播，于是便自己先打车回去了。

目送阮秋涵上了车，江洛琪才朝着那辆路虎走去。

陆景然正坐在驾驶座上，垂着头打游戏，听到车门被人拉开，微侧了侧头："逛完了？"

"嗯，"江洛琪爬上了车，将手中的战利品塞到了后座上，"然哥你什么时候来的？怎么不给我发消息告诉我？"

陆景然正好打完一局游戏，关了手机顺手扔进了旁边的置物格中，俯身替她系好了安全带。

"没到多久，不知道你什么时候逛完就先等着了。"

这话是事实，从市中心到陆家老宅来回就需要三个小时。

但这话落在江洛琪的耳中，心间却一点一滴地渗出甜蜜。

随后陆景然开车前往事先和彭予琛约好的火锅店。

彭予琛比他们先到没多久，正坐在桌子旁点餐，见到他们二人朝他们招了招手："然哥，这边。"

江洛琪跟随陆景然落座，下意识就打量了彭予琛一眼。

他穿着简单的黑色线衣，睡眼惺忪，头发略显凌乱，倒更像是刚起床就赶了过来。

与此同时彭予琛也在打量着江洛琪，一边感叹她的长相和他女神属于同一种类型，一边暗自揣测她是有什么通天的本事能将陆景然这等妖孽收服。

直到陆景然用手指轻点了点他面前的桌面，察觉到对面刮来凉飕飕的眼刀，彭予琛这才识趣地收回了目光。

随意勾选了几道菜，彭予琛将点餐用的ipad顺手递给了江洛琪，然而却被半路伸出来的手拦截了。

陆景然气定神闲地滑动着菜单，熟练地点了几道江洛琪爱吃的菜，随即便将ipad还给了服务员。

江洛琪也没觉得其中有什么问题，小口小口地抿着杯中温热的柠檬茶。

见对面这二人的相处状态，彭予琛轻"啧"了一声，手肘搭在桌上，双手交叠撑着下巴，审问道："说吧，你们什么时候在一起的？"

"咳咳——"江洛琪险些被茶水呛到。

陆景然抬手轻拍了拍她的背，扯出一张纸巾擦了擦她的嘴角，随后又淡淡地瞥了对面那人一眼。

彭予琛只觉得后背一阵发凉。

江洛琪解释："不是，我们不是你想的那种关系……"

见陆景然也没吭声，彭予琛的表情当即就像遭受了晴天霹雳一般震惊，就差把"不是吧？你到底能不能行？都这样了还没搞定？"这句话写在脸上。

陆景然淡定自若地从口袋中掏出了手机，当着彭予琛的面打开了通讯录，随手往下滑了滑——

"好久没见到喻总了，不如我打个电话问候一下她吧？"

"别！"彭予琛顿时如同被踩了尾巴的猫一样，一把夺过了陆景然的手机，手忙脚乱地退回了桌面。

陆景然似笑非笑地看着他。

江洛琪意识到陆景然口中的"喻总"必定不是个简单的人物，当即八卦之心被勾了起来："喻总是谁？你女朋友吗？"

此时服务员正好上菜，彭予琛偃旗息鼓连忙转移了话题："来来来，菜来了，听说Loki你昨天拿了冠军，这顿饭哥哥请了。"

江洛琪扑哧一笑。

陆景然看着她笑，唇角也不由自主地往上牵了牵。

吃得正兴起的时候，彭予琛似是想到了什么，问江洛琪："你是怎么喜欢上打游戏的？我一直以为女生不会喜欢这种打打杀杀的游戏的。"

江洛琪夹菜的手一顿，似是在回忆着什么。

而陆景然也放下了筷子，目光自然而然地落在了她的身上，带着温柔缱绻。

不多时，便听到她说——

"我小时候看过一个小哥哥玩FPS类的游戏，当时就觉得他打游戏的样子特别吸引人，眼睛里好像都在发着光。

"我想，那种东西可能叫作梦想吧。"

彭予琛下意识就看向了陆景然，想着江洛琪当着他的面提别的男人，他会不会吃醋。

没承想这一看，便发现平日里连一个眼神都懒得给他的陆景然，正侧着头安安静静地注视着身旁的女孩。

他的眼尾微扬，蕴含着点点笑意，目光温柔而又缠绵，甚至还能从中感受到一丝欣慰。

这是什么情况？

彭予琛愣了片刻，旋即便明白了其中的关键所在。

起先知道江洛琪的存在时，他还在纳闷，陆景然这货怎么破天荒地就让一个女生加入了他的战队。

如今一看，原来是蓄谋已久早就做好了准备。

只是见江洛琪的反应，似是还不知道她口中所说的小哥哥就坐在她的身旁。

彭予琛暗自"啧"了声，难怪进度如此缓慢，原来然哥是真的不行啊！什么事都藏着掖着不说，怕不是以为谁都有心情和他玩猜谜语呢？

想着是不是要帮陆景然一把，于是乎，彭予琛开始操作了——

"哎呀，Loki，你一说这个小哥哥吧，我就想到了咱们然哥。你知道吗？他从初中开始就沉迷打游戏，可是做了好多惊天动地的大事！"

江洛琪顿时就来了兴趣。

陆景然倒也没阻止，夹了几片牛肉放进了滚烫的锅里。

彭予琛继续说："然哥他们家家教挺严的，他家人都不准他经常玩游戏，但是那个时候又是青春叛逆期，然哥就每天放学甩开保镖溜进网吧打游戏。

"最绝的是，网吧里有人抽烟，味道特别重，所以然哥每次去网吧就直接朝吧台甩一沓红钞票，说他要包场，网吧老板真的笑也不是哭也不是。"

江洛琪："哈哈哈哈哈哈……"

"然哥属于典型的能用钱解决的事决不多动脑子，说实在的，当初我们一群玩得好的发小，也都没想到他竟然会选择来打职业赛。毕竟无论他做其他什么行业，他家人都能给他助力，让他在那个行业混得风生水起。

"但是打职业赛就不一样了，这完全就是靠自己一个人打拼了。他的家人能带给他最好的环境，但是总不能给他买个世界冠军回来吧？"

江洛琪点了点头表示赞同，对此她也是深有体会。

也正是因为这样，所有在这条逐梦路上不顾一切的年轻人，都是值得敬畏的。

彭予琛说着，伸出筷子往锅里捞了捞，想夹块牛肉上来，却突然手抖了一下，牛肉滑回了锅里。

见状，江洛琪顺手替他夹了块牛肉，还贴心地放在了他面前的小碟子里。

两人都没察觉其中有什么不妥的地方。

直到彭予琛道了声谢，夹起那块牛肉即将送进嘴里，忽然感觉后背再次发凉。

陆景然疏淡的目光落在了那块牛肉上，明明他一句话都没说，但彭予琛却觉得自己已经被他的眼神大卸八块凌迟而死了。

强烈的求生欲突然上线，彭予琛连忙将那块牛肉夹还给了江洛琪，迎着她茫然的目光，说道："我不喜欢吃牛肉，那个，你吃，你吃，不用客气！"

江洛琪："？"

难道她眼瞎了？她记得他刚才一个人吃光了一盘牛肉。

就在这时，陆景然修长的手伸了过来拿走了她面前的碟子，换了个干净的碟子，神色颇为淡定地来了句："他有病，小心别被传染了。"

随即他又堂而皇之地将那块牛肉吃了下去。

江洛琪："……"

彭予琛："……"

吃过饭后，彭予琛想搭陆景然的顺风车回公司。

到了停车场，陆景然才说了句："坐不下了。"

彭予琛："？"

彭予琛一脸"你当我弱智"的神情，边在他们之前拉开了车门后座边说："你要是辆跑车我就信了，你这不故意……"

他的话戛然而止。

陆景然微挑眉梢："故意什么？"

江洛琪还不知道发生了什么事，一凑到跟前，才发现后座被自己今天逛街的战利品给塞满了。

江洛琪："……对不起琛哥！我的错！"

彭予琛只觉得心累。

本来今天说好了他是来蹭饭的，结果被陆景然一通威胁，他主动揽下了买单的活。不仅如此，现在就连顺风车他都搭不上。

这么想着，彭予琛边抹泪边拒绝了江洛琪帮他叫车的提议，自己一个人出去打车了。

江洛琪还觉得挺不好意思的，但陆景然表示他们平常经常这样相处，所以她便也稍稍宽心了些。

两人直接回基地。

还在路上的时候，江洛琪便收到了来自温旭阳给她发的微信消息——

太阳神：琪姐……你和然哥啥时候回来啊？

太阳神：QAQ

太阳神：我错了.jpg

太阳神：我给你磕头了.jpg

江洛琪："？"

她回了个问号，然而对面却又没了声响。

此时车正好驶入了别墅园区，江洛琪也懒得一个电话打过去询问情况。

等到下了车进了别墅的门，才发现基地里来了个不速之客。

一进门就闻到了一股浓烈而又呛人的香水味，江洛琪下意识蹙了蹙眉。

只见温旭阳、阿昆和陈明并肩在沙发上排排坐，而他们对面坐着的则是林栀。

一听到开门的声音，他们四人不约而同地将目光投了过来。

温旭阳几人的眼神都是一致地复杂，只有林栀委委屈屈的，好像做了什么坏事一样。

"怎么了？"还是陆景然率先打破了沉默。

温旭阳又将目光放回林栀身上，神情少见地不耐烦："你做的事情，你说。"

林栀站起了身，瘪着一张小嘴朝陆景然走去。

"然神，对不起，我不是故意的……"说着，她还想借机去拉陆景然的手臂，只是手还未碰到他，他便冷淡地退后了一步。

她的手就尴尬地停在半空中，顿了顿，又偏过头去，一脸的委屈抱歉："Loki，对不起啊，刚才我不小心把你放在吧台上的那个白色包包给刮坏了……"

这一字一句砸进江洛琪的耳中，她只觉得太阳穴突突地疼。

目光下意识地扫视了一圈，却不经意间发现刚才林栀坐的沙发上有个爱马仕包包——

哦，想必这就是阮秋涵今天和她提过的那个高仿品吧？

第八章 五个"爱马仕"

包包的款式她再熟悉不过,所以也不需要凑近了看,江洛琪便知道那的确是高仿。

她没理会林栀的"嘤嘤嘤",径直走到了餐厅和客厅中间的吧台,果然在自己的包上看到了一道划痕。

黑色的划痕在白色的纹路上显得尤为刺眼,江洛琪的心不可控制地抽搐了一下。

她深吸了口气,才忍住没直接将这包一巴掌呼在林栀的脸上。

陆景然不知何时也来到了她的身边,仅看了一眼,锋利的眸光便扫向了沙发上正襟危坐的三人。

"谁放她进来的?"陆景然的语气极为平淡,沙发上的三人却因此无端地打了个寒战。

陈明和阿昆齐齐指向中间的温旭阳,纷纷将自己从中择干净。

陈明:"那个时候我在洗澡,我都不知道林栀来了。"

阿昆:"我一直在直播,直到刚才才下楼。"

温旭阳:"⋯⋯"

"对不起,琪姐!"温旭阳欲哭无泪,"林栀来找然哥,我说然哥不在,她就说进来等。我也没多想,让她进来后就直接上楼直播了⋯⋯

"我也没想到就那么一会儿工夫,她就把你包划了,对不起,琪姐，我该死，那包肯定很贵吧？"

在温旭阳的认知里，一个十八岁生日就能收到一辆兰博基尼跑车作为生日礼物的，穿的用的标价肯定至少三个零往上走，更不用说这看起来就很贵的包了。

可谁知温旭阳话音刚落，便听到一阵不合时宜的短促笑声。

"你怎么还有脸笑？"温旭阳白了林栀一眼，烦躁地抓了把头发。

本来他们和林栀的关系就算不上多好，只是因为她爸是投资商的缘故，平日里才会多说几句话。

但自从前几日的solo赛，她在解说时的言语太过于针对江洛琪，将当时在基地里看直播的温旭阳和阿昆气得不轻，而今天她又闹出这么蛾子，饶是他们脾气再好也忍不住想将这女人打包成球踢出门去。

林栀的嘴角略微收了笑意，然而眼中的不屑却是丝毫不加掩饰。

"我还没看过哪个奢侈品牌出过这样款式的包，应该也不贵，毕竟某宝上这种杂七杂八的牌子多了去。"

闻言，江洛琪冷笑一声："的确不太贵，不然我也不会随手就扔在吧台这里了。"

"不太贵"三个字被她着重加强了语调。

而林栀丝毫没察觉到她语气中的异样，顶着一副"我就知道"的神情缓缓走到她的跟前，脸上挂满了虚假的歉意，说道："我的确是不小心刮坏了你的包，这样吧，我赔给你，你也不要因为这点小钱而生我的气了。"

"你赔？你拿什么赔？"江洛琪嗤笑反问，下巴往沙发方向抬了抬，"拿你那高仿爱马仕赔吗？"

林栀神色一僵，旋即小脸上也染上了一抹怒意："你这人怎么这么过分？我都说了赔你的包了，怎么？看我背爱马仕你嫉妒了？不诋毁我一下心理不平衡？爱马仕又不贵，不随随便便五个起买？我用得着买高仿吗？"

她眼底那一闪而过的心虚并未逃过江洛琪的眼睛，而她这一番发怒在江洛琪眼里也只是虚张声势而已。

江洛琪甚至都觉得和这种人计较实在是拉低了自己的格调。

她不耐烦地打断了林栀的话："是不是高仿你自己心里没有逼数吗？你赔？你能赔个一模一样的出来？"

"怎么不能？不就是某宝货吗？"林栀气愤地一把夺过江洛琪手中的包，拍了张照上某宝搜索，然而一路滑到底都没有找到同款——

甚至就连相似的款式也没有看到一个。

她拿着手机的手微微颤抖，心底渐渐浮现出不好的预感，但是仍然嘴硬地说道："说不定正好断货了，你说多少钱我直接转给你。"

"不多，"江洛琪睨了她一眼，淡淡道，"也就二十万元而已。"

"什么？"林栀惊呼，满脸的不敢置信，"二……二十万？"

本来她以为这包最多就值几千，但实际却比她想的还要多两个零。

她几乎下意识就以为江洛琪是诓她的，稳了稳心神后又道："二十万？你当我傻？这包又不是什么名牌，你空口无凭说它二十万，谁信啊？"

温旭阳："我信。"

阿昆："我信。"

陈明："我也信。"

林栀："……"

江洛琪也懒得和她争辩，坐在了吧台旁的高脚凳上，给自己倒了杯凉白开，淡定自若地开口："这包是法国著名私人设计师黎曼的作品，包的内侧有她的专属印记，你要是不信自己上网查。这包在她的作品里的确算便宜的了。毕竟我妈那款黎曼设计的包还没拍卖时市价就已经炒到了百万元以上。

"噢，还有，黎曼的包每一个都是独一无二的，虽然当时这包入手价才二十万，但是我也不知道现在的市价如何，"顿了顿，她又侧过头忽地对林栀一笑，"算你二十万，说不定你还赚了。"

林栀现在只觉得大脑一片空白，手指颤抖着点开了手机上的浏览器，每点开一个链接她的脸就白了一分，到最后还不死心地扒开包的内侧。

直到看到那个特殊的金线印记，脸色彻底地灰败了下来。

江洛琪还不忘笑眯眯地再捅她一刀："你那个爱马仕的包，价格少说也要二三十万吧。林小姐财大气粗，随随便便就能买五个爱马仕，又怎么连二十万都拿不出来呢？"

听到这话，林栀顿时觉得一股血气冲上脑门，简直是搬起石头砸了自己的脚。

如果她能随随便便就掏出二十万买包，又何必花几千块钱去买个高仿？

想到这，林栀眼眶一红，又开始装委屈装柔弱："对不起，Loki，我真的是不小心才划了一下，都怪我看着那包觉得挺好看的，所以就碰了一下，没想到就不小心被我的戒指划到了……"

"哦，所以呢？"江洛琪对此不为所动，掏出了手机，"微信还是支付宝？噢不行，有限额，那还是银行卡转账吧。"

"我……"林栀将求救的目光投向一旁的陆景然，"然神，看在我爸给你们投资的分儿上，这次就原谅我吧……我真的不是故意针对Loki的，而且我暂时也拿不出这么多钱……"

陆景然轻瞥了她一眼，眼神中少见地带了丝厌恶的情绪，然而语气却是一如既往地淡——

"你爸投资的钱，还不够你随随便便买五个爱马仕的。"

最终还是林栀给自己的父亲打电话委婉地说明了一下情况。

林父给她转了账的同时还将她骂了个狗血淋头，他此刻的心情无异于开车上路不小心剐蹭到豪车后听到赔偿价格时的心痛。

赔了钱，林栀自然是没脸再赖在这不走，上前拎起自己的高仿爱马仕，三步一回头地朝着门口走去。

江洛琪还以为她是舍不得那二十万，当即就将那白色包包扔给了林栀，还不忘补充一句："既然你钱都给了，这包你就拿走吧。虽然被划了一道这包就不值钱了，但还是可以放在家里当个摆设的。"

林栀："……"

她咬了咬牙，将两个包都紧紧地抱在怀里，目光却越过江洛琪落在了陆景然的身上。

江洛琪眉心一跳，直觉这低级"绿茶"又要开始作妖了。

果然，只见林栀立马换了副楚楚可怜的神情，眸中氤氲着雾气，矫揉造作地说道："然神，外面已经天黑了，现在时间也不早了，我一个女生走夜路不安全。要不你开车送我回家吧……我家……还挺远的……"

她的话音一落，在场几人无不在心中为她的厚脸皮欢呼喝彩，自叹不如。

正当众人饶有兴致地好奇陆景然到底会如何拒绝她时，便见他单手插兜倚靠在吧台上，半抬眼皮慵懒地来了句："琪琪困了。"

江洛琪："？"

陆景然："得哄她睡觉。"

江洛琪："？？？"

"噗——"温旭阳是第一个绷不住的。

阿昆和陈明也忍不住笑出了声，捂着肚子在沙发上打滚。

林栀脸上的血色终于完全褪尽，她恶狠狠地瞪了江洛琪一眼，转身开门离去。她踩着个十厘米的高跟鞋，恨不得将地面跺个窟窿出来。

林栀一走，客厅里浓烈的香水味都散了一些，不再那么令人窒息。

江洛琪打开了中央空调的换气功能，警告温旭阳以后再也不准给林栀开门。

温旭阳连连应声，但仍是有些抱歉地问她："琪姐，那个包就这么被她毁了，你不觉得可惜吗？"

众人都没察觉到正在等电梯的陆景然闻言也偏过了头看她。

为了不让温旭阳再自责下去，江洛琪拍了拍他的肩膀，轻眨眼睛，狡黠一笑："那个包我都背腻了，正好可以去找我妈要那个更贵的包了，那个包我可是馋了好久。"

见温旭阳松了口气，她又道："更何况我要是真宝贝那个包，我也不会随手把它放在吧台上。好了，别操心了，我先上楼去洗澡了。"

说完，江洛琪便拎着大包小包往电梯走去。

陆景然顺手接过她手中的购物袋，探究似的多看了她几眼。

江洛琪疑惑地问他："怎么了，然哥？"

陆景然淡然地收回了目光，摇头。

见状，江洛琪便也没有再问。

回到自己房间，江洛琪洗完澡出来后便开始向阮秋涵吐槽先前林栀那一连串秀得头皮发麻的操作。

一听到林栀故意划了她的包还想让然神开车送她回去，阮秋涵那暴脾气噌噌噌地就上来了——

阮啾啾：卧槽，姐妹，不是我说你，二十万真的便宜她了。我刚去查了一下，你那包现在的市价至少翻了个倍啊。

阮啾啾：她厚脸皮的境界真的到了我们这种凡人无法企及的高度，她爹今晚被她气得估计想把她打回娘胎让她重新做人。

阮啾啾：我宣布，我阮秋涵正式成为她林栀在电竞圈的头号黑粉！我要发动我的粉丝一起抵制她！

阮啾啾：谁若动我姐妹翅膀我必废她整个天堂.jpg

阮啾啾：卧槽，姐妹！你快看林栀那妖艳贱货刚发的微博。

阮啾啾：［图片］

江洛琪擦头发的手一顿，点开了那张微博截图——

解说林栀：刚花了二十万买了个包，心痛。［大哭］［大哭］［大哭］

而微博配图正是那个包没有被划坏的那一面。

评论区也几乎是清一色地夸她眼光好：

林栀小仙女，这包是什么牌子的呀？款式真的好好看，这二十万花得值。［点赞］

栀栀果然是电竞圈货真价实的白富美，[爱心] 上次还看她背了个爱马仕，今天又买了新包包啦？虽然太贵我等买不起，但还是好奇是什么品牌的。[嘻嘻]

林栀在这条评论下回复了她：法国私人设计师黎曼设计的作品，她的每个作品都是独一无二的哦。[比心]

有的粉丝特意去网上查了一下这个设计师，当得知黎曼的每个作品都只能通过拍卖买到时，粉丝又纷纷感慨林栀的家境优渥，还让她有时间多晒晒她的包。

阮秋涵径直发了条语音过来："她咋还有脸在这炒白富美人设？真当电竞圈没有真正的有钱人吗？别人有钱都低调，怎么到她这没钱还要打肿脸充胖子呢？

"欸，你看，有人在下面评论质疑她了，哈哈哈哈哈，我要拿小号去凑热闹了。"

江洛琪也顺势点开了微博，直接搜索林栀，翻开她最新的那条微博下的评论，果不其然滑到下面便看到一个网友提出了质疑——

这个包是半年前拍卖的款，那个时候就已经被人用二十万买了下来，我也没听说这款包在最近又流回了拍卖场。更何况就算重新拍卖，起拍价就已经涨到了三十万，成交价肯定远远不止这个数。不知道你是怎么花二十万买到这个包的？除非这本来就是假的。

她的言论遭到了林栀粉丝的围攻，但也因此吸引了更多说真话的网友。

我去查了下这款包，的确和这小姐妹说的一样，现在的市价已经远远不止二十万了。

看样子林栀小姐姐发微博前功课没做足啊，好歹要把价格再往高点说吧。而且这个图片拍得也挺模糊的，难道因为是假的怕被看出来？

我记得上次在酒店偶遇林栀和其他女主播聚会，好像她当场被啾啾指出那爱马仕包是假的。现在觉得她本人也挺虚伪的，花了二十万买包用得着发个微博昭告全世界吗?

就是,你们看过哪个名媛买东西还特意发微博的吗?不是说缺什么就喜欢炫耀什么吗?

呕——这炒白富美人设还翻了车,林大小姐这二十万花得可一点都不值啊。[鄙视]

一看到这条评论,江洛琪便知道是阮秋涵用她的小号发的,当即没忍住笑了。

林栀微博的评论风向愈发偏了起来,维护她的粉丝远远比不上趁机踩她一脚的对家。

不过几分钟,这条微博便被她给删了。

然而那些吃瓜网友还不愿就此罢休,纷纷在她的其他微博底下留言骂她虚伪做作。

江洛琪甚至都能想象到手机屏幕前林栀气急败坏删微博时的表情,正乐不可支时,突然收到了陆景然给她发的微信消息——

然哥:黎曼设计的新款包今天在巴黎拍卖,我堂姐正好在巴黎,我让她拍下了那款包。

然哥:[图片]

然哥:不知道这包的款式你喜不喜欢。

看到那个图片时,江洛琪的呼吸不由得一窒,这包的款式她可太爱了!

随即她又顺手查了下这包的成交价格,看到后面那跟着的一串零时,她差点就窒息了。

最终江洛琪还是没敢答应收下那个包,毕竟那个包的价格比她妈那个贵了不止一倍。

陆景然也没勉强,只是说让堂姐回国的时候先带回来,到时候再让她考虑收不收。

一月二十七日和二十八日正好是周末,而陈明也宣布了这两天有一场新春慈善赛。

顾名思义,夺得前三的战队,举办方会以战队的名义给贫困山区捐款做慈善。而名次越高，捐款的数额也越大。

因为只是一个小比赛，所以举办方直接邀请了十六支战队参加。而举办方的背后又有鲸鱼娱乐公司投资，所以邀请的战队也都是和鲸鱼直播签过直播合同的。

其中自然就包括了AON战队和鲸鱼战队。

而EMP战队因为不是在鲸鱼直播平台上直播，所以不在受邀之列，这让很多期待江洛琪和程一扬来一场双狙大战的粉丝大失所望。

但更多的粉丝，还是想看有江洛琪加入的AON，实力会不会再次回归巅峰。

在比赛之前，AON四人每天也在有条不紊地进行训练。

这日下午，江洛琪几人准时准点地到了训练室，打开电脑登录游戏。

而陆景然刚准备进自定义房间的时候，放在一旁的手机忽然振动了起来。

在他拿着手机起身出门的时候，江洛琪不经意瞥到了上面的名字是"林总"。

想着可能是他有要紧的事情要处理，江洛琪正想替他请个假，却见游戏已经开了。

然而一进游戏，便意外发现他们的队伍里混进了一个间谍——

"AON_Ran"的位置被"Whale_Fox"给取代了。

温旭阳也乐了，直接将胡黎拉进了他们队伍的语音聊天室，故意用着阴阳怪气的腔调质问他："怎么回事？怕比赛的时候打不过我们，提前来了解一下我们的战术体系吗？"

胡黎这才后知后觉地"哎哟"了一声："进错队伍了，怎么你们然哥没来？"

"然哥刚才打电话去了，没进服务器游戏就开了。"江洛琪操作着游戏里的人物给胡黎来了一拳。

胡黎顺手就在地图上的机场标了个点："这把黎哥带你们'吃鸡'，我现在顶替了然哥的位置，我就是你们的指挥。你们都要听我的,这把我们跳机场!"

"滚犊子,"温旭阳毫不留情地怼他,反手标点P城,"跳机场给你们鲸鱼送分?你傻还是我傻?我告诉你,你要是敢给你的队友报点,看我不顺着网线来将你打爆。"

胡黎取消了机场的点,"嘿嘿"一笑:"只要这把让我指挥,我就不给我队友报点。"

温旭阳:"你指挥就你指挥,我看你能指挥成什么样子。"

跳伞后落点P城。

江洛琪边搜东西边余光察觉到陆景然走了进来,见他们训练赛已经开了,又默不作声地走了出去。

她偏头一看,发现他正和陈明站在门外说些什么。

"欸,Loki,你看下你附近的马路有车吗?"耳机里胡黎的声音将她的思绪拉了回来。

"有。"在落地之前她便看到马路边刷了一辆吉普车。

温旭阳:"我这儿多了个步枪枪补,谁要?"

胡黎:"我我我!"

温旭阳:"你?你就算了吧,你排队吧。"

胡黎:"怎么?我现在是顶替然哥的地位,有什么好的东西当然要先进贡给我。"

他看了一眼地图,又说:"唉,早说跳机场,看看这个机场圈,要是我们跳机场不就天命圈了?"

温旭阳怒道:"你怎么还没把枪补捡了?快点,我们都在这等你进圈!"

"你急什么?我是指挥还是你是指挥?"胡黎见着地上躺着的枪补,顺手按了个F键,便连忙去和江洛琪他们会合。

江洛琪被他们逗笑,问道:"指挥哥哥,怎么进圈?"

胡黎在地图上标了个路线,信誓旦旦地保证道:"这圈我打过,跟在我身后进圈,保管路上没人。"

阿昆神色有些复杂:"确定吗?"

胡黎："确定！"

"……那好吧。"阿昆没敢上胡黎的车，和江洛琪乘坐同一辆车进圈。

江洛琪开车跟在胡黎的车后面，温旭阳骑着摩托在前面探路，然而刚路过一片房区，便听到耳机里传来震耳欲聋的枪声。

左下角车辆的血条以肉眼可见的速度减少，江洛琪连忙绕开了那片房区，却眼见着温旭阳骑着摩托冲进了下一片房区，直接对上了别人的枪口——

TLS_Qinglong使用M416击倒了AON_Sungod

TLS_Qinglong使用M416淘汰了AON_Sungod

温旭阳看着自己灰下来的屏幕："……"

胡黎幸灾乐祸："哈哈哈哈哈，谁让你冲那片房区了，我和你说我这房区保证没人——"

他的话音还未落，房区的围墙处突然冒出了四个脑袋，齐齐用枪口对着胡黎开过来的车，一番扫射过后——

TKI_White使用AKM摧毁载具淘汰了Whale_Fox

胡黎："……"

江洛琪和阿昆在车辆即将被扫爆的时候堪堪停在了一座山头上，本来以为能喘口气苟活到下一个圈，却冷不丁和四个猛男迎面碰上，少不敌多双双殒命。

AON战队今天的第一把训练赛，排名十六，淘汰零，存活时间不到十分钟。

温旭阳冷笑："呵，没人？"

胡黎："……"

温旭阳："呵，听你指挥？"

胡黎："……"

温旭阳："呵，就这？"

胡黎："……"

江洛琪看热闹不嫌事大："黎哥人呢？怎么不说话了？走了？"

胡黎叹了一口气："这训练赛怎么和我打的不一样呢？"

温旭阳没忍住口吐"芬芳"："你他妈还叹气，辣鸡指挥，你……"

在温旭阳逼逼叨叨个不停时，胡黎又叹了口气，打断了他的话："我宣布AON_Fox退役了，太阳神太凶了，我受不了这个委屈。我现在终于知道然哥平时有多难了，你们以后打比赛多多理解一下然哥。"

温旭阳轻"啧"了声："真不是我骂你，你说如果我们进圈再快一点，是不是就不会被扫了？"

胡黎："是的。"

温旭阳："如果我们当时没走那条马路，是不是就不会死了？"

胡黎："是的，你说得对。"

温旭阳："你就说这一把是不是你的错？"

胡黎："是的，我背锅。"

温旭阳："好了，你走吧。"

胡黎："好的，我不退役了。等会儿……我还能再打一把吗？"

温旭阳："滚！"

江洛琪和阿昆："哈哈哈哈哈哈哈哈……"

江洛琪盘着腿坐在电竞椅上晃来晃去，电脑上正回放着刚才不到十分钟的训练赛录像，随后似是看到了什么有趣的东西，忍不住伸长了手往温旭阳的方向拍了拍——

"太阳神你看看，黎哥捡这个三级甲没捡起来，他往旁边的那个冲锋枪快速弹夹捞了一把，哈哈哈哈哈，太好笑了。"

因着温旭阳和她之间还隔了一个位置，所以她需要将身体往旁边探出更多才能碰到温旭阳的手臂。

只是还没碰到温旭阳，江洛琪便感觉到自己的手臂被人稳稳当当地抓住。

"说过多少遍了？坐在电竞椅上就老老实实地不要乱动，是不是要摔一次才长记性？"

低沉而又慵懒的声音自耳边传来，江洛琪惊喜地侧头看去，发现陆景然不知何时又进来了。

她乖乖地将腿放了下来，待陆景然坐回自己的位置时，又好奇地凑了过来问他："然哥，你刚才和老陈在说什么？"

陆景然淡淡地扫了一眼她电脑屏幕正在播放的录像，回答道："林栀的爸爸邀请我晚上一起吃饭。"

一听到"林栀"二字，江洛琪几乎是下意识脑瓜子嗡嗡地疼。

敢情这货又要作妖了？

似是看出了江洛琪的心中所想，陆景然抬手顺了顺她和耳机线缠起来的头发，温声道："是她爸爸，不是她。"

江洛琪"哦"了一声，但是脸上不适的神情仍然没有消散。

陆景然想了想，又补充了一句："应该是谈投资的事情，我觉得他可能是打算撤资了。"

"撤资？"江洛琪有些惊讶，"他为什么要撤资？难道就因为他女儿没有成功地潜规则你，所以就撤资了？"

陆景然："……"

不等陆景然回答，江洛琪的眼底又浮现出了担忧的神情："投资商撤资，那我们战队是不是就没钱了？我们是不是就住不起这么好的房子，是不是就不能随随便便点豪华大餐的外卖了？"

陆景然："那倒不至于。"

江洛琪正要松口气，又听到他说："毕竟你一个包可以卖二十万，你将你的包都贡献出来我们一起出去摆地摊，说不定几百万就到手了。"

江洛琪："……"

她的目光搜寻了一下周围，眼尖地看到自己电脑后面放了一个包，连忙将它拿了出来紧紧地抱在怀中，好似生怕被陆景然抢了拿去卖钱。

陆景然哑然失笑，揉了揉她的头发，安慰她道："你放心，AON的投资商不止他一家公司，他撤资了对我们也造不成影响。"

“那就好。”

江洛琪随手将怀里的包又扔到了一旁的角落，却忽然发现自己好像忽略了一个最重要的点。

她又回过头来问陆景然：“然哥，为什么投资的事情要找你谈？”

“你不知道吗？”温旭阳正好听到了她这个问题，摘下了耳机说道，“然哥是我们的老板，也是我们AON最大的投资商。”

江洛琪：“？”

温旭阳又道：“噢，对，你不知道也正常。当初AON因为资金问题差点解散，后来就是因为然哥的加入将AON救活了。除了我们内部人员，外界的人也都不知道AON的老板就是然哥。”

江洛琪：“！！！”

她突然猛地一把抱住陆景然的手臂，仰着头郑重其事地问他：“然哥，我可以抱大腿吗？”

陆景然微挑眉梢，深邃的眼眸也染上了些许笑意。他拍了拍自己的腿，像逗宠物般勾了勾手指：“抱一个我看看。”

江洛琪：“……”

怎么还蹬鼻子上脸了？

经不住江洛琪的软磨硬泡，晚上的饭局陆景然最终还是带了她去。

江洛琪以这几天吃外卖吃腻了想出去吃好吃的为理由，成功地爬上了陆景然的副驾驶。

而温旭阳和阿昆两人只能留在基地暗暗抹泪，心中祈求江洛琪良心发现给他们打包带点回来换换口味。

陆景然出门前罕见地换了套西装，气质同日常大相径庭，举手投足间平添了一抹成熟优雅。

林父将饭局订在了市中心的一家海鲜酒楼，进包间的时候发现只有林父一人，江洛琪也是暗暗松了口气。

林栀那货没来，那这餐饭她就可以吃得舒舒坦坦。

"林总。"

陆景然疏离地同林父握了握手，随即便带着江洛琪坐了下来。

林父的目光自然而然就落在一旁的江洛琪身上，眸中精光闪烁，脸上却挂着虚伪的笑容："想必这就是你们战队新招的那个女队员吧？我听栖栖说过，她上次还不小心弄坏了你的包，实在是抱歉啊。"

这样的笑容令江洛琪感觉到些许的不适，但她面上未显半分，同样得体地保持微笑："上次的事已经了结了，林总就不要放在心上了。"

"欸，这怎么行呢？是我教女无方，在这里郑重地向江小姐道个歉，还希望江小姐能卖我一个面子。"林父大手一挥，倒了杯红酒递向江洛琪，颇有一番她不喝这件事就不会罢休的架势。

只是他的酒杯还未递到江洛琪跟前，一只骨节分明的手就伸了过来径直夺走了酒杯。

暗红的酒液在透明的高脚杯内壁晃了晃，滑过一道好看的弧度。

盛了酒的杯壁上倒映出陆景然冷峻的眉眼，他一口将这杯酒喝尽，语气依旧漫不经心："真不好意思，林总，她今晚得开车，所以我来陪你喝。"

江洛琪侧过头看他，他的侧脸轮廓线条流畅利落，嘴角微微上扬，勾起了一个近似邪魅的弧度。

她的心脏似是顿时被击中，恨不得立即拍张照告诉阮秋涵，她的然哥实在是A爆了！

林父见陆景然这番姿态也是有些讶异，但也没再继续针对江洛琪。

他开始和陆景然商讨撤资的事宜。

两人谈得十分和谐，基本上没有意见相左的地方。

待吃得差不多时，江洛琪起身去洗手间补妆。

就在包间门关上的那一刹那，林父脸上的笑容顿时凝固了起来。

陆景然也似是懒得演戏，随意地靠在椅背上，从口袋中掏出了根烟点燃，好整以暇地等待着他开口。

林父微眯了眯眸子，沉声说道："她这个小丫头片子过于嚣张了。"

"嗯，"陆景然吸了口烟，烟雾缭绕，嘴角的笑意却是加深了些许，"我惯的。"

林父的眼神划过一丝凌厉："虽然我不知道你什么背景，但是如果我想弄她，就像是捏死一只蚂蚁那么简单。毕竟你也不可能时时刻刻都护着她。"

"是吗？"陆景然轻笑一声，修长的指尖弹了弹烟灰，眸中的温度却是渐渐冷了下来——

"不用我护着，就凭她的身份背景，你也动不了她一根头发。"

江洛琪从洗手间回来的时候，觉得包间气氛莫名地有些诡异。

可是具体诡异在哪她又说不上来。

林父看向江洛琪的目光深沉而又晦暗，脑海中还在回荡着刚才陆景然说的那一句话，思量着那句话的真假性。

陆景然年少成名，年纪轻轻就已经拿过大大小小职业联赛的冠军奖杯，更是以一己之力撑起了整个AON战队，将AON带向了Survivor电竞圈的顶峰。

要说他没背景自然是没有人相信的，但是任凭粉丝怎么挖掘，任凭他们这些投资商如何调查，都只会发现陆景然身后并无什么庞大的家族支撑。

要么就是陆景然背后的势力的确不值一提，要么就是强大到他们这种中产阶级完全接触不到的圈子。

如果是后者——

林父捏着酒杯的手紧了紧，心中无端地升起了一丝后怕。

但旋即又想到陆景然打职业赛这几年来，遇到的坑也不在少数，但是都没听说过他背后那所谓的势力站出来替他摆平一切。

思及此，他的心稍稍定了些许，愈发觉得陆景然先前的话不过是在虚张声势罢了。

林父的神情变化并未被对面二人察觉，因着江洛琪刚坐下，就嗅到了萦绕在四周的淡淡烟味。

她眼尖地看到了桌上散落的一些烟灰，带着些质问的语气问道："又抽烟了？"

"嗯，就一根。"陆景然的眸中浮现点点被酒意熏染的碎芒，嗓音因为抽烟的缘故有些低沉暗哑。

整个人身上的凌厉锋芒在江洛琪进门的那一刻收敛得无影无踪。

江洛琪嘟囔了句："是吗？"

"不信？"陆景然轻笑，"不信你仔细闻闻，没多大烟味。"

说着，他往椅背一靠，朝江洛琪摊开了双手，颇有一种任她投怀送抱的感觉。

江洛琪脸微微一红，心中暗骂了他一句喝了酒后就变得不正经了，随即又立马转移了话题："我们什么时候回去？"

陆景然："随时都可以，我和林总已经谈得差不多了。"

见状，林父站起了身又给自己倒了杯酒，朝陆景然抬了抬酒杯："以后我们有机会再合作。"

"以后估计就没有机会了。"陆景然直言不讳，依旧坐着不动，迎着林父意味不明的眼神将杯中红酒饮尽。

江洛琪也叫来了服务员，点了几道桌上她觉得味道最好的海鲜，让后厨再做一份打包。

她可没忘了基地里还有一群嗷嗷待哺的奶娃子。

林父先行离开，包间里只留下江洛琪和陆景然两人。

似是周遭空气有些闷，陆景然随意地扯松了领带，解开了衬衣最上方的两粒扣子，露出了精致而又流畅的脖颈线条和隐隐若现的锁骨。

江洛琪仅看了一眼便移开了目光，心中不停地提醒着自己"非礼勿视"。

为了转移注意力，她又问了刚才就存在心中的疑问："我去洗手间的时候你们说了什么？我怎么感觉我一进来气氛就不太对。"

闻言，陆景然轻挑眉梢，抬手搁在了她的发顶，轻轻地揉了揉，慵懒的声线中却带着一丝蛊惑意味：

"琪琪乖，不该你操心的就不要放心上了。"

江洛琪只觉得脑袋好似"轰"的一声炸了开来，绯色从脖子处一路蔓延到了耳后根。

而此时陆景然又偏偏故意捏了捏她的耳尖，眼中满是兴味的笑意。

江洛琪总觉得这人好像喝了酒后就不正常了，正好此时服务员将打包的菜送了过来，她一巴掌拍掉了陆景然的手，哼了声："走了，回去了。"

"嗯。"陆景然笑着起身，同她一道离开了酒楼。

第九章　慈善赛开赛

一月二十七日，新春慈善赛正式开赛。

这日AON几人刚吃过午饭，就乘坐战队的保姆车赶往电竞比赛馆。

现场早已等候了各战队的粉丝，尖叫欢呼声不绝于耳。

当江洛琪坐在比赛台上属于自己的位置时，才真切地感受到原来和队友并肩作战是这种感觉——

骄傲，自豪，享受着这一刻属于她的欢呼声。

此时镜头正好切到AON战队，四人的脸同时出现在了正中央的大荧幕上，又引发了一场尖叫浪潮。

"啊啊啊啊啊啊，然神杀我！"

"太阳神太阳神！"

"天哪！Loki太好看了！妈妈爱你！"

"阿昆冲啊！给爷拿冠军！"

"……"

今天一共是六场比赛，三场"海岛地图"，两场"沙漠地图"，一场"雨林地图"。

也不知是不是孽缘，今天比赛的解说又是林栀。

江洛琪上台前，还在选手休息室和她遥遥相望了一眼。

但出乎她意料的是，林栀竟然热情地朝她笑了笑。

事出反常必有妖，她的直觉告诉她林栀一定在憋什么坏招。

只是现在比赛即将开始，她也无心去探究林栀究竟要搞什么，只能等比赛结束再另行打算。

在主持人一通慷慨激昂的开场白过后，第一场比赛正式开始。

AON战队选点P城，一路稳扎稳打进圈，却因为幸运女神没有降临，最后决赛圈正好刷在了对面，错失"吃鸡"的机会。

比赛间隙有个小采访环节，主持人拿着话筒询问AON几人对此有什么看法。

温旭阳径直拿过话筒，大大咧咧地说道："俗话说得好，宁挨千刀刮，不吃第一鸡。"

引发全场哄笑。

毕竟流传在"Survivor"游戏圈子的"首鸡魔咒"（吃了第一把鸡后面的比赛就会拉垮）可不是说说而已。

第二场比赛开局，温旭阳因为和其他战队争抢载具而不幸落地成盒。

江洛琪瞥到他灰下来的屏幕，出言安慰他："没事的，太阳神祭天，法力无边。说不定这把我们就'吃鸡'了。"

温旭阳："……"

要真是这样的话，他可实在是太尴尬了。

最后决赛圈还剩下三个战队，AON这边只剩下了江洛琪和陆景然，而另外两个战队都是满编。

陆景然从容不迫地指挥："我们现在在高点，圈有很大概率会往我们这边刷，他们必定会先打起来，到时候我们就在高点收人头。"

他的话音刚落，便见小地图上的白圈缩小，将他们二人正好圈在其中。而与此同时，圈边也传来了不断的枪声，代表着另外两个战队已经先行打了起来。

江洛琪忍不住就夸陆景然："然哥，我觉得你可以去摆个摊算命，顺便可以帮我算算我命里缺冠军吗？"

陆景然刚用SKS抢到了对面的一个人头，闻言连眼都没眨一下，不咸不淡地来了句："你命里缺我。"

江洛琪："……"

正在一旁看观战视角的温旭阳和阿昆："……"

这突如其来的土味情话是怎么一回事？

因着占据高点，江洛琪的栓狙又开始大显神通，一把M24愣是逼得对面的人连脚都不敢露出半分。

此时还剩最后四人。

除去江洛琪和陆景然之外，还剩两人在圈的边缘，一人躲在石头后，一人躲在树后，皆是半点身位也不露。

江洛琪和陆景然的包里也没有手榴弹或者燃烧瓶，暂时只能靠着烟幕弹拉开枪线。

梅花桩已经刷出，原本不大的地方已经铺满了烟雾，将视线几乎全部阻拦。

躲在石头后的人见电圈临近，想着趁起烟的时候摸进圈，结果刚露出个头皮就被江洛琪一个瞬狙给秒了。

而另一个人也在同一时间绕到了陆景然身侧，想趁机拿一个人头，却没想到陆景然反应比他预料得要快得多，直接被反杀。

AON战队第二场比赛以高击杀"吃鸡"，挂在了榜首的位置。

这两场比赛AON进圈不拖泥带水，遇到战队就杠，如同推土机一般推进了最后的决赛圈。

要说感受最深的，除了AON四人，就是这么多年来一直关注着AON的粉丝。

AON战队在去年低迷了一年，粉丝们已经很久没有看到如此意气风发热血十足的AON了。

众粉丝看比赛看得热泪盈眶，简直梦回第四届PGC的决赛现场。

也因着第一、二两场比赛打出了气势，AON战队在接下来的几场比赛也是势如破竹。

这边比赛依旧在继续。

与此同时，S市某一高级写字楼。

一辆白色的兰博基尼跑车风驰电掣地穿过高楼林立的街道，伴随着一个漂亮的甩尾漂移，稳稳当当地停在了写字楼的大门口。

随即只见一身材修长、穿着一套深蓝西装的男子开门下车。他的脸上戴着一副墨镜，教人看不清他的神色，但他紧抿着的双唇和绷紧的下颌线无不体现出他此刻心情极差。

他的手上拿了一份文件，走路带风地大步跨进写字楼的大门。

由于男子出场的方式太过于炫酷，再加上他此刻从身上散发出的强势气场，愣是没有一个保安敢拦下他询问有没有提前预约。

迎着周围人艳羡好奇的目光，江洛嘉面无表情地穿过大堂径直走进了林氏投资总裁专用的直达电梯。

电梯到达十楼，此时总裁办公室的门虚掩着，隐隐约约能听到从里面传来的怒骂声——

"怎么回事？不是说好了今天下午三点准时发通稿吗？现在都四点了，网上微博上愣是一点屁大的声响都没有，他们那些媒体营销号难道是吃干饭的？老子花了钱他们敢不给老子干活？"

"林总……林总您消消气……我马上去联系那几家公司，看是不是哪个环节出了问题……"

突然，"砰"的一声，门被人从外面踹了开来。

林父正在气头上，见有人竟然敢踹他的门，火气顿时噌噌噌地就上来了，猛地一拍桌子，骂道："哪个不长眼的东西踹老子门？还想不想活了？没看到正在忙吗？还不快点给老子滚出去！"

"林总可真是好大的口气啊。"

闻言，江洛嘉不禁冷笑，闲庭信步般走到了林父的跟前。

他们两人中间隔了一张办公桌，林父却莫名感受到一股压力袭来，心下不由得颤了颤。

"你……你是谁？"林父下意识往后缩了缩，警惕地看着眼前陌生的男人。

江洛嘉没说话，只冷笑着将手中的文件重重地甩在了林父的脸上。

白色的A4纸四处飘散，林父只觉得脸一阵抽疼，还没反应过来是怎么一回事，便看到其中一张A4纸上印着熟悉的文字——

林父不敢置信地睁大了眼睛，不明白这种私密的文件是如何落在他的手上的。

隐在墨镜后的眸子划过一丝轻蔑讽刺，江洛嘉拂了拂落在衣袖上的灰尘，嚣张地坐在了一旁的椅子上，跷起了二郎腿，活脱脱一副大爷模样。

"雇水军，买通稿，联系营销号……你为了搞我妹妹还不惜花血本请了乐然娱乐旗下的金牌公关团队，就为了趁着她比赛期间对她全网黑？"

他摘下了墨镜，锋利的眸光直刺林父，语调极其平淡，就如同在述说一件与自己毫不相关的事。

但是落在林父的耳中，却如同一把凌迟的刻刀悬在心上，恐惧害怕的情绪瞬间由骨头蔓延到四肢。

妹……妹妹？

林父的脑子一片空白，耳边却清晰地回响起了上次陆景然说的那句话——

"不用我护着，就凭她的身份背景，你也动不了她一根头发。"

这一字一句，简直就如同催命符咒一般。

这时，一串手机铃声惊醒了一旁早已看得目瞪口呆的助理，他连忙掏出手机接听，却在对方说了几句话之后脸色霎时变得惨白。

"林……林总……"助理磕磕巴巴地说道，"我们公司的资产因为涉嫌违规已经全部冻结了……银行那边也在催收贷款……已……已经将您名下的房产都封了……"

"什么？"林父一听猛地从座椅上弹跳了起来，目光却忽然触及对面男子嘴角那道似笑非笑的弧度，才后知后觉这一系列操作都出自他手。

林父手脚并用地冲到了江洛嘉的跟前，扑通一声跪在了地上，狠抽了自己几巴掌，声泪俱下地求情："这位老板……您大人有大量，别和我们这种小人物计较……是我有眼不识泰山，不该去招惹您的妹妹，还请老板高抬贵手放过我一马。"

说着，他还不停地磕着头。

只是江洛嘉对此依旧冷眼相向，他再次戴上墨镜站起身，整理了一下衣服上的褶皱，淡淡地瞥了林父一眼，道："我来只是想告诉你一句，我的妹妹，除了我之外，没人能欺负她。"

随后，他径直跨过林父，离开了办公室。

"林总……"助理看着江洛嘉远去的背影，神色有些复杂地说道，"如果我没记错的话……刚刚那个人……好像是嘉木跨国集团的首席CEO……我以前在电视上看到过……"

嘉木？

不就是那个和陆氏、H&L集团都有合作的知名跨国集团吗？那三个集团都是仅凭他现在的身份地位完全接触不到的商业阶层……

陆氏……陆景然……

想到这，林父只觉得浑身冰冷如坠冰窖。

伴随着楼下传来响彻天际的引擎声，林父的脸色一点一点地灰败了下来，彻底没了血色。

而此时新春慈善赛的第五场比赛正好结束，AON战队以七十八分的总积分稳居第一，比排名第二的鲸鱼战队整整多了二十分。

最后一场"雨林图"是"下班局"。

AON战队跳点派南，四人正好瓜分四片区域。

兴许是前几场比赛打得太过酣畅淋漓，以至于他们都有些飘飘然。

温旭阳看了眼自己背包里满满当当的装备，开始忍不住哼起了歌："就像阳光穿过黑夜，黎明悄悄划过天边……"

阿昆下意识接着唱："谁的身影穿梭轮回间……"

江洛琪也跟着哼了起来："未来的路就在脚下，不要悲伤不要害怕，充满信心期盼着明天……"

忽然耳机内安静了几秒，见没人接着唱下去，温旭阳用手肘戳了戳一旁的陆景然："然哥，到你了！"

陆景然："……"

江洛琪边笑边问："然哥，你是不是不会唱这首歌？"

陆景然："……"

他面无表情地操纵着游戏人物绕到后面的山头查看视野，并不太想搭理他们。

阿昆提议道："不如我们换首容易唱的吧？"

温旭阳："好啊，你先起头。"

阿昆："葫芦娃，葫芦娃，一根藤上七朵花……"

温旭阳："风吹雨打都不怕，啦啦啦啦啦……"

江洛琪："噗，哈哈哈哈，这也太幼稚了吧。"

话虽如此，但她依旧兴致勃勃地加入了合唱团。

"叮当咚咚当当葫芦娃……叮当咚咚当当，本领大……啦啦啦啦啦……"

听着从耳机里传来的人声三重奏，陆景然只觉得有些头疼。

此时他已经和其他三人的距离隔得有些远，靠近自闭城，之前本想提醒他们三人跟上来，但实在是觉得他们三人太吵了。

"葫芦娃，葫芦娃……"

陆景然眼皮一跳，一丝不好的预感从心底涌出，随即下一刻，突如其来枪声和歌声混杂在了一起。

不过一瞬，屏幕里的陆景然已经跪倒在了地上——

Whale_Light使用QBZ击倒了AON_Ran

歌声戛然而止。

"老大，你什么情况？你怎么被鲸鱼打了？"温旭阳后知后觉点开地图一看，才发现陆景然此刻离得有些远。

"然哥，你等着，我们来给你报仇！"江洛琪在陆景然被打倒的地方标了个点，雄赳赳气昂昂地背着两把枪朝那个方向跑去。

阿昆也骑上了一辆"小绵羊"，打算先去探探情况。

而陆景然那边，兴许是鲸鱼战队看到了他的ID，所以没有直接补掉他，而是打算等他的队友过来好一网打尽。

温旭阳："鲸鱼战队那些小崽子们，竟然敢打我们老大？来！兄弟姐妹们，我们冲！把他们打得屁滚尿流！"

江洛琪："冲冲冲！为然哥报仇！"

阿昆："你们快点过来！我已经看到人了！"

…………

两分钟后——

Whale_Yuanmu使用M416淘汰了AON_Sungod

Whale_Fox使用M416淘汰了AON_Loki

Whale_Seven使用Beryl_M762淘汰了AON_Kun

看着完全灰下来的屏幕，AON四人出奇地一致保持了沉默。

几秒钟后，江洛琪弱弱地开口："然哥，你听我们解释……"

"呵，"陆景然冷笑，"葫芦娃救爷爷？一个一个送？"

江洛琪、温旭阳、阿昆低下头瑟瑟发抖，不敢反驳。

陆景然："知道错了吗？"

三人齐齐点头："知道了，知道了。"

陆景然："错哪了？"

三人互相对视一眼。

江洛琪："以后再也不唱'葫芦娃'了，只唱'迪迦奥特曼'。"

温旭阳："'黑猫警长'也可以。"

阿昆："要不'喜羊羊与灰太狼'吧，这个歌词我熟。"

陆景然："……"

第一天比赛正式结束，尽管AON战队最后一场比赛没有拿到分，但他们仍旧排名第一。

回基地的车上，岳青寒询问他们最后一场比赛的失误原因。

江洛琪、温旭阳、阿昆三人不敢说话，齐齐看向陆景然，心想着待会儿肯定要挨骂了。

可谁知陆景然只是淡淡地说："最后一把是我的问题，我自己一个人走远了没告诉他们，也没察觉到鲸鱼队摸了近点。"

岳青寒似是有些不相信地看了其余三人一眼，见他们都垂着头一副知道错了的模样，叹了口气道："以后这种低级错误还是少犯。"

"知道了！知道了！以后绝对不会再犯！"他们连连应声。

回到基地，经历了一天高强度的比赛，AON四人也终是感觉到了疲惫，再加上明天还有一天的比赛，他们便早早地回房休息。

洗完澡躺上床，江洛琪习惯性地打开微信，一一回复先前比赛时忽略的消息。

因着现在已经是一月底，打完新春慈善赛后便直接是春节假期，江洛琪告诉了自家爸妈自己回C市的具体日期，又问了阮秋涵今年回不回家过年。

然后她才注意到江洛嘉在三个小时前给她发了条消息——

江狗：最近怎么样？

江洛琪的脑海里渐渐浮现出了一个问号。

她严重怀疑这条狗是不是发错消息了，本来应该发给他的老相好，却不小心发给她了。

思索片刻后，江洛琪敲着屏幕郑重地回复他——

没钱。

江狗：……

Loki要拿世界冠军：你上次找我借的十万块钱还没还，休想从我这里再拿走一分钱！

江狗：……

Loki要拿世界冠军：你别想再用什么事情要挟我！我是不可能再借钱给你的！

江洛嘉没再回复她。

就在江洛琪猜测他究竟在耍什么阴谋诡计的时候，手机屏幕上方突然跳出了一条短信——

您的银行卡账户已转入500000元……

江洛琪："？"

江狗：上次看到你那丑不拉几的宣传照，感觉你瘦了，哥哥给你零花钱，吃胖点。

江洛琪："？？？"

这突如其来的关心是怎么一回事？

江洛琪有些接受不了。

思前想后，她只想到了一种可能——

Loki要拿世界冠军：哥，你是不是癌症晚期了？

江狗：？

Loki要拿世界冠军：我听说人在快要死的时候才会突然转变性子，你放心，你死了我会照顾好爸妈的。

江狗：？？？

Loki要拿世界冠军：另外，你死前可以先告诉我你的银行卡密码吗？

江狗：滚！！！

虽然不理解江洛嘉为什么突然抽风关心她，但因为那五十万元，江洛琪决定大发慈悲暂时将他看作一个人。

两兄妹有一搭没一搭地聊着天。

江洛嘉并未告诉江洛琪自己回国的事情，只是说爸妈都很想她，让她比赛完早点回家。

与此同时，阮秋涵也回复了她的消息，表示今年过年依旧不回家。

对此，江洛琪也是无可奈何，毕竟她家的情况实在是不容乐观，兴许留在S市还能过个好年。

这一晚，江洛琪将林栀的事情完全抛在了脑后，直到第二天在电竞馆的选手休息室偶然遇到了另一个女解说员陈星，才想起这回事。

陈星的性格相较于林栀来说就更加真诚率真，尽管她们现实中才第一次见面，但两人之间的磁场却莫名地契合。

而且陈星曾经也是一名电竞职业选手，所以江洛琪和她之间倒生出了一种惺惺相惜的感觉。

两人就站在休息室的门口聊天。

"真好，你还年轻，未来还有无限可能。"陈星看向江洛琪的眼神中隐含一丝羡慕。

当年她就是因为身体原因不得不退役，成为一名解说员。

闻言，江洛琪也只是轻浅一笑。

她能明白她的辛酸，却不知该如何出言安慰。

陈星倒也迅速转移了话题，提到了今天自己为何会出现在这里的原因："原本我是没接到这个通告的，但是今天上午公司临时通知我下午来代替林栀解说比赛，我听说她家里好像是出事了。"

"出事了？"江洛琪有些惊讶。

"嗯，"陈星神情讳莫如深地看了看四周，这才压低了声音对她说道，"好像是她爸爸的公司出了事，听说是被大人物搞了。而且昨天晚上微博上有人爆料她是靠金主上位才坐上解说'一姐'的位置，连私密照都放了出来。我们公司正在商量和她解约的事宜，她估计是没机会翻身了。"

江洛琪轻"啧"了声，对林栀的遭遇生不起一丝一毫的同情，想着这估计就是所谓的自作孽不可活吧。

只是一想到那句"被大人物搞了"，江洛琪又忍不住猜测到底是谁。

直到上了比赛台，江洛琪还在想着这件事。

陆景然察觉到了她的心不在焉，抬手扯掉了她的耳机，低声问她："你在想什么？"

江洛琪也低下脑袋："然哥，我听说林栀家里出事了，是不是你在背后……嗯……操作了一番？"

"没有，"陆景然顿了顿，见她似是极为好奇这件事，唇角不自觉地往上扬了半分，"但是我知道是谁做的。"

"是谁？"江洛琪的好奇心果然被他勾了起来，身体不由自主就往前倾了一点。

陆景然也拉近了距离，附在她的耳边轻声说道——

"不告诉你。"

江洛琪："……"

她侧过头，正好撞进了他带有点点笑意的眸子，后知后觉被他耍了，当即气得一巴掌拍向他的手臂。

然而动了手才发现他的手臂都是肌肉，这一巴掌拍下去，连带着她的掌心都是一阵痛麻。

见陆景然还在笑，愈发觉得他是在幸灾乐祸，正想一脚踹过去，却忽然听到来自观众席的起哄欢呼声。

江洛琪吓了一跳，回头一看，这才发现摄像机的视角不知道何时切到了他们战队。

"……"

难道刚才那一幕也被粉丝看到了？

江洛琪的心颤了颤。

主持人这时也在打趣道："刚才镜头切向的正是AON战队，可以看出新入队的Loki小姐姐和队员的关系十分融洽，尤其是我们然神，感觉对Loki有点不一般啊。"

他的话音一落，观众席的粉丝又在疯狂呐喊——

"锦旗cp是真的！这一对我磕定了啊！！！"

"啊啊啊啊啊，然神Loki给我冲！今天拿下这个冠军！！！"

"Loki我爱你！！！你不要和然神在一起，呜呜呜，给我一个机会吧！"

"……"

然而江洛琪窘迫得只想把自己的头埋在电脑桌下面。

忽然手心处传来一阵温热的触感，陆景然牵着她的手放在了桌下，手指轻柔地按摩着她的手心。

痛麻的感觉顿时消散了不少，江洛琪愣愣地看着陆景然的侧脸，一时失了言语。

片刻后，陆景然的动作停了下来，又挠了挠她的掌心，问她："还痛吗？"

江洛琪下意识就缩回了手，摇了摇头，随即胡乱地戴上了耳机，转过头去盯着屏幕。

可是刚才那种酥麻的感觉，却如同电流般沿着脉络直击心脏。

她控制不住自己的心跳。

就连呼吸也紊乱不堪。

她发誓，下次比赛绝对不坐在陆景然的旁边了！

实在是太扰人心神了。

新春慈善赛第二日的比赛正式开始。

前三局"海岛地图"，不知是不是鲸鱼战队斥巨资买了圈运的原因，这三场比赛的圈都刷在了机场。

以至于这三场比赛结束后，鲸鱼战队的分数直逼AON战队。

但是AON战队也不甘示弱，在接下来两场"米拉玛沙漠地图"中开启了推土机模式，再次将分数的差距拉了开来。

转眼就到了此次比赛的最后一场。

AON战队领先鲸鱼战队十分，但是这十分的差距，只需要一次"吃鸡"就能弥补，所以AON队的几人依旧不能松懈。

吃了昨天最后一场比赛的亏，这场比赛江洛琪、温旭阳、阿昆三人愣是一点多余的话都不敢说。

四周弥漫着丝丝紧张的氛围。

就连观众席的粉丝也都屏着呼吸目不转睛地盯着转播的大荧幕。

看着右上角剩余战队的数字逐渐递减，看着屏幕正上方时不时出现的"×××战队被淘汰"的字样，每个人的心都提到了嗓子眼。

直到最后决赛圈，AON战队和鲸鱼战队竟然都还是满编队伍。

AON战队淘汰八人，鲸鱼战队淘汰十人。

第一名排名分十分，第二名排名分六分。

如果AON战队错失这次"吃鸡"的机会，那么冠军的位置也要拱手让人。

此时地图上两个战队八个人皆藏身于深山巨石，站位都拉得比较开，静静地等待着最后梅花桩的刷出。

每个人离梅花桩的点位都有些距离，所以不确定因素依旧存在，无论是哪一方都有可能"吃到鸡"。

阿昆负责侦察点位，饶是他已经上过多次赛场，到这最后一刻握着鼠标的手还是忍不住微微颤抖。

他死盯着屏幕，耳机里一片寂静无声。

忽然，他的视线落在了屏幕角落的草丛中，隐隐约约能看到其中藏着个头皮，他几乎是毫不迟疑地报点："N方向石头旁边的草丛里，有个人趴着。"

他的话音刚落，便听到一阵消音M24的枪声——

AON_Loki使用M24击倒了Whale_Seven

也就在这一刻，对面的鲸鱼队不再坐以待毙。

胡黎趁着江洛琪露头秒掉赛文的时候，立即掏出了SLR瞄准她的头盔疯狂输出。

江洛琪缩回身子不及时，当即就被他打倒在地，躲在一棵大树后才没被补掉。

而这时，温旭阳也摸到了原木的近点，趁他掏出烟幕弹准备铺烟的时候，一梭子摁了下去，原木倒地。

但温旭阳也因此暴露了侧身被小光打倒。

鲸鱼队仅剩的胡黎和小光二人迅速铺烟，趁AON现在已经倒了两人的情况，绕到另一侧拉开枪线。

却不承想陆景然早已等候他们多时，直接和他们迎面碰上。

说时迟，那时快，陆景然以一敌二，却还能凭借着迅速的反应和稳定的压枪成功击倒胡黎，而就在小光持续的火力输出之下，自己的血量也即将见底。

就在这时，屏幕突然停顿了一下——

AON_Loki使用M24淘汰了Whale_Light

以及左上角浮现出了"大吉大利，今晚吃鸡"八个大字。

江洛琪的电脑页面还停留在六倍镜刚刚收镜的那一刹那，刚才的危急时刻她刚被阿昆扶了起来，几乎是想都没想就来了一发瞬狙。

都还没来得及用急救包。

此时看到了屏幕上的淘汰信息，她的心才一点一点地落回胸腔。

周遭安静了那么一瞬，随即观众席处便传来如同爆炸般响彻整个电竞馆的欢呼呐喊声。

他们或许来自不同的城市，或许素不相识，但此时此刻，却同时在为自己心目中的神加冕。

时隔一年，他们终于再次看到AON走上了冠军这个位置！

这是多少粉丝的信念啊！

耳边充斥着如潮水般涌来的欢呼声，江洛琪的脑袋有那么一瞬间的空白。

忽然，她似是察觉到了一双温热的手掌轻轻覆盖住了她的双耳，将铺天盖地的潮水阻拦，只余下轻微的嗡鸣声。

她的思绪被拉了回来，一转头，便落入了那双满是熠熠星光的眸子。

陆景然的眼神盛满了温柔笑意，他轻声说道："我们是冠军。"

一字一句落入她的耳中尤为清晰，江洛琪只觉得眼眶有些湿热。

主持人正式宣布："本次新春慈善赛的冠军，那就是我们的AON！让我们掌声欢迎AON走上我们的领奖台！"

比赛台上灯光四溢，大荧幕上正是AON四人的宣传照片。

江洛琪跟在陆景然身后走上了领奖台，飘忽的脚步如同踩在云端之上。

她身后的温旭阳和阿昆也是难掩激动神色，毕竟他们告别这个领奖台实在太久了。

无数人都在等着他们回归，在经历了失望、挣扎、险些放弃之后，终于又再次迎来了专属于他们的呐喊。

"AON——！"

"你们是冠军AON——！"

直到捧着奖杯坐在回基地的车上，江洛琪还觉得像是在做梦一般。

之前夺得solo赛冠军的时候她还没有这样深切的感受，而这次夺冠，她却是实实在在地感受到了，原来这就是属于他们的荣光。

她没有给AON拖后腿，还和队友们一起夺回了这阔别已久的冠军。

自豪感与满足感此刻已溢满了江洛琪的整个心脏，不仅是她，AON所有人的脸上都挂着轻松的笑意。

温旭阳提议去吃夜宵好好庆祝一番，于是保姆车又改道往夜市驶去。

临近半夜的夜市依旧人声鼎沸，AON几人换上了日常的外套，低调地随意选了一家夜宵店走了进去。

老板娘热情地打着招呼递上菜单，温旭阳嚷嚷着今晚不醉不归，陈明也只是笑着骂了他一句却没有阻拦。

阿昆勤快地帮众人清洗碗筷，等到啤酒上来后，又给每人倒了一杯满满当当的啤酒。

众人举杯，互相对视了一眼，不约而同地笑出了声。

"AON牛逼！！！"

一饮而尽。

看着眼前的热闹景象，江洛琪不可避免地又回想起了自己刚加入AON时，和他们的第一次聚餐。

那时的他们，尽管刚刚从高峰坠落，尽管摔得极为狼狈，尽管受尽各种谩骂指责，但他们依旧步履未停，信念不灭。

直到现在，乃至于将来。

这，一切都还只是刚开始。

他们的征途，远不止此。

点的烧烤依次上桌，温旭阳边吃边不忘吹嘘自己今天在"沙漠图"比赛时一串三的壮举，见面前摆了一盘肉串，怕坐在对面的江洛琪够不着，从中抽出了几根递给她。

江洛琪道了声谢，正准备伸手接过，身旁的陆景然动作却比她更快了一步。

只见他拿过那几根肉串，顺手就塞进了旁边阿昆的碗里，又从另一个盘子中抽出几根放在了江洛琪的碗中。

见状，温旭阳以为陆景然竟然嫌弃自己到了这种地步，不禁哀号："老大，不带你这么嫌弃人的，你忘了你以前是多么爱我的吗？怎么现在你有了新欢就要抛弃我这个旧爱了？"

陆景然斜睨了他一眼，淡淡道："她不吃羊肉。"

温旭阳："……"

温旭阳："哦，打扰了，刚才我什么都没说。"

"哈哈哈哈哈哈……"

江洛琪也是在陆景然说了这句话后才意识到，原来就在这相处的短短不到两个月的时间内，他竟然能将自己的喜好记得一清二楚。

这到底……是为什么？

就在她稍微恍神之际，温旭阳却又提起了话头问她："琪姐，其实我一直没想明白，你为什么想要来打职业赛呢？这打职业赛和打游戏是两码事，也并不是说只要倾注热情和爱好就能获得好的结果。你有没有想过……万一你没有拿到冠军怎么办？"

第十章　明目张胆地偏爱

听到这话时，陆景然几人也同时将目光投到了江洛琪身上。

当时江洛琪给陆景然的理由是，因为热爱。

但温旭阳的话也的确没错，光凭热爱是不够的。

这条路有多难走，他们都心知肚明。也正是因为如此，他们才会好奇到底是什么契机，才会让这个养尊处优娇生惯养的大小姐执意走上这条路。

江洛琪的眼神一一扫过他们每个人的脸庞，最后看向了窗外不远处的万千灯火，倏地一笑。

"因为前年PGC你们夺得世界冠军的时候，我就在现场。

"当时我就坐在台下，看着你们站在那个最高领奖台上又哭又笑，看着你们身披国旗沐浴金雨，看着你们骄傲地喊出那一句'Survivor China NO.1'，我就被深深地震撼到了。

"当时我就在想，我也想要和你们一起走上那个最高领奖台，一起披着国旗夺得那属于我们的最高荣耀。

"我想了，所以我来了。"

江洛琪顿了顿，又笑道："后来我听说AON会在'高校杯'的夺冠队伍中选人，所以我就去参加拿了冠军。本来以为可以凭借这成绩加入AON，但是那个时候你们选择的是程一扬而不是我。

"所以我又等了一年，等到程一扬退出了AON，我才又尝试着提出加入。我也没想到这一次这么容易，本来我还以为我要在青训队或者二队待个几年才能首发……"

闻言，陈明下意识就看向了陆景然，而后者并未察觉到他的目光。

当年"高校杯"，他和管理层的决定是同时招入江洛琪和程一扬两人，但在征询陆景然意见的时候，他却直接将江洛琪的名字划掉了。

而后来，江洛琪加入战队所需要的一系列考核通通因为陆景然的一句话而取消了，面对管理层的质疑，他也只有简短的四个字——

"我相信她。"

不过这些，好像江洛琪都不知情。

陈明心中无奈地叹气，愈发觉得自己已经老了，他们年轻人的感情实在是看不懂了。

说罢，江洛琪起身，向他们敬酒："加入AON，是我这辈子最不会后悔的一件事情。至于拿不到冠军这件事我还真没想过，因为我一直觉得，冠军就是属于我们的——"

随即，将杯中的酒一饮而尽。

AON其余几人也都笑着跟着举杯。

就在他们喝得正酣畅的时候，一身着AON应援队服的女生踌躇不定地走了过来，试探性地开口问道："不好意思打扰了，我是你们的粉丝，刚刚我在现场看你们的比赛哦，不知道你们能给我签个名吗？"

"好啊。"温旭阳一口应下。

女生欣喜地将应援队服脱了下来，从口袋中掏出了一支马克笔："就签在衣服上就好了，谢谢！"

队服从阿昆这边传过一圈，最后陆景然签完名，将队服还给女生。

可谁知那名女生双眼放光地盯着陆景然，满怀希冀地说道："然……然神……我能和你合一张影吗？"

温旭阳、阿昆、陈明三人皆没有任何反应，毕竟这场面他们已经见怪不怪了。

而江洛琪看着这女生，却从她身上看到了自己的影子。

当时AON夺得世界冠军的时候，她也是这样忐忑地前去找陆景然合影。

原本以为会被拒绝，却不料当时他竟欣然同意了。

而后来，那一张合照一直被她珍藏着，也就是现在摆在基地房间床头柜上的那一张。

思绪渐渐收了回来，还没等她听清陆景然和那小姑娘说了什么，便见那小姑娘弯了弯腰说了声谢谢便直接离开了。

"不合影吗？"江洛琪有些疑惑。

陆景然侧头看她，眸光深邃，并未说话。

阿昆咬了口肉，含糊不清地说道："然哥从不和粉丝合影。"

"也不是'从不'吧，"温旭阳想了想道，"我记得他以前是从来不和粉丝合影的，但是上次PGC夺冠，他破天荒地答应了所有来找他合影的粉丝，可能也是因为那次夺冠的意义非凡吧。"

"是吗？"江洛琪总觉得有些不对劲，她好像记得上次平安夜在商场被粉丝认了出来，因为她随口的一句话，陆景然被迫和粉丝合影了十分钟。

他本来也是可以拒绝的啊……

思及此，江洛琪心念微动。

好像自从她加入AON以来，陆景然对她的好就从不加以掩饰。

他会将她说的每一句话放在心上，他会记得她的喜好和厌恶，他会毫不犹豫地将她护在身后，他还会温柔地摸摸她的头。

他对她，从来都是明目张胆地偏爱。

凌晨两点，AON一行人回到基地。

陈明将奖杯郑重地放进了橱窗，尽管相比于其他联赛、洲际赛、世界赛的奖杯来说，这个奖杯的含金量可能不值一提，但却代表着

AON重振旗鼓，整装待发。

众人互道了晚安，各回各的房间休息。

洗过澡后，江洛琪将湿头发用一块毛巾包着，想着找陆景然借吹风机，正好隐约看到从隔壁阳台上投过来的影子。

她拉开阳台的门，走了出去。

陆景然正靠在阳台上抽烟，他的手臂搭在栏杆上，指尖星火明灭，姿态慵懒而又随意，听见声响抬眸一瞥，手指顺势就将烟头捻灭。

还不等江洛琪开口，她便听到那男人低沉沙哑地说了两个字——

"过来。"

她的脚不自觉地朝他那边走去。

因着两个房间本是相邻，所以他们的阳台之间也只隔了不到二十厘米的距离。

走到栏杆旁停住了脚步，江洛琪以为他是有什么事要说，神色不解地看着他，却见他突然抬起了手，将她头上的毛巾取了下来。

随即温柔而又细致地替她擦拭着头发。

熟悉的洗发水香味夹杂着一丝清淡而又冷冽的气息。

江洛琪怔怔地站在那儿，手搭在栏杆上，毫无意识地越握越紧。

"然哥……"

她听到自己的声音在这寂静的深夜里回响，伴着微起的寒风，虚缈飘散。

"嗯？"陆景然轻声应道。

江洛琪看向他，而陆景然也似是感应到了什么，擦拭头发的动作微微一顿，同她对视。

先前在夜宵店，她终归是什么都没有问，可到了现在，她却是怎么都忍不住了。

"然哥，"她问，"你为什么对我这么好？"

微风轻拂，树叶簌簌。

尽管面前的这个男人一言不发，但江洛琪仍能清晰地看到他深邃的眸子中泛起了一丝波动。

心中猜测的答案已然是呼之欲出。

第一个问题还没等到回答，第二个问题便迫不及待地脱口而出——

"你……是不是喜欢我？"

这句话不知从何时就一直积压在心底，如今终于问出了口，她却丝毫没有感觉到轻松，甚至还有一点点紧张……以及期望。

就在她忐忑不安之时，头顶上似是传来一阵轻笑，如羽毛般轻飘飘地落在了她的心尖。

还不等她反应过来，面前的男人已经微微俯下了身子，薄唇擦过她的耳际，连带着耳廓也染上了一片绯色。

温热缠绵的呼吸喷洒在她的耳后，微哑低沉的声音极具魅惑。

他轻声说："是啊，喜欢。"

短短的四个字，一字一字地撩拨着她的心弦。

江洛琪突然就不知道该说什么了，脑海里不断充斥着那四个字，已不给她留下思考的余地。

好似一时失了声，只能感受到心跳愈发加快，甚至都忘了呼吸。

陆景然微微退开了些许，将毛巾盖在了她的头上揉了揉，如同哄小孩子般的语气说道："好了，太晚了，快去睡觉吧。"

江洛琪果真就转过了身，机械般地一步一步地挪回了房间。

看着她动作不协调的背影，陆景然又忽地一声轻笑。

他虚靠在栏杆上，又掏出了根烟点燃。

烟雾弥漫，他却宛若透过烟雾看到了一些深藏在回忆里的东西。

双眸不自觉微眯了眯，回想起江洛琪问他的那一句，为什么对她那么好。

为什么呢？

为什么会对她那么好，又为什么……会喜欢她呢？

他深吸了一口烟，烟雾缓缓吐出。

或许是小时候，她爬上他的电脑桌，抱着他的手臂软软糯糯地撒娇："哥哥，你教我打游戏好不好？"

又或许是，时隔多年，他的哥哥来问他还有没有多余的观赛门票，因为他朋友的妹妹是他的忠实粉丝。

以至于在比赛的时候，他一眼就从观众席中认出了她。

后来的后来，每一场比赛，她几乎都从不缺席，这让他养成了每次比赛前都会在观众席中搜寻她身影的习惯。

PGC夺冠的那晚，一向不与粉丝合影的他，就因为想和她合张影，于是和在场所有粉丝都合了影。

"高校杯"，从参赛名单上看到了她的名字，他主动要求去当了颁奖嘉宾。

又因为不希望她受到电竞圈丑陋黑暗一面的影响，他在拟招用名单上划掉了她的名字。

然而接下来的一年，他却再也没在比赛现场上见到过她。

他以为是因为AON的成绩不好，让她失望了。于是那段时间他日日苦练，没日没夜地练习压枪、操作意识。

比赛接二连三地失利，几欲摧毁他对自己的信心。

整个基地的气氛都极为压抑沉闷。

后来有一次无意间在阮秋涵的直播间里看到她与人"双排"，一听到声音他便知道是她。

通过她们"双排"时的闲聊，他才知道她原来去了美国，所以才没时间来看比赛，也知道了她一直都在关注他们，从来都没有放弃过他们。

那段沉抑难熬的时间，他几乎都是靠看阮秋涵直播和她打游戏熬过来的。

再后来，他又见到了她。

尽管仍然纠结过，但最终还是决定将她留在身边。

他想要接近她，想要对她好，看见程一扬缠着她会吃醋，看见她笑就会不自觉地跟着笑，喜欢看她呆呆愣愣的样子，喜欢撩她看她脸红……

又是一声轻笑。

陆景然看向隔壁房间已经熄灭的灯，唇角的笑意一点一滴地溢了出来——

可真是。

要了命了。

直到关了灯躺在床上，江洛琪依旧没有回过神来。

她甚至都在怀疑刚刚自己是不是在梦游。

翻来覆去睡不着，江洛琪没忍住掏出了手机，翻了翻微信列表，戳进了和阮秋涵的聊天窗口。

> Loki要拿世界冠军：姐妹，睡了没。

阮秋涵几乎是秒回——

> 阮啾啾：没呢，刚下播。今天有个老板一直给我刷礼物，我不好意思提前下播。

> Loki要拿世界冠军：你可真是辛苦。

> 阮啾啾：怎么了，大小姐？有啥事？拿了冠军激动得睡不着了？

> Loki要拿世界冠军：是激动得睡不着……但不是因为拿冠军……

等了几秒，见阮秋涵不回复，江洛琪还想继续给她发消息，却突然接到了她打过来的电话。

不知为何，接电话前江洛琪有种莫名的心虚。

滑动接听，还不等她将手机放在耳旁，便听到阮秋涵一惊一乍的声音传来："然神和你表白了？？？"

江洛琪："……"

她有些迟疑地摸了摸鼻子，磨磨蹭蹭地说道："算是吧……"

"算是？那就是咯，"阮秋涵激动得猛拍大腿，"终于表白了，我等到花儿都谢了！"

江洛琪有点蒙："什么叫'终于'？难道你们都知道？"

阮秋涵语重心长地说道："可能就你不知道吧，虽然然神啥都没说，但是我们这些旁观者可是看得一清二楚。温旭阳天天和我吐槽你们俩有多甜多腻，搞得他都想谈恋爱了。"

"是……是吗？"

"那可不！然后呢姐妹，然神和你表白了，你答应他了吗？"阮秋涵迫不及待地想要知道后续。

"我……"江洛琪回想了一下，"他没问我答不答应……直接让我去睡觉了……"

"什么？"阮秋涵简直恨铁不成钢，咬牙道，"睡觉？睡什么觉？冲上去强吻他啊！免得别人惦记你家然神……"

江洛琪："……"

她连忙打断了阮秋涵的虎狼之词，转移了话题："你不觉得很奇怪吗？"

"奇怪什么？"

"就是……"江洛琪组织了一下语言，说道，"我和然哥正式认识也才不过两个月，这么短的时间他怎么就会喜欢我呢？而且你看他在电竞圈的这几年，也从没听说过他和谁在一起，怎么感觉到我这里就变得特殊了呢？"

"你在想什么呢，大小姐！你是谁？你可是江洛琪啊！S大金融系女神，C市江家大小姐，从小含着金汤匙长大，你怎么可以这么没有自信？你就应该拿出那种'全世界的男人都应该拜倒在我石榴裙下'的这种自信，OK？"

阮秋涵觉得自己可能迟早会被她气死。

这大小姐哪里都好，就是一遇到感情的事就有点琢磨不透，喜欢钻牛角尖。

"好啦好啦，"江洛琪被她逗笑，"我只是觉得，然哥一直在外维持的那种高冷形象，就会让人觉得他一点也不好接近。但是自从我加入AON后，就觉得他其实挺温柔的，也不那么高冷。"

手机那头默了几秒，随即她便听到阮秋涵的语调忽然变得正经了起来："说真的琪琪，你和然神以前真的不认识？"

江洛琪愣了愣："为什么这么问？"

"因为前段时间温旭阳和我说过，在你加入AON之前的那一年，是他们几个最难熬的一段时间。尤其是然神，每天都是拼了命地训练训练训练。但是自从你加入后，就感觉一切都变了。"

顿了顿，她又道："温旭阳还说，他从没见过然神对谁这么上心，就是那种明目张胆地对你好，生怕你感觉不到一样。而且你有没有发现，他一开始就对你这样，而且只对你这样，这中间也没有什么循序渐进的过程。

"所以我就很好奇，一直都想问问你，你们是不是早就认识了？"

闻言，江洛琪呼吸一顿，目光下意识就往床头柜的方向搜寻。

窗外月光皎洁，洒下淡淡光辉。

依稀能看到床头柜上那张照片的轮廓。

除了PGC夺冠那晚的合照，以及"高校杯"的颁奖仪式，她和他……好像也没有多余的交集了。

江洛琪闭上了眼，嘟囔了一声："好了，不说这个了，睡觉去吧，姐妹，熬夜对皮肤不好。"

阮秋涵嗤笑："说得好像你没在熬夜一样。"

江洛琪轻哼："我有全套莱伯妮精华，你有吗？"

阮秋涵："……"

阮秋涵："对不起，打扰了，告辞！"

说罢，她立即挂断了电话。

听着手机里传来的"嘟嘟"声，江洛琪笑了笑，再次睁开了眼。

目光依旧落在了那张照片上。

过往的种种此刻如同电影回放一般，清晰地放映在她的脑海里。

一帧帧、一幕幕。

他会记得吗？

他一直记得吗？

这晚江洛琪一夜未眠，直到清晨天亮，她才堪堪睡着。

这一觉就直接睡到了下午两点。

醒来时头还有点晕，江洛琪下意识看了眼手机。

沉寂许久的大学寝室群突然活跃了起来，她粗略地看了看，才知道她们刚结束期末考试，正在讨论这几天要不要去聚个餐。

江洛琪嫌消息难翻，直接私聊了云西子，让她们决定好时间地点之后再告诉她，她顺便将她从美国带回来的礼物给她们。

云西子回了个"OK"的表情包，还顺带夸了夸她昨天比赛时的精彩操作，一番彩虹屁吹得江洛琪有些忘乎所以。

直到肚子开始发起抗议，江洛琪才慢吞吞地爬起了床洗漱。

手刚搭在房门的把手上时，江洛琪才意识到自己昨晚好像一直都没有给陆景然回复。

可是……他也没问自己喜不喜欢他啊……

如果就这样出去和他碰上，会不会觉得尴尬？

心里几个问题同时冒了出来，她此刻的心情就如同一团乱麻，剪不断，理不清。

最终，江洛琪还是径直走出了房间。

这个时间点的基地比较安静，她先去了一楼觅食，吃饱了再上三楼训练室。

训练室内只有温旭阳和阿昆两人在直播，这个月他们的直播时长还没达标，得趁最后这几天恶补时长。

在别墅里转了一圈都没见着陆景然，江洛琪不禁疑惑地问："然哥呢？还在房里？"

温旭阳头也没偏地解释道："老大好像家里有点事，今天一大早就回家了。"

"回家了？"江洛琪怔愣，想着她醒来看消息的时候，也没见着陆景然和她说一声回家的事。

她坐回自己的位置，突然觉得心口有点堵。

这时温旭阳又喊了她一声："琪姐，你的粉丝在我的直播间含泪求你开播，你可怜可怜他们吧。"

"好。"

江洛琪开了电脑，熟练地调试了一下摄像头，开了直播间。

粉丝瞬间就蜂拥而至——

打卡

前排

日常来舔Loki小姐姐的颜

昨天的比赛真的很精彩！我粉上了Loki！

现在入坑也不晚，但是Loki是我们然神的，男粉不要想！

呜呜呜，也没谁能比得过然神了。

…………

看着这些弹幕，江洛琪笑了笑，将刚才的事抛之脑后。登录游戏，见阮秋涵在线，给她发了邀请组队的信息。

然而阮秋涵却没有立即同意，而是先给她发了条微信。

阮啾啾：你那边就你一个人还是？

江洛琪以为她是想和温旭阳一起，忍不住打趣她——现在就我一个，太阳神在和别人排，要是你想要他一起的话，等他打完我叫他。

阮秋涵回得很快，但是却只有一个字：别。

随即她便加入了江洛琪的队伍，用队伍语音和她说："你别叫他，我不想和他打游戏。"

江洛琪问："怎么？吵架了？"

"没有。"阮秋涵重重地叹了口气，但也没再继续这个话题，只说等过几天再告诉她。

江洛琪又随手邀请了陈星，而阮秋涵则拉了PTG队长阿诚的女朋友孟潇。

这边女子车队开始了愉快的"四排"上分，而一旁的温旭阳刚打完一局，见江洛琪和阮秋涵正在打竞技，眸中不经意间划过一丝怅然。

"欸，我听说林栀家破产了，她自己也陷入了丑闻被你们公司解约了？"孟潇问陈星，语气是明显的幸灾乐祸。

陈星"啧"了一声："可不是嘛，她入圈以来做的那些事，都被爆得彻底，真不知道她是惹了哪个大人物。"

见江洛琪一直没怎么说话，阮秋涵以为她还想着昨晚的事，忍不住问她："琪琪，然神呢？你怎么没和他一起打游戏？"

一听到然神，弹幕瞬间又活跃了起来——

然神呢！我记得他这个月的直播时长还差十个小时！

前面的，我就问你然神哪个月的直播时长达标过？

Loki小姐姐把然神也叫过来一起直播呗，他直播间都要长草了。

…………

江洛琪随意瞥了一眼弹幕，这才用之前温旭阳的话回答阮秋涵："然哥不在基地，家里有事，所以一大早就回家了。"

"啧，"阮秋涵下意识就打趣道，"撩完就跑？负不负责任啊？"

江洛琪操纵鼠标的手一抖，不小心走了火。

"……"

陈星和孟潇都敏锐地察觉到她话语里的言外之意，八卦之心瞬间被勾了起来。

"撩什么？然神撩Loki吗？到底发生了什么事啊？我好好奇！"

"我也很好奇！我都不敢想象然神撩妹是什么样子的。"

江洛琪："……"

她按了按键盘上的快捷键，将队伍语音关闭了。

而弹幕此刻却也不放过她——

我听到了什么？？然神对我们Loki做了什么？？？

扛起锦旗cp大旗！要是有好消息就早点官宣噢，哈哈哈哈哈。

啊啊啊啊啊，我然神还会撩妹？他那个冰山模样我还以为他会单身一辈子！

然神和Loki发展到哪一步了啊？是不是在搞地下恋情啊？

…………

为了防止粉丝过度臆想，江洛琪只好无奈出言解释："不是你们想的那样，啾啾是开玩笑的。"

而她的话音刚落，便见一道有夸张特效的弹幕从屏幕中飘过——

AON陆景然：还在追。

江洛琪："……"

她又再次手一抖，不小心将拉了环的手雷扔在了脚下。

而此时阮秋涵三人正好围着她朝她做各种表情，想让她打开队伍语音。

可谁都没料到，这女人狠起来了连自己都杀。

看着屏幕上石头后整整齐齐的四个盒子，江洛琪连忙开了队伍语音疯狂道歉。

而另外三人显然被其他什么事情吸引了注意力，一口一个"牛逼""卧槽""我酸了"。

江洛琪："？"

最后还是陈星好心好意地提醒了她："Loki，你直播间炸了。"

江洛琪："？？？"

什么情况？

她又赶忙拿过一旁的ipad，将弹幕消息滑到上方，这才发现罪魁祸首——

然神和Loki发展到哪一步了啊？是不是在搞地下恋情啊？

AON陆景然：还在追。

这是假号吗？我从没看到然神发过弹幕。

AON陆景然：是真号。

卧槽！！！然神你是表白了吗？？？

AON陆景然：表白了。

啊啊啊啊啊，然神牛逼！Loki答应了吗？

AON陆景然：还没问。

这什么直男思想？难道不应该趁热打铁在一起吗？

AON陆景然：不着急。

我就想默默问一句然神窥屏多久了，竟然还关了进场特效。

AON陆景然：一直在。

然神你能多说几个字吗？怎么总是三个字三个字地往外蹦。

AON陆景然：懒得打。

噗哈哈哈哈哈哈哈哈哈哈哈！

冷冷的狗粮在脸上胡乱地拍。

啊我真的酸了，我也想要个然神这样的男朋友。

…………

弹幕数量瞬间涨了好几倍，然而之后却没再看到陆景然发弹幕。

看着那一连串的三字真言，江洛琪的心情却莫名好了许多。

不顾粉丝的挽留她迅速关了直播，捞过一旁的手机想给陆景然发消息，却发现他的聊天窗口处多了个红色的"1"。

然哥：心情不好？

江洛琪抱着手机，笑容不自觉从唇角溢了出来，心里小小地开心了一下。

随后她才回复他：没有。听太阳神说你回家了？

没过几秒，陆景然发来了一张图片，图片的背景是一片压抑的白，而图片的右上角则有一个病房的标志。

然哥：爷爷住院了，来看他。

江洛琪的心沉了沉。

Loki要拿世界冠军：什么病？严重吗？

然哥：老毛病，不用担心，休养几天就能出院了。

江洛琪又松了口气，发了个乖巧的表情包过去。

陆景然也回了个"乖，摸摸头"的可爱表情包。

她没忍住"扑哧"笑出了声。

这时，耳机里突然传来了阮秋涵的声音："这女人傻笑什么呢？"

孟潇："我猜她肯定在和然神聊天。"

陈星："不行了，我。太酸了，单身狗被虐得体无完肤。"

阮秋涵："单身狗加一。"

孟潇："单身……呸，不单身我也好酸。"

江洛琪这才后知后觉自己一直没摘耳机。

"咳咳，"她轻咳一声以掩尴尬，"打游戏打游戏，我带你们上分。"

阮秋涵故意用着阴阳怪气的语气揶揄她："打什么游戏？然神不香吗？"

江洛琪装作生气："上分不香吗？再逼逼我就踢你了啊。"

阮秋涵："你好凶啊，嘤嘤嘤，果然有了男人就硬气了。"

江洛琪："……"

陈星和孟潇："哈哈哈哈哈哈哈……"

接下来的几个小时，江洛琪成功地将蹭分三人组带到了"钻石一"的段位，距离"大师"只有一步之遥。

此时天色已暗，见时间不早了，江洛琪关了电脑准备回房。

而一旁的温旭阳见她起身也连忙跟着起了身。

"琪姐……"他一副欲言又止的模样。

江洛琪顿住了脚步，疑惑地看向他，问道："怎么了吗？"

"就是……"温旭阳顿了顿，最终还是吞吞吐吐地说出了口，"我想和你聊聊……关于啾啾的事……"

联想到今天阮秋涵的异常反应，江洛琪也猜到了几分原因，无奈叹气："好，我们出去聊吧。"

他们两人来到了三楼的半开放式阳台花园，并肩靠在栏杆上，却相顾无言。

江洛琪等着他先开口，而温旭阳似是还在组织语言。

一紧张，温旭阳下意识就想掏出烟抽几口，但见江洛琪在旁边，生生将烟瘾忍了下来。

江洛琪察觉到了他掏烟的动作，淡淡一笑："没事，你抽吧。"

可温旭阳却摇了摇头，道："然哥从不当着你的面抽烟，我就这一会儿不抽没事的。"

闻言，江洛琪心念一动，插在口袋里的手不由紧握了握手机。

也就在这时，手机忽然振动了一下。

温旭阳紧接着又叹了口气，愁眉苦脸地问道："琪姐，啾啾有没有和你说过关于我的事？"

江洛琪的指尖无意识地摩挲着手机屏幕，轻轻地摇了摇头："没有。"

见温旭阳的脸色更苦了几分，她只得再次开口："你们之间发生什么事了吗？吵架了？"

"也不算是吵架吧，"温旭阳解释道，"就是比赛前几天，我问她今年在哪过年，她说回C市过年。然后我就说我还没去过C市，想在过年前去C市找你们玩……"

江洛琪微蹙了蹙眉。

她记得阮秋涵和她说的是留在S市过年。

随后又听见温旭阳说："然后她又说不回去过年了，留在S市。我就想留在S市好啊，我找她也就更方便了……结果她突然就发了脾气，说让我不要这么烦她……

"我认识她这么久还是第一次见到她真的生气，我就以为她是遇到了什么事……然后吧，我问她她也不说，后来我也来了脾气，就没再找她了……

"这几天她也什么都没说，我也不知道该找她说什么……所以我就想来问问你，她最近是不是遇到什么麻烦了？"

迎上温旭阳带着些许期望的眼神，江洛琪的喉间艰涩地哽了哽。

从下午察觉到阮秋涵的不对劲，到晚上温旭阳提出要和她聊一聊，她就基本上猜到了是什么事。

但也正是因为她知晓其中原因，所以她才说不出口。

那是阮秋涵一直以来，想要在温旭阳面前遮掩的事实。

也是她这段人生中，想逃离却又难逃离的深渊。

"琪姐……"察觉到江洛琪的神色似是变得稍许凝重，温旭阳也忍不住更加担心，"到底是什么事？总得说出来才好解决的啊……"

"你别担心，"江洛琪的嘴角扯出了一个略显苦涩的笑容，"我知道是什么事，我也会去帮她的。"

"可是……"

温旭阳还想再说什么，却被江洛琪再次打断了。

"有些事情，她不想让你知道，是因为在乎你，不想连累你。你放心，那件事暂时还不会影响她的正常生活。你与其在这里瞎猜测瞎担心，还不如去尝试着走进她的心，让她依靠你，信赖你。但是——"

江洛琪抬眸。

温旭阳也因为她的停顿而着急追问："但是什么？"

"如果你是真的喜欢她，我希望在你接触到任何一面的阮秋涵时，都……不要放弃她。"

那数不清的午夜梦回之际，从电话里传来的压抑而又隐忍的哭声，回忆如潮水般汹涌而至。

从心口处传来一阵钝痛。

她闭了闭眼，才极其艰难地压下了心间的酸涩。

温旭阳愣了愣，似是有些不太明白这句话的意思。

江洛琪也没再做过多解释，径直往回走去。

走廊的另一头就是电梯，她走过去时思绪还有些恍惚。

电梯旁的数字正在逐步上升。

江洛琪突然想起了什么，从口袋中掏出了手机。

在她按下解锁键，屏幕亮起的同时，电梯"叮"的一声停在了三楼，电梯门缓缓打开。

兴许是心中忽然涌现出的强烈冲动，她几乎是想都没想，就扑进了电梯里那人的怀中。

陆景然还没反应过来，下意识就抱紧了怀中的人。

她的身上裹挟着轻微的寒气，陆景然微蹙眉头，敞开了外套将她裹了起来。

鼻尖萦绕着淡淡消毒水的气味，但更多的还是令她安心的熟悉气息。

陆景然敏锐地察觉到江洛琪的情绪有些不对劲，按下了电梯的开关，又按下了数字"1"。

电梯缓缓下行。

江洛琪的心情也渐渐平复。

她松开手，想要往后退，搂着她腰的手臂却箍得更紧。

"怎么？投怀送抱了还想走？"陆景然似笑非笑的声音从头顶传来。

"谁投怀送抱了？"江洛琪脸一红，手摸索着在他的腰间掐了一把。

"电梯里的监控可是记录得一清二楚。"陆景然轻声笑着，虽是如此说，但还是松开了手。

电梯正好到达一楼。

陆景然抬手揉了揉江洛琪的脑袋，带着她出了电梯。

江洛琪这才发现原来他是带了夜宵回来。

"你先吃吧，我给阿昆他们发了消息，他们等会儿会下来。"

陆景然细心地从中挑出了她爱吃的，放在了她的面前。

一闻到这香味，江洛琪的心情都好了许多。

她边吃边问："我还以为你今晚不回来了，爷爷不需要陪夜吗？"

陆景然将她嘴边一绺险些被吃进嘴里的头发撩至耳后，才回答道："不用，他不喜欢人多，我明天再去看他。"

"噢。"

江洛琪继续吃着，没一分钟又冒出了新的问题："然哥，你过年在S市吗？"

"应该在，看我爸妈。"

江洛琪又问："你爸妈和你爷爷住在一起吗？"

"他们在B市，平常也就过年回来。"

"B市？这么远？那你从小就是爷爷带大的？"

"算是吧。"

"你有几个兄弟姐妹啊？"

"我有一个亲哥哥，还有一个堂哥和堂姐。"

"你也有亲哥哥？我和你说我哥真的特烦，从小到大就喜欢和我抢东西……"

江洛琪絮絮叨叨地说着这些有的没的，陆景然也不打断她，就耐心地听着她说。

看向她的目光温柔似水。

说到最后，江洛琪却是突然就转了话题："然哥，你知道有没有什么办法，可以和亲人断绝关系？"

见她的眸中似是闪过一丝异样的情绪，陆景然便也猜到了想必这和她今日不太对劲有关。

他想了想，还是如实告知："从法律上来讲，没有办法和亲人断绝关系。"

江洛琪的眸光暗了暗。

"但是还有其他很多手段可以达到这一目的。"

"真的可以吗？"

面前女孩的神色阴晴不定，几乎都将心事写在了脸上。

陆景然点了点头，隐约能够猜到她是在为谁而问。

得到了确定的回答，江洛琪也是放心了许多，又开始了新一轮的絮絮叨叨。

第十一章　然神是渣男？

江洛琪室友定的聚餐日期，正好在她回C市的前一天，也就是一月三十一日。

自从前天和温旭阳说过那些话后，他似是也明白了什么，又主动去找阮秋涵聊天，刻意避开了过年回家的话题，两人的关系也总算是恢复了正常。

这日白天陆景然依旧要去医院，江洛琪也就顺理成章地搭了个顺风车去市中心。

在路上的时候她愈发觉得基地除了保姆车以外只有一辆车实在是太不方便了，并暗暗决定等放完假后一定要将自己的车运过来。

到达市中心商场时大约十一点，陆景然的车刚停在路边，江洛琪便看到自己的小姐妹正站在不远处的广场等她。

她迫不及待地解了安全带就冲下了车，给室友三人一人来了个熊抱。

透过后视镜看到江洛琪鲜少有这么活泼放肆的一面，陆景然唇角扬了扬，开车往医院驶去。

而云西子也自然注意到了那辆远去的路虎，勾着江洛琪的脖子调笑道："可以啊，女神，把男神搞定就是不一样，整个人都是春风满面的。"

"哪里春风满面了？"江洛琪佯怒，嘴角的笑意却是怎么也压不下来。

"就是啊，真没想到洛琪你一声不吭就跑去打职业赛了，我听西子说的时候还不相信呢。"

留着短发做中性打扮的女生叫沈钰，平日里也偶尔会关注电竞圈，只是她关注的向来不是比赛，而是帅哥。

"你们在说什么啊？什么男神？什么打职业赛？"

一旁戴着眼镜齐刘海，看起来就极为乖巧文静的女孩是姚天姿，她对游戏电竞一概不懂，所以也并不知道这段时间里电竞圈发生的事情。

云西子另一只手又拍了拍姚天姿的肩膀，安慰她道："你不知道也没关系，等会儿吃饭的时候我们再好好和你解释。"

姚天姿腼腆地笑了笑，没再说话。

四人一同进了商场，挑了家人少的烤肉店。

"说起来我们也有一年没见了，"云西子刚坐下就忍不住感慨，"自从去年寒假一别，见你都只能靠视频通话。"

"我这不是回来了嘛，"江洛琪笑着拿过一旁的手提袋，"我还专门给你们带了礼物。"

一听到礼物，其余三人的眼睛同时亮了亮。

"首先是西子的。"

江洛琪从手提袋中拿出了个礼盒，上面印了个香奈儿的烫金logo。

云西子一眼就猜到了是什么，激动地接过礼盒就拆了开来。

"你上次和我说想买这个限定款包包，但是国内没货了，我回国前陪我闺密逛街的时候顺便去专柜问了句，没想到正好还剩最后一个，我就给你买下来了。"

"天哪，琪琪，我太爱你了！"

云西子边拆边不忘甜言蜜语，爱不释手地将包包捧了出来，又小心翼翼地将它打开——

结果一看到里面的东西又不敢置信地瞪大了眼睛。

她偏过头去看江洛琪。

江洛琪朝她眨了眨眼。

她心知肚明地将包包重新收回礼盒，内心却有着想将她摁在地上亲的冲动。

那个包包里装满了口红。

只因为她曾经在寝室看电视剧时，无意间随口说了句想要一个能送她包和口红的男朋友。

没想到江洛琪竟然一直都记得。

"好了，这是给沈钰的，"江洛琪掏出了一盒高档护肤品，"你之前说找不到合适的护肤品，我有个朋友肤质和你差不多，这是她推荐给我的。你先试着用，要是不好用我再帮你看看其他的。"

沈钰一眼就看出这护肤品价值不菲，下意识想要推辞，但江洛琪不由分说地就塞进了她的怀中。

随后她又掏出了两瓶香水给姚天姿。

"这香水是我特意找私人调香师调制的，分日用和夜用两款。我记得你之前说不喜欢那种甜腻刺鼻的味道，所以这个日用款的香水味道是比较清淡的。而你晚上又总会失眠，所以夜用款的香水是助眠的。"

姚天姿欣喜地接过，香水瓶是很精致的玻璃瓶，只是见上面任何关于品牌的标签都没有，她的眸光暗了暗，也不知该不该相信这香水是所谓的私人调香师调制。

江洛琪三人都没察觉到姚天姿的异常，欢声笑语地又转移了话题。

话题自然而然地就落在了江洛琪和陆景然身上。

"说真的，琪琪，前天我在你直播间可是亲眼看见了然神的三字真言，这件事这几天在电竞圈的热度居高不下，还有粉丝开始赌你们什么时候会官宣。"

云西子用手肘戳了戳江洛琪的手臂，玩笑道："你们决定什么时候官宣了提前告诉我一声，我先去下个注，一夜暴富就靠姐妹你了。"

"吃都堵不上你的嘴？"江洛琪毫不客气地将一块烤肉塞进了云西子的嘴里。

姚天姿悄悄地低声问沈钰："然神是谁啊？是洛琪的男朋友吗？"

沈钰解释道："Survivor电竞圈高富帅男神陆景然，人称然神，即将成为咱们洛琪的男朋友。"

"打游戏的还会有长得帅的？"姚天姿有些不太理解。

在她的认识当中，一想到打游戏的男生，就是那些坐在网吧里吆三喝四抽烟嚼槟榔的不良青年。

"天姿，我觉得你不应该只知道读书，来，给你看看然神到底有多帅。"

云西子说着掏出手机，从AON的官方微博上找到了一张前几日发的比赛现场图。

图片上陆景然只有一个侧脸，但仅仅一个侧脸便已经帅得惨绝人寰。

姚天姿看到图片时眸光也亮了亮，但又想到陆景然和江洛琪关系匪浅，状似无意地问道："他是富二代吗？"

沈钰："那可不，你没看到今天他送洛琪来开的车，几百万是有的，而且他们战队可是号称电竞圈的豪门战队。"

姚天姿颇有些担心地问："我听说一般这种富二代好像都挺渣的……洛琪你了不了解这个人啊？可别到时候被渣男骗了。"

看到她这一副煞有介事的模样，其余三人都忍不住笑出了声。

"你说然神是渣男？"云西子夸张地捂着肚子，就像是听到了这世界上最好笑的笑话一般。

沈钰揉了揉姚天姿的头，语重心长地说道："宝贝，这你就不用担心了。然神的人品在电竞圈还是信得过的，更何况他向来不近女色，这么多年从没听说过他谈过恋爱，清白得和'高岭之花'一样。"

"是吗？"姚天姿蹙了蹙眉，好似不相信这世上有这样的人存在。

她又问："既然这样的话，那个……然神，又是怎么喜欢洛琪的？"

"那自然是我们琪琪魅力大啊，"云西子顺手又勾着江洛琪的脖子，捏了捏她的脸蛋，"看这脸，看这身材，再看看她性格，谁不喜欢？你忘了我们学校追她的人从北门排到了南门吗？"

"好了好了，别吹了。"江洛琪双手朝她的腰间挠去。

云西子连忙躲避，两人笑着打成了一团。

而姚天姿却是垂下了头，默默地在浏览器上搜索了陆景然的名字。

看到页面上一连串的"世界冠军""电竞男神""家世神秘""豪门战队"之类的字眼，她点开了一张陆景然的宣传正面照，心不可控制地跳了跳。

随即她又点开了搜索框，想了想，点进了香奈儿官网。

这边江洛琪和云西子闹累了，也吃得差不多了，准备结账离开。

沈钰这才发现身旁的姚天姿一直垂着头，好似要将她的头埋进手机里，于是便拍了拍她的肩膀提醒她："天姿，走了，去逛街了。"

姚天姿却是突然身体一颤，宛若受到了惊吓一般，迅速将手机的页面熄了屏，神情有些许的不自然。

"怎么了？你在看什么这么恐怖？"沈钰疑惑问道。

姚天姿摇了摇头，强迫自己平稳心情，细声细气地说："刚刚有人给我传了期末考试的答案，我正在对答案，被你吓了一跳。"

一听到"期末考试"四个字，沈钰就觉得头疼："考完了就不要说了，我还想安安心心回家过年呢。"

说罢，她便挽着姚天姿的手臂起了身，到店门外与江洛琪和云西子会合。

姚天姿顺手将手机放回包里，无意间手指正好碰到了那两瓶香水，她抿了抿唇，又收回了手。

216

接下来一个下午的时间，江洛琪四人在商场里四处闲逛着，几乎将每层楼都走遍了。

眼见着沈钰拉着姚天姿又进了一家女装店，江洛琪颓然地坐在了店里的沙发上，瘫成了一团烂泥。

云西子也坐在了她的身旁，揉了揉她的肩膀调侃道："我们的琪女神最近战斗力不太行，这才逛了几个小时你就累成了这样？"

江洛琪头都懒得偏一下，长叹了口气哀怨道："如果你和我一样，每天就是坐着打游戏，一天至少吃四餐，还不运动，你也会像我这么弱的。"

"只能说然神把你养得太好了。"云西子说完，便察觉到门口似是有个女生一直在朝这边望。

她拍了拍江洛琪的腿，问她："门口那人你认识吗？盯着你看了好久了。"

江洛琪挣扎着坐起了身，便见门口那女生眼睛一亮，径直冲了过来。

她下意识抱着云西子的手臂往后缩了缩。

那女生却从包里掏出了一张照片和笔，递到了她的跟前，一脸欢喜地说道："Loki！真的是你！我是你的粉丝，能给我签个名吗？"

江洛琪接过照片和笔的时候还有点蒙。

她好像是第一次单独在公众场合被认出来要签名的。

女生又兴奋地加了句："能写个'To葡萄'吗？"

"葡萄？"江洛琪觉得这个名字好像有点耳熟。

"你就是葡萄？"耳旁传来一声惊呼，云西子竟然比她更快地反应了过来。

"是啊，你认识我？"葡萄疑惑地眨了眨眼睛。

云西子："我是西子啊，就是天天和你在她直播间唠嗑的那个房管。"

"你你你！你就是西子？"葡萄激动地和她来了个拥抱。

江洛琪刚签好名，见到这一幕不由得怀疑这葡萄到底是谁的粉丝了。

云西子和葡萄解释了自己和江洛琪是大学室友，惹得她好一阵羡慕。

不远处姚天姿正换了套衣服从试衣间出来，见江洛琪和云西子同一个陌生人聊得兴起，好奇地问沈钰："她们在和谁聊天？朋友吗？"

目睹了全过程的沈钰笑了笑，解释道："是洛琪的粉丝，找她要签名的。"

姚天姿怔了怔，又似是自言自语地小声嘀咕了一句："打游戏还会有粉丝？"

"你说什么？"沈钰没听清她的话。

"没什么。"姚天姿看着镜中的自己，眸光微暗，忽然觉得自己身上这套衣服一点也不好看。

下午五点，江洛琪四人出了商场。

云西子正打算叫辆车回学校，却被江洛琪阻止了。

她看了眼手机屏幕上的时间："然哥马上到了，我和他说了等会儿先送你们回学校。"

话音刚落，便见那辆熟悉的路虎从车流中驶出，稳稳当当地停在了她们面前。

云西子本就是个不讲客气的人，当即便也不推辞，拉开车门让姚天姿和沈钰先上车。

姚天姿局促地上了车，坐下之际下意识就看了眼车内的后视镜。

从后视镜中反射出陆景然疏淡的眉眼，从她的角度看去，他略微低了低眸，睫毛投下了一片浅淡的阴影，看不清眸中情绪，却能看出他的目光此刻正落在一旁副驾驶的江洛琪身上。

她捏紧了手中的包，心中无来由地升起了一股烦闷。

江洛琪系好了安全带，这才问陆景然："你爷爷身体怎么样了？"

陆景然替她理了理额前凌乱的发丝，温声道："今天出院了，明天有个家庭聚餐。"

江洛琪"噢"了一声，又嘟囔道："我明天回C市了。"

"我知道，"陆景然启动了车，单手搭在方向盘上，"明天先送你去机场，然后我再回家。"

"好。"江洛琪笑着应了声，突然才想起后座安静如鸡的三个人。

为了防止后面三人尴尬，江洛琪时不时地和她们聊天。

陆景然全程专注开车，也不打断她们。

姚天姿从包中掏出了一个小镜子和一支口红，一边补妆，一边悄悄地打量着后视镜里的陆景然。

随即补好妆后将口红盖好，正准备收回包里时却不小心手滑掉在了鞋子旁。

她弯下腰的动作一顿，手握了握拳，似是做了什么决定一般，缩回了手。

还不忘用脚踢了踢口红，将它藏在一旁不容易被人察觉到的缝隙里。

S大。

云西子三人和江洛琪、陆景然道了声谢便径直下了车。

姚天姿最后下车，有些犹豫忐忑地看了一眼自己刚才坐的位置，正准备关门之时却正好见到前座两人似是说了什么，而陆景然宠溺地揉了揉江洛琪的头。

她抿了抿唇，将门关上。

黑色路虎渐渐驶远，沈钰挽着云西子和姚天姿的手臂往校园里走去。

余光瞥到云西子拎着的香奈儿礼盒袋，姚天姿踌躇了片刻，最后还是开口问了句："今天洛琪给我们送的礼物是不是都挺贵的？"

"是的吧。"沈钰也下意识看了眼自己拎着的那盒护肤品，包装盒上印刷的法文她完全看不懂。

倒只有云西子反应最为平静，她垂着头不知在和谁发着消息，随口说道："每件至少都五位数。"

随即她似是又想到了什么，忽然抬起了头看向姚天姿，"你的香水应该是最贵的，毕竟是私人调香师调制，外面一般有价无市。"

"是吗？"姚天姿的眸光微动，状似无意地说道，"洛琪什么时候这么有钱了？我记得她以前出手也没有这么阔绰……"

见云西子和沈钰的脸色同时一暗，她才继续将后半句话说了出口："她会不会都是花的她男朋友的钱……"

沈钰锁眉，不太赞同地摇头："不会吧，我觉得洛琪不像是这种人。"

"想什么呢？"云西子将手机塞进口袋，冷淡地扫了姚天姿一眼，"什么叫出手不阔绰？你以前用她几千块一瓶的护肤品时，你见她哪次不舍得给你用？"

姚天姿一愣，小脸白了白。

"收了别人的礼物就不要在背后议论别人的是非，琪琪本来就低调，但你别以为她和你就是一类人。"

云西子这番话说得丝毫不留情面，她原本就觉得姚天姿今天有点不太对劲，刚才听她那几句阴阳怪气的话便也猜到了几分原因。

之前江洛琪在学校都比较低调，几乎没几个人看得出她家境到底如何，整个学校也就云西子对她知根知底，姚天姿和沈钰便也一直将她当普通人看待。

然而今天江洛琪却突然来了个人设的反差，一出手就是几万一份的礼物，这让原本就性格敏感的姚天姿有些接受不了。

但就算如此，这也不是她随口诋毁江洛琪的理由。

云西子在撂下那句话后便甩下她们先走了，想着要不要给江洛琪发个消息说一下刚才的事，掏出手机后却又迟疑了。

毕竟她们好歹是一个寝室的，江洛琪下学期要返校，姚天姿应该也不会在外面乱说什么，到时候抬头不见低头见，说了这事反倒又会生出一些嫌隙来。

思及此，她还是退出了微信的聊天框。

而身后的姚天姿却是小脸苍白，一副要哭不哭的模样，委屈道："我也不知道她护肤品几千块一瓶啊，我要是知道的话我也不会随便用了。"

沈钰无奈叹了口气，安慰她："西子说话向来就是这个性格，你别放心上，而且她说得也挺对的，洛琪的事我们就不要再议论了。"

姚天姿低低地"嗯"了一声，没再说话。

翌日上午，因着要赶飞机，江洛琪早早地起了床，简单地收拾了下行李。

她要带回家的东西不多，衣服包包鞋子这些她家里都不缺，所以行李箱里只装了些常用的化妆品和带给江父江母的礼物，至于江洛嘉——

呵，狗是不配收到礼物的。

最后，将床头柜上的照片塞进了行李箱中，江洛琪拖着箱子下了楼。

陆景然正靠在沙发旁接电话，见她走了过来顺手接过了行李箱，和电话那头的人说了句："再说吧。"

随后江洛琪便似是听到了自己的名字。

"别再说啊，这样吧，那天你把Loki也带过来，一起玩玩呗。"

——好像是彭予琛的声音。

"再说。"

陆景然没再给他唠叨的时间，果断地挂断了电话。

"然哥，什么事啊？"江洛琪忍不住好奇问道。

陆景然垂眸看她。

每当她好奇或者对某件事感兴趣时，双眼都会微微睁大，棕褐色的眸子泛着细碎的水光，长而卷翘的睫毛轻颤着，就如同一根羽毛轻轻地在他心尖处最柔软的地方挠了挠。

他的喉结滑了滑，抬手覆上了她的双眼，这才轻声说道："彭予琛组了个发小的聚会，要我带着你一起去。"

江洛琪扒开了陆景然的手，轻哼了声："你们发小聚会我去干什么？我才不去。"

"好，那就不去，"陆景然的眉眼上扬了一个细微的弧度，"该去机场了。"

"噢。"

江洛琪应了声，低垂了眼，目光顺势落在了自己的手上，呼吸微顿。

她的手还抓着陆景然的手没有松开。

而陆景然也不知是有意还是无意，反手牵住了她的手，朝门口走去。

江洛琪亦步亦趋地跟在他的身后，看到两人自然相牵的手，唇角也不自觉地溢出了笑容。

到了机场，领了登机牌，托运了行李后，陆景然将江洛琪送到了安检口。

"我回去了哦。"江洛琪说。

陆景然轻"嗯"了声。

江洛琪又说："我真的回去了哦。"

陆景然也道："嗯，我知道。"

而江洛琪似是不太满意他的态度，再次重复了一遍："我真的真的回去了。"

话音还未落，陆景然便上前了一步，温柔地将她拥进了怀中。

被熟悉的气息包裹着，江洛琪往他的怀中蹭了蹭，声音带了几分闷："你可不要太想我。"

陆景然的下巴抵在她的头上，闻言轻笑一声，故意顺着她的话来说："好，不想。"

随即便感受到怀中的人赌气般哼了一声。

他揉了揉她的后脑勺，柔声哄道："在家乖乖的，很快就能再见面了。"

"嗯，"江洛琪有些不舍地退出了他的怀抱，"等过完年我就回来了。"

她一步三回头地朝安检口走去，陆景然站在原地，遥遥地回视她。

周遭人来人往，而他仅站在那儿，便如同新星般耀眼夺目。

江洛琪想，可能从一开始，她就注定逃不掉了吧。

江洛琪刚上飞机，阮秋涵便给她发了消息。

阮啾啾：上飞机了没？

她边找到自己的座位坐下，边回复她。

Loki要拿世界冠军：刚上，怎么？

阮啾啾：没，我就问下。你打算什么时候回S市？

Loki要拿世界冠军：怎么？我刚走就想我了？

阮啾啾：屁，我这不一个人在S市过年嘛，看你什么时候回来陪我。

江洛琪掩过眸底波澜，继续回复她。

Loki要拿世界冠军：放心吧，过了大年初一就能回来陪你了。你忘了我爸妈每年这个时候都要出去旅游过二人世界吗？

阮啾啾：喊——谁知道你是来陪我还是来陪然神的。

Loki要拿世界冠军：放心吧，宝贝，我还是最爱你的。

［亲亲］

阮啾啾：呕吐.jpg

Loki要拿世界冠军：？？？

阮啾啾：求你说人话。

Loki要拿世界冠军：滚！！！

和阮秋涵聊完天，江洛琪的心情也没那么烦闷，正准备戴上耳机，身旁却突然传来了一道陌生的声音。

"你是江洛琪？"

循着声音偏头看去，只见她的身旁同样坐了个年轻女子，大波浪长卷发，身着Burberry新款毛呢大衣，戴了个夸张的墨镜，几乎将半张脸都遮住了。

见江洛琪看她，她才慢悠悠地取下了墨镜。

她的眼型偏细长，眉尾略挑，看上去不像是个好相处的人。

事实证明，她的确不是个好相处的人。

她再次重复了一遍："你就是江洛琪？"

语气中带了丝淡淡的不屑。

江洛琪第一眼看她觉得有些眼熟，但又一时想不起来在哪见过。

但听得她用如此语气说话，江洛琪的眸光也冷了下来。

她往后靠了靠，唇角微勾，恣意散漫地问道："这位大姐，我和你很熟吗？"

兴许是"大姐"这个称呼刺激到了她，年轻女子脸上的表情僵了僵，随即又冷笑了一声，道："你和我不熟，但你和我男朋友挺熟的。"

男朋友？

江洛琪眉头微蹙，脑海中念头一闪而过。

难怪她觉得这女人有点眼熟，原来就是程一扬现任富二代女友。

好像是叫……杨紫萱？

这么想着，江洛琪下意识便问出了口："杨紫萱？"

年轻女子的脸一黑，但似是想要在江洛琪面前保持良好高贵的形象，仍然保持着笑容纠正了她："杨紫珊，谢谢。"

"不用谢，"江洛琪收回目光，毫不在意地说道，"这不重要。"

杨紫珊的脸再度黑了下来，她重新戴好了墨镜，随意翻开旁边的一本时尚杂志，装作闲聊的语气说道："我其实早就想认识你了，不过你之前一年都在美国，一直没来得及认识你。"

"是吗？"江洛琪的手搭在扶手上，有一下没一下地敲着。

"是呢，"杨紫珊冲她一笑，"毕竟你也帮我照顾了阿扬一段时间，还是得好好感谢你。"

"你和我客气什么呢，"江洛琪嘴角的弧度也上扬了几分，"我也得好好感谢你，毕竟你男朋友半个月前还特意来给我送温暖，想必这也是杨小姐你调教得好。"

"你说什么？"杨紫珊笑容凝滞。

江洛琪装作惊讶地"哎呀"了一声，无辜地问道："杨小姐你不知道吗？就是半个月前我参加solo赛的前一天，他还装作外卖员打电话给我呢。"

说着，江洛琪还打开了手机通讯录，翻到了半个月前的来电记录，在杨紫珊眼前晃了晃。

看着手机屏幕上那一串熟悉的数字，她脸上的笑容彻底挂不住了。

就算江洛琪说的不是真的，但程一扬主动找过她却是事实。

杨紫珊的手不自觉地捏紧了手中的杂志，纸张都已被她捏出了褶皱。

见状，江洛琪也懒得再和她装，轻瞥了她一眼，冷声道："还请杨小姐管好自家的狗，不然你家的狗迟早有一天会跟别人跑了。"

杨紫珊怒瞪了她一眼。

只是隔着墨镜，这一眼实在是没什么威力。

随即，江洛琪又似想到了什么，出言提醒道："戴着墨镜看书不仅对视力不好，还会让别人觉得你是个弱智。"

"关你屁事。"杨紫珊几乎是咬牙切齿。

江洛琪轻笑一声，没再说话。

从S市飞到C市大概是两个小时，直到飞机落地，杨紫珊都没再和江洛琪说过一句话。

出了机场江洛琪首先给陆景然发了消息报平安，随后疯狂地和阮秋涵diss杨紫珊。

阮秋涵却发现了一个重要的问题——

> 阮啾啾：等会儿，我怎么记得杨紫珊不是C市人，她和程一扬都是H市的吧。

江洛琪也后知后觉地意识到了这件事，但是这件事对她来说并不重要。

Loki要拿世界冠军：姐妹，你关心错重点了:）

阮啾啾：这女人真不要脸，她怎么有脸在你面前装逼？要不是有钱，程一扬会和她在一起吗？哦不对，她有个屁钱，还没得我们琪琪女神有钱。

Loki要拿世界冠军：求生欲满分:）

江洛琪收回手机后，环视了路边一圈，却没有看到江家来接她的车，不由疑惑。

平常她出个门都要派一辆车跟着，怎么她一年才好不容易回来一次，竟然连接她的车都没有？

江洛琪正准备打个电话对江父质问一番，便眼见着一辆熟悉的兰博基尼跑车穿过车流，稳稳当当地停在了她的面前。

车窗降下，露出了江洛嘉戴着墨镜的半张脸。

"上车。"江洛嘉朝她勾了勾手。

不知为何，一看到他戴着墨镜，江洛琪便想到了杨紫珊，当即一口闷气涌上心头。

她上了车，趁江洛嘉没防备，一巴掌用力拍向他的后脑勺。

"你干吗?！"江洛嘉被她这一巴掌打蒙了，捂着头吼道。

江洛琪冷笑："看你不爽。"

江洛嘉："……"

"你给我下车！"

江洛琪："呵，不下，这是我的车，要下你下。"

江洛嘉："现在是我在开车，你用什么语气和我说话呢？"

江洛琪："和狗说话不用注意语气。"

江洛嘉："……"

他气急，抬手揪了撮江洛琪的头发，江洛琪吃痛，也反过来揪他的头发。

两人吵着闹着互不相让。

…………

不远处机场大门，杨紫珊正用手机摄像头对准了路边的那辆兰博基尼。

从屏幕上可以清晰地看到车内江洛琪正和一个陌生男子举止亲密。

她的唇角扬了扬，隐在墨镜后的双眸中划过一丝得意。

“放手！”

“你放手！”

“你放不放手？”

“不放，你先给我放开！”

“你不放我才不放。”

“我们同时放。”

“好，我数一二三。”

“一、二、三——”

两人同时松开了手。

江洛嘉理了理自己凌乱的头发，语气嫌弃地说道：“这么臭的脾气小心以后嫁不出去。”

“呵，”江洛琪白了他一眼，“你先操心操心你自己吧，年纪这么大了连个正经女朋友都没有。”

“你懂什么？”江洛嘉转动方向盘，语气依旧吊儿郎当，“哥哥我这是不想谈，想当你嫂子的人可多了去了。”

“嘁——”江洛琪正想拿以前的事来怼他，注意力却正好被座椅旁的一份文件吸引了。

文件上印着“嘉木集团”四个大字，她心神微动，话到嘴边却又怎么也说不出口。

她侧头看他。

江洛嘉正专注开车，嘴角一如既往地挂着一抹肆意而又散漫的笑。

但就是这样一副看起来什么都不放在心上的模样，她却曾见过他半夜喝醉时抱着酒瓶子不停地叫着一个人的名字，又在第二天大清早爬起床赶飞机出国谈投资。

她没见过那个人。

但她也知道那个人之于江洛嘉是何种意义。

江洛琪收回目光，随口扯开了话题："你什么时候回国的？"

"也没几天，你们战队比赛那段时间回来的。"

"噢，"她又似是想到了什么，质问他，"你没和爸妈说我去打职业赛的事吧？"

"我干吗要说？"江洛嘉微挑眉梢，余光瞥到她松了口气，又冷笑道，"你以为你提前回国的事他们都不知道？你以为老爸不看微博连带着他的助理秘书也不会看？你还真以为你个小丫头片子只要离了家做的那些事就能瞒天过海了？"

江洛琪："……"

她心虚地摸了摸鼻子，觉得好像还挺有道理的。

但这段时间她和江父江母聊天，他们都从没问过这些事，难道是想等她自己交代？

江洛琪的心稍许有些忐忑。

当车驶入城西别墅区时，心中的不安更加强烈了几分，宛若前方就是狂风暴雨，而她却必须硬着头皮往前扎。

江洛琪和江洛嘉回到家时，江父江逸明正悠闲地坐在沙发上边喝茶边翻阅文件。

他的助理向征正襟危坐地坐在他的对面，见江洛琪两人进了门，站起身来恭敬地朝他们弯了弯腰："少爷，小姐。"

江逸明也循声望了过来，一见到江洛琪眼中便是掩饰不住的喜悦和宠溺："琪琪终于回来了，来，给爸爸看看有没有瘦了点。"

"爸——"

江洛琪鼻尖一酸，走上前去紧紧地抱住了江逸明。

江逸明拍了拍她的背，欣慰地说道："没瘦，好像还胖了点，不错。"

"她哪会瘦，一个两个地把她当猪养。"江洛嘉一屁股坐在了沙发上，从果篮里捏了个樱桃扔进嘴里嚼了嚼。

"怎么说你妹妹的？"一道雍容的身影从楼梯上缓缓走了下来，江母李静雯嗔怪地睨了江洛嘉一眼，"你看你，坐没坐相，都已经是公司老总了还像个小孩子一样。"

"妈妈——"江洛琪又扑进了李静雯的怀抱。

其实她在美国这将近一年时间，虽然一直都没有回国，但江逸明和李静雯一得空就会飞到美国看她，尤其是李静雯，去美国看秀或者时装展时，都不忘带上江洛琪一起去。

至于江洛嘉，常年待在美国，更是会隔三岔五不惜开上几个小时的车从纽约赶到洛杉矶，虽然每次都是说自己有事路过，但江洛琪向来都知道他口是心非。

所以她一直都很庆幸，自己是在这样一个温馨和谐的家庭中长大的。

晚饭时，江逸明和李静雯都问了她关于学业的事情，却只字不提她提前回国打职业赛的事情。

这让江洛琪实在是摸不准他们的想法。

正当江洛琪和他们说着在学校时的一些趣闻逸事之时，放在桌上的手机忽然振动了一下。

她本以为是陆景然给她发了消息，点开一看，却是姚天姿。

姚天姿：洛琪，你到家了吗？

江洛琪回复她：到了，怎么了吗？

姚天姿：那个……昨天我好像把我的口红落在然神的车里了……

姚天姿：本来我还想如果你没回去的话我可以来找你拿。

［哭哭］

姚天姿：既然这样的话就算了吧。［委屈］

江洛琪记得她的家境条件不算好，平日里也舍不得花钱买化妆品，更何况S市物价消费本就高，她也难得见到她买支口红。

这么想着，江洛琪便给她回了消息。

Loki要拿世界冠军：这样吧，我和然哥说一声，让他找找车里有没有口红，找到了的话我让他帮你送过去吧。

姚天姿：真的吗？真的太谢谢你了。［爱你］［么么哒］

Loki要拿世界冠军：小事～

江洛琪顺手点开了陆景然的聊天框，将这件事和他说了一下。

第十二章　520

而此时，陆家老宅。

收到江洛琪消息的时候，陆景然和家人刚吃完晚饭。

说是家庭聚餐，但其实到场的除了陆老爷子和陆景然外，也就只有陆景然的堂哥陆子深和堂姐陆子韵了。

陆子韵和陆子深是亲姐弟，性格却是迥然不同。

陆老爷子吃完饭后便回房间休息了，陆子韵今天才刚从法国飞回来，行李箱都还扔在一楼没送回房间。

一旁的佣人想帮她将行李箱送回房，却被她给阻止了。

在一众疑惑目光的注视下，陆子韵从行李箱里掏出了一个简约精致的礼盒，随手就扔给了陆景然。

"喏，帮你拍下来的那个包。"

一提到这事，陆子韵就一肚子气。

"小然，我和你说，那天拍卖真的气死我了，有个傻逼一直在和我抬价，本来两百万就能到手的包，硬是被她抬到了四百万。"

陆子韵不屑地冷哼一声，又骄傲地继续说道："我像是那么好欺负的人吗？我当即就直接加价了两百万，那个傻逼就不敢吭声了。哼，我陆子韵想拍下的东西，还没谁能从我手上抢过去。"

听到这话，坐在一旁的陆子深懒懒地抬了抬眼皮，轻睨了她一眼。

陆子韵又何尝看不出他眼神暗含的意思，当即抄起旁边的抱枕就朝他扔了过去，怒骂道："看什么看？我花的不是你的钱！我自己的！我自己有钱！"

抱枕还未砸到陆子深，就被他的助理眼疾手快地拦了下来。

将抱枕重新放回沙发时，助理不禁心中感叹，这世上除了这位陆大小姐和那位洛小姐，估计就没人敢对陆子深这么放肆。

陆子深的唇角勾起一个细微的弧度，并不说话。

陆子韵却知道他是在嘲笑自己，又扔了个抱枕过去。

依旧砸不到。

陆子韵瞪了助理一眼，助理诚惶诚恐地垂下头往后挪了一步。

陆景然对这场面也是见怪不怪，从口袋中掏出一张银行卡递给了陆子韵："韵姐，这是买包的钱。"

陆子韵却朝他摆了摆手，相当财大气粗地说道："不用，这就当作给我未来弟妹的见面礼了。"

一听到"未来弟妹"四个字，陆景然眉眼扬了扬，目光也柔软了几分。

见陆子深也看了过来，陆子韵脸色又顿时垮了下来，没好气地说道："看什么看？就你这面瘫样，一辈子都找不到女朋友。"

陆子深微眯了眯眼。

他身后的助理默默地擦去自己额头上渗出的汗。

"陆子韵，"陆子深淡淡道，"你教训我之前，请自己先找到男朋友。"

陆子韵白了他一眼，装作自己并没有听到他说的话。

陆景然这时才看到了江洛琪给他发的消息，边回复她边上了楼。

然哥：什么口红？

收到陆景然的回复时，江洛琪正在房间纠结要如何向江逸明和李静雯坦白她去打职业赛的事情。

她趴在床上回他：好像是"纪梵希小羊皮"。

随后又怕他不知道，特意去官网截了一张"纪梵希小羊皮"的图片发给了他。

不过几秒，陆景然便再次回复了她，只是回复她的并不是消息，而是一条转账信息。

然哥：［￥500.00转账给你］

江洛琪："……"

可真是简单粗暴。

她正想回复他不用这么多时，陆景然又发来了一条转账。

然哥：［￥20.00转账给你］

然哥：少发了二十。

看着这两个加起来是"520"的数字，江洛琪忍不住抱着手机在床上滚了滚，嘴角的笑意丝毫压不下来。

但尽管如此，她还是正经地回复了他。

Loki要拿世界冠军：谁发520还分两次发的？

然哥：［￥520.00转账给你］

然哥：这样可以吧？

江洛琪将头埋在枕头里偷笑。

最后她只收了那520块，将钱存进了自己的小金库，又给姚天姿转了一支口红的钱。

Loki要拿世界冠军：宝贝，这钱当我赔你的口红，然哥没空去找，你重新买支新的吧。［可爱］

隔了几分钟，姚天姿才回复她。

姚天姿：……好吧，谢谢了。

见她收下了钱，江洛琪便立即将这事抛在了脑后，也根本没有察觉到其中有什么不对劲。

江洛琪和陆景然闲聊着，和他说了自己的担忧，怕爸妈不准她继续打职业赛，而陆景然则安慰她，让她尽早将事情说清楚，如果实在不行的话，他可以和她的爸妈谈。

江洛琪自然是不敢让陆景然和她爸妈谈的，决定还是现在和爸妈说清楚。

她走出房间时，李静雯正坐在客厅沙发上，不知在和谁打着电话，脸上布满了笑意。

待她走近时，还能听到李静雯热情地和电话那头的人说着："好，您放心，我会和她说的，她一定会同意见面的。"

"嗯嗯，好，等您回来我们一起去逛街。"

"行，那您早点休息，晚安。"

李静雯挂了电话，脸上的笑意还收不住，见江洛琪走了过来，拉着她的手让她坐在了自己身边："你怎么还没休息？"

江洛琪神情闪烁地望了望四周，没见到江逸明和江洛嘉的身影，不由疑惑地问道："爸和哥呢？"

"你爸在书房开视频会议，你哥不知道又去哪鬼混去了。"

知女莫若母，见她这副模样便知道她有话要说，李静雯正了正神色，问她："你是不是有什么事？"

江洛琪心虚地低垂着眉眼，心下一横，一口气和盘托出："妈妈，我不该瞒着你们私自提前回国，还自作主张地加入了战队想要打职业电竞。但是我是真的很想打职业比赛，所以希望您和爸爸能理解支持我。"

因她垂着头，所以并没有看到李静雯眸中一闪而过的笑意。

但她仍是故作严肃地问她："你真的很喜欢电竞吗？"

江洛琪这才抬眸看她，一字一句坚定地说道："嗯，很喜欢。"

李静雯叹了口气："唉，女儿大了，有自己的主张了，管不到咯。"

"妈——"江洛琪抱着李静雯的手臂撒娇，"琪琪永远是您和爸爸贴心的小棉袄，而且打职业赛也有年龄限制的，等到时候我退役了，就回公司来帮爸爸。"

"我们也不是说不准你去打职业赛……"李静雯故意停顿了一下，卖了个关子，"如果你能答应我一件事，我们就不阻止你做你想做的事情。"

"什么事？"江洛琪迫不及待地问道。

"去相亲。"

"相……相亲？"江洛琪险些失声，一脸的不敢置信，"我才多大啊？我都还没满21岁，怎么就要相亲了？"

李静雯安抚地拍了拍她的头，解释道："因为这次是个很好的机会，你陆叔叔的儿子也很优秀，长得又高又帅，你肯定会喜欢的。"

"不是……"江洛琪蹙了蹙眉，"陆叔叔的儿子不是和念念青梅竹马吗？他们两家不是从小就定了娃娃亲吗？"

她以为李静雯说的是和她们家住在同一个别墅区的陆叔叔。

"不是这个陆叔叔，"李静雯温柔地捏了捏她的脸，"是小时候我们带你去过他们家的那个陆叔叔，你那个时候还缠着他们儿子要他教你打游戏呢，你忘了吗？"

忘了吗？

她怎么可能会忘？

江洛琪不仅记得自己小时候曾抱着那个小哥哥的手臂撒娇让他教自己打游戏，还记得她吃蛋糕的时候不小心砸了他一脸的奶油，然后就被他冷着脸拎出了房间。

这……实在是太尴尬了。

见江洛琪沉默，以为她是在回想这件事，李静雯又提醒她道："那个陆叔叔和关阿姨，以前是在C市工作的，后来因为工作调动去了外地。你哥和他们大儿子的关系一直都很好，经常有联系。"

这个江洛琪也记得，他们家是有两个儿子。

"所以……"江洛琪哽塞了一下，小心翼翼地开口问道，"你是想要我和他们的大儿子相亲，还是小儿子？还是……两个都要？"

李静雯一愣，旋即被她逗笑："什么两个都要，你想什么呢？就一个，他们大儿子已经有女朋友了。

"而且你关阿姨的本意也就是让你和他们小儿子见一面，谈得来就好，谈不来我们自然也不会强求。"

"哦……"江洛琪稍稍松了口气，又似是不太确定地反问道，"真的只见一面？你们真的不强求？"

"不强求，"李静雯道，"主要是你关阿姨，看他一直没找女朋友，这不着急了嘛。正好他们今年过年回C市了，就想着安排几场相亲。"

一听到"几场相亲"四个字，江洛琪不由在心中为那人默哀了几秒。

"那我和他见一面，你和爸爸就要支持我去打职业赛。"江洛琪做最后的确认。

李静雯点头："好。"

"好，时间地点你们安排，我就见一面啊，不成不能怪我。"

还没见面，江洛琪就先想着甩锅。

李静雯依旧笑着点头，意味不明地说了句："说不定就成了呢。"

江洛琪不想和她在这个问题上继续争辩，和她道了声晚安后便径直上楼回房。

她还得好好想想该如何向陆景然解释这件事。

正当她对着聊天框琢磨用词的时候，陆景然便一个电话打了过来。

江洛琪顺手滑动了接听。

"喂，然哥。"

不知为何，她觉得有些心虚。

"嗯，"手机那头懒洋洋地应了声，又问，"怎么样了？"

"就……同意了……"

"那为什么你的语气听起来像是有什么心事呢？"

低沉的声音顺着耳廓回旋。

"因为……"江洛琪的声音细弱蚊蝇，"因为我妈说，如果我去相个亲，她就同意我继续打职业赛……"

手机那头默了几秒。

江洛琪有些忐忑。

须臾，一道很轻很轻的低笑声传来，连带着简单的三个字反问：

"相个亲？"

江洛琪总觉得陆景然的语气中有种幸灾乐祸的意味。

但她还是硬着头皮解释："就见个面，我妈说了，他们都不会强求的，只要见个面就行。"

依稀间，她能听到那边传来打火机摁下的声音。

陆景然咬着烟含糊不清地"嗯"了一声。

猜不透他到底是什么心思，江洛琪只得继续说道："我听说那人的爸妈给他安排了好几场相亲，我也就走走过场而已。而且听说他没女朋友他爸妈特别着急，估计是年纪大了怕以后更难找着对象。"

陆景然："……"

他的眉心不受控制地跳了跳。

"我觉得我肯定不会喜欢他那样的人，虽然我不记得他长什么样了，但是我记得我见到他的时候就觉得他好凶。尤其是我小时候不小心把奶油砸他脸上的时候，他那个眼神，就像刀子一样，恨不得把我吊起来打一顿……"

江洛琪絮絮叨叨地说着，陆景然安安静静地听着。

眉眼却不自觉地渐渐舒展。

那些稍显模糊的记忆如重映的旧片，一帧一帧地清晰起来。

夜凉如水，微风徐徐。

陆景然的思绪有些飘远，直到手机那头江洛琪试探性地开口问他："所以……我就答应我妈去见个面了……你觉得呢？"

江洛琪握着手机紧张地等待着陆景然的回答，怕他因此误会什么。

而几秒过去，陆景然只轻声说了句："嗯，好。"

嗯，好？

好？？？

就这么简单？？？

江洛琪迷惑了。

虽然陆景然的回答和她想象的不太一样，但好像现在这种情况也只能这么说。

江洛琪又扯开话题聊了一些其他的，见陆景然的确没有什么异样情绪，这才确定，他是真的不介意这件事。

挂了电话后，她仍是有些想不明白。

她点开了阮秋涵的微信，问她：如果你得知你喜欢的人要去相亲，你会不会生气？

阮秋涵回复得很快。

　　阮啾啾：生气也要看我是站在什么立场上生气。

　　Loki要拿世界冠军：怎么说？

　　阮啾啾：如果我们俩确定关系了，他去相亲，那我肯定生气。

　　阮啾啾：但是如果他不喜欢我，他去相亲，我又有什么资格生气？你说对吧。

好像有点道理。

　　阮啾啾：怎么了，江大小姐？是你要相亲还是然神要去相亲了？

江洛琪犹豫了片刻，将事情的前因后果都告诉了她。

还着重强调了最后一点。

　　Loki要拿世界冠军：他就完全没有任何反应，他还笑我，他一点儿也不生气。

　　阮啾啾：这……会不会是他生气了你没听出来？

　　Loki要拿世界冠军：不可能，他生气了我肯定能听出来。他的态度就是那种很无所谓你知道吗，他压根没把这件事放心上。

　　阮啾啾：那我就不知道了，可能他自信到觉得你不可能被别人拐跑吧。

　　阮啾啾：也有可能是觉得自己没立场生气，毕竟他现在还不是你的男朋友。

江洛琪的目光落在了最后的"男朋友"三个字上，顿了顿，又蹙眉。

真的是因为这样吗？

因为没立场没名分？

可是……

他也没问她要过啊……

江洛琪将头蒙在了被子里，烦闷地叹了口气。

这时阮秋涵又发来了一条消息。

　　阮啾啾：我觉得你们俩这样耗着不是办法，他不问你你难道不会主动出击吗？

主动出击？

那也得等回S市了见到他本人了再说。

但一想到即将到来的相亲，江洛琪只觉得头有点疼。

相亲的日子定在了三天后，正好是小年后一天。

这天李静雯和江逸明都没在家，倒是江洛嘉破天荒地躺在沙发上打游戏。

见江洛琪鬼鬼祟祟地下了楼，江洛嘉眉梢微挑，幸灾乐祸地问她："小屁孩，听说你今天要去相亲？"

江洛琪脚步一顿，将手中的包往身后藏了藏，这才恶狠狠地瞪了他一眼："关你屁事。"

"怎么就不关我事了？"江洛嘉坐起了身，饶有兴致地看着她道，"你的相亲对象是我兄弟的弟弟，万一我就和我兄弟成亲家了呢。"

"亲家你妹！"江洛琪险些就要将自己手上的包砸向江洛嘉，但一想到包的价格，咬咬牙忍了下来。

江洛嘉却乐了，双手背在后脑勺处，一字一顿地故意咬字："是我妹啊，没错。"

江洛琪："……"

她弯腰拎起自己的拖鞋砸了过去。

江洛嘉侧身躲过，好言好语地相劝："相亲就好好去相亲，别丢我们家脸，不然你会后悔的。"

"不可能后悔的。"江洛琪冷哼，突然朝他走了过来。

江洛嘉吓得往后缩了缩，生怕她手上持有什么凶器。

而江洛琪却朝他摊开了手："钥匙。"

江洛嘉这才后知后觉她是想要车钥匙，一边从口袋里掏出车钥匙扔给了她，一边又嘟囔道："真不知道那个小子是怎么喜欢你的。"

江洛琪盯着他欠揍的脸，缓缓吐出："关、你、屁、事。"

"好，不关我事，不过今天真不要我陪着你去？"江洛嘉问。

"不要。"

江洛琪扭头就走，要是被江洛嘉知道她等会要做什么，估计会拿这件事嘲笑她一辈子。

白色兰博基尼跑车风驰电掣地穿过街道，最后稳稳当当地停在了一家高档咖啡厅的门口。

迎着众人惊艳的目光，江洛琪戴着墨镜下了车。

侍应生非常有眼色地过来给她开门，并问她有没有预约。

出门前李静雯便将预订好的桌号发给了江洛琪，她说了数字后侍应生便将她带了过去。

这个时间点的咖啡厅人不算多，但江洛琪一进门，周围人的目光都不约而同地落在了她的身上。

先前她开车炸街的时候就已经吸引了他们的注意，现在近距离一看，见她全身上下无一不是某大牌定制，便也都心知肚明这一定是某个富家小姐。

隔着十几米远的距离，江洛琪便远远瞧着前方有个身穿黑衣的男人背对着她，直觉这人便是她所谓的相亲对象。

这么想着，侍应生果然将她带去了那一桌。

江洛琪径直坐在了他的对面，透过墨镜打量了他一眼。

但也仅这一眼，她内心便小小地惊讶了一瞬。

男人眉眼锋利，五官清俊，脸部轮廓棱角分明，察觉到对面坐了人，懒懒地抬了眼皮睨了她一眼，眸光波澜不显。

江洛琪发誓，这是她见过的除了陆景然之外最好看的男人了。

但这一念头转瞬即逝，她可不是个轻易被美色折服的人。

江洛琪随便点了杯咖啡，坐直了身子，顺手就将自己的车钥匙放在了桌上，还特意露出了车标。

随即她取下墨镜，漫不经心地说道："你好，陆先生，我是江洛琪。"

对面男人往后靠了靠，视线从她的脸上滑到桌上的车钥匙，嘴角上扬，眸底划过一抹兴味的笑意。

他道："你好，江小姐，我叫陆河舟。"

"我今天来也只是因为爸妈的要求，所以有些话我就不拐弯抹角，和你直说了。"

陆河舟嘴角笑意更甚，点了点头。

"听说陆先生家是高干家庭，所以我觉得我们不太合适。"

这时侍应生正好将咖啡送了过来，江洛琪低声向他道了声谢。

陆河舟问："怎么不合适？"

他看向她的目光带有浓浓的兴趣，好似十分好奇她究竟会说出什么花样来。

江洛琪镇定自若地轻抿了口咖啡，迎上他的目光，倏地一笑："你也看到了，我开的车价值千万，就连我随手买的一个包都价值百万——"

她故意将包放在了桌上，又继续说道，"我从小娇生惯养长大，花钱从来都是大手大脚的，看中什么就直接买了。我知道你家庭条件也不差，但是——

"我怕你养不起我。"

话音一落，便见陆河舟一声轻笑。

不知为何，江洛琪觉得他这副表情像极了陆景然。

她微蹙了蹙眉，张了张口正要说些什么，却见陆河舟从身旁拿起了一个精致的礼盒放在了桌上，往她的方向推了推。

"不知道这个能不能说明养不养得起你？"陆河舟好整以暇地看

着她，眼中笑意不减半分，丝毫没有因为她刚才的言语表现出半点不愉快。

江洛琪觉得这事态发展有些不受自己的控制，犹豫片刻后还是打开了那个礼盒。

待看到礼盒中躺着一个熟悉款式的包时，江洛琪一愣。

这个包……不是上次陆景然说拜托他堂姐拍下来了吗？

怎么会出现在这里？

正当她脑海中瞬间涌出了各种疑问和猜测时，又听到陆河舟意味深长地说道："而且不是我养你，是他养你。"

江洛琪惊愕地抬起头，顺着陆河舟的目光看向了自己的身后，便见一道熟悉的身影半倚桌沿，微微侧着脑袋居高临下地看着她，眼神似笑非笑。

大脑在此刻突然一片空白，江洛琪语无伦次："不……不是……然哥……你怎么……怎么在这呢？"

她的第一猜测就是陆景然为了阻止她相亲特意飞了过来。

然而却见陆景然径直走到了她的对面——陆河舟的身旁坐了下来。

江洛琪："……"

这两人坐在一起，为什么看起来如此和谐，还如此赏心悦目呢？

陆景然微微往前倾身，嘴角噙着笑，食指微屈轻叩了叩面前的礼盒，缓缓问道："这个能证明我养得起你吗？嗯？"

江洛琪："……"

她看了眼陆景然，又看了眼陆河舟，脑袋有点蒙。

良久，她才吐出一句："你们……认识？"

陆景然轻挑眉梢，没说话。

而陆河舟却一副看热闹不嫌事大的模样，兴致勃勃地做起了介绍："江小姐，给你介绍一下，这是我弟弟陆景然，也是你今天的相亲对象。"

江洛琪："……"

她的脑海里缓缓浮现出了一个问号。

就差把这个问号写在脸上了。

弟弟？相亲对象？陆景然

…………

你丫的！竟然是他！

江洛琪总算是理清了其中的关系，也明白当时为什么陆景然听说她要去相亲时毫无反应了。

原来兜兜转转，最后竟然就是他？

江洛琪瞪了陆景然一眼，随后整个人便立即放松了下来，瘫软地靠在背后的软沙发上，开始噼里啪啦地控诉他：

"你不早说是你，我要是早知道是你的话，我还用得着费尽心思装吗？我今天出门前还特意溜进我妈衣帽间把这个包偷了出来，我还生怕磕着碰着被我妈骂——"

"不对。"

江洛琪突然意识到了一丝不对劲。

她又坐直了身子，带有审视的目光扫过对面两人，问道："你们一开始就知道是我？"

陆景然和陆河舟同步点头。

"我妈也知道？"

点头。

"我哥也知道？"

再次点头。

"……"

江洛琪深吸了口气："所以，一开始我爸妈就知道我进AON打职业赛的事，也知道然哥你是AON的队长同时也是陆叔叔的儿子，所以他们才一直没问过我这件事。

"所以这次相亲你们全都知道，就我一个人不知道？"

陆景然抬手摸了摸她的头安抚她："本来我也没打算瞒着你，但是……你妈和我妈，突然就起了逗你的心思，还叮嘱我们不能说漏嘴，所以……"

他的话还未说完，便见江洛琪突然将头埋进了手臂，还以为她因此委屈哭了，当即慌乱地起身。

却又倏然听到她长叹了口气，哀怨道："啊——好丢脸啊——"

陆景然："……"

他和陆河舟同时笑出了声。

陆景然又揉了揉她的头，示意让她抬头。

江洛琪只抬了抬眼眸看他，便意外撞入他温柔缱绻的视线当中，微微一愣。

"你还没回答我的问题，"陆景然的眼中盛满了细碎光芒，"你觉得我养不养得起你？"

脸上的温度逐渐升高，江洛琪半张脸都埋在手臂里，闷闷地说道："……养得起。"

"那就好，"陆景然满意地将桌上的礼盒再往她的方向推了推，"给你的礼物，收下吧。"

"可是……"江洛琪一想到那价格，便有些犹豫，"太贵了……"

陆河舟忍不住笑道："江小姐不是随手买个包都价值百万吗？这哪里贵了？"

江洛琪斜睨了他一眼，反怼他："果然和江狗玩得好的人也不是什么好东西，就知道看我笑话。"

陆河舟觉得更好笑了："这哪能怪我，你一来就气势汹汹的，给我说话的时间了吗？"

"没有吗？"

"有吗？"

"明明就有。"

"明明没有。"

"……"

正当这两人斗嘴斗得不可开交之时，一道身影款款走来，一名女孩在他们桌旁站定，忽地开口说道："不好意思，打扰一下。"

三人不约而同地看过去。

只见这名女孩笑靥明艳，目光却隐含冷意地落在了陆河舟身上。

气氛一时有点不对劲。

江洛琪敏锐地察觉到陆河舟脸上的表情僵了一瞬。

回想起李静雯说过他有女朋友，江洛琪顿时就明白了这个女孩的身份，当即心里玩心渐起，扬着笑容对女孩说道："小姐姐你好，你是来找陆河舟的吗？他现在在和我相亲，可能还需要一会儿才有空。"

陆河舟："……"

这女人怎么这么记仇？

"不是，小鱼儿，你别听她瞎说，我没相亲，"陆河舟慌乱地解释，又用手肘戳了戳一旁的陆景然，"我是陪我弟弟来相亲的，小然，你说句话……"

然而出乎意料地，女孩并没有继续追究这件事，反而惊讶地盯着江洛琪看了半晌，最后有些不确定地问道："你……你是江洛琪……学姐？"

"学姐？"这下轮到江洛琪愣住了。

陆河舟也被这突如其来的转折搞得脑袋有些转不过来。

陆景然却轻睨了他一眼，那眼神仿佛在说："年纪这么小你都下得去手？"

认出江洛琪后，女孩显得十分局促，她紧张地擦了擦手心的汗，解释道："学姐，不知道你还记不记得，有天晚上上晚自习，你翻墙出学校的时候，我蹲在那个墙角哭。然后你发现我了，不仅安慰我，还带我去吃了好吃的……"

好像……有点印象。

遥远的记忆逐渐回笼，那天晚上戴着眼镜怯懦而又难过的脸庞同眼前这个明艳靓丽的女孩渐渐重合了起来。

"我记得你，"江洛琪道，"那天晚上我本来是要翻墙出去上网的，刚好就遇到你了，你是不是叫林……"

"林溪渔。"一听她说还记得自己，林溪渔双眼都放着光。

"对，我记得你。"江洛琪眉眼微弯。

从洗手间出来的时候，江洛琪看到陆河舟正靠在不远处的墙边抽烟。

淡淡的薄荷烟味萦绕，见江洛琪走了过来，陆河舟顺手就将烟掐了。

看到这熟悉的动作，江洛琪忍不住心中感慨他和陆景然果然是亲兄弟。

"谢谢你。"陆河舟轻声道，眸中的几分漫不经心完全散去。

江洛琪却疑惑："谢我干吗？"

陆河舟没有看她，目光些许涣散，像是在回忆什么："她曾和我提起过你。"

顿了顿，他继续说道："她说，我是她的月亮，是陪她度过漫长黑暗的人。而你却是她的太阳，灿烂明媚，给她阴暗如深渊的生活带来了光，带来了希望。她说，她想成为你这样的人，因为她也想变成太阳。"

…………

直到陆景然找过来的时候，江洛琪还站在原地发呆。

陆河舟和林溪渔已经先走了，见差不多到了饭点，陆景然准备带江洛琪去吃饭。

然而没走几步，却又被她叫住了。

"然哥。"

陆景然停住脚步，回头看她。

江洛琪微仰着头，眸中好似多了抹异样的神采。

她问："有人说我是她的太阳，我真的是这样的吗？"

陆景然一愣，旋即淡淡一笑。

"是啊，你就是太阳。"

曾给他带来光的太阳。

现在又时时刻刻围着他转的太阳。

也是他无论如何都不会想要放弃的太阳。

陆景然带江洛琪去了一家法式西餐厅。

这家餐厅格调舒适宜人，精致的水晶灯洒下柔和淡淡的光，舒缓浪漫的音乐洋溢，周围来往的都是年轻的男男女女。

餐桌烛光影影绰绰，江洛琪托着腮，看着对面陆景然正低眸替她切着牛排，愈发觉得这世界的缘分实在是太奇妙了。

"所以……我小时候缠着的那个小哥哥就是你了？"

陆景然半抬眼皮看了她一眼，唇角微弯："嗯。"

江洛琪又问："你是不是早就认出我了？"

陆景然将切好的牛排放在了她的面前，迎着她期待的目光，说道："比你想的还要早。"

"那是有多早？"这句话成功勾起了江洛琪的好奇心，她往前倾了倾身子，耳边的发丝因着她的动作垂落，划过一小道弧度。

陆景然抬手将那缕发丝重新别在她的耳后，指尖触及她柔软的耳根，手随心动，轻捏了捏她的耳廓。

"暂时不想告诉你。"他轻声说道，语调带着笑。

"又卖关子。"江洛琪不满地嘟囔。

随即又似是想到了其他的事，注意力顿时被转移了。

"原来你爸妈以前是在C市工作，后来就调去了B市吗？"

"嗯，"陆景然道，"我哥一直和他们在一起生活，也是在B市上的大学，后来不知为什么去考了警察，现在一直在C市当刑警。"

"刑警？"江洛琪咬了口牛排，又自顾自地摇了摇头，"他可真不太像。"

旋即又问："他和林溪渔是怎么认识的？我觉得好奇妙，你哥哥的女朋友竟然是我的学妹。"

听着她一个接一个的问题，陆景然也并不觉得聒噪，反而极有耐心地回答她："这个我也不太清楚，我只知道林溪渔以前住在我外婆家对面。"

"哦，"他又补充了一句，"我妈是C市人，所以我们偶尔也会回来过年，看看外婆。"

"难怪。"江洛琪恍然。

这也是一开始为什么江洛琪从没将陆景然和那个小哥哥联系在一起。

毕竟这个世界上姓陆的人有很多，她也没想到竟然会这么巧。

吃过饭，江洛琪和陆景然在街边散步。

因着即将过年，街道上到处都充满了过年的气氛，随处可见一家团圆欢声笑语。

可见到这一幕，江洛琪又不可避免地想到了独自一人留在S市的阮秋涵。

她半张脸都埋在围巾里，吸了吸鼻子，停住了脚步。

陆景然也同时停了下来，微侧着头看她。

街边暖光的路灯打下，将他们二人的影子拉得极长。

"然哥，你打算什么时候回S市？"江洛琪问道，声音有些闷闷的。

陆景然自然是察觉到了她情绪的转变，弯下腰和她平视，柔声道："大年初五发小聚会，在S市。过了大年初一就能回S市了，怎么了吗？"

"那我们早点回吧，"江洛琪学着以前陆景然的动作，抬起手摸了摸他的头，眉眼弯了弯，"我想啾啾了。"

这句话她说得轻快，但陆景然仍注意到了她眸中的担忧情绪，点点头，应了声好，随即将她的手捏进了掌心，顺手塞进了自己的外套口袋里。

江洛琪一愣，却也没挣脱。

"对了然哥，你们发小聚会都有哪些人？"江洛琪问道，"是不是都是从小就认识的朋友？"

陆景然："嗯，怎么？你想去了？"

"噢——"江洛琪故意拖长了语调，又问，"那是不是也有女生？"

陆景然当即就明白她的意思，轻笑了一声："是有。"

末了，还不忘加上一句："都不太熟。"

"是吗？"江洛琪反问。

"不信你就一起去呗。"陆景然轻挑眉梢。

"好啊，我去，"江洛琪当即就应了下来，还理所当然地说道，"我去看看你的发小有没有漂亮的小姐姐，看能不能拐个回来。"

陆景然突然凑近了她的耳旁，嘴角噙着笑，声音故意放得很轻："你拐她们，还不如拐我。"

江洛琪："……"

"不要脸。"

她轻哼了一声，手指挠了挠他的掌心，却被他握得更紧。

两人继续沿着街边走着，脚下的影子忽短忽长，相互依偎。

忽然，一道小心翼翼的声音打破了这和谐暧昧的气氛——

"琪……琪琪？是你吗？"

江洛琪转过身，却在见到来人后脸色一僵，下意识往陆景然身后缩了缩。

她的小动作都落在了陆景然眼中，他将她圈进了怀中，冷冽的眸子打量着对面的一男一女。

女子已是中年，蜡黄的脸上爬满了皱纹，看不出真实年纪，头发黑白掺杂，身上穿着简朴的棉衣棉鞋。

而她身边的男子看起来二十来岁，顶着一头黄毛，身穿运动名牌，脚上踩着几千元一双的球鞋，双手插兜吊儿郎当地站在那里，活像一个地痞流氓。

"琪琪，真的是你，我还以为我认错了。"中年女子讪讪地笑着，目光却也在悄悄地瞥向陆景然，似是有些忌惮他。

江洛琪厌恶地看了那男子一眼，这才问她："阿姨，您有什么事吗？"

中年女子擦了擦手，脸上堆着让人不舒服的笑容，说道："这不，小涵她今年过年又没回来，她只给我们打了五万块钱，但是她爸的医药费就要好几万，剩余的钱都不够我们娘俩过个好年……"

"阿姨，"江洛琪冷冷地打断了她的话，"你也知道，啾啾她赚钱不容易，她一个人在外面打拼养活你们全家，但是你们呢？除了要钱还会做什么？"

"嗤——"

一声刺耳的嗤笑声从那男子口中溢出，他歪了歪嘴角，不屑道："什么不容易？不过就是在网上直播打打游戏出卖色相而已，都不知道和多少个老板睡过了，这算什么打拼？给钱给得那么小气，打电话又不接，真不知道她有什么脸在爷面前装清高。"

"阮秋铭，我以前就知道你不要脸，没想到你现在竟然不要脸到了这种地步。"江洛琪锋利的眸光直刺阮秋铭，话语毫不留情。

"你瞧不起你姐姐的工作，你用你姐姐的钱倒是用得挺舒服的。你身上穿的哪一件不是花的你姐姐的钱？

"你这么大人了，有本事不会自己挣？要不是看你有手有脚地站在这里，我还真以为你们阮家都是残废呢。"

"你他妈说什么呢？"阮秋铭瞪圆了眼睛，气急败坏地冲上前去扬手就要打她。

只是手还没落下就被陆景然死死攥住了手腕。

盯着他的瞳孔幽深而冰冷，陆景然微眯了眯眼，不耐烦地吐出了一个字："滚。"

阮秋铭比他矮了一个头，气势就已经矮了半截，此时他的眼中闪过一丝慌乱，想要挣脱却又挣不开来。

阮母见状也是心急如焚，冲过来想要拉开阮秋铭，嘴里还嚷嚷着："别打架别打架！"

只是还未等她接近，陆景然就嫌恶地甩开了阮秋铭的手，揽着江洛琪的肩膀往旁边移了一步。

阮母抱着阮秋铭检查他的手有没有受伤，言语间却没有一句责骂他冲动。

这一幕母怜子爱的场面落在江洛琪眼中却有些讽刺。

她不再想和他们纠缠，转身欲走，阮母却又连忙叫住了她。

"琪琪，你先别急着走，阿姨有事想请你帮忙。"

江洛琪冷眼睨着她，并没开口。

而阮母则是觍着脸继续说道："是这样的，阿姨想找你借点钱。你也知道小涵的脾气，打电话不接，我们也不好去S市找她。你和小涵关系好，阿姨找你借钱，你到时候让她还给你就行了。"

她顿了顿，小心翼翼地观察着江洛琪的神色，问她："你看怎么样？"

闻言，江洛琪险些被气笑。

"合着我要是不借钱给你，你就去S市找啾啾要钱？"她的语气带有一丝嘲弄。

阮母就是吃定了她和阮秋涵关系好，知道自己不愿见到阮秋涵被他们骚扰，所以才故意向她提出借钱。

也知道她根本不会找阮秋涵还钱，所以才如此堂而皇之。

被江洛琪如此直白地道出自己的目的，阮母尴尬地笑了笑，为自己辩解道："这不，我这也是没办法，我们娘俩总要过年的……"

"哎呀妈，你啰啰唆唆说那么多干吗？"阮秋铭烦躁地说道，"别人不愿意借就不借，我们明天买票去S市找姐不就行了？反正她那里有房子住，比这里的还更好，我们去她那里过年不行吗？"

"我可以借钱给你们。"

江洛琪突然出声。

阮母推了推阮秋铭示意他闭嘴，随即朝江洛琪谄媚地笑着。

江洛琪冷笑，继续道："你们想借多少？"

阮母迟疑了片刻，张开手掌比了个数字五："五万……行吗？"

"行啊。"江洛琪痛快地答应了下来。

阮母和阮秋铭都惊喜地看着她。

"你们写张借条，我就借给你们。"

阮母神色瞬间就蔫了下来，而阮秋铭却满不在乎地说道："写呗，写姐的名字。"

"我说的是写你的，或者你妈的。"江洛琪淡淡道。

"这……"阮母犹豫了。

而阮秋铭却是等得不耐烦，跺了跺脚喊道："写就写，不就一张欠条吗？"

随即他走进了一家超市，找超市老板要了一张纸一支笔，唰唰两下便写了一张欠条，签下了自己的大名。

阮母根本来不及阻止。

江洛琪收下欠条，询问了他们银行卡账号，边输数字边冷声说道："这是最后一次，如果你们敢去找啾啾，或者去骚扰她——"

她抬眸，手指输入最后一个数。

"——我绝不会放过你们。"

阮母和阮秋铭走后，江洛琪觉得周遭温度好像变冷了一点。

陆景然双臂环着她的身体，将她拥入怀中。

"你其实可以坐视不理的。"陆景然的下巴搁在她的头上，轻轻地摩挲着。

"嗯，我知道，"江洛琪闭了闭眼，"但是如果他们钱不够的话，就算我们能阻止他们去S市找啾啾，也不能阻止他们用啾啾爸爸的生命来威胁她。"

如果说对于阮秋涵来说，这个家还有什么好留念的，恐怕就只有她那个瘫痪在床的爸爸了。

也是这个世界上唯一一个爱她的亲人。

而江洛琪能做的，就是尽可能让阮秋涵少一分担忧。

所以就算那五万块钱拿不回来，她也觉得值得。

只要是为了阮秋涵。

"好了，不说了，"陆景然顺着她的头发揉了揉，"我送你回家。"

"好。"江洛琪贪婪地汲取着属于他的气息，好似这样才能让她的心情平复下来。

江洛琪回到家时，李静雯和江逸明依旧没回来。

倒是江洛嘉仍然躺在沙发上打游戏。

这让她不由得怀疑这人是不是长在了沙发上。

江洛琪让保姆阿姨将东西都送回房中，一屁股坐在沙发上，盛了一杯冷水大口大口地灌了下去。

江洛嘉的目光从手机屏幕上移开，落在了江洛琪身上，见状也不免好奇："你这是怎么了？相个亲饥渴难耐？"

江洛琪："……"

她白了江洛嘉一眼，忍住将手中杯子里的水泼在他头上的冲动。

忽然她似是想到了什么，盯着他问道："你是不是早就知道我加入AON了？"

"当然啊，"江洛嘉没理解她的意思，"我不是我们家第一个知道的吗？你还让我保密来着。"

"我说的是——"江洛琪倏地一笑。

然而一看到这个笑容，江洛嘉心里却突然涌现出不好的预感。

"在平安夜那天以前，你是不是早就知道了，然后故意打电话给我，就是为了坑我十万块钱和我的车？"江洛琪保持微笑一字一句地说着，手中玻璃杯却渐渐攥紧。

"你……你在说什么呢……"江洛嘉默默收好手机，往沙发的角落缩了缩。

随即趁江洛琪不注意，一个翻身轻巧地翻过了沙发，朝楼梯方向狂奔而去。

"江洛嘉，你就是条狗！"江洛琪愤懑地抄起抱枕朝着江洛嘉的背影砸去。

第十三章　S市陆家

李静雯回来的时候，江洛琪和江洛嘉刚结束了一场"战争"，此时两人坐在客厅沙发的两端，别开脸，谁也不理谁。

对于这一幕，家中的人早已是见怪不怪了。

一见到李静雯，江洛琪便撒娇地抱着她的手臂先发制人告起了江洛嘉的黑状。

李静雯一边安抚江洛琪，一边数落江洛嘉，家庭地位的高低在此刻已经可见一斑。

"连妹妹的钱都好意思坑，"李静雯道，"过年你的压岁钱就都归你妹妹了。"

江洛嘉："……"

他看了一眼李静雯背后作威作福的江洛琪，冷哼道："说得好像以前过年的时候我就有压岁钱了一样。"

"等你什么时候带女朋友回来了，再把你的那一份连着你女朋友的那一份——"李静雯坐在茶几旁，优雅地抿了一口热茶，"都给你女朋友。"

江洛嘉："……"

江洛琪："哈哈哈哈哈哈……"

李静雯又将话题转移到了江洛琪身上，明知故问道："今天怎么样？对陆叔叔家儿子还满意吗？"

"妈——"江洛琪嘟囔道，"你们怎么能故意瞒着我，害我今天差点就丢脸了。"

"我看是已经丢脸了。"江洛嘉在一旁冷嘲热讽补刀。

"关你屁事。"江洛琪回怼他。

"好了，满意就行，"李静雯笑道，又从包中抽出了一张邀请函，"正好后天有个晚宴，你关阿姨也会去，到时候你和我一起去吧。"

江洛琪一愣。

关阿姨？陆景然的妈妈？

这这这？

就要见家长了吗？

"别紧张，这就是一个简单的晚宴，"李静雯看出了她心中所想，安慰地拍了拍她的手背，"瑞逢集团总部想要入驻C市，你爸这几天都在和他们洽谈合作事宜，瑞逢集团董事长夫人操办了这次晚宴，也是为了结交我们C市的富太名媛。

"更何况陆家在各界的地位都举足轻重，他们听说陆家二爷今年回了C市，自然也就存了巴结的心思，想让我帮他们引见引见。

"我和你关阿姨早年就是闺中密友，要不是因为工作调动的原因，她也能看着你长大。先不说你和小然的关系怎么样，这么些年她给你寄过来的礼物也不少，一直将你拿半个女儿看待，所以后天你无论如何都得和我一起去。"

"好，我去，"江洛琪只好应了下来，却又好奇问道，"然哥他们家究竟是什么背景？"

她向来清楚陆景然家世不凡，却从未去探究过，而现在正好听到李静雯谈及，于是便不免好奇。

李静雯耐心地和她解释："S市的陆家是个庞大的家族，起源于百年以前，嫡系一脉如今在军政商三界都占据着重要地位。陆家家主从商，陆氏集团如今把握在陆家大少爷手中。

"陆家二爷，也就是你陆叔叔，从政，不依靠任何关系人脉一步一步走到了今天的位置。而从军的那位，和陆家老爷子是亲兄弟，一直在B市。

"他们不同于普通的豪门，因为他们低调隐世，很多人都不知道他们的存在。但论社会地位，也没有谁能比得过他们家，可以说是首屈一指的存在了。"

直到江洛琪回到房间，还觉得脑瓜子嗡嗡地响。

照李静雯所说，如果不是因为关阿姨，她也不会想让江洛琪嫁入陆家。

毕竟豪门是非多，就算他们江家在C市的地位数一数二，但她若当真和陆景然在一起了，那也算是他们江家高攀。

思及此，江洛琪忍不住掏出手机，给陆景然发了个"抱大腿"的表情包。

陆景然回复得很快。

> 然哥：怎么了？

> Loki要拿世界冠军：然哥，你以后得罩着我。

> 然哥：怎么罩？

> 然哥：拿麻袋罩？

> 然哥：你又从哪挖掘出的新型玩法？

> 然哥：好玩吗？

江洛琪："……"

看着这一串死亡四连问，她的眉心不受控制地跳了跳。

这什么直男思维？

她鼓着脸戳了戳手机屏幕。

> Loki要拿世界冠军：就是拿麻袋罩着你然后把你揍一顿。

> Loki要拿世界冠军：很好玩。

> 然哥：？

> 然哥：不是罩着你吗？

> 然哥：我什么时候没罩着你了。

看到最后一句突如其来的转折，江洛琪没忍住笑出了声。

果然，然哥还是会。

她又同陆景然说了后天晚宴的事情，还着重强调了他妈妈也会出席。

陆景然知道她紧张，安慰了她几句后直接弹了个视频通话过来。

吓得江洛琪对着镜子连忙整理了一下发型妆容，这才按下了视频通话。

视频画面有些晃，只能看到陆景然流畅利落的下颌线和微突的喉结，隐隐约约能听到从那头传来的轻微脚步声。

正当江洛琪想问他在干什么时，视频画面突然一转，落在了装饰得简约精致的客厅。

从画面角度来看，陆景然的镜头是从楼上对着楼下。

而客厅的沙发上正坐着一个中年男子，穿着睡衣悠闲地吃着水果看着电视。

不远处传来一个女人的喊声："老公，你快帮我看看，后天晚宴我应该穿什么礼服去比较好。"

话音刚落，便见一个身姿绰约的女子走进了镜头画面，她留着一头短卷发，尽管隔着距离看不太清楚，但仍能看出她年轻时的风姿绝代。

关芹一手捧着一件礼服，在身上比了比，又催着陆远山做出选择："老公你快点看，哪件好看一点？"

陆远山的眼睛盯着电视，瞟了她几眼，敷衍地应和："都好看，都好看。"

"陆远山！"关芹咬了咬牙，将手中的礼服兜头砸在了他的脸上，"后天可是我和琪琪的第一次见面，我总得给她留个好印象吧，你到底为不为你儿子的幸福着想了？"

陆远山连连求饶："好好好，我帮你挑，你别生气……"

——画面镜头又转了回来。

陆景然慵懒地靠在墙上，半抬眼皮，嘴角若有似无地带着笑。

他低声道："你看，又不止你一个人紧张。"

江洛琪将头埋进了枕头中长叹一声。

完了，更紧张了。

晚宴当天，李静雯先是带着江洛琪一起去做了全身spa和面部美容，又去挑了两套精致的礼服，做了发型化个妆，这才让司机送她们到晚宴的举办地点——盛棠酒店。

来参加晚宴的都是C市名流富太及名媛，彼此之间都基本认识。

而她们到的时候，关芹还没来。

一见到李静雯，那些富家太太们都极有眼色地围了上来嘘寒问暖，而江洛琪也顿时被好几个名媛千金簇在了中央。

C市名媛圈大都混得眼熟，虽然关系不一定亲密，但奉承讨好的话谁都会说。

"琪琪，好久不见了，我可想死你了。"

"就是，去美国这么久都不知道给我发条微信，还拿不拿我当姐妹了？"

"你今天这礼服可真好看，包包也是新买的吧，你眼光可真是一如既往地好。"

"欸，琪琪，我听说你加入了那什么AON战队，打游戏比赛什么的，是不是很好玩啊？"

"还有你和你们队长什么关系啊，我看网上说得可暧昧了，什么时候谈恋爱都不告诉姐妹了？"

"……"

一人一句叽叽喳喳地吵得江洛琪头疼，但她仍然保持着得体礼貌的微笑，一一回答她们的问题。

宴会厅二楼。

杨紫珊正挽着杨太太的手臂从休息室内款款而出，她们倚靠在二楼栏杆往下看去，能明显地看出底下的人分成了两个圈子。

杨太太眸光流转，轻拍了拍杨紫珊的手臂，说道："看到没，底下这群人，无论是富家太太还是千金小姐，都以江家为首。"

"嗯，妈，我看到了。"

杨紫珊先是看了李静雯一眼，见她仪态端庄大方，举手投足间尽显优雅气质，风华丝毫不因年龄而减半分，心中不禁暗叹。

再看那名媛圈，个个光彩夺目，明艳动人，尤其是中间那位如众星捧月般的江小姐，虽然只能远远看到一张模糊的侧脸，但就仅仅站在那儿，便能感受到她身上那种骄矜冷艳的气质。

待人虽不热切，但该有的礼仪尊重都不会少。

"珊儿啊，"杨太太语重心长地说道，"妈妈不求你能有江小姐那样的魅力和地位，只希望你能和江小姐打好关系。毕竟你爸爸的公司在C市立足，还得靠江家。但是如果——"

她的目光缓缓落在了从大厅门口走进来的关芹身上，眼中隐隐带着兴奋："如果你能够攀上陆家，那我们在C市也就不用看江家的脸色了。"

"妈，我和你说了我不联姻。"杨紫珊不满地说道。

"你现在还年轻，这么想很正常，等你真的接触了那些顶层社会的人，说不定就会改变想法。"

杨太太也没有逼杨紫珊一定要答应，而是带着她下楼，想要靠李静雯的关系去结识关芹。

这边江洛琪正和那些名媛千金聊得兴起，便突然被李静雯叫了过去。

"琪琪，来，这是你关阿姨。"李静雯牵着江洛琪的手带到了一个中年女子跟前。

之前隔着手机屏幕只远远地看过侧影，如今走近一看，她也着实被关芹惊艳到了。

她的五官婉约，脸型小巧，眉毛勾成细细的柳叶眉，在短卷发的衬托下，极具江南美人的风情。

关芹眉眼都含着笑，热络地挽着江洛琪的手臂，越看越觉得满意："琪琪果然长大了，越来越漂亮了，和我家小然还挺般配的。"

"关阿姨好。"江洛琪乖巧地唤了声。

闻言，关芹却蹙了蹙眉，道："叫阿姨多见外，我和你妈这么多年的闺密，不如叫干妈吧。"

"欸，芹芹你在说什么呢？"李静雯嗔怪地瞪了她一眼，"什么干妈？你想让琪琪和你家小然变成兄妹吗？"

经李静雯这一提醒，关芹这才反应过来。

"哦，对对对，不能叫干妈。"

她笑眯眯地对江洛琪说道："那还是先叫阿姨吧，反正以后都要叫妈的，不急这一时。"

江洛琪："……"

她抱着关芹的手臂撒娇道："阿姨，您就别打趣我了。"

关芹笑着刮了刮她的鼻子："行行行，琪琪害羞了。"

周围的富家太太和名媛千金们见到这一幕，都心知肚明江陆两家这婚事已是板上钉钉，都纷纷在心中思量要如何趁这次机会搭上陆家这一条线。

就算不能深交，混个脸熟说不定也能对家族企业有所助益。

"陆太太，可总算等着您来了。"杨太太和杨紫珊挽着手臂款款走来，脸上堆满了笑容。

李静雯的眉头几不可察地一皱，江洛琪也循着声音转过了身。

两道视线在空中猝然相撞。

见到来人，江洛琪轻挑眉梢，眸中划过一丝戏谑。

而杨紫珊不敢置信地瞪大了眼睛，死死地盯着她，似是要从她脸上找出她不是江洛琪的证据。

周围围观的人都是人精，一见到杨紫珊这模样，就知道今天这晚宴必定不太平。

李静雯和关芹自然也是注意到了杨紫珊的失态，两人的脸色同时沉了下来。

关芹的目光轻扫过这对母女，侧过头来不甚在意地问李静雯："她们是谁？"

从她的语气变化便可看出她对杨家母女的轻慢。

杨太太脸上的表情瞬间僵住了，周遭也时不时传来低低的笑声。

李静雯淡淡地介绍："这位就是今天晚宴的主办方，瑞逢集团董事长夫人，杨太太。"

"陆太太您好。"杨太太尴尬地笑着，礼节性地伸出了手。

"哦，原来是杨太太。"关芹轻握了握她的指尖，一触即离。

杨太太顺势介绍自己的女儿："这是小女，杨紫珊，珊儿，来，见过关阿姨和李阿姨。"

杨紫珊后知后觉回过了神，目光复杂地看了江洛琪一眼，正要开口，却又冷不丁被关芹打断。

"阿姨就免了，我们还没这么熟。"

关芹从包中掏出一片湿巾轻擦了擦手，又随意地揉成一团，交给了路过的侍应生："帮我扔了，谢谢。"

杨太太脸上的笑容险些挂不住，心中却在疑惑，先前还见关芹和李静雯在这有说有笑，怎么她一出现，关芹就像变了个人似的如此不给她面子。

但一想到关芹背后的陆家，杨太太又觉得她如此傲气也是理所当然的，于是又觍着脸和关芹、李静雯套近乎。

然而关芹对她爱答不理，李静雯虽然搭话但神色不冷不热，这让她着实摸不准她们两人的态度。

见江洛琪在一旁沉默着并未说话，杨太太便想着将话题引到孩子身上。

"欸，我听说江小姐在S大上学，我家珊儿也在S市读大学，但是学校没有S大好，"杨太太虚伪地奉承道，"珊儿可得多向江小姐学习学习。"

杨紫珊扯了扯嘴角，干笑了一声，挽着杨太太的手臂却渐渐收紧，有种想立即逃离这里的冲动。

江洛琪似笑非笑地看着她，道："我回C市时还和这位杨小姐一个航班。"

"是吗？"闻言，杨太太双眼一亮，又迫不及待地问道，"你们早就认识了？"

"不认识。"江洛琪回答得干脆利落。

气氛陡然尴尬了起来。

"这……"杨太太愈发觉得这些人不太好相处，但仍是硬着头皮强扯话题，"不认识也没关系，今天不就认识了吗？"

随即又推了推杨紫珊的手臂，给她使眼色。

杨紫珊万般不情愿，但碍于在场这么多双眼睛盯着，又不得不主动向江洛琪示好。

她勉强挤出一个笑容，客套地说道："江小姐你好，我叫杨紫珊，很高兴能在今天认识你。"

"可你看起来不太高兴。"江洛琪眨着眼故意道。

人群中不知是谁短促地笑了一声，杨紫珊的笑容凝在嘴角，表情看起来有些怪异。

"嘻，"杨太太连忙开口打圆场，"珊儿这几天是太累了，帮着她爸爸忙公司的事呢，没休息好。"

"哦，"李静雯意味不明地看了杨紫珊一眼，随口一说："还挺能干的。"

可谁知杨太太就此顺着杆往上爬，笑眯眯地说道："可不是呢，我家珊儿在家可会为她爸爸分忧。江小姐应该也是这样的吧，看起来就挺精明能干的。"

"她啊，还没打算让她接触公司事务，"李静雯轻搂着江洛琪的肩膀，"年纪不大倒是有自己的主张，喜欢电竞便跑去当职业选手了，不让人省心。"

话虽如此，但语气中的宠溺意味显而易见。

而杨太太一听到"电竞"二字，似是想到了什么不好的事情，眉头微蹙，以至于都忽略了李静雯说这话时的语气。

"电竞这个东西没前途的，"杨太太以一副过来人的姿态自以为是地说道，"那些职业选手打一辈子比赛都不一定有出息，说什么电竞比赛能为国争光，说得冠冕堂皇，还不就是那些网瘾少年为了满足自己打游戏的欲望随口胡扯？"

"妈——"杨紫珊拉扯着杨太太的衣角，想让她适可而止，目光触及李静雯毫无变化的脸色，心下却没由来地一阵紧张。

"欸，你别吵，"杨太太瞪了她一眼，又笑着对李静雯说道，"孩子小不懂事，可不能随着他们胡来，好好的一个世家小姐怎么能去打电竞比赛呢？这让我们这个圈子的人怎么想？"

李静雯含笑不语，眸底的温度却降至冰点。

杨太太又趁机想和关芹搭上话，顺嘴就问道："陆太太，您的两个儿子应该都很优秀吧，不知道现在是从事什么职业？"

"啊，我儿子啊——"关芹撩了撩耳边的碎发，唇角微弯，淡淡地瞥了杨太太一眼，"就一网瘾少年。"

她的语气极其平淡，平淡到就像是在说一件与她毫不相关的事一样。

"啊？"杨太太一时没反应过来。

关芹又道："不过他挺有出息的，拿过世界冠军，也算是为国争光了。"

这下不仅杨太太愣住了，杨紫珊以及周围围观的富太名媛也愣住了。

杨太太可能还搞不清楚状况，但其他人可就顿时明白了。

她们都听说了江家小姐心血来潮去当了什么电竞职业选手，却没想到这陆夫人的儿子也是一名电竞职业选手。

难怪江陆两家突然有了联姻的势头，看这情况想必是因为他们两家的儿女早就认识了。

本来还以为是一场家族联姻，如今一看竟然是自由恋爱。

而杨紫珊早先就因为程一扬的关系知道AON战队，也知道陆景然这个人，更何况前段时间江洛琪和他的事在网上传得沸沸扬扬。一听关芹这么说，她立马就猜到陆景然就是她的儿子。

她之前从没将这两人放在眼里过，想的也不过就是那些上流社会的少爷小姐怎么会进电竞圈打职业赛，却没想到这两人的家世竟然都比她要好。

见周围人神色各异，杨太太也意识到自己说错话了，连忙改口辩解："陆太太，我先前说的不是针对您的儿子，只是说大多数职业选手是那样的，您儿子自然是特例。"

关芹冷笑一声，并不接话。

"杨太太。"一旁的江洛琪却冷不丁开了口。

杨紫珊眉心一跳，心中下意识涌现出不好的预感。

江洛琪依旧保持着合理得体的微笑，一字一句道："您难道不知道吗？您女儿的男朋友不也是职业选手？"

杨太太脸色再度一僵。

"他没拿过世界冠军也没有为国争过光，想必他就是您口中所说的那类没出息的人吧。"

杨太太扭头瞪着杨紫珊，低声斥责："我不是早让你和那小子分开了吗？"

她的声音不大，但四周出奇地安静，足够让在场所有人听见。

看向她的目光或多或少带了一丝鄙夷。

原来刚才那番针对性的言论是因为瞧不起女儿的男朋友打职业赛。

"妈，您现在说这个干吗？"杨紫珊面露委屈神色。

"你——"杨太太还想再说，转念一想现在场合不太对，无奈叹了口气，只能继续赔着笑向关芹道歉，"陆夫人，我不太会说话，无意间冒犯了您是我不对，您大人有大量，还是别和我计较了，不要伤了和气。"

关芹仍然没有理会她。

"行了，"最后还是李静雯打破了这尴尬的气氛，她拍了拍江洛琪的肩膀，温柔说道，"你和你的朋友们去一边玩吧，这边大人的事就别掺和了。"

江洛琪点了点头。

杨太太又顺势说道："江小姐，我家珊儿就暂时拜托你照顾了。"

说罢，她将杨紫珊往江洛琪的方向推了推。

江洛琪睨了杨紫珊一眼，也没拒绝，径直往一旁走去。

杨紫珊也只有硬着头皮跟在她的身后。

其他的名媛千金见状也都上前围住了江洛琪，又开始了新一轮的叽叽喳喳。

"琪琪，原来网上那个和你闹绯闻的队长，就是陆夫人的儿子啊？"

"这也太巧了吧，你是一开始就知道是他才去的他的战队吗？"

江洛琪无奈表示自己也是前几天才知道陆景然的身份。

"这真的太巧了，不过琪琪你也真是好命，随随便便加入一个战队就能碰上陆家的少爷。"

"欸，什么叫随随便便？你没听陆夫人说她儿子拿过世界冠军吗？我们琪琪那肯定得去冠军战队啊，其他战队怎么配得上我们琪琪。"

"就是就是，所以说啊，他们这叫命中注定。"

"……"

一群人你一言我一语，简直就要把江洛琪往天上捧。

江洛琪也早已习惯了她们的说话方式，端着一杯香槟抿了几口，淡笑不语。

也不知是不是众人刻意，她们都自动忽略了杨紫珊的存在，有好几次杨紫珊想要插话，都被她们迅速截了话头。

她就尴尬地站在一旁，脸上的表情都快要笑僵了。

"唉，真羡慕琪琪能嫁给自己喜欢的人，我们就不知道要和哪家联姻了。"

"是啊，我妈都不让我交男朋友，说怕我被骗财骗色，我又不蠢。"

"你还不蠢？你上次被你前男友甩，还眼巴巴给他打了一笔分手费，真的蠢死了。"

"你怎么揭人伤疤啊，讨厌。"

"……"

见她们的话题又转到了男朋友上，杨紫珊忽然就想到自己上次偷拍的那张照片。

心念一转，她也顾不得此刻插嘴有些不太礼貌，径直打断了她们的聊天："我听说江小姐好像早就有男朋友，并不是陆家的那位。"

她知道陆景然长什么样，所以才笃定那天所见的男人并不是陆景然。

此话一出，周围却突然安静了下来。

众人相互对视了一眼，神情间的傲慢和轻视显而易见，眼神都在传递同一个信息——"这人是哪里来的傻逼？"

江洛琪轻挑眉梢，慢条斯理地喝了一口香槟，唇角隐隐带有一抹笑意。

她倒是挺好奇，这杨紫珊会说出个什么花样来。

见没人搭理她，杨紫珊又忍不住问道："你们难道不好奇吗？我上次亲眼见到江小姐和她的男朋友举止亲密。"

其中一名千金小姐不甚在意地说道："说不定就是陆家少爷。"

"不是，"见好不容易有人理会她，杨紫珊迫不及待地说道，"我见过那位陆家少爷，和我上次见到的那个不是同一个人，不然我又怎么会说江小姐早就有男朋友了呢。"

众人又相互对视了一眼，随即悄悄打量了江洛琪的神色，见她仍旧淡定自若，便也心知肚明这事不过是子虚乌有。

笑了笑，又继续刚才的话题，宛若刚才什么都没发生过。

再次被晾在一边的杨紫珊何曾受过这样的白眼冷遇，当即不服气地掏出手机打开相册，翻到了那日偷拍的照片，"啪"的一声摔在了面前的小吧台上。

倒是吓了众人一跳。

江洛琪轻瞥了照片一眼，嘴角笑意更甚。

其余的千金小姐也不由将目光投到了照片上，发现其中的女主角的确是江洛琪，而其中的男主角——

她们的表情逐渐变得古怪起来。

杨紫珊轻哼一声，颇为得意地说道："我说了吧，江小姐早就有男朋友了，还想和陆家联姻，不知是不是脚踩两条船？"

"这位……小姐，"又有一名千金小姐开了口，但一时忘了杨紫珊姓什么，只好略去不说。

因着从小受过的礼仪培训，她控制着脸上的表情，强忍着笑意，才能将后半句话说出来："您知不知道我们琪琪有个亲哥哥？"

"哥哥？"杨紫珊一愣，倏地偏头看向自始至终一言不发的江洛琪。

江洛琪端着香槟，唇角微勾，往她的方向推了推，道："cheers。"

旋即又一口将高脚杯中香槟饮尽，似是在庆祝她为这无聊的晚宴贡献出了一点笑料。

原以为她有什么高端的招数，却没想到她竟然来了段单人小品。

这——

实在让人惊喜。

其他的千金小姐也都捂着嘴含蓄地笑着，时不时低语几句，目光若有似无地落在杨紫珊身上。

杨紫珊的小脸已经完全没了血色，而那些千金小姐嘲讽不屑的眼神无异于一根根细密的针，狠狠地扎在她的心口。

她窘迫得想要找个地洞逃出去。

要不是在这里偶遇江洛琪，又偶然得知了她的身份深感嫉妒，她又怎会不经一番调查就恼羞成怒地诋毁她？

但现在她翻了车，这件事注定会成为C市名媛圈的笑话，她已经没有脸再留在这里了。

杨紫珊几乎是落荒而逃。

看着她匆匆离开的背影，其余众千金也都纷纷来安慰江洛琪，让她不要把刚才的事放心上，免得因为一个小人物而坏了心情。

江洛琪一一道谢。

晚宴没有持续多久便结束了，这也多亏杨紫珊先前那番操作，众千金小姐将这事当成笑话讲给了自家母亲听，各富家太太便也都没了和杨家结交的心思。

捡了芝麻丢了西瓜的道理她们都懂。

果不其然，众人离开前，杨太太还死皮赖脸地邀请李静雯和关芹改日去她家喝下午茶。

"我没有喝下午茶的习惯。"关芹依旧是丝毫不给她留面子。

而李静雯则挽着江洛琪的手臂，冷淡地回应："杨太太，您先生和我先生的合作我插不上话，但是以后我们的来往就免了。您也不用费尽心思讨好我们了，还是先好好教会您的女儿如何尊重别人吧。"

随后，她们头也不回地离开了。

李静雯的态度在众位太太的意料之中，便也心照不宣地自动将杨太太排出了自己的圈子。

徒留杨太太一人站在原地，久久都没明白今晚到底是哪个环节出了问题。

第十四章　没那么难养

除夕这日。

仍在睡梦中的江洛琪迷迷糊糊地被李静雯从床上拽了起来。

"起床了，赶紧起床打扮一下，出门了。"

李静雯揉了揉江洛琪略显凌乱的头，又走到阳台旁将窗帘拉开。

和煦温暖的阳光洒入，照亮了整个卧房。

江洛琪眯了眯眼，片刻后才习惯这光亮，还没来得及问李静雯出门干什么，便见她又哒哒地离开了房间。

她慢吞吞地爬起床，看了眼时间——

上午十点。

自从加入AON战队以来，她的生物钟就已经完全被打乱，每天不睡到中午绝不起床，以至于现在看到这时间还觉得挺早。

江洛琪磨磨蹭蹭地收拾好了自己，下楼后又被李静雯催促着吃早餐。

好不容易吃完了，李静雯推搡着她出了门。

结果刚一踏出大门，江洛琪正要转头问她去哪，就见身后的门以迅雷不及掩耳之势"砰"的一声关上了。

江洛琪："？"

她看了眼身后紧闭的大门，又扫了眼此刻空无一人的前院，莫名有种落魄大小姐在除夕当日被扫地出门的苍凉感。

　　要不是她出门前李静雯随手塞给她的包包价值不菲，她可能真要去查查银行卡有没有被冻结了。

　　正当她胡思乱想之际，李静雯给她发了条微信——

　　　　妈妈：今天我和你爸爸飞澳洲去旅游，你去找小然过年吧，不用管你哥。

　　江洛琪："……"

　　旅游？

　　找陆景然过年？

　　这又是什么新型操作？

　　江洛琪的思绪有些混乱，站在家门口进也不是退也不是。

　　难道真要她死皮赖脸上陆家过年？

　　迟疑了半响，江洛琪还是给陆景然发了条消息。

　　　　Loki要拿世界冠军：然哥，你在干吗？

　　　　Loki要拿世界冠军：我被我妈赶出来了……

　　不过片刻，陆景然回复了她。

　　　　然哥：……

　　　　然哥：我也被赶出来了。

　　　　Loki要拿世界冠军：？

　　　　Loki要拿世界冠军：同病相怜.jpg

　　　　然哥：你在哪，我来接你。

　　江洛琪给陆景然发了定位，然后便蹲在别墅大门处等他。

　　大约二十分钟后，一辆巴博斯停在了江洛琪的跟前。

　　看着面前这辆又酷又飒的车，江洛琪低低地惊呼了一声，随即爬上了车。

　　她边系安全带边问："然哥，你换车了？"

　　陆景然倒车调转方向："没，这是我哥的车。"

　　"真酷，比你的车酷一点。"江洛琪饶有兴致地打量着车内的布置。

　　闻言，陆景然轻挑眉梢，半开玩笑说道："那我换辆同款车吧。"

"不用那么麻烦，"江洛琪朝他眨了眨眼，"过几天我们偷偷把这辆车开回S市，你哥总不可能追到S市来吧。"

"嗯，"陆景然轻笑，"的确不会追到S市来，但是给了他理由换新车。"

江洛琪："……"

陆景然："这辆车他开了好几年了，早开腻了，最近都是几辆车换着开。"

江洛琪："……"

她小心翼翼地问道："然哥，你真的是亲生的吗？"

"怎么？"陆景然不明所以。

江洛琪："为什么你哥同时有好几辆车可以换着开，但是你就只有一辆车？"

不等陆景然回答，她又自顾自地"啊"了一声："我明白了。"

陆景然抽空给她递了个"你明白什么了"的眼神。

"估计是因为他的装×属性点已经点满了。"江洛琪对此深以为然。

她依旧对相亲那天的事耿耿于怀。

陆景然无奈一笑，也不为陆河舟做出任何辩解。

窗外熟悉的街景急速倒退着，江洛琪似是看到了什么好玩的东西，双眼一亮，出声让陆景然停车。

陆景然扫了一眼四周，发现附近有一所高中。

果不其然，一下车江洛琪就开始向陆景然介绍："这是我的高中学校实验中学，我好久没来这里了。"

实验中学的校门口离路边还有一段距离，长长的街道上商铺林立，因着节假日的关系，一大半的门面都是关着的。

陆景然跟着江洛琪的脚步往校门口走去。

本以为她会直接进学校，却见她拐了个弯往一旁的小路走去。

两人沿着围墙根绕了一圈，能明显看出这围墙是被重新修建过的。

走到了一处稍矮的地势，江洛琪停下了脚步望了望围墙的高度，感叹道："以前这个围墙没有这么高的，我经常逃晚自习翻墙出来上网，还没少被教导主任抓。"

"是吗？"陆景然半倚在墙边，微微侧着头看她，眼中满是揶揄的笑意，"你这样的网瘾少女还能考上S大？"

"那可不，怎么说也不能比然哥差呀。"江洛琪笑眯眯地贫嘴。

这么多年以来，陆景然可谓是电竞职业选手中少见的高才生。

陆景然轻揉了揉她的头，不否认："嗯，比我厉害多了。"

两人又沿着原路返回，不远处正好有一家粉面馆还开着门，江洛琪拉着陆景然走了进去。

这家粉面馆算是十年老店了，当初江洛琪在这读书时也没少来这吃。

"老板，两碗牛肉面，都不用放香菜，多放点辣椒。"江洛琪熟练地抽出一张凳子用纸擦了擦，示意陆景然坐，自己则坐在了他的对面。

陆景然的目光始终落在她的身上。

或许连江洛琪自己都没察觉，在这两个多月的相处中，她也早已将陆景然的喜好记得一清二楚。

牛肉面很快就端了上来，热气腾腾，香味四溢。

两人吃的速度都不算快，倒是陆景然先说了话："本来还想带你去吃好吃的，没想到一碗牛肉面就能满足你了。"

江洛琪抬眸看他，隔着淡淡的雾气，模糊了他的脸部轮廓。

但目光如炬，温柔如水。

随即又听他说道："看样子也没那么难养。"

热气扑面而来，江洛琪低睫，轻哼一声："谁说的，今晚我就要大餐，吃最贵的，吃穷你。"

"没关系，"陆景然眼角微弯，慢条斯理地说道，"反正我养得起。"

顿了顿，他又道："不过今晚暂时吃不到大餐了，我等会儿带你去一个地方。"

当站在超市的生鲜区时，看着眼前林林总总的各种蔬菜水果肉类，江洛琪的眉心不可控制地跳了跳。

她偏过头，疑惑问道："这就是你说要带我来的地方？"

而陆景然却故作神秘地说道："等会儿你就知道了。"

他推着一个购物车，认真地在货架旁挑选蔬菜和肉类，尽管没有问过江洛琪想要吃什么，但放在购物车里的基本都是她平常爱吃的。

这让江洛琪不由自主地想到了一个可能性，她扯了扯陆景然的衣角，有些紧张地问道："然哥，我今天不会真上你家去过年吧？"

虽然她和关芹已经打过了照面，但是以她现在和陆景然的关系，去他家过年还言之过早。

陆景然自然知道她心里什么想法，挑拣了一盒虾仁放进了购物车，安慰她道："我爸妈今天去S市了，放心吧，不去我家——"

江洛琪正要松口气。

陆景然又道："去我外婆家。"

那口气又顿时哽在了心口处，上不去也下不来。

"我外婆一个人住，所以我和我哥去她那陪她过年，至于你嘛——"陆景然笑了笑，"你妈将你托付给我照顾了，自然就带你一起去了。

"不用紧张，我哥也会带他女朋友来，你不用觉得尴尬。"

闻言，江洛琪突然很好奇陆景然的外婆会是个什么样的人。

毕竟关芹和陆景然都这么温柔，想必外婆也是一个温柔的人。

思及此，江洛琪心安理得地去逛了零食区，捧过来的零食瞬间就占据了购物车一大半的空间。

见状，陆景然也并未说什么。

买完单，两人提着两大袋东西上了车，往陆景然外婆家的方向驶去。

车辆行驶在人烟稀少的马路上，周围的建筑也都从高楼大厦转变为低矮的民间房。

大约过了一个小时，陆景然才将车停在了马路边。

下车后，望着对面荒凉的施工地，江洛琪有点蒙。

而陆景然则提着两大袋东西，提醒江洛琪跟在自己身后。

"这里车开不进来，只能走进去。"他解释道。

两人拐进了旁边的一条小巷子里。

小巷子内却是别有洞天。

地上铺了一层青石板路，两旁的房屋都是三层楼的矮房，看着较为简陋，却充满着浓烈的生活气息。

有几户人家坐在门口晒太阳，一见到陆景然便热情地打着招呼："这不是关家的小外孙吗？回来陪外婆过年了？"

陆景然礼貌地点头回应。

他们又看到他身后的江洛琪，也都纷纷打趣道："大外孙带了漂亮女朋友回来，这小外孙也带了个漂亮女朋友回来，那关奶奶可真是个有福气的。"

又有人道："就是脾气有点倔，明明可以跟着儿孙住出去享清福，却硬是要住在我们这犄角旮旯里。也幸亏儿孙孝顺，还经常回来看她，吃穿也不用愁。"

"是啊，不过要是我女儿有这好命嫁入豪门，我肯定不愿意住在这里了。"

…………

听着周围邻居的闲言碎语，江洛琪也明白了为什么关奶奶会住在这么偏僻简陋的小巷子里。

想必是有什么不愿离开的原因。

两人走到了一家小超市的门口，虽然挂着超市的招牌，但是里面却已经完全空了。

"这家超市我外婆开了几十年了，这几年因为身体原因不能过度操劳，就把超市关了。"陆景然开了门，让江洛琪先进。

沿着狭窄的楼梯上了楼，二楼的门是敞开的，隐约能听到从屋内传出来的阵阵笑声。

"外婆，我带琪琪来了。"陆景然将手中的袋子顺手放在门边的桌上，往屋内唤了声。

随即便听到一阵拖沓的脚步声，关奶奶在林溪渔的搀扶下走了过来，满脸欣喜地看着江洛琪。

"这就是静雯的女儿？长得和静雯可真是一个模子里刻出来的。"

关奶奶精神矍铄，头发已是花白，虽行动有些不便，但仍是慈祥亲切。

"外婆好。"江洛琪甜甜地唤了声，上前搀扶着她的另一条手臂。

"欸，好，好。"关奶奶有些激动，拉着江洛琪和林溪渔两人坐回了沙发，开始扯起了家常。

"我听小渔说你们是一个高中毕业的，可真是巧了。"

江洛琪也道："是挺巧的，我也没想到小渔会是河舟哥哥的女朋友。"

当着长辈的面，她不方便直呼陆河舟的名字。

"他们两个啊，也是缘分。"关奶奶似是想到了什么值得回忆的事情，眼角的皱纹更深了几分。

林溪渔边给江洛琪倒了杯茶，边解释："我以前就住在关奶奶家对面，那个时候刚好陆哥在这小住了一段时间，一来二去也就认识了。"

闻言，江洛琪下意识就往对面看了一眼。

对面楼也同样是三层居民楼，但和这栋不一样的是，对面是三层六户，而这栋算是三层独户。

"我高中毕业就搬出去了，现在这里除了关奶奶也就没有什么可以留念的了。"

林溪渔说这话时极为平静，但江洛琪仍然敏锐地从她的神情捕捉到了一丝变化。

回想起她曾经蹲在学校墙角偷偷地哭，又从没听过她提起自己的家人，江洛琪便也猜到之前陆河舟和她说过的，那段黑暗的日子指的是什么了。

但好在，一切都过去了。

这边三人聊着天，另一边陆河舟刚从楼上下来，见陆景然在厨房整理食材，便也凑了过去想帮个忙。

只是这二位少爷平日里基本没下过厨，也不知该从何处理这些食材。

兄弟两人并肩站在桌案前，看着摆成一个列阵的各种食材，陷入了沉默。

"你们在面壁思过吗？"

正好此时林溪渔端着茶壶来泡茶，见这兄弟二人站在这里一动不动，不禁疑惑问道。

两人同时转过了身。

陆河舟苦着一张脸说道："我们不会做菜。"

"我来吧，"林溪渔失笑，"你们去陪外婆吧。"

"我也来帮忙。"江洛琪早就注意到了厨房这里的情景，就跟在林溪渔后脚走了过来。

陆景然挑眉："你？"

简单的一个字加疑问语气，准确无误地表达出了他的质疑。

"我？"江洛琪也学着陆景然的模样挑了挑眉。

陆景然往旁边让了一步："你来。"

江洛琪扫了眼厨房逼仄的空间，又看向那两位少爷，毫不客气地说道："麻烦让让，你们在这有点挤。"

陆景然和陆河舟相互对视了一眼，自觉地退出了厨房。

"琪姐，你真的可以吗？"林溪渔也有些不太确定地问道。

"放心吧。"江洛琪信誓旦旦地说。

若是一年前，她的的确确是个十指不沾阳春水的大小姐，但在美国生活过一年后，厨艺水平直线上升，各种料理都不在话下。

尽管如此，林溪渔仍是没敢让她主厨，只是让她帮忙打打下手。

这边两人开始清理食材，陆景然和陆河舟则是陪着关奶奶看电视，时不时又来厨房瞅瞅她们两人的进度。

直到晚饭时分，将做好的菜一一端上了桌，五人一同围在餐桌旁吃起了年夜饭。

房屋的空间虽然狭小，也不如别人家人多热闹，但却也足够温馨。

关奶奶还特意拿出了自己酿制的杨梅酒，给每人都倒了一杯。

这是江洛琪第一次尝到这样的酒，味道酸甜醇厚，没忍住就多喝了几口。

一杯见底，还想再喝时，却被身旁的陆景然按住了手腕。

他微侧着头附在她的耳边轻声提醒道："这酒的后劲大，你少喝点。"

温热的呼吸喷洒在耳边，也不知是不是喝过酒的缘故，江洛琪开始觉得脑袋有点晕乎乎的。

关奶奶正好在问陆河舟和林溪渔今晚留不留在这里过夜，得到肯定答案后又转头来问江洛琪。

"琪琪，要不你今晚也留在这里睡吧？"

"啊？好啊。"江洛琪迷糊地点了点头，甚至都还没听清关奶奶说的什么。

待她反应过来后，关奶奶已经在开始分配房间了："小舟和小然睡一个房间，琪琪和小渔睡一个房间，刚刚好，等会儿吃完饭我就去收拾一下。"

"奶奶，等会儿我收拾就好了，不用您操劳。"林溪渔边给关奶奶盛了碗汤，边说道。

见关奶奶如此热情，江洛琪眨了眨眼，拒绝的话也不好意思再说出口，回过头来却又猝然撞入陆景然似笑非笑的眼神当中。

"你在笑什么？"江洛琪瞪了他一眼，故意将自己碗中的胡萝卜挑了出来夹到了他的碗中。

她记得陆景然和自己一样不爱吃胡萝卜，可没想到的是，他竟然淡定自若地将碗中的胡萝卜全都吃完了。

这一幕也自然落在了关奶奶的眼中，双眸笑眯眯的，满是欣慰神色。

吃过饭，陆河舟没再让林溪渔动手洗碗，主动揽下了洗碗的工作，又顺带拉着陆景然一起，美其名曰教他如何做一个居家好男人。

江洛琪和林溪渔陪着关奶奶看了一会儿春晚，由于身体原因，关奶奶需要早点上床睡觉，于是她便让这四个年轻人自己守岁，自己则先上楼休息。

临走前，她还不忘给他们四人各塞了个大大的红包。

待关奶奶回房后，林溪渔神秘兮兮地拉着江洛琪上了顶楼的露天阳台，从一个角落里翻出了一个袋子。

江洛琪凑近一看，才发现是烟花棒。

C市市区禁止燃放烟花，但是这里已经是城郊地界，所以并不会有人来管。

露天阳台的视野极其宽阔，一眼望去便几乎能看到整个巷子的房屋屋顶。

黑夜如同黑幕般将四周笼罩着，这里没有高楼大厦，也没有喧嚣的鸣笛声，有的只是从每家每户传来的欢声笑语，以及从街巷某个角落里传来的阵阵爆竹声响。

林溪渔点燃了两根小烟花棒，将其中一根递给了江洛琪。

火光绽放，柔和的光映衬在脸庞上，烟火在空中划过优美的弧度，两人不由相视而笑。

她们自娱自乐地玩了片刻，林溪渔下楼去拿饮料，江洛琪躺在阳台的躺椅上，盯着夜空中的某颗星星出了神。

身后隐隐约约传来一阵细微的脚步声。

她以为是林溪渔回来了，正要起身，却察觉到一双手按住了她的肩膀，让她继续躺了回去。

江洛琪仰着头，和垂头看她的陆景然直视。

他半张脸都隐在阴影中，而双眸却似是比现在夜空中的星星还要亮几分。

"然哥，你怎么上来了？"江洛琪有些惊讶。

陆景然顺势在她旁边的椅子坐了下来，漫不经心地说道："来陪小朋友放烟花。"

江洛琪也坐起了身，往楼梯的方向望了望："小渔呢？"

"她有我哥陪着，你瞎操什么心？"陆景然捏了捏她的脸，语气似有不满。

"所以……"江洛琪回过头盯着他看了片刻，问道，"你就是来陪我放烟花的？"

"还给小朋友准备了一个小红包。"

陆景然从外套口袋里掏出了一个小红包，在江洛琪面前晃了晃。

确实是一个小红包，都还没有一个巴掌大。

但尽管如此，江洛琪也仍是好奇里面装的是什么。

落在手心时她摸了摸，从触感可以判断出里面没有装钱，随即她在红包底部似是摸到了什么硬硬的东西。

她打开红包往手心一倒，一条项链从里面滑了出来，吊坠是水滴形的水晶，样式简单却极其精致，在灯光的映射下毫无杂质。

江洛琪微愣，旋即不明所以地问道："为什么突然送我这个？"

"你觉得呢？"陆景然反问。

他的语调很轻，带着微扬的笑意。

江洛琪的心跳不受控制地漏了一拍，隐约猜到了什么，却故意答非所问："你无事献殷勤，肯定是有什么事情要求我帮忙。"

陆景然轻笑了一声："是，有事要你帮忙。"

她的呼吸一滞。

不远处街巷里的烟花霎时冲天而起，打破了这短暂的寂静，天空亮如白昼，震耳欲聋的声音灌入耳中。

而陆景然接下来说的那句话却一字一句尤为清晰。

他说——

"帮忙做我女朋友。"

烟花在他的身后瞬间绽放，江洛琪能清晰地从他的瞳孔中看到自己的剪影轮廓。

是的，只有她。

周遭的热闹和喧嚣宛若在此刻忽然静止，呼吸绵长，心律不齐，身上的感官被无限放大。

她甚至都能看到陆景然的睫毛在微微颤抖着。

江洛琪忍不住抬手，轻触了触他的眼睫，却被他反手攥在了手心。

陆景然看着她，眉梢微扬，薄唇轻启："你考虑了这么多天，也总该考虑好了吧？"

顿了顿，又问道："帮不帮我这个忙？"

察觉到掌心攥着的手抽了出来，陆景然微愣。

然而下一秒，江洛琪起身，双手搂着他的脖子拥住了他。

她埋在他的颈肩，语调满是轻扬的笑意："那我就勉为其难帮你一下，男朋友。"

陆景然揉了揉她的后脑勺，也笑。

"那多谢了，女朋友。"

零点过后，江洛琪和林溪渔一起爬上了床。

虽然这两人在此之前交集不多，但相处起来却十分融洽。

自从江洛琪和陆景然两人从顶楼下来后，林溪渔便能察觉到她的心情似是极好，不用猜也知道发生了什么。

江洛琪躺在床上，下意识抬手摸了摸胸前的吊坠，悸动酥麻的感觉溢满了整个胸腔，宛若踩在云端之上。

两人有一句没一句地闲聊着，不知不觉就睡着了。

翌日。

陆景然送江洛琪回家。

"我明天上午就要回S市了，"陆景然边开车边说道，"陆家的亲戚比较多，接下来几天会比较忙。"

闻言，江洛琪歪了歪头，想到独自一人在S市过年的阮秋涵，当即便下了决定："我和你一起回S市。"

"你不在家多待吗？"陆景然侧头看了她一眼，"毕竟这么久没回来了。"

"我爸妈去旅游了，家里没人……"江洛琪顿了顿，似是想到了什么，又改口道，"噢，有条狗。但是那条狗会自力更生，不用我操心。"

陆景然哑然失笑："行，机票我帮你一起订了，明天我来接你。"

"好。"

车驶入了别墅区。

江洛琪下车后，直到目送陆景然开车走远，这才走进了别墅前院。

然而一踏进前院，便看到一道熟悉的身影在房屋门口鬼鬼祟祟。

她好奇走近，趁江洛嘉不注意，一巴掌拍向他的后脑勺。

"啊——"江洛嘉捂着后脑勺惨叫一声，似是被吓得不轻，一个弹跳蹦开了老远。

待看清来人是谁，他又做出一脸正经的模样，从头到脚审视了江洛琪一遍。

他质问道："夜不归家，去哪鬼混去了？"

江洛琪连一个眼神都懒得给他，径直上前开了门进屋。

江洛嘉跟在她的后面进了屋，却不依不饶地在这絮絮叨叨："你老实交代，你一晚没回来，是不是和陆景然那个臭小子鬼混去了？"

她换鞋。

"你眼里还有这个家吗？当初一声不吭跑去打职业赛就算了，现在过年都不在家过了。"

她喝水。

"你还真以为自己是陆家人了是吧？还没嫁过去呢，就天天跟着那小子跑，要是真嫁过去了可还得了？"

她上楼。

"我和你说话呢，你别装没听见，爸妈不在家你还真翻了天不成？"

江洛琪停住了脚步。

江洛嘉也跟着停了下来。

她转过头睨着他。

他偏过头望了望四周，下意识摸了摸鼻尖。

"你今天很不对劲。"江洛琪总结道。

"呵，我有什么对不对劲的……"江洛嘉装作不以为然，眼神却心虚地瞟了瞟。

江洛琪微眯双眸，目光从他略微凌乱的头发，扫过似是被咬破的嘴唇，最后落在了脖颈处轻微的抓痕上。

"哦，我明白了，"她恍然大悟，"你昨晚干了坏事。"

话音刚落，江洛嘉便如同被踩了尾巴的猫一样，语无伦次地说道："你……你在说什么？谁……谁做了坏事？你才做了坏事。"

"……"

看着这人就差把"心虚"二字写在了脸上，江洛琪嗅到了一丝不同寻常的气息。

"你昨晚是不是和木姐一起过的年？"

虽是疑问句，但语气却是笃定。

果不其然，一听到"木姐"二字，江洛嘉的神色僵硬了片刻，脑子似是顿时清醒了过来，恢复了以往的神情。

他抬眸看向站在台阶上的江洛琪，面露不满："你这小孩瞎说什么？这么晚了，洗洗睡吧，你。"

江洛琪："……"

她透过窗户看了眼外面透亮的天，又收回目光复杂地看向江洛嘉。

而他却忽略了江洛琪的目光，又径直地走回沙发旁躺了下去。

见他精神情绪飘忽不定，江洛琪便也知道被自己猜中了。

她无奈说道："我明天回S市了，你自己一个人在家，要是有什么事就给我打电话。"

"哦。"

"……"

按照以往，江洛嘉肯定又会和她杠个八百回合，但是今天从他的种种表现来看，江洛琪觉得，她这个哥哥可能没救了。

或许这就是所谓的一物降一物吧。

S市。

江洛琪和陆景然刚出机场，一辆黑色的宾利轿车便自觉地停在了他们跟前。

司机下车恭敬地将他们二人的行李箱放在了后备厢，又替他们拉开了车门。

两人上车后，陆景然让司机先送江洛琪去星弥公寓，也就是阮秋涵的住处。

两人并肩坐在后座，江洛琪看着车窗外的景色出神，忽然察觉到小指处传来轻微的触感。

她低眸，正好看到陆景然的小指勾了勾她的小指。

见她似是没抗拒，又得寸进尺地挠了挠她的掌心。

江洛琪压低了声音问他："怎么了？"

陆景然唇角轻扯，漫不经心地说道："牵个手。"

旋即，便如攻城略地般扣住了她的掌心，十指相扣。

他没刻意控制音量，江洛琪羞赧地看了眼驾驶座的司机。

司机眼观鼻鼻观心，竭尽全力地降低自己的存在感。

"别忘了初五那天和我一起去参加发小聚会，"陆景然提醒道，"这几天我比较忙，可能要初五那天才能来找你。"

"嗯，我知道的。"江洛琪垂眼，盯着两只交叠的手看了半晌，唇角压抑不住笑意。

第十五章　礼物

车停在了星弥公寓的楼下。

司机将行李箱搬了出来，正准备帮江洛琪送上楼时，却被她阻止了。

江洛琪："没事，我自己来。"

司机迟疑地看了一眼倚在车门旁的陆景然，见他点了点头，这才将行李箱交还给她。

"那……然哥，我先上楼了？"江洛琪眨了眨眼，道。

陆景然朝她走去。

熟悉的清冽气息笼来，陆景然将她抱在了怀中，似有不舍地贴了贴她的脸颊。

"乖乖的，过几天我来接你。"

随后松开了她，目送她进了公寓。

直到进了电梯，江洛琪忍不住抬手摸了摸脸颊，忽地轻笑出声。

阮秋涵租住的公寓环境不算太好，但胜在离地铁站近，价格良心。

江洛琪知道她房门的密码，熟练地输入了密码径直进了屋。

这是个简单的一室一厅，但此时本就狭窄的客厅空间被一地的快递盒子给占满了，茶几上堆积了吃剩的餐盒，而沙发上则是塞满了衣服。

外头天光大亮，而窗帘却被拉得严严实实，满室昏暗。

看着这一室狼藉，江洛琪在门口踌躇了片刻，才艰难地找到一条通往卧室的通道。

阮秋涵还在睡觉。

江洛琪本想直接叫她起床，却又想到她昨晚直播到凌晨，叹了口气替她关上了房门。

她将客厅都收拾了一遍，沙发上的衣服塞进了洗衣机，垃圾打包好先放在门口，等出门时再带出去。

好不容易收拾干净，她却意外地从沙发的缝隙中找到了一张存折。

存折上的余额不过五位数。

江洛琪默默地将存折放回原处，躺在沙发上，盯着天花板某处掉漆的地方发呆。

别人都以为做主播这个行业很赚钱，但阮秋涵不是，她赚的钱一大半都拿去贴补了自己那些所谓的家人。

就如同无底洞一般，不知什么时候，会连带着将她一起拽入深渊。

见差不多到了饭点，江洛琪点了外卖，又去将洗好的衣服晾了起来。

卧室里传来一阵轻微的拖鞋踩地的声音，阮秋涵拉开了卧室门，被客厅强烈的光线刺激得眯了眯眼。

待适应了这光亮后，才发现正在阳台忙碌的江洛琪。

她愣了片刻，才后知后觉想起江洛琪昨天便告诉她今天会来，但由于直播到太晚，一觉睡过了头。

正好此时江洛琪晾好了衣服，见阮秋涵起了床，抱着衣篓子回了客厅，随口说道："赶紧洗漱一下，等会儿外卖到了。"

"啪"的一声。

衣篓子掉在了地上。

阮秋涵紧紧地抱着江洛琪，将头埋在了她的颈窝里。

江洛琪轻拍了拍她的背。

良久，阮秋涵轻声说了句："谢谢。"

"有什么好谢的，"江洛琪语气轻快，"快去洗漱，吃完饭姐姐带你去潇洒潇洒，你看你，熬夜熬得都看起来老了好多。"

"真的吗？"阮秋涵立即抬起了头，手往脸上摸了摸，一脸严肃地问，"真的老了吗？"

江洛琪被她逗笑，捏了捏她的脸："没事，等会儿姐姐带你去做美容，保管你立马回归青春靓丽。"

"切，你还姐姐？"阮秋涵翻了个白眼，情绪恢复了正常。

她边去刷牙边问道："富婆小妹妹，外卖怎么还没到？"

她的话音刚落，门铃便响了起来。

江洛琪开门拿外卖，隐隐约约听到走廊上传来一阵争吵声。

她下意识往那个方向瞥了一眼，只见几个五大三粗的男人围在一起，不知在干什么。

江洛琪关上门，将外卖放在桌上时顺嘴就说了句："你这公寓的安保好像不太行。"

"嗯，"阮秋涵换了套衣服，"我平常也不怎么出门，遇不到什么邻居，没啥大问题。"

"但你还是得注意点，毕竟一个女孩子独居，平常别忘记锁门。"

"知道啦，知道啦，我饿死了。"

阮秋涵随口应道，迫不及待地开吃。

江洛琪也不便多说，只是在心中盘算着替她找个新住处。

待两人吃了中饭，一同出了门。

那几个男人仍然堵在走廊处，一人嘴里叼了根烟，吞云吐雾。

见江洛琪和阮秋涵走了过来，他们让开了一条道，眼神却肆意地打量她们二人。

"看什么看？"阮秋涵怒瞪他们一眼。

那几人移开了目光，却在她们走远后又盯着她们的背影看了半晌。

进了电梯后，阮秋涵仍在愤愤不平："老娘真想把那几个人的眼珠子挖出来。"

江洛琪掏出手机看了眼时间，犹豫片刻还是建议她："要不你换个住处吧，我可以帮你联系一下。"

"没事，"阮秋涵摆了摆手，"这里网速还挺快的。"

知道她是不愿意过多麻烦自己，江洛琪对此也无可奈何。

出了公寓，正准备打车之际，却见一辆熟悉的宾利朝她们开了过来。

司机下车，毕恭毕敬地弯腰道："江小姐，三少爷吩咐了，这几天由我跟着您，您想去哪和我说一声就行。"

闻言，阮秋涵戳了戳江洛琪的腰，揶揄地说道："不错哦，你家然神还是挺关怀备至的。"

"行了行了，上车，别废话那么多。"

江洛琪边说边推搡着阮秋涵上了车，嘴角却是不受控制地上扬了几分。

司机将她们送到了市中心。

江洛琪预约了美容SPA，先带着阮秋涵好好去放松了一下。

两人躺在美容床上，有一搭没一搭地聊着天。

听说初五那天陆景然要带江洛琪去参加发小聚会，阮秋涵忍不住吐槽道："那天情人节，姐妹，你和你家然神不过情人节，去参加聚会？可真有你们的哦。"

"情人节？"江洛琪下意识就摸了摸脖子上挂着的项链吊坠。

好像自从她和陆景然认识以来，都是陆景然送她东西，她还没送过他什么。

思及此，江洛琪心念一动。

"啾啾，你等会儿陪我去给然哥挑个礼物吧。"

阮秋涵："请我吃饭我就陪你去。"

江洛琪反问："我什么时候少你饭吃了？"

"哈哈哈……"阮秋涵笑得险些将脸上的面膜崩开，"好好好，等会儿陪你去。"

二月十四日大年初五这日下午临近饭点，收到陆景然的消息后，江洛琪便出了门。

楼下依旧是那辆黑色的宾利轿车，她拉开车门钻入后座，还没来得及说话，身侧的阴影便笼了过来，熟悉的气息萦绕。

陆景然将她拥在怀中，下巴搁在她的颈窝处，轻轻地摩挲。

江洛琪有那么一瞬间的愣怔，旋即便察觉到他的精神状态似是不佳。

她摸了摸他的头，发现他把头发剪短了一些，摸起来掌心有点刺刺的感觉。

就像在摸一个刺猬头。

思及此，她没忍住笑出了声。

"笑什么？"

闷闷的，带着些沙哑的声音自耳侧传来。

温热的呼吸贴得极近，一字一句都似带着颤音，如电流般滑过耳廓直击心脏。

"没有，"江洛琪低下眼睑，嘟囔道，"就觉得你的头摸起来像刺猬一样。"

"是吗？"

陆景然侧头，故意用头发蹭了蹭她的脸颊。

"痒——"江洛琪笑着用手挡住了他的头。

旋即又似察觉到手背处传来柔软的触感，一触即离，稍纵即逝。

在她反应过来之时，陆景然已经坐直了身子，慵懒地耷拉着眼皮，手臂自然地搭在她身后的座椅之上。

江洛琪也不知刚才是不是自己的错觉，见陆景然这一副无精打采的模样，不禁开口："然哥，你今天看起来好像很累。"

"嗯，"陆景然语气低沉，"今天祭祖，凌晨四点就起床爬了一座山，然后一直没时间休息。"

"难怪，"江洛琪心疼道，"但是你累的话今天的聚会可以不去的。"

陆景然侧眸看了她一眼，含着浅淡的笑意，语气却依旧漫不经心："不去的话，彭予琛太吵了。"

"嗯?"江洛琪没明白他的意思。

陆景然从口袋中掏出手机，一点亮屏幕便窜出了二十个彭予琛的未接电话。

而就在这时，第二十一个电话也同时打了进来。

陆景然干脆利落地挂断了他的电话，顺手给他发了条微信——

快到了，别吵。

江洛琪哑然失笑。

他们的发小聚会定在了一家高档私人会所，集餐厅娱乐住宿为一体，出入的大都是名流，保密性也极强。

由着侍应生带路到包厢门口，一推开门，里面喧闹的气氛戛然而止，好几道目光同时落在了陆景然身后的江洛琪身上。

更多的是好奇，并无恶意。

"我们的陆三少终于来了啊，可让我们久等了。"彭予琛站起身，亲自为陆景然和江洛琪拉开了椅子，示意他们坐。

又向在场的各位介绍江洛琪："这位就是我们陆三少的女朋友，江洛琪。"

"你们好。"江洛琪礼貌一笑，粗略地扫了在场众人一眼。

除了陆景然和彭予琛之外，在场的还有两男三女，男生坐在一侧，女生坐在一侧。

而她身旁坐着的女生穿着一套职业西装，长发利落地扎成马尾，露出修长白皙的脖颈，眉眼偏淡，不说话时有种拒人于千里之外的感觉。

正好此时彭予琛在向江洛琪一一介绍在场的几人，介绍到她身旁的这位时，语气似是刻意正经了起来："这位是喻言，喻总，我们的霸道女总裁。"

闻言，其余人都意味深长地交换了一个眼神。

江洛琪也回想起上次一起吃饭时，彭予琛一听到"喻总"二字便偃旗息鼓不敢叫嚣，没承想今日就见到了喻总本尊，也不由得多看了她几眼。

而喻言在江洛琪看向她之时，友好地朝她笑了笑，那种疏离的感觉瞬间又被冲淡了不少。

喻言另一侧坐的女生同她长得有几分相似，年龄看起来却偏小了一些。

彭予琛介绍道："这位是我们喻总的妹妹，喻森森，我们都叫她三水妹妹，是我们中间年龄最小的，在S大读大三。"

喻森森有些拘谨地朝江洛琪颔首以示招呼，脸上挂着腼腆的笑，嘴角处有两个浅浅的梨涡。

说到这里，彭予琛又似是想到了什么，回过头来问江洛琪："我记得你好像也是S大的吧？"

江洛琪点了点头，问喻森森："我也是大三，我是金融系的，你呢？"

喻森森乖巧地回答："我是音乐系的，我学的古典音乐。"

"我想起来了，"江洛琪眨了眨眼，欣喜道，"前年的迎新晚会上，你就是那个大提琴手，对吧？所有人我就只记住了你一个。"

喻森森微愣，似是没想到她还会记得，脸颊上的梨涡更深了几分。

随后彭予琛又继续介绍，喻森森身旁的女生叫陈昕宁，相较于喻言和喻森森来说，她的性格更为活泼开朗，和彭予琛一样属于调节气氛的存在。

而另外两名男生分别是周昱辰和卿诗衡。

听彭予琛介绍，周昱辰是一名外科医生，而卿诗衡则是一名律师。

介绍完后正好饭菜上桌。

陈昕宁似是怕江洛琪会觉得尴尬，时不时将一道菜转到她的面前，提起话题。

"琪琪，你试试这个螃蟹，是这里的招牌特色。"

江洛琪道谢，正要夹一块时，身旁的陆景然动作却比她更快。

只见他夹了一块螃蟹，慢条斯理地剥好壳后将雪嫩的蟹肉放到江洛琪的碗中。

这一系列动作他做得极为自然，多余的一句话都没说。

在场众人："……"

几分钟后。

陈昕宁转动转盘："琪琪，这个番茄牛肉煲也很好吃。"

陆景然也转："她不吃番茄。"

随后将黑椒牛柳转了过来，夹了一筷子放在江洛琪的碗中。

陈昕宁："……"

其余几人："……"

突然觉得好像吃饱了。

陈昕宁瞪了陆景然一眼，余光瞥到江洛琪放在身后的包似是有点眼熟，随口问道："琪琪，你的包我好像在哪见过，是不是今年黎曼的拍卖新款。"

"是啊，"江洛琪歪了歪头，又道，"不过是然哥送的。"

陈昕宁："……"

她又注意到江洛琪脖子上的项链吊坠极为精致，不由好奇问道："琪琪，你的项链好好看，是哪个珠宝品牌旗下的？"

"这个啊……"江洛琪低眸看了眼吊坠，道，"我不知道，这个也是然哥送的。"

陈昕宁："……"

陆景然淡淡地瞥了她一眼："你买不到的，这是独家设计。"

陈昕宁："……"

好了，她已经完全吃饱了。

吃过饭，彭予琛提议在会所的KTV玩一会儿。

其余人也觉得好不容易出来聚一次，就应该玩得尽兴，于是一群人又浩浩荡荡地朝着KTV包厢走去。

江洛琪和陆景然走在人群末端，她趁着前面的人没注意，捏了捏陆景然的掌心。

而下一秒小手便被他的掌心包裹住，又换了个方向十指相扣。

陆景然偏过头来看她，眉尾一挑，语调微扬："找牵？"

"不是——"

江洛琪脸颊微红，正欲解释，却见陆景然低睫，拖腔带调地"哦"了一声。

随即又听到他反问："那不牵？"

"……"江洛琪被他逗笑，"牵牵牵。"

陆景然的嘴角划过一抹浅淡的弧度，牵着她的手更紧了些。

江洛琪这才扯回话题："我是想说，如果你太累了，我们可以先回去的。"

"没事，"陆景然轻声道，"就想和你多待会儿。"

江洛琪愣了愣。

此时正好走到了包厢门口，陆景然牵着她的手进了包厢，径直坐在了沙发上。

其余人见状都当作什么都没看到，唱歌的唱歌，聊天的聊天。

"欸，我们来玩骰子吧，输了的喝酒，不然只唱歌多无聊啊。"彭予琛提议道，目光却是落在了坐在角落的喻言身上。

陈昕宁第一个赞同："没问题。"

卿诗衡："可以。"

喻言回视了他一眼，没反对："十二点前能回去就行。"

彭予琛这才又看向没反应的陆景然四人。

陆景然半抬眼皮，懒懒地"嗯"了一声。

江洛琪便也说了句"好"。

喻森森捧着水杯喝了口水，眨了眨眼，正想同意，周昱辰却是先开了口："三水酒精过敏，不能喝。"

"那就不喝呗，喝不了的玩'真心话大冒险'，怎么样？"

周昱辰没说话，算是默许了。

彭予琛让侍应生送来了酒和骰子，几人在桌子周围围成一圈，开始了游戏。

不知是不是因为陆景然今日状态不佳，第一轮便被彭予琛抢开输了，罚了第一杯酒。

在彭予琛跳出来抢开时，陈昕宁几人的目光都不约而同地落在了他的身上，其中或多或少都带了丝同情意味。

江洛琪不解，坐在她下家的喻淼淼则压低了声音告诉她："我们玩骰子没一个人玩得过然哥，琛哥又刚好在然哥上家，肯定会被他针对的。"

而接下来几轮，果然就如喻淼淼所说，无论彭予琛说几个几点，陆景然都直接开他，而场上的点数又正好比彭予琛说的要少。

彭予琛被连灌了几杯酒，受不住，连忙和江洛琪换个位置。

同样作为陆景然的上家，江洛琪的结果和彭予琛却截然相反，陆景然不仅不开她，还心甘情愿地被江洛琪开。

玩到后面，全场喝得最多的除了彭予琛就是陆景然了。

这游戏简直变相成为那两人之间的battle。

不知道玩了多少轮，输的又是彭予琛，这次他实在喝不下了，选择了"真心话"。

陈昕宁一直在盯着这个机会，迫不及待地问出了她的问题："彭予琛，你是不是喜欢我们喻总？"

话音一落，包厢的气氛顿时静谧了下来。

明明音响还在播放着嘈杂的背景音乐，但此刻的空气却宛若静止。

彭予琛呆了半响，艰难晦涩地看了坐在对面的喻言一眼。

喻言静静地回视着他，面无表情。

他的喉结微滚，沉默地倒了杯酒一口喝下。

陈昕宁显然没想到会是这种局面，尴尬地动了动唇，却不知该说些什么。

卿诗衡连忙打着圆场："来来来，继续继续。"

彭予琛也恢复了笑脸："下一把下一把，三水你刚刚竟然敢开我？还真以为哥哥不敢抢开你？"

喻淼淼吐了吐舌头，往周昱辰身后钻了钻。

气氛又渐渐热闹了起来。

江洛琪下意识看了喻言一眼，却见她眼睫低垂，眸中似有一丝失落划过。

她心中微叹，有些走神。

这时她的上家陈昕宁正好念了个数："二十七个六，琪琪到你了。"

江洛琪还没回过神便下意识说了句："二十八个六。"

话刚说出口，她便知道完了，坏事了。

她一点一点地转回头，正好撞进陆景然似笑非笑的眼神中。

不管怎样，先道歉再说。

江洛琪一脸认真地说道："然哥，我不是故意的。"

"哦，是吗？"陆景然眯了眯眼，反问道，看起来不太相信。

而另一侧的彭予琛却看热闹不嫌事大，嚷嚷道："然哥你开不开？你不开我可开了啊。"

"二十九个六。"

陆景然淡淡说道。

"我开！"彭予琛立即拍桌而起，"哈哈哈哈哈，来来来，报点报点，一、二、三……刚好二十七个。"

他笑眯眯地问道："然哥，喝酒还是'真心话'啊？"

他故意将"真心话"三字咬得极重，一听便知道他早就做好了问题准备。

而陆景然竟然也出乎意料地顺着他的意思选了"真心话"。

彭予琛当即将压在心里许久的问题问出了口："你老实交代，你是什么时候喜欢你女朋友的？我是真的很好奇你这棵铁树是什么时候开的花。"

包厢昏暗的灯光洒下，从江洛琪的角度看去，隐隐约约似是看到陆景然的唇角上扬了一个轻微的弧度，连带着整个侧脸线条都变得柔和起来。

他的语气轻松而又随意，带着微醺的醉意，缓缓吐出："我也不知道，一年前、两年前……或许更早吧。"

"哦——"

众人开始起哄。

这个答案实在是令在场所有人都没有想到的。

江洛琪愣愣地看着他。

陆景然察觉到了她的视线，侧过头来低眸看她，深邃的黑眸中似有情绪翻滚。

他的手臂自然地搭在她的肩膀上，轻轻地捏了捏她耳垂上的软肉。

随后又自顾自地低声重复了一遍："嗯，是挺早的——

"比你想的还要早得多。"

玩得尽兴后，众人准备散场。

陈昕宁也喝得不少，直到出了会所还抱着江洛琪的手臂，将头歪在她的肩膀上，一直嘟囔着："琪琪，以后我来看你打比赛啊，我来给你应援，我来给你疯狂打call，我要做你粉丝后援会的会长！"

江洛琪哭笑不得。

喻言一边联系司机，一边无奈地和她说道："小宁每次喝醉就这样，抱着人就不撒手，等会儿司机来了我和三水送她回去。"

"没事，她这样还挺可爱的。"

江洛琪刚说完，便对上了陆景然的视线。

见他微蹙着眉，眼眸微垂，似是不悦地瞥了她身旁的陈昕宁一眼。

陈昕宁察觉到了陆景然的目光，倏然抬起了头，伸出食指指着他的方向，眯着眼嚷道："你看什么看？我告诉你，陆景然，你学谁不好偏偏去学你那个面瘫大哥，整天冷着个脸不知道给谁看。真没想到你这样的人还能找到琪琪这么好的女朋友，还真是铁树开花——活久见！"

"……"陆景然扯了下唇，旋即面无表情地说道，"你天天嘻嘻哈哈的，也没见你找到男朋友。"

陈昕宁："……"

她朝江洛琪瘪了瘪嘴，一脸委屈模样，带着哭腔告状："琪琪你看，他凶我。"

"好了好了，别哭。"江洛琪忍着笑意揉了揉她的头安慰道。

陈昕宁却又突然变了脸，神神秘秘地凑到江洛琪耳边，轻声说道："琪琪，我周围还有很多优质男生，性格比陆景然好太多，家庭条件也没有差的。要不你把他踹了，我给你介绍新的？"

她的话音还未落，身前的阴影便暗了几分，气势压迫袭来。

陈昕宁顿时噤声，缩着脖子往江洛琪身后躲了躲。

锋利的眸光缓缓落在她抱着江洛琪的手臂上。

陈昕宁不情不愿地松了手，将江洛琪往陆景然的方向一推，还不忘控诉道："还给你，小气鬼。"

江洛琪撞了个满怀，一只手紧紧地环住了她的腰。

正好此时喻言的司机将车开了过来，喻森森扶着陈昕宁上了车。

喻言正欲坐进后座，忽然动作一顿，手搭在车门上，回头看了站在不远处的彭予琛一眼。

冷白的路灯洒下，他双手插兜恣意地站在那儿，他的脸上向来都带着点玩世不恭的笑意，而此时笑意敛去，目光沉沉地看着她的方向。

两人的视线猝不及防相撞，彭予琛微愣，嘴角下意识就往上一扯。

喻言沉默了几秒，问道："你怎么回？"

"我吗？"彭予琛挠了挠后脑勺，"我和阿衡顺路，等会儿直接回公司。"

"这么晚了还去公司？"喻言的眉头微不可察地一皱。

彭予琛的语气依旧没心没肺："这不员工都放假了嘛，临时有事也不好让他们回来，就我自己先顶上呗。"

"嗯，"喻言低眸，"那你注意休息。"

随后她钻进了车的后座。

车子扬长而去。

而彭予琛似是还沉浸在她的那句"那你注意休息"，久久不能回神。

江洛琪和陆景然向周昱辰几人道别后便也上了车。

车门一关，隔绝了外界的喧嚣和寒冷。

而陆景然一坐下便如同没了骨头般慵懒地靠在椅背上，手臂圈着江洛琪的肩膀，头往她的方向耷拉着，眼皮半抬，看起来疲惫至极。

江洛琪的头抵在他的耳旁，轻轻地蹭了蹭，他只抬手捏了捏她的脸，并无多余的动作和话语。

看样子是真的累了。

江洛琪便也不再吵他。

车子往星弥公寓驶去。

江洛琪顺便给阮秋涵发了条微信——

> 我在回来的路上了，你别锁门。

因着手机屏幕微弱的光亮，陆景然抬了抬眼，看到她发的消息，没说话。

大约过了二十分钟，车停了下来。

陆景然依旧保持着上车的姿势没动，他的呼吸轻轻浅浅，夹杂着微醺的酒意。

司机极其识眼色地下了车。

"然哥……"江洛琪又蹭了蹭他的脸颊。

陆景然微微侧头，从嗓子里含糊不清地吐出个单音词："嗯？"

"你知不知道今天是情人节？"江洛琪也侧过头来看他。

两人的距离极近，近到连呼吸都交缠在了一起。

一听到"情人节"三个字，陆景然眉梢微挑，眼眸清醒了几分，但仍是诚实地摇了摇头："不记得了。"

"你不记得也很正常，没关系，"他的回答在意料之中，江洛琪并没将这件事放在心上，自顾自地在包中翻找着什么，"但是我给你准备了一个小礼物。"

陆景然的视线也随着她的动作落了下来。

只见她从包中掏出了一个精致简约的丝绒礼盒，打开一看，里面躺着一个款式低调沉稳的打火机。

江洛琪也不确定他会不会喜欢，心中忐忑："我前几天和啾啾去逛了一圈都没找到合适的礼物，这个打火机我听说是绝版款式，觉得还挺好看的，就托了朋友买来送给你，不知道你喜不喜欢——"

"喜欢，"陆景然覆上她的手，深邃的眸子牢牢将她锁住，又重复了一遍，"很喜欢。"

不仅喜欢礼物，更喜欢送礼物的人。

"那就好。"

江洛琪弯了弯唇。

她凝视着他的眼眸，那里宛若暗泉一般，幽秘而又危险地蛊惑她一点一滴地沉沦其中。

"情人节快乐。"

她轻声咬字，随即倾身，如蜻蜓点水般，吻了他的唇角。

一触即离。

近在咫尺的呼吸忽然变得绵长，而灼热。

江洛琪脸颊微热，往后退了半分，一手仓皇地拎着包，一手搭在了车门上。

"然哥，我先上楼了。"

她的话音还未落，手腕便被身旁的男人扣住，旋即熟悉的气息铺天盖地地笼罩了过来。

她的后脑勺被男人托在了掌心，生涩而又热烈的吻落在了她的唇上。

如同烙印般刻骨铭心。

唇齿厮磨，带着酒的苦涩。

车内的温度逐步上升，暧昧的气息同周遭空气都融为了一体。

乱了心跳。

陆景然轻柔地啃咬着她的唇，又细细地描绘一遍，带着隐隐笑意低声呢喃道："亲完了就想走？这件事我可早就想干了。"

"不正经。"江洛琪轻斥，面色酡红，睨了他一眼，只是这一眼却没有任何的威慑力，反倒带了一丝迷乱的柔情。

陆景然低低笑着，抬手理了理她略微凌乱的头发，这才不舍地退开身子："时间不早了，你早点休息。"

江洛琪"嗯"了声，正准备开门下车，手机屏幕却在这时忽然亮了起来，几条微信消息跳了出来——

> 阮啾啾：姐妹，我和你商量件事……

> 阮啾啾：今晚你看你能不能……去你家然神那里睡一晚？

> 阮啾啾：我这临时突发状况，你别问我为什么，千万别回来，过几天我再和你说。

> 阮啾啾：我相信以然神的人品是不会对你动手动脚的。

> 阮啾啾：求你了.jpg

江洛琪："……"

不会动手动脚？

那刚才是干了什么？

哦，那叫动唇。

"……"

江洛琪及时将发散的思绪收了回来，盯着微信页面看了片刻，一时不知到底该不该上这个楼。

而陆景然也看到了阮秋涵发来的信息，唇角微勾，极其自然地将江洛琪重新揽进了怀中，顺手给司机发了条信息。

司机上车，启动了车子。

江洛琪紧张地看了眼车窗外，问道："然哥，我们这是去哪？不会是回陆家吧？"

一想到那个让所有人都讳莫如深的S市陆家，江洛琪便有些忐忑不安。

她还没做好接触这个庞大家族的准备。

陆景然看出了她的不安，捏了捏她的耳垂，声线低沉暗哑："放心吧，不回老宅。我在市中心有套房，偶尔会回去一趟，平常都是佣人在打理。"

江洛琪这才暗自松了口气。

陆景然所住的住宅地处S市黄金地段，是这片商圈唯一的高档住宅小区，进出的豪车数不胜数。

黑色宾利直驱而入，停在了一栋高楼之下。

陆景然家就在顶层，一进家门，早就候在门口的佣人恭恭敬敬地上前将拖鞋摆放好，接过江洛琪手中的包挂在了一旁的壁橱中。

这套房是复式设计，其他楼层都是一层两户，唯独顶层只有一户，这也导致了这套房比其他房的空间都要大得多。

客厅的一侧是一面极大的落地窗，透过窗户往外看，能看到整个S市的华丽夜景。

江洛琪忍不住在落地窗前驻足，看着眼前的万家灯火，心生感慨。

陆景然还在玄关处询问佣人："东西都准备好了吗？"

"准备好了，三少爷。"

随即他才走向江洛琪，从她的背后环住了她的腰，吻了吻她的耳朵，轻声道："去洗个澡吧，换洗衣物我都让佣人准备好了，你跟着她去。"

"嗯。"江洛琪羞赧地点了点头。

她跟着佣人上了楼。

陆景然倚靠在落地窗前，窗户倒映出模糊的剪影。

看着江洛琪的背影消失在了拐角处，周遭空气中似是还残留着属于她的淡淡香味。

他轻扯唇角，忽地一笑。

待江洛琪洗完澡下楼，客厅却不见陆景然的身影。

经佣人提醒，她才知道他去了厨房。

还未走近，便闻到了一阵葱花香味，将她肚里的馋虫瞬间勾了上来。

正好此时陆景然端着两碗阳春面走了出来，放在餐桌上。

他不知何时也洗了个澡，穿着一套黑色的棉质睡衣，头发被打湿后松松软软地耷着。

两人身上的沐浴露香味都是一样的。

"然哥，你怎么知道我饿了？"江洛琪边坐下边问道。

陆景然递给了她一双筷子，眉眼疏淡，漫不经心地说道："之前在基地的时候你基本每天都是这个时间点吃夜宵。"

"是吗？"江洛琪眨了眨眼，她从来都不记得这些。

她慢吞吞地吃着面，忽然又想起了一件事，抬头看向陆景然。

陆景然也察觉到了她的目光，停下了手中的动作，同她直视。

江洛琪一脸认真地问道："然哥，我很好奇，你到底是什么时候喜欢我的？"

这个问题似是在他的意料之中，陆景然的面色依旧没有什么波澜。

他半玩笑地说道："你猜。"

江洛琪："……"

这她怎么猜得到？

陆景然本也没想真让她猜，见她吃瘪的表情笑了笑，又继续说道："我也不知道。"

和先前在KTV包厢的回答一样。

但还有后半句。

江洛琪锲而不舍地追问："一两年前，或许更早，又是什么意思？"

她的心中隐隐有个猜测，但却不敢确定。

因为那实在是让人匪夷所思。

而陆景然的回答，却一点一滴地和她心中那个匪夷所思的猜测渐渐重合。

他说："你第一次在现场看我比赛的票是我给你的，那次我在观众席一眼就认出了你。

或许从那开始……一切都不一样了吧。"

江洛琪微愣，她记得，那年她正好高三，临近高考。

因着听说那年春季赛有一轮比赛在C市举办，而观赛的票却不对外售卖，只有内部人员手里才有。

所以她当时求着江洛嘉，让他想办法帮她搞张票来。

最后她如愿以偿地拿到了票，看了她人生中第一场AON的现场比赛。

也是她喜欢AON的那几年来，距离陆景然最近的一次。

而多年后的现在，她曾经视为偶像，如今深刻喜欢着的人，亲口告诉她，他在那个时候就已经认出了她。

并且在这接下来的几年，不知不觉就将她放在了心上。

这实在是——

太不可思议了。

而这么不可思议的事情，却又真真切切地发生在她的身上。

原来念念不忘，是真的会有回响。

江洛琪忽然觉得鼻尖有些酸涩。

她听到自己的声音带着些许颤抖地问道："万一我没想来打职业，也从没想过要加入AON，我们是不是就会——"

"不会错过，"陆景然定定地看着她，眸光浮动，"只是会晚一点而已，可能会等到我再次拿到世界冠军，也可能会等到我退役，但是结果是不管怎样都不会变的。

"我从没喜欢过任何人，你是第一个，也是唯一一个，所以无论如何，我都不会错过你。"

——不会错过，也不能错过。

等到江洛琪将最后一口面吃完，陆景然示意佣人整理一下餐桌，顺手扯了张餐巾纸递给了她："睡前故事听完了，小朋友该去刷牙睡觉了。"

见江洛琪坐着没动，陆景然又问："怎么？还想让我抱着你上去？"

闻言，江洛琪朝他伸了伸手臂，眼角微弯："抱。"

陆景然起身走到她的跟前，抄起她的膝弯，将她抱了起来。

随后上了楼，将她抱到了房门口后放她下来。

他俯身，吻了吻她的额头，并未做多余的动作，只轻声道了句"晚安"。

回到房间，直到躺在床上，江洛琪仍然有种不真切的感觉，宛若在做梦一般。

她翻来覆去，想到自己还没回阮秋涵的消息，便又点开了微信。

> Loki要拿世界冠军：姐妹，你还好吗？

按照平常这个时间点，阮秋涵都还没休息，发消息也几乎都是秒回。

然而今天回消息的速度却慢了许多，过了十分钟才回复了她。

> 阮啾啾：我没事，你呢？和你家然神有没有度过一个愉快的夜晚？

> Loki要拿世界冠军：瞎想什么呢，你自己不都说了相信然哥的人品吗？

> 阮啾啾：我相信然神，但不相信男人。

看着这句自相矛盾却又不失道理的一句话，江洛琪默了几秒，回想起在车上的那个吻，脸颊不由热了几分。

她将头埋进了被窝里，敲打着屏幕继续回复阮秋涵。

> Loki要拿世界冠军：我不是来和你说这个的。

> 阮啾啾：？

> Loki要拿世界冠军：我是想和你说，然哥真的早就认识我。

> 阮啾啾：你不是说你们小时候就见过吗？

Loki要拿世界冠军：我的意思是，在我还没有认出他的时候，他就已经认出我了。

阮啾啾：我就知道，从一开始你加入AON的时候，肯定都在他的预谋当中。

阮啾啾：呵，男人，果然都是一个德行。

阮啾啾：做什么事都会有预谋，尤其是在追女朋友这一方面。

阮啾啾：男人的嘴，骗人的鬼，有些话真的不能信，还特别爱蹬鼻子上脸。

江洛琪："？"

江洛琪的脑海中缓缓浮现出了一个问号。

她怎么觉得阮秋涵的话越说越不对劲？

这是在说她的然哥吗？

Loki要拿世界冠军：？

Loki要拿世界冠军：你在说谁？

阮啾啾：没谁。睡了，晚安。

Loki要拿世界冠军：？？？

江洛琪盯着手机屏幕愈发觉得有点蒙圈。

翌日，陆景然开车送江洛琪回星弥公寓。

因着初八就要回基地报到，江洛琪想趁这最后两天好好陪陪阮秋涵。

然而一进门，便见到阮秋涵鬼鬼祟祟地抱着什么推开了阳台的门。

"啾啾，你干吗呢？"江洛琪不由开口问道。

"啊——"阮秋涵却像是受到了惊吓一般，险些将怀中的东西甩了出去。

她机械般转过身来，看着江洛琪干笑了两声，道："你怎么这么早就回来了？"

"早吗？"江洛琪狐疑地看着她，"现在都下午了。"

阮秋涵："我这不才起床嘛，对我来说挺早的。"

说罢，她一脸镇定地转回身子，将手中的东西晾在了衣杆上。

江洛琪这才发现她在晾床单。

"你怎么想起把床单洗了？"路过厨房时她又看到水槽里堆了一些碗筷，"你昨晚自己动手做饭了？"

阮秋涵回到客厅，按着江洛琪的肩膀让她坐在沙发上，严肃地对她说道："江大小姐，请你不要把我想象成一个好吃懒做的人。"

江洛琪眨了眨眼，反问："你不是吗？"

阮秋涵："……"

好吧，她是。

她连忙转移话题："你昨天去参加然神的发小聚会，感觉怎么样？那些人都好相处吗？"

江洛琪下意识回答："还挺好相处的，他们还把我拉进了他们发小的微信群，还说要组队去看我们打比赛。"

"那不挺好？"阮秋涵打趣道，"俗话说得好，打入敌人内部就已经成功了一大半，现在就差正式见家长订婚了。"

江洛琪双眸微眯，盯着她没说话。

被她这么看着，阮秋涵不禁有些心虚。

她眼神闪躲地问道："你干吗这样看着我？"

"你在转移话题，"江洛琪笃定道，"老实交代，昨晚你干了什么坏事？"

"没有……我能做什么坏事？"

见江洛琪明显不相信的模样，阮秋涵只得又道："怎么？你有了然神还不准我一个人过情人节了？明明是你抛弃了我，还在这儿质问我，你可真没良心。"

旋即，还装作一副吃醋的模样转过了身。

"那好吧，"江洛琪放弃了追问，伸手环上她的肩膀，放软了声音哄她，"为了弥补昨晚没陪你过情人节，你想吃什么？我请客。"

"真的？"

"真的。"

阮秋涵掰着手指一样一样地数着："我想吃法式大餐，还想吃日料，那个我听说商业街那里新开了家韩式料理，那家的部队火锅很多人推荐，还想吃牛蛙、烤肉、三杯鸡和小龙虾……"

"……"江洛琪白了她一眼，"撑不死你？"

阮秋涵："撑不死。"

阮秋涵："甚至还能再喝两杯奶茶。"

江洛琪："……"

对不起打扰了，当她没说。

第十六章　拱了我家琪琪的白菜

初八这日。

安静了许久的AON基地终于热闹了起来。

二队队员在前几日便赶了回来进行训练，陈明刚回到基地就被叫去会议室开会，是关于三月份春季赛的会议。

而阿昆提着行李箱刚在别墅大门口下了车，就听到身后传来一阵嚣张的喇叭声。

连带着将鲸鱼战队的几人都吸引了出来，四个脑袋从三楼的窗户冒了出来，看到楼下停着的一辆雷克萨斯，不约而同吹起了口哨。

"有点酷哦——"

驾驶座的车窗缓缓降下，露出温旭阳那副吊儿郎当的脸，戴着副墨镜，手肘搭在车窗上，探出头来朝着三楼的那四人招了招手："鲸鱼战队的朋友们，你们的太阳神回来了！"

鲸鱼战队众人："……"

阿昆："……"

温旭阳："？"

"你们都不欢迎我的吗？"

他的话音刚落，便听到身后再次传来了一阵喇叭声。

"卧槽，这也太酷了！"

"看这车标？是不是兰博基尼？"

"就是啊，卧槽，我要下去观摩一下。"

三楼的四个头瞬间消失了踪影。

温旭阳挠了挠头，下了车，一看到自己车后面停了一辆白色的兰博基尼跑车，当即便猜到来人是谁。

果不其然，跑车的敞篷打开，江洛琪坐在驾驶座上，取下脸上的墨镜，朝温旭阳挥了挥手。

她笑道："太阳神，你买车了啊？还挺酷。"

"哪有你酷"这句话还未说出口，四道身影便突然从温旭阳身后蹿了出来，猛地撞上了他的肩膀，将他撞得七荤八素，晕头转向。

再次回过神来，便见鲸鱼战队那四人已经围在那辆兰博基尼车前，一副小心翼翼想摸又不敢摸的样子。

胡黎笑得一脸谄媚："琪姐，这是你的车？我能碰一下吗？"

"能啊，"江洛琪有些莫名其妙，"这车不碰怎么开？"

原木："我也想摸，我还想自拍一张。"

小光："我也要！"

赛文："加我一个！！！"

江洛琪哭笑不得："你们想摸就摸吧，拍照也可以，别拍车牌号就行。"

"哦耶！"

鲸鱼战队的几人个个双眼放着光，掏出手机一顿咔嚓咔嚓，简直就把这当成了某个著名旅游景点。

被完全晾在一边的温旭阳："……"

阿昆拖着行李箱慢悠悠地走到他的身边，瞅了他车一眼，发表了评价："嗯，不错，车还不错。"

"是吧？"温旭阳顿时恢复了热情，骄傲地向他介绍道，"我这车，低调奢华有内涵，哪有琪姐的车那么浮夸？而且她的车只能坐两人，我这车就比较实际，你说对吧？"

"嗯，"阿昆点了点头，旋即又道，"不过我更喜欢浮夸的。"

温旭阳："？"

阿昆将行李箱往他的方向一推："帮我看下行李箱，我去拍照发朋友圈了，琪姐的车是真的酷！"

温旭阳："？？？"

这也太无情了吧！

回到基地，江洛琪简单地将房间的东西整理了一下，便被陈明叫到训练室集合。

半个月没见，一个两个看上去都吃胖了不少。

西瓜理了个西瓜头，被温旭阳无情地嘲笑像个傻帽儿。

西瓜也不恼，乐呵地笑着，倒是阿昆拿温旭阳刚才倒车入库倒了老半天都没倒进去来反击他。

"我这是不习惯开这种车，我那辆车的车型比较长，不太习惯而已！要是开老大的车，我分分钟倒好车！"温旭阳嚷嚷道。

见江洛琪走了进来，陈明问她："小然呢？他什么时候回来报到？"

江洛琪坐回了自己的位置："然哥说晚点回来，我也不知道具体几点，但是今天肯定能赶回来。"

陈明："那行吧，其实今天也没什么事，就是春季赛的时间定在了三月四日开赛，后天正式开始训练赛，你们也没有什么特殊情况，春季赛大名单我就将你们都报上去了。"

众人异口同声："没问题。"

随即陈明便出了训练室，让他们自行安排。

温旭阳提议道："不如我们直播'四排'吧，刚好四个人，好久没直播了，粉丝肯定都想我了。"

"想不想你我不知道，"阿昆开了电脑，"但肯定想我了。"

温旭阳："……"

江洛琪调试了摄像头后开了直播间，不过一瞬间就涌入了大量粉丝。

与此同时，温旭阳和阿昆的直播间粉丝数目都还没有江洛琪直播间粉丝数零头多。

见状，西瓜总结："想不想你们我不知道，但肯定想琪姐了。"

阿昆："……"

"……"温旭阳看了眼江洛琪直播间络绎不绝的弹幕，感叹道，"我觉得我AON战队人气担当的名号可以让给琪姐了。"

江洛琪一边打开游戏一边看了眼直播间弹幕——

不好意思太阳神，在这之前人气担当是属于我们然神的。

Loki快进游戏吧，半个月没见着你们直播了，就等着你们这口续命呢。

听说春季赛要开赛了，第一可以拿到今年PGC的门票。

加油！我相信你们可以的，上次慈善赛看得我热泪盈眶。

只要保持慈善赛的那种手感，春季赛第一不是问题好吧。

就怕春季赛和去年一样拉闸，去年AON的状态真的很迷，不知道今年会不会好点。

肯定会好很多，没看到慈善赛的表现吗？

不就一个慈善赛吗？还有好多强队没上场，这能证明什么？

AON也就只能打打鱼塘局了，一到春季赛这种强队如云的比赛准会拉闸。

不会还真有人以为AON有实力吧？这明眼人都看得出来就是运气而已。

麻烦房管把这些带节奏的喷子禁言好吗，大过年的我可不想问候你全家。

…………

微蹙了蹙眉，江洛琪忽视那些带节奏的弹幕，和温旭阳他们组了队进了游戏。

第一把"沙漠图"，温旭阳随便在地图上标了个点，不是主城，是一片野区。

弹幕——

太阳神不行啊，打什么野，去城里杠啊！

太阳神是典型的分奴了，他怕掉大分。

男人不能说不行，太阳神听我的，跳皮卡多拳击馆。

你们在Loki直播间喊话太阳神？是我进错了直播间吗？

兄弟，你没进错，是他们进错了。

我突然想起个事，Loki看我！回答我！情人节那天啾啾和太阳神是不是在一起？

江洛琪好巧不巧地看到了这条弹幕，她捡了把枪，顺口问道："你怎么知道？"

——就是那天半夜我在看啾啾直播，好像听到了太阳神的声音，那个时候看直播的都听到了，都说像太阳神的声音。

对，我也听到了，是真的像。

我还问了啾啾，啾啾说是我们听错了。

但是我很清楚地听到那人叫了声"宝贝儿"，还问啾啾吹风机在哪！

没错没错！我也听到了，绝对没听错，而且声音和太阳神真的很像！

江洛琪滑动鼠标的动作一顿。

那天晚上阮秋涵奇怪的言语，以及第二天她鬼鬼祟祟地晾床单，明显心虚地转移话题，厨房里堆积的碗筷……

这些小细节在这一瞬间都串了起来。

啊，原来是这样。

江洛琪面不改色地将注意力转回了游戏中，并没有正面回答那些弹幕的问题，反而安安静静地打了一下午的游戏，直到下播。

几人一同下楼吃晚饭。

见江洛琪今天出奇地安静，不仅打游戏时话少，就连吃饭时听到他们讲的笑话也毫无反应，温旭阳挠了挠头思索片刻，旋即恍然大悟，垂着头掏出手机，给陆景然发了条消息——

太阳神第一帅：老大，你什么时候回基地？

老大：在路上。

太阳神第一帅：你是不是惹琪姐生气了？

老大：？

太阳神第一帅：她今天看起来心情不太好，都不说话，也不笑，我猜肯定是你惹她生气了。

太阳神第一帅：老实交代，你是不是做了什么错事？快点告诉兄弟，兄弟好提前给你说说好话，不然你等会儿回来就等着追妻火葬场吧。

老大：有病？

温旭阳："？"

他猛戳屏幕——

老大你怎么能这么说我？我在这好心好意给你出主意……

"温旭阳。"

"啊？"冷不丁被叫到名字，温旭阳手忙脚乱地将输入框里的字删掉，退出微信，这才抬头看向坐在对面的江洛琪。

江洛琪指尖有节奏地敲击着桌面，看向他的目光带有浓浓的审视意味。

温旭阳当即举起双手："我什么都不知道，然哥什么都没和我说，我也不知道他做了什么错事。"

江洛琪："？"

她双眸微眯："关然哥什么事？"

温旭阳一愣，狐疑地反问道："难道不是吗？"

"你别转移话题。"江洛琪往后靠着椅背，双手交叠，好整以暇地问道，"我问你，情人节那天你在干什么？"

她并未有多余的表情，然而落在温旭阳身上的目光却极具压迫力。

这个问题来得突然，一旁的阿昆和西瓜低着头窃窃私语："情人节是哪天？琪姐干吗要问这个？"

而温旭阳呆愣了片刻，下意识就说道："我在家看电视啊……"

"呵，"江洛琪冷冷地吐出两个字，"撒谎。"

周遭的温度好似突然下降了不少。

　　阿昆紧了紧身上的外套，察觉到江洛琪和温旭阳之间的诡异气氛，和西瓜互相交换了个眼神，思考着该如何开溜。

　　然而就在这时，温旭阳绷不住了，双手合十，额头"砰"的一声砸在了桌面上："琪姐，我错了，我不该挖你墙脚，但我是真心喜欢她的。"

　　阿昆和西瓜一脸震惊："？？？"

　　他们听到了什么？

　　太阳神要和琪姐抢男人？？？

　　江洛琪："所以你们就瞒着我鬼混？"

　　温旭阳反驳："琪姐，这怎么能叫鬼混呢，我们俩情投意合，两厢情愿……唔唔——"

　　他瞪着眼睛看着莫名其妙冒出来捂着他嘴巴的阿昆，示意他赶紧放手。

　　而阿昆却是一脸怜悯的模样，语重心长地告诫他："虽说现在提倡自由恋爱，但是你也不能抢琪姐的人，你说对吧？"

　　温旭阳："唔唔——"

　　阿昆："我知道你和老大一起经历了不少风风雨雨，但人家才是真爱，你也不能瞎掺和啊。"

　　温旭阳险些抓狂："唔唔唔唔！！"

　　阿昆："这样吧，你就老实交代你对我们老大做了什么，好好向琪姐认个错，你做啥事不好，怎么偏要惹我们琪姐生气呢？"

　　江洛琪越听越觉得不对劲。

　　而温旭阳终于扒开了阿昆的手，忍不住破口大骂："阿昆，你丫的脑子抽了吧？老子吃饱了撑的和老大搞基？就算老大喜欢男的——"

　　"咳咳——"西瓜默默地往旁边挪了一步。

　　一丝凉意猛然蹿上了脊背，温旭阳莫名地打了个战栗。

　　他话锋蓦地一转："那他肯定也看不上我这种人，你们说对吧？"

　　"嗯，你说得很对。"陆景然从他的身旁擦肩而过，裹挟着清冽的寒意，径直走到了江洛琪身旁坐下。

他的手臂懒懒地搭在她身后的椅背上，双腿交叠，半抬着眼皮睨了温旭阳一眼，薄唇微张："发生什么事了？"

江洛琪冷哼一声："他拱了我家的白菜。"

"哦，拱了我家琪琪的白菜——"陆景然揉了揉江洛琪的头，又轻飘飘地看向温旭阳，淡淡地说道，"那的确是该好好打一顿。"

"……"温旭阳欲哭无泪，"老大，我真知道错了——"

今夜的基地注定不平静。

阿昆和陈明在得知温旭阳竟然抛弃他们脱离了单身小分队，揪着他一顿狂轰滥炸。

西瓜抱着薯片坐在沙发上乐呵地看戏。

而陆景然刚回到基地就接到管理层的电话，向他汇报赞助投资商的情况。

江洛琪则盯着微信页面发呆，在得知阮秋涵和温旭阳可能发生了什么之后，她其实也没多生气。

她只是有些担心阮秋涵。

犹豫片刻，她还是给阮秋涵发了条微信——

你和太阳神？

不过几分钟，阮秋涵的电话便打了过来。

江洛琪避开了其他人，来到了后花园，这才接听了电话。

阮秋涵也没有拐弯抹角，直接问道："你都知道了？"

江洛琪"嗯"了一声："猜到了，问了一下太阳神，他就承认了。"

电话那头沉默了几秒。

"嘁，这都是意外，没什么大不了的，"阮秋涵语气轻松，"你知道吗？温旭阳那个狗男人，情人节那天说要来给我做饭，然后他还带了酒来，我们俩不小心喝多了就……

"醒来的时候正好看到你发消息说要回来了，吓得我赶紧让你别回来。我赶他走他还不愿走，还说要我对他负责，你说这人是不是狗？"

"啾啾。"江洛琪忽然出声打断了她。

阮秋涵："怎么？"

"我其实就是想问问你，你是怎么想的？"江洛琪抬眸看了眼花园里亮着的灯。

冷白的灯光下，仍然有小飞虫义无反顾地扑上前去。

尽管知道，什么也得不到。

"还能怎么想？"阮秋涵自嘲地笑着，"先处着呗，要是他真的因为我家里的原因和我分手我也不会怪他。"

江洛琪："我觉得他不会。"

"你怎么知道？"

"就是这么觉得。"

苍凉而又短促的笑声从手机里传来。

"琪琪，那句话说得很好，夫妻本是同林鸟，大难临头各自飞。更何况我和他现在也只是男女朋友关系，他没有义务就一定要蹚我家的浑水……"

"啾啾。"

"啊？"

"你值得被热烈地爱着，那些外界因素不是阻止你被爱的理由。你也不要因此有负担，更别想着推开他，"江洛琪叹了口气，"你爱他，就相信他吧，他不会让你失望的。"

电话那头又沉默了良久。

旋即听到阮秋涵极轻的声音："我知道了。"

两人又聊了一些其他的话题，便挂断了电话。

江洛琪坐在花园的藤椅上轻轻晃着，一道身影走近，将外套披在了她的身上。

熟悉的气息铺天盖地地笼罩了过来，江洛琪回过头，见陆景然正侧身站在她的身后，表情冷然，仍旧在和管理层打着电话。

而一触到江洛琪的视线，他的眸光顿时如寒冰消融般柔和了下来，泛起点点碎芒。

陆景然边低声和电话那头说着什么，边抬手揉了揉她的头。

暖意从心间缓缓涌出。

月色很美。

人也亦然。

元宵节这日，连续经历了一个星期高强度训练赛的各大战队终于放了一天假。

直到日上三竿，AON战队的几人才慢吞吞地陆续爬起了床。

一楼门铃渐响。

陈明睡眼惺忪地从厨房走了出来，一边打开了门一边嘟囔道："谁啊？这么早——"

话音还未落，他便看清门口站着一位仪态端庄、优雅贤淑的中年女士，面上妆容精致，挂着温柔得体的笑容，手上还拎着一个保温桶。

陈明瞬间就换了副正经的面孔，礼貌地询问道："您好，请问您找谁？"

关芹理了理耳边的碎发，往别墅里望了望，并没有看到熟悉的身影，这才说道："我找江洛琪。"

"噢，想必您是洛琪的妈妈吧？"陈明恍然大悟，再见关芹这气质，越看越觉得和江洛琪有那么几分相似。

而关芹一听这话，脸上的笑容更深了几分，点头应道："是啊，我是她妈妈，请问她现在在这里吗？"

"在的在的，您先进来坐会儿，我去叫她下来。"陈明殷勤地将关芹引进了客厅，随后给江洛琪打了个电话。

接到电话时，江洛琪正好在刷牙，她瞥了眼手机屏幕，滑动了接听，含糊不清地问道："老陈，干吗？"

"你妈来看你了，赶紧下来吧。"

江洛琪刷牙的手一顿："我妈？她怎么来了？"

陈明："那我怎么知道？可能因为今天元宵节就来看你了。"

"好，我马上下来。"

话虽如此，但江洛琪仍是觉得奇怪。

她要是没记错，李静雯现在应该还在澳洲没有回来，怎么会突然出现在这里？

带着满腹疑问，江洛琪出了房间，乘电梯下了楼。

一见到坐在沙发上的关芹，江洛琪脑子还没完全转过来，就直接脱口而出："妈，你怎么来了？"

话一说出口，她险些咬着自己的舌头。

而关芹更是笑眯眯地朝她招了招手："琪琪，过来。"

"阿姨，"江洛琪乖巧地坐在了她的身边，"您今天怎么想着过来看我们了？"

"这不明天我和你陆叔叔就要回B市了，想着今天元宵节，就来这看看你们了，"关芹边打开保温桶边说道，"还给你们准备了汤圆，一大份，让你的队友们也下来一起吃吧。"

"好。"

江洛琪正准备在微信群里发个消息叫他们下来，却发现此时微信群里正热闹——

老陈：Loki的妈妈来了，你们都注意点形象，可别吓到她妈妈了。

太阳神：琪姐的妈妈来了？来看她吗？羡慕了，我妈估计都忘记自己还有个儿子了。

阿昆：突然不敢下楼，老陈你盯着点，琪姐妈妈走了再喊我们。

老陈：我正在厨房盯着，不得不说Loki和她妈妈长得还挺像。

太阳神：@LJR，老大，你丈母娘来了，要不要下去打个招呼？

太阳神：@LJR，老大人呢？不会还没起床吧？

Loki要拿世界冠军：……

Loki要拿世界冠军：你们下来吧，给你们准备了汤圆。

太阳神：这么一说我的确饿了，那我就不客气下来了。

阿昆：等我一下，我好像听到然哥开门的声音了。

太阳神：走走走，和然哥一起下去。

旋即微信群便安静了下来。

关芹又提起了话题："我听说S大后天开学了，你有没有回学校报到？"

"我今天等会儿就准备去报到。"单独和关芹相处，江洛琪还是有些不自在，眼神不自觉地就瞟向电梯的方向。

关芹："行，记得让小然送你去，有什么事就尽管使唤他，别客气。"

这时电梯门缓缓打开，三道身影同时走了出来。

看清沙发上坐着的人时，陆景然脚步一顿，语气带了些许惊讶："妈，你怎么来了？"

"我去，"温旭阳脚下一滑，眼疾手快地拉住了阿昆的手臂，"他们这也发展得太快了吧？然哥都叫妈了。"

阿昆深以为然地点了点头，表示赞同。

陆景然淡淡地看了他们两人一眼："这是我妈。"

温旭阳和阿昆："？"

江洛琪适时解释道："嗯，这是然哥的妈妈。"

"阿姨好！"

温旭阳和阿昆异口同声地打着招呼，屁颠屁颠地跟在陆景然的身后坐在了沙发上。

关芹将保温桶往他们的方向推了推，双眸含笑，温柔地说道："今天元宵节，阿姨给你们带了一大份汤圆，你们不要客气，还得好好感谢你们对我家琪琪的照顾。"

温旭阳和阿昆互相对视了一眼，纷纷察觉到了这番话里的不对劲。

他们同时狐疑地看向了陆景然，低声耳语问道："然哥，你确定这真的是你妈？"

陆景然："……"

第十七章　回校报到

将关芹送走之后，江洛琪也收拾了东西准备回S大报到。

正准备出门时，却接到了姚天姿的电话。

江洛琪在铁门口等着陆景然开车过来，顺手滑动了接听。

"喂，天姿，怎么了吗?"

手机那头有些吵闹，隐隐约约能听到黑车司机拉客的声音。

姚天姿唯唯诺诺地说道:"洛琪，我在微信群里看到你说今天回学校报到。"

"是啊。"江洛琪看着熟悉的路虎缓缓开近，开了车门爬上了车。

姚天姿犹豫了片刻，语气似是有些为难:"我看你说你男朋友会开车送你回学校，我现在在火车站这里，人太多了，打车暂时打不到……"

"行，你在那等我会儿，我们来接你。"江洛琪想都没想就应了下来。

此时陆景然突然侧过身来，伸手替她系上了安全带。

两人的距离瞬间拉近，江洛琪的呼吸不由得一停。

手机那头正传来姚天姿的道谢声，而车内的气氛却是静谧到了极点。

好似空气流动的速度都变慢了。

陆景然直直地盯着她，随即一点一点地靠近。

他的眸色深沉，宛若暗流。

江洛琪清晰地感觉到唇上传来的温热触感，一碰即离。

此番动作就如同戏弄一般，身子坐回去时他的嘴角勾起了一抹细微的弧度。

"洛琪，你还在听吗？"

手机里传来的声音将江洛琪的思绪拉了回来，她瞪了陆景然一眼，这才回答道："在呢，你就在东广场那里等我们，我们现在过来。"

姚天姿："太谢谢了，等会儿回学校我请你们喝奶茶吧？"

"没事，不用这么客气。"

江洛琪又随意和她寒暄了几句，这才挂断了电话。

见车的确是往火车站的方向行驶，江洛琪便知道陆景然听到了她们的谈话。

正好此时在红绿灯路口停了下来，江洛琪偏过头，轻唤了声："然哥。"

"嗯？"陆景然侧头看她。

澄亮的眸子中划过一丝狡黠，江洛琪往他的方向倾了倾身子："你过来一点。"

陆景然依言靠了过来。

两人的距离再次拉近，目光交融，鼻息交缠。

陆景然的视线自然而然地落在她殷红的唇上，喉结微微滑动，眸光深邃。

而就在此时，江洛琪却忽然退了半分，冲他调皮一笑："绿灯了，然哥快开车。"

陆景然微愣，旋即便意识到她是在故意报复自己先前的举动，无奈一笑，强压下内心的躁动，专注开车。

他们在东广场处接到了姚天姿，见她提了个大大的行李箱，江洛琪解了安全带下车就要帮她提，而一道身影却比她更快。

"上车待着。"陆景然淡淡地抛下这句，便将姚天姿的行李箱塞进了后备厢。

转身欲回驾驶座时，耳边传来了姚天姿细若蚊蝇的声音："谢谢……"

"不用。"陆景然收回目光上了车，正准备踩下油门开车时，不经意间抬眸看了眼后视镜，见姚天姿仓皇地垂下了眼，不禁微蹙了蹙眉。

江洛琪此刻有些犯困了，坐在副驾驶上昏昏欲睡。

而姚天姿坐在后座，不自然地看着窗外，双手局促得甚至都不知该如何摆放。

"不好意思。"陆景然的突然开口打破了沉默的气氛。

姚天姿慌乱地抬头看去，透过后视镜两人的视线相撞，她不安地揪了揪衣角。

陆景然往她身旁瞥了一眼："能麻烦你将旁边的毯子递给我一下吗？"

"啊？好。"姚天姿将毯子递给了他。

"谢谢。"陆景然平静地道谢。

正好此时又一个红绿灯路口，他将毯子盖在了江洛琪身上，调整了她的座椅高度，又顺手调高了空调温度。

这一系列动作行云流水。

姚天姿看着江洛琪的睡颜不知不觉发起了呆，忽然又想到自己曾故意将口红落在了这辆车上，垂着头状似无意地寻找着口红的踪迹。

然而却一无所获。

胸口说不出来地闷。

直到到了宿舍楼下，江洛琪才悠悠转醒。

正巧沈钰刚拿了快递回来，眼见着这辆车有点眼熟，便看到江洛琪和姚天姿一前一后地下了车，连忙上前帮姚天姿提行李箱。

陆景然坐着没动，只是在江洛琪下车的时候说了句："我在旁边停车场等你，你弄完了直接过来就行。"

江洛琪应了声好。

姚天姿却踟蹰了片刻，低声询问她："要不要叫你男朋友一起去喝杯奶茶？毕竟刚才挺麻烦你们的……"

"没事，不用，"江洛琪摆了摆手，朝着楼梯口走去，"然哥不爱喝奶茶，我把他那份喝了就行。"

姚天姿："那好吧……"

回到阔别已久的宿舍楼，还未进宿舍门，隔壁宿舍的同学便纷纷和她们打着招呼。

"洛琪你终于回来啦？一年不见又漂亮了不少。"

"是啊，没想到这么快就一年过去了，我们都大三下学期了。"

"就快要毕业咯，毕业论文毕业实习离我们不远了。"

江洛琪笑着一一回应着。

姚天姿默默地跟在她的身后，冷不丁被一个女生拦住了去路。

女生是隔壁班的，名叫苏真，她将姚天姿拉到了一个角落，神神秘秘地问她："我刚看到你和洛琪从一辆豪车上下来的，那车是谁的啊？真的酷。"

姚天姿抿了抿唇，下意识推了推鼻梁上的眼镜，解释道："那是洛琪男朋友的车。"

"男朋友？"苏真惊讶道，"她男朋友这么有钱的吗？难怪她今天那一身行头看起来都不简单。"

姚天姿皱了皱眉，轻声斥道："你可别在外面乱说，这种事被别人知道了不好。"

"明白明白，我肯定不会说的。"苏真笑眯眯地保证道。

姚天姿便也没再多说。

江洛琪一进宿舍门便见到云西子正坐在自己的座位上打着游戏，忍不住就凑上前去。

此时云西子正好在打决赛圈，只剩下三个人，她以一敌二，不慌不忙地"吃了鸡"。

"可以啊，宝贝，"江洛琪开玩笑道，"来我们AON打职业赛吧，我给你走后门。”

云西子伸了个懒腰："得了吧，打职业赛就算了，我可受不了每天枯燥的训练。"

一听到"训练"二字，江洛琪也一脸颓丧地坐回了自己的椅子上："我报完到还得赶回去，明天还有一天的训练赛要打。"

云西子递给了她一个怜悯的眼神，趴在椅背上问她："那明天晚上的班会，还有后天上午的选课你怎么办？训练赛结束还赶回来吗？"

江洛琪："那不然呢？

眼见着云西子又要点进下一把游戏，江洛琪眼疾手快地拦住了她："别打了，该去报到了。"

云西子这才恋恋不舍地退出了游戏。

宿舍四人一同去学工组报到，轮到江洛琪时辅导员却让她等会儿再走。

辅导员是个中年男性，体态偏胖，说起话来带点口音。

江洛琪平日里和他的交集不多，尽管她的成绩年级第一，但学生会和校团委都没有参加，所以鲜少会和学工组的老师相处。

辅导员将她叫到了一旁，询问道："我听说你去打职业电竞了？"

"是。"江洛琪点头。

"是这样的，我听说职业电竞训练也挺辛苦的，还有些人为了打职业赛而休学……"辅导员意有所指地看了她一眼。

江洛琪当即会意："我不会休学的。"

辅导员："但是我觉得这样可能会影响到你的学习。"

"……"

江洛琪试探性问道："所以，您的意思？"

"我的意思很明确，就是希望目前阶段你能以学业为重，至于职业电竞那边，能放弃就放弃。"

"理由？"

辅导员："什么？"

江洛琪深深地吐出了口气："给我个理由，为什么要放弃打职业赛。"

闻言，辅导员微蹙了蹙眉，似是觉得她这个问题的答案已经很显然易见了。

他道："你就算现在能协调两边，但是你到时候考研读研的话，肯定就没有时间去打职业赛了……"

"我什么时候说过我要考研了？"江洛琪淡淡地打断了他的话。

辅导员一愣。

他不敢置信地问道："你不考研？你成绩这么好不考研？现在金融行业竞争这么激烈，外头那么多好岗位招人都是研究生起步，你不读研就算你本科成绩好，但是也比人家研究生差了一截。"

见江洛琪没说话，他又语重心长地劝说道："你打职业赛也不可能打一辈子，你到时候如果等退役了再来重新接触这个行业肯定来不及了，老师知道你是个有主见的，但还是希望你能好好考虑一下自己的前途。"

"首先谢谢老师和我说这么多，我知道您是为了我考虑。"江洛琪勾唇浅笑，眸底却是一丝笑意也无。

辅导员以为她听进了自己说的话，正欣慰地松了口气，却在听到她接下来的话时面色一僵。

"但是如果是这个理由的话您完全不用担心，我不考研是因为我进我家的公司不需要研究生学位；而且就算等到我退役也不会面临找不到工作的困境。所以这些理由对我来说不成立，我也不用担心这些。"

江洛琪极其礼貌地措辞："老师要是没什么事我就先走了，我还得赶回基地训练。"

话音一落，她朝他微微颔首，便转身径直离开。

只留下辅导员站在原地良久才从她的话语中回过神来。

云西子三人在办公室外等着江洛琪，见她出来了忍不住询问她和辅导员都说了什么。

江洛琪只简单地提了几句，便和她们往宿舍楼走去。

在楼下和她们分道扬镳，江洛琪往旁边的停车场走去。

只是走到车旁，却发现车上没人。

江洛琪疑惑地掏出手机正准备给陆景然发个消息，脸颊处却忽然传来温热的触感。

她偏头，便见一只骨节分明的手拎着杯奶茶在她眼前晃了晃。

江洛琪双眸一亮，欣喜地接过。

"然哥，你怎么去买奶茶了？"

陆景然斜靠在车门旁，单手插兜，懒懒地说道："等得太无聊了，就顺便去买了杯奶茶。"

江洛琪吸了口奶茶，含糊不清地说道："那我们回基地吧。"

"嗯。"陆景然揉了揉她的头，顺手帮她拉开了副驾驶的车门，等她上了车，这才绕到另一边上了车。

与此同时，正在上楼的姚天姿脚步一顿，眸光晦暗不明地落在了那辆缓缓开远的路虎上。

走在前头的云西子和沈钰都没察觉到姚天姿的异常，径直回了寝室。

不远处传来某个女生的惊呼声："刚才那男的好帅，你们有没有看到他的正脸，真的绝了。"

"看到了，看到了，那个女生是住楼上的那个系花吧？他们站一起真的好配。"

"是啊，但是那个男生的脸我觉得好像有点眼熟，是不是在哪见过？"

"你见着个帅哥就说眼熟，你说哪里有你不眼熟的？"

"……"

女生叽叽喳喳的声音充斥着姚天姿的耳朵，脑中不断回放着刚才陆景然对江洛琪做的那一系列亲密举动。

姚天姿闭了闭眼，捏紧了手中的包带，沉着脸上了楼。

陆景然将车停在基地车库时，江洛琪正好将那一杯奶茶喝完。

她满足地摸了摸肚子，惬意道："我好久没喝过学校的奶茶了，我觉得我今晚不需要吃饭了。"

陆景然解开了安全带，闻言看了她一眼，轻声道："你不吃晚饭到时候也会吃夜宵。"

"不过然哥你为什么不喜欢喝奶茶？"江洛琪扒拉了一下杯中残余的珍珠，感叹道，"奶茶多好喝，简直就是我们女生的快乐源泉——"

"泉"字话音还未落，眼前突然放大的俊脸令她完全失了声。

如攻城略地般侵略袭来，如暴风骤雨般不留余地。

不同于第一个吻的热烈，这个吻辗转缠绵，一点一滴地汲取着她唇中属于她的气息。

却又极致地温柔。

险些将她溺毙。

陆景然的指尖划过她的后颈，她的身子微颤。

旋即听到耳旁传来低沉而又蛊惑的声音："奶茶哪有你好喝？"

伴随着低低的笑声。

江洛琪的脸颊染上了一片绯红，却又沉溺在他的温柔中不能自拔。

翌日，又是一下午忙碌的训练赛。

这段时间AON几人的手感都极好，训练赛的成绩也极其可观，这让众多粉丝都希望PCL春季赛尽快来到。

因为晚上还要赶回学校参加班会，所以晚上的训练赛由西瓜代替江洛琪参加。

而又因着下午和晚上训练赛的间隔时间短，所以陆景然也不方便送她回学校。

吃过晚饭，江洛琪找陆景然拿车钥匙，又简单地收拾了下要带去学校的东西。

她在学校行事向来低调，没有特殊情况她也不想开着自己的车在学校里招摇过市。

刚拎着个小行李箱出了房门，便见陆景然正靠在墙边等她，一见她走了出来，自然地牵着她的手，又将她的行李箱接了过来。

两人乘电梯下楼。

温旭阳几人已经回到了训练室，客厅此时并无人影。

江洛琪这还是第一次和陆景然在基地里如此光明正大地牵手，尽管客厅没人，但穿过客厅时她仍是一阵莫名的心虚。

两人都没察觉到从厨房里慢悠悠走出来的陈明。

他端着一杯刚泡好的咖啡，视线透过袅袅雾气，落在两人牵手的背影上。

脚步一顿，他的眸中划过一丝诧异，小声嘀咕道："这两人进展这么快的吗？"

陆景然将江洛琪送到了车库，帮她把行李箱放到了后备厢，随后又亲眼看着她上了车系好安全带，似是不太放心她一个人开车回学校一般。

车窗降下，他的手臂搭在车门上，看着江洛琪调整座椅的高度，没忍住抬手揉乱了她的头发。

"天黑开车注意安全。"

"好。"

"到学校了给我发消息。"

"好。"

"明天回来的时候也要注意安全。"

"好。"

"要记得想我。"

"好——"

话音一顿，江洛琪猝然抬头。

见他眸盛笑意，嘴角轻弯，心顿时软了下来。

她学着他的模样揉了揉他的头，笑着重复了一遍："好，会想你的。"

而陆景然仍旧没有离开的意思，眸光灼灼地盯着她。

江洛琪心念微动，凑过去轻吻他的唇角。

陆景然这才满意地走到一旁，目送她开车走远后，从口袋里掏出一根烟点上。

烟雾朦胧，他的手心里把玩着打火机，吸烟时又漫不经心地触碰着唇角。

弧度轻扬。

回到学校，江洛琪停好车后便提着行李箱上了宿舍楼。

宿舍三人正各自做着自己的事情，云西子照例在打游戏，姚天姿坐在桌前预习这个学期的课程，而沈钰在床上不知和谁打着电话。

班会九点在田径场举行，此时距离九点还有一个小时。

看着床帘下那光秃秃的床板，江洛琪有些头疼。

她没铺过床，大一开学时李静雯来送她，还顺便将家中的保姆带了过来帮她铺床整理宿舍。

当时就云西子一个人在宿舍，见到这阵势也是着实吓了一跳。

兴许是见江洛琪在那站得有点久，姚天姿也看出了她在愁什么，主动站起了身说道："洛琪，我来帮你铺床吧。"

"太谢谢了，"江洛琪简直感激涕零，"我和你一起吧，我学学怎么铺床。"

姚天姿温温柔柔地点了点头，走了过来帮她铺床套被子。

云西子正好打完一局游戏，见状也过来搭了把手。

铺好床后差不多就要出门参加班会。

江洛琪四人手挽着手出了门，朝着东田径场走去。

一路上还碰到了不少同班同学，都纷纷向江洛琪打着招呼，和她寒暄在美国的学习生活。

平常关注电竞圈的也都知道她加入了AON战队，问得最多的除了比赛准备得怎么样，就是和陆景然的关系了。

但他们目前还没打算公开，江洛琪便也含糊其辞地敷衍了过去。

东田径场有不少班级在这开班会，一群人围成圈坐在草地上，三三两两地聊着天。

直到班主任来后才稍许安静。

班会的内容也无外乎这个学期的课程安排，以及询问同学们的考研意向。

听说江洛琪不准备考研，班主任也并未多说什么，反而还支持她："不考研也可以，每个人毕竟都有自己的打算。我们系那个学长你们都知道吧？他当时也是没有考研，现在打职业赛也混得风生水起。"

"老师你说的是陆景然吧！"有个同学突然问道。

班主任："是啊，就是他，光荣榜上长年累月挂着的那个。"

又有同学起哄道："我们当然知道，我们班江洛琪还去了他的战队呢，两人还挺配。"

"是吗？"班主任笑着推了推鼻梁上的眼镜，"我不关注电竞圈，都不知道这些，难怪洛琪不准备考研，原来是因为这个。"

"他们两个是真的很配，我在微博上看过他们两人的同框图，这才知道什么叫作'俊男美女配一脸'。"

"难怪我昨天觉得那个男生眼熟，原来就是陆学长啊。"

"卧槽？昨天然神来学校了？你咋不告诉我？"

"我为什么要告诉你？他在我们女寝楼下等洛琪，你来干什么？"

"啊啊啊啊啊啊，洛琪姐，你能帮我要一张然神的签名照吗？我真的太崇拜他了！！"

"我也要，我也要，我还想问一下春季赛的门票能帮我们走后门买吗？哈哈哈。"

男生这边顿时兴奋了起来，班会的气氛也逐渐活跃。

云西子点开了班群里发的一张江洛琪和陆景然的同框照，肩膀顶了顶一旁的江洛琪，打趣道："不得不说，还真的挺配的哈。"

江洛琪失笑。

这时不远处的另一边操场上却传来一阵更大的起哄声。

还隐隐约约能听到那边传来"答应他答应他"类似的话语。

江洛琪往那边看了眼，眉头微不可察地一蹙。

周围同学低声耳语："那边好像是音乐系的，有个男生和他们系系花表白，我听说那男的追了那女生蛮久了，但是那女生一直没答应。"

"那男的听说也是个富二代，不过他们学音乐的肯定都有钱，就是不知道那女生为什么一直不答应。"

"欸，琪琪，你去哪？"云西子见江洛琪突然站起了身，不由拉住她的手腕，惊讶问道。

"我去那边看看，我朋友好像在那。"江洛琪站着，但目光仍旧投向那边，脸色晦暗不明。

此时姚天姿也细声细气地开了口："听说那边在表白呢，就不要过去凑热闹了吧？"

江洛琪："没事，我就去看看。"

"我陪你一起去。"云西子也站起了身，同她一起往音乐系的方向走去。

那一边操场已经围了不少人，走得近了，便能看到一个男生手捧鲜花站在人群中央。

而他对面站着的那个女生身穿牛角扣大衣，半张脸都埋在围巾里，露出来的双眼湿漉漉的，尽显局促不安，如同受惊的小鹿一般。

周遭的起哄声越发大了起来，男生的嘴角挂着一抹势在必得的笑容，而女生却紧张地攥着衣角，视线拼命地在人群中搜寻，似是要寻找一个能为她解围的人。

"三水。"

清冷的女声自人群中响起，两道身影穿过重重人墙走到了焦点中央。

见到来人，女生的双眸一亮，拉着她的手往她的身后藏了藏。

江洛琪也没想到这被表白的人真的是喻淼淼。

起先远远一望只是觉得有点像，走近了才发现真的是她。

而一看喻淼淼的神情，江洛琪便知道这并不是一件两厢情愿的事情，于是就开了口替她解围。

"怎么回事？"见喻淼淼似是有点害怕那个男生，江洛琪低声询问道。

喻淼淼迟疑了片刻，才解释道："那人叫方开伦，他之前一直在纠缠我，我已经明确拒绝过他了。我也没想到他今天会搞这么大动作，还好琪姐你在，不然我真不知道该怎么办了。"

"没事，放心吧。"江洛琪拍了拍她的肩膀以示安慰，审视的眸光落在了不远处的男生身上。

只见那人单手捧着花，另一只手随意地插在口袋里，神情桀骜不驯，正虎视眈眈地盯着这边的情况。

见江洛琪看了过去，他嚣张地挑了挑眉，扬声问道："不知道喻淼淼同学考虑好了吗？"

"不好意思，我们现在有点事，我要带三水走了。"江洛琪冷冷地说道，牵着喻淼淼的手就准备离开。

然而这时旁边突然冒出了几个男生堵住了她们的去路。

"什么意思？"江洛琪回眸看了方开伦一眼，眼底寒意渐生。

"我能有什么意思？"方开伦勾唇，大有一副喻淼淼不答应他就不准她们离开的架势，"我向喻淼淼同学表白，不知关同学你什么事？"

"那我带三水走又关你什么事？"江洛琪的态度也同样强硬。

气氛顿时凝固了下来。

方开伦的表情渐渐冷了下来，他目光阴鸷地盯着江洛琪身后的喻淼淼，似是要等着她开口。

江洛琪也顺着他的目光看向了喻淼淼，轻揉了揉她的头发，并未说话，但举止间鼓励意味甚浓。

喻淼淼明白了江洛琪的意思，深吸了口气后直接对方开伦说道："方开伦，我说过我不喜欢你，我不会答应你的，我希望你以后不要再缠着我了。"

旋即眼神示意江洛琪离开。

江洛琪的眼神凌厉地落在挡在她们跟前的几个男生身上。

也不知是不是迫于她的气势，那几人默默地往旁边退了一步。

江洛琪和喻淼淼、云西子三人径直离开。

方开伦的目光始终落在她们身上，脸上笼罩着一层阴沉的气息。

路过人群时，却听到有几个女生讨论。

"方开伦这么帅，又有钱，喻淼淼为什么要拒绝他？"

"清高呗，我们音乐系谁不知道就她会装？一副谁都不搭理的样子，但其实暗地里就只会勾引男人。"

"就是，不然你觉得方开伦怎么会追她那么久？有手段呗，谁不喜欢被富二代捧着追着？"

"这样吗？还真看不出喻淼淼是这种人。"

"啧，你不知道的多了去了——"

话音未落，便见江洛琪忽然转道往这边走来，那些女生顿时噤了声。

江洛琪在距离她们几步时停了下来。

她的眉眼张扬，嘴角虽然噙着一抹笑，但眼底的冰冷却不禁让人瑟缩。

她淡淡地瞥了那几个女生一眼，说道："我要是听到你们再胡说八道，小心我撕烂你们的嘴。"

语罢，她转头就走。

那几个女生面面相觑，再回过神来竟发现自己后背已经起了一层冷汗。

"那女生是谁？又酷又飒，还长得挺漂亮的，说话又狠，我喜欢。"

"好像是金融系系花，挺厉害的一人。"

"也是系花？果然系花的朋友都是系花。"

"但是她们这样就不怕得罪方开伦吗？我好像听说方开伦家还挺有权势的。"

"那我就不知道了，说不定喻淼淼她们家也不输方家。"

"……"

喧嚣声越来越远。

班会已经解散，姚天姿和沈钰在操场的出口等着江洛琪几人。

见她们还带了一个陌生的女孩子走了过来，也猜到她们刚才去做了什么。

江洛琪主动向她们介绍道："这是然哥发小的妹妹，喻淼淼，音乐学院的。"

喻淼淼腼腆地同姚天姿、沈钰打了招呼。

先前在来的路上，江洛琪便同她介绍了云西子。

一听说这是陆景然发小的妹妹，沈钰恍然大悟，热情地向她打了招呼。

而姚天姿脸色微微一僵，复杂神情一闪而过。

却被云西子敏锐地捕捉到了。

她微蹙了蹙眉，目光在江洛琪、喻淼淼、姚天姿三人中流转了一番，随后便似是明白了其中原因。

为了感谢江洛琪的解围，喻淼淼主动提出请她们喝奶茶。

江洛琪知晓她的性格，便也没推辞。

去奶茶店的路上，云西子三人走在前面，她和喻淼淼并肩走在后面。

犹豫了片刻，江洛琪仍是忍不住开口问道："你姐姐他们知道这件事吗？"

不仅是方开伦的事情，还有那些女生背后诋毁她的事。

喻淼淼听明白了她的言外之意，摇头说道："不知道，我没和他们说过……"

江洛琪轻叹了口气："方开伦不会就此罢休的，他以后可能会来找你麻烦，你最好还是和你姐姐说一下。"

第十八章　暗箱操作

喻淼淼点了点头，随后又担心地问道："万一他们来找你麻烦呢？毕竟这件事是我连累了你们。"

"没事的，"江洛琪倏然一笑，"这不还有你们然哥吗？"

闻言，喻淼淼也不自觉跟着笑了笑。

"那这样，琪姐，"她道，"要是方开伦找你麻烦，你告诉然哥后一定要告诉我，我让昱辰哥哥一起来揍他一顿。噢还有琛哥和衡哥，昕宁姐姐也挺能打的，到时候他们来了，方开伦肯定连个屁都放不出。"

看着喻淼淼气呼呼的可爱模样，江洛琪也被她逗笑："你要是早点就和他们说了，今天也不至于会闹到这种地步。"

喻淼淼不好意思地吐了吐舌头："我以为我能解决的，从小到大麻烦昱辰哥哥他们太多次了，有点难为情。"

"你呀，"江洛琪打趣道，"某些人可能巴不得你去麻烦他。"

喻淼淼怔愣片刻，旋即小脸一红，支支吾吾了半天都不知道该说些什么。

而后买了奶茶，江洛琪几人又将喻淼淼送回了宿舍楼下这才往回走去。

沈钰和姚天姿走在前面，江洛琪和云西子挽着手臂走在后面。

看着姚天姿的背影，云西子吸了口奶茶，手肘戳了戳身旁的江洛琪。

江洛琪："怎么？"

云西子低声问她："你有没有发现，姚天姿的脸色一直不太对？"

"是吗？"江洛琪摇了摇头，先前她的注意力都放在了喻淼淼身上，根本没有察觉到姚天姿有什么异常。

见云西子沉默着不说话，她又追问了一句："姚天姿怎么了？"

"我也不知道我猜的是不是真的，"云西子叹了口气，又刻意压低了声音说道，"你还记不记得她大一谈的那个富二代男朋友？"

"记得。"

云西子："那个时候他们好像就谈了一个月不到吧，姚天姿说是他们不合适所以主动提了分手，但是我那个时候听别人说是因为她太保守了，那个富二代尝不到鲜觉得没意思就把她给甩了。"

"但是刚才她见到喻淼淼的时候，脸色不太好看，我觉得她好像认识喻淼淼。"

江洛琪当即就明白了她的言外之意："所以你的意思就是姚天姿当时谈的那个富二代男朋友就是方开伦？"

"我觉得有可能吧，"云西子的目光再次落在了前方的姚天姿身上，"反正我觉得她怪怪的。"

江洛琪："行，我知道了，我会注意一下她的。"

这时，前面两人忽然停住了脚步。

沈钰拿着手机转过身，神色有些复杂地说道："洛琪，刚才的事被人发到学校贴吧了，还挺多人评论的。"

江洛琪略微翻了翻评论，有说她多管闲事的，也有说方开伦仗势欺人的，但更多的却是关于喻淼淼的言论。

大都和先前在操场上那些碎嘴女生说的差不多。

"这下怎么办？"云西子也看到了贴吧上的帖子，颇为担忧。

"这件事已经传开了，网上人的嘴也管不到，兴许过几天热度就降了下来。"姚天姿推了推鼻梁上的眼镜，眼睫低垂，看不清眸中神色。

江洛琪却忽地一笑，神色轻松："没事了。"

"没事了？"云西子不明所以，再次看了眼贴吧，旋即恍然大悟。

姚天姿也凑到她的跟前看了一眼，却发现先前那些帖子在贴吧里已经不见了踪影。

"这是怎么回事？"沈钰疑惑问道。

江洛琪意味深长地说道："因为有人出手了。"

沈钰和姚天姿依旧是一头雾水，只有云西子立即明白了其中必定有人暗箱操作了一番。

与此同时，那些还想发帖回复博热度的同学们，发现自己的帖子只要带了"江洛琪""喻淼淼""系花""JLQ""YMM"等词语以及其衍生词，都会被吞或者被屏蔽。

起先众人还以为是刷的人太多了出现了系统bug，然而过了好几个小时都一直没恢复正常。

他们这才意识到是有人故意拦截了这类帖子，纷纷猜测到底是谁。

而回到宿舍后，兴许是因为云西子的话，江洛琪特地观察了一下姚天姿的状态，也觉得她和平时有些不一样，看起来闷闷不乐的。

对此她特意留了个心眼。

半夜时分，校园静谧。

几道身影穿过夜色，悄然接近女生宿舍楼下的停车场。

"伦哥，是辆什么车？"

"听那小婊子说是辆黑色路虎，就是这辆，你们动作麻利点。"

方开伦脸色阴沉地蹲在一旁的台阶上，嘴上叼了根烟，吞云吐雾。

他的小弟们拿着手电筒在轮胎那里捣鼓着什么。

昏暗的灯光下，目光随意一扫，触及车辆车牌时蓦地一顿。

方开伦眯了眯眼，手指夹着烟，烟雾缓缓吐出。

"这车牌号我怎么感觉在哪见过？"他小声地自言自语道。

"伦哥你说什么？"有人停下了手中的动作，疑惑问他。

"没事。"方开伦摆了摆手，轻嗤了一声，想着车牌相似的车多了去了，兴许是自己记错了。

回想起今夜本来势在必得的一件事，却被陌生人给搅了局，他的眸底也不禁阴暗了几分。

方开伦站起身，抬脚踢了踢车的轮胎，啐了一口："让你多管闲事，这只是给你一个警告而已。"

那些小弟也不停地附和："就是就是，那女的真不长眼，也不看看我们伦哥是谁就敢出风头。"

"不过那个喻森森也挺不识抬举的，咱们伦哥对她那么好，她不是拒绝就是冷漠，连咱们伦哥都看不上，也不知道她眼光放得有多高。"

"她表面看起来挺清纯的，实际上……谁知道呢？你们说对吧？"

"对对对，说真的伦哥，你要不考虑换个目标，那个姓姚的不是回来找你了吗？说不定她想通了。"

方开伦冷冷地瞪了那人一眼。

那人顿时噤声。

"姓姚的的确不错，"方开伦目光沉沉，眸中划过一丝戏谑，"你们要是喜欢，等我追到喻森森，那姓姚的就帮你们安排了。"

"谢谢伦哥！"

"伦哥牛×！"

众人纷纷起哄，旋即又大摇大摆地离开了。

翌日。

江洛琪一早爬起了床，抢了选修课之后准备回基地。

然而还没等她出门，隔壁寝室的苏真推开了她们的宿舍门。

她径直来找江洛琪："洛琪，楼下你车的轮胎好像被谁放了气。"

"我的车？"

起得太早，江洛琪脑子有点转不过弯来，回过神来后才意识到说的是陆景然的车。

"怎么回事？"她的声音微沉，走到走廊上往下看去。

能明显看到楼下路虎的一侧轮胎都瘪了下去。

云西子和沈钰也来到了她的身旁，看着楼下的景象，不由倒吸了口气。

这很明显就是恶意报复。

而报复的人，毫无疑问就是方开伦。

姚天姿趴在宿舍的书桌上装睡，注意力却一直放在门口处，心跳异常地快。

不过片刻，门口的动静却小了点，她装作刚醒的模样伸了伸懒腰，余光察觉到门口几人已经不见了踪影，猜测她们应该是下了楼。

犹豫片刻，她站起了身，来到门口，远远地看向楼下。

江洛琪下了楼，绕着车转了一圈，发现四个轮胎全都被放了气。

云西子："这下怎么办？"

江洛琪没回答她的问题，径直给陆景然打了个电话。

那头很快被接起，然而声线却是低沉沙哑，像是还没睡醒的样子。

"回来了吗？"

不知为何，一听到熟悉的声音，心底的躁意顿时平息了几分。

"然哥，我这里出了点事，你能开我车来接我一下吗？"江洛琪语气和平常相差无几，"车钥匙就在一楼客厅我那个包里。"

电话那头传来一阵窸窣声，陆景然的声音也恢复了正常，却暗含冷意："出什么事了？"

"没什么事，就是你的车轮胎被人放了气，我看了一下这周围有监控，等会儿查一下就知道……"

话还没说完，便被陆景然打断了："人没事吧？"

江洛琪愣了片刻，才反应过来他是担心自己，连忙说道："我没事，就是你的车……"

"人没事就行，你先在那等着我，我来处理就好。"

"好，我等你。"

说罢，江洛琪便挂断了电话。

话虽如此说，但她仍是去保安室调了监控。

果不其然，车胎的气就是方开伦带人来放的，他们临走前还嚣张地朝监控的方向竖了个中指。

保安也认出了监控里的主角，开口问道："你们怎么惹到这个小祖宗了？"

"您认识？"云西子疑惑问道。

"那怎么能不认识，"保安咋了咋舌，"上个月打架差点出人命，仗着家里有钱在学校胡作非为，领导什么的也都管不着，好像明年就毕业了，他们也就懒得管了。"

见江洛琪几人都没说话，保安又好心地劝道："你们可别因为这事又去找他，他报复人起来手段多的是，不少人都被他逼退学了。"

出了保安室，沈钰忧虑地说道："洛琪，要不这件事就算了吧？我听那个保安说挺吓人的，万一方开伦到时候真的不计后果报复你——"

"不会就这么算了的，"江洛琪面无表情地说道，语气森然，"让他知道到底谁才是祖宗。"

江洛琪几人回到宿舍楼下之时，陆景然正好开着车驶来。

白色的兰博基尼瞬间吸引了周围人的眼球，连带着宿舍楼的女生都趴在走廊上惊呼。

兰博基尼停在了江洛琪的面前，车门打开，修长的腿率先迈出，随后露出陆景然清俊的脸。

他的眉眼凛然，忽视掉周围惊艳羡慕的目光，他的眼中只有江洛琪一人。

在看到她确实没出什么事时，心里才暗自松了口气。

沈钰目瞪口呆地盯着那辆跑车，对陆景然的印象再次往上刷新了一个档次。

相对来说云西子的表现就比较平淡。

看着那辆路虎四个都瘪下来的轮胎，江洛琪有些自责地说道："对不起，然哥，这个——"

话音还未落，面前的男人便往前走了一步，将她轻拥入怀，揉了揉她的发顶，轻声说道："没事，这件事交给我来处理就好了。"

身后宿舍楼传来此起彼伏的起哄声。

云西子往身后看了一眼，却见她们宿舍门口一道熟悉的身影一闪而过，眸色不由深了几分。

陆景然走到一旁打了个电话。

云西子凑到江洛琪的身旁，低声和她说道："我觉得这件事有猫腻，方开伦怎么知道你的车是这辆？"

"你的意思是？"后半句话没说完，江洛琪下意识往楼上看了一眼。

"嗯，我觉得挺有可能的。"云西子神情些许凝重。

"不管怎样，"江洛琪淡淡地说道，"这几天我不在学校，你帮我多看着三水一点，毕竟她那些朋友都隔得比较远，有什么事你就直接给我打电话。"

"好，我知道了。"云西子点了点头。

这时陆景然也走了过来："走吧，等会儿会有人来处理我的车。"

"那我先回基地了，有什么事电话联系。"

向云西子叮嘱完，江洛琪便和陆景然一起上了车。

白色兰博基尼扬长而去，女生宿舍楼的骚动却永不止息。

姚天姿脸色苍白地靠在宿舍门后，门外隐隐传来其他人的议论声。

"洛琪的男朋友是真的有钱，先是路虎现在又来了辆兰博基尼，我也好想有个这样的男朋友。"

"不过我听说那车胎的气是方开伦放的，你说洛琪男朋友和方开伦哪个更牛×一点？"

"方开伦吧……他开过的豪车也不少，经常在学校里看到，看他那样就知道是个不好惹的。"

"就是不知道洛琪男朋友会怎么处理这件事，我感觉她男朋友看起来心情一点也不好，但是他对洛琪是真的好温柔，那个拥抱真的酥死我了。"

"欸，西子她们回来了，我们要不去问问到底怎么一回事吧？"

"行，问问去。"

"……"

听到熟悉的声音从门外传来，姚天姿连忙爬上了床，将床帘拉了起来，透过缝隙悄悄地观察着外面。

云西子和沈钰刚打开宿舍门，其他女生就围了上来问东问西。

表面上是询问这件事和方开伦是不是有关系，实际上却又暗自打听陆景然的身份背景。

对此云西子和沈钰也是含糊其辞敷衍了事，毕竟她们也不甚清楚陆景然到底是何身份。

一进宿舍，看着姚天姿床上紧拉着的床帘，云西子眸光微暗，轻唤了一声她的名字。

床上依旧毫无动静。

"天姿可能在补觉，她早上大清早就起来背单词了。"沈钰替她解释道。

云西子轻"嗯"了一声，也并未再叫她，而是掏出了手机，不知在和谁发着消息。

回基地的路上，江洛琪向陆景然交代了方开伦及喻淼淼的事情。

一听到方开伦的名字，陆景然眉心不由得一蹙。

江洛琪察觉到了他的神情变化，问道："然哥你认识他吗？"

"不认识，"陆景然摇头，"只是感觉好像在哪听过这个名字。"

江洛琪："S市有没有姓方的大家族？反正听别人说他好像还挺有背景的。"

"姓方的有好几个，但不知道是哪家的。"

正巧此时到了红绿灯路口，陆景然踩下刹车，回过眸来看她："这件事我来处理就好，你不用操心。"

这是他重复的第三遍。

江洛琪知道他是不希望自己卷入麻烦当中，于是便也没有再追问关于方开伦的事情。

刚回到基地，她便收到了来自云西子的微信消息。

> 云西子：我打听到了，姚天姿大一谈的那个男朋友就是方开伦。

> 云西子：不过姐妹，你男朋友到底啥背景？

> 云西子：叫人来拖车就算了，这些黑衣保镖是什么鬼？

> 云西子：［图片］

江洛琪点开了那张图片，只见那辆黑色路虎前有七八名穿着黑色西装的人一字排开，个个戴着墨镜神情严肃，这架势简直和护送运钞车相差无几。

她不禁哑然失笑。

陆景然一回到基地便又去打了个电话，江洛琪坐在沙发上吃着水果，放在茶几上的手机又接连振动了好几下。

她打开一看，发现是上次陈昕宁将她拉进的一个微信群，群名就叫"谁先脱单谁是狗"。

当时看到这个群名时，江洛琪还犹豫了一下到底应不应该进。

此时群里正在热烈讨论陆景然车胎被人放了气这件事——

> 彭予琛：听说陆三少被人打胎了？谁这么渣男？

> 陈昕宁：什么打胎？你在说什么？

> 卿诗衡：然哥的车被人搞了，那人好像是叫方开伦。

> 陈昕宁：你们怎么知道？我怎么什么都不知道？

卿诗衡：今天早上和阿辰一起吃早餐的时候，三水给他打电话说的。

陈昕宁：那个叫什么伦的人为什么要搞然哥的车？

彭予琛：还不是因为三水呗，那个臭小子纠缠三水，琪姐帮她解了围，怀恨在心恶意报复，以为车是琪姐的，半夜带着人去放了气。

彭予琛：那臭小子也挺胆肥，在网上买水军刷论坛贴吧，故意诋毁三水名声，我大晚上的被阿辰揪过去黑了S大的论坛和贴吧。

陈昕宁：还有这种事？为那个叫什么伦的人默哀几秒。

陈昕宁：不过那什么伦到底是谁？还挺嚣张的哦。

彭予琛：不认识，谁知道是哪个旮旯出来的暴发户。

卿诗衡：不认识+1。

周昱辰：@彭予琛，要是我没记错的话，你上次好像还去参加了他的生日聚会。

彭予琛：？

彭予琛：我怎么不记得我认识一个姓方的暴发户？

陈昕宁：不记得正常，毕竟彭少可是S市著名交际花，哪里有party哪里就能见着他。

彭予琛：……

彭予琛：你别诋毁我，小心我告你诽谤。

周昱辰：那次你喝醉了是我和然哥一起来接的你。

彭予琛：噢，我好像有点印象了，那就勉强当作我认识他吧。

彭予琛：怎么说？要不要兄弟们去搞他一顿？@陆景然@周昱辰

周昱辰：不用。

陆景然：不用。

两人同时回答。

江洛琪往花园的方向看了一眼，见陆景然不知何时打完了电话，正侧靠在玻璃门上，眼眸低垂看着手机，另一只手夹着根烟，指尖处星火明灭。

微信群的消息仍旧不停地冒出——

陈昕宁：搞什么搞？说话这么粗俗干什么？他们两个肯定有自己的主意，要你瞎操什么心？

彭予琛：我这不是看不惯那小子做的事嘛。

卿诗衡：我要是没记错的话，然哥要比赛了。

陈昕宁：是哦，我还说了要去看琪琪比赛的，@彭予琛别忘了买票。

彭予琛：看比赛还要买票？

陈昕宁：？

陈昕宁：不然？［微笑］

江洛琪：我这有票，到时候给你们。

陈昕宁：不用。

彭予琛：？

陈昕宁：我就是觉得他今天脑子有点不清醒，让他花钱清醒清醒。

彭予琛：？？？

彭予琛：我很清醒，谢谢，我到时候直接来你们基地拿票。@江洛琪。

江洛琪正要回复个"好"字，眼前阴影却忽然笼罩了下来。

陆景然从身后拥着她，细密的吻落在她的耳尖颈侧。

夹杂着淡淡的烟味。

轻柔却又灼热。

他的唇贴在她的耳侧，本以为他会和她说关于方开伦的事情，却只听见他低声道："刚才忘记问你了，有没有记得想我？"

江洛琪一愣，偏过头时却又被他撷住了唇，温柔缠绵。

此时正亮着的手机屏幕，消息一条一条地往上刷，彭予琛他们也转移到了其他话题。

彭予琛：我突然觉得我们群名有点奇怪。

陈昕宁：怎么奇怪？

彭予琛：你这是变相在骂然哥。

陈昕宁：……

陈昕宁：哎哟，卧槽，不能怪我，毕竟当初千算万算，没算到然哥会是我们这群人中第一个脱单的。

陈昕宁：好了，我把群名改了。

陈昕宁修改群名为"彭予琛和他的爸爸们"。

彭予琛：？

第十九章　春季赛开赛

昏暗的KTV包厢内，音响正播放着嘈杂的dj音乐，方开伦窝在沙发卡座里，怀中搂着一个衣着暴露的女人，嘴里叼着根烟，神情隐隐有些不耐烦。

正当这时，包厢门被人推开，一个小弟往里探了探头，在触及方开伦神情时瑟缩了一下。

"滚进来。"方开伦冷冷地瞥了他一眼。

那小弟麻溜地小跑了进来，想要说什么却又是一副欲言又止的表情。

方开伦的耐心已经到达了极点："有屁快放。"

"伦哥，"小弟点头哈腰地说道，"那个多管闲事的女人已经知道是您放了她车胎的气了。"

"哦，是吗？"方开伦脸上这才露出一抹兴味的笑容，"她什么反应？"

"这……没什么反应，就给她男朋友打了个电话……"

方开伦："然后呢？"

"然后她男朋友开了辆兰博基尼来接她……这是照片……"

小弟恭恭敬敬地将手机递给了方开伦。

一听到"兰博基尼"四个字，方开伦的眉尾一挑，嗤笑一声："原来是个傍大款的，我还以为有多牛逼呢。"

旋即眼神一扫照片，却忽地凝固。

普通人或许看不出来，但方开伦却是一眼就认出了那辆兰博基尼是定制款，全球总共不超过三辆。

他还是第一次在S市见到这款车——从照片里见到。

他的双眸微眯，眸光落在了驾驶座那男人的侧脸上。

拍得不够清晰，但他却莫名有种似曾相识的感觉。

方开伦狠吸了口烟，沉声问道："她男朋友叫什么名字？"

小弟回想了片刻，才吐出一个名字："陆景然。"

"陆景然，"方开伦喃喃道，"名字倒是耳生，但是他却姓陆。"

小弟一脸茫然地问道："姓陆怎么了？不是有很多姓陆的吗？"

"你懂什么？"方开伦冷声斥责，"要是他真的是那个陆家的人——"

顿了顿，他的眉头紧锁，神情凝重："那还真就不好办了。"

他的目光再次落在了照片里的那辆车上。

能买得起这辆车的，又姓陆，S市可能也就只能找出那一家了。

方开伦的眸色晦暗不明，脑中忽然灵光一闪，浮现出了另一个人的脸。

自从那日车胎事件后，由于第一周没有正式开课，所以江洛琪一直待在基地训练。

陆景然也并未开口提过那件事要如何处理，而那辆路虎倒是换了轮胎后第二天就被人送了回来。

转眼便到了三月四日，PCL春季赛正式开赛。

PCL联赛一共有四十八支战队，分为A、B、C、D、E、F六个小组，每组八支战队。

赛程安排分为小组赛、淘汰赛和季后赛，小组赛是每周一至周五各小组之间两两比赛，每天六场比赛，持续三周，积分累积进行排名。

前二十四名的战队进入淘汰赛，淘汰赛持续三天，同样是每天六场，积分排名前十六名的战队进入最后的季后赛争夺冠军。

而这次春季赛和以往不同的是，PCL联赛席位只会保留二十四个。

这就意味着小组赛后二十四名，将会除去PCL的名额，降级掉入PDL。

这无疑又加大了众选手的压力。

能进入PCL的战队无一不是实力强劲的队伍，而PCL和PDL的地位却相差了不止一个档次。

如若掉入PDL，不仅会影响到战队的发展，更会影响选手们的心态。

所以这次的春季赛，毫无疑问竞争会比以往所有联赛都要激烈得多。

经过抽签，AON战队被分在了A组，鲸鱼战队在E组，而EMP战队在D组。

小组赛第一天上场的是A、B两组战队。

这一日的电竞馆空前热闹，大都是冲着AON战队来的。

网上相关言论也都褒贬不一，吹捧拉踩的人比比皆是。

对此，AON几人一概不知。

因为早在比赛开始前几天，他们就被陈明要求将手机里微博贴吧论坛相关的软件全都卸载，专心训练迎接比赛。

上场之前，岳青寒简单地叮嘱了他们一些注意事项，话到最后却哽塞了一下。

他看着站在面前的四个年轻人，每个人的眼中都燃烧着熊熊烈火。

面孔不同，却拥有着同样的梦想和信念。

千言万语，最后只汇成了两个字——

"加油。"

十六支战队依次上场，主持人一一介绍，每介绍一支战队，场馆中央的大屏幕上便会放映出该战队的宣传照以及宣言。

AON战队走在最后方，当主持人高呼"AON"之时，观众席上一片欢呼浪潮。

屏幕上四人穿着整齐的队服，神情也是一致的冷傲，仅凭这一张宣传照，便能看出他们想要夺冠的热切信念。

而他们的宣言也十分简单——

"我们就是冲着冠军来的。"

气势凛然，伴随着主持人慷慨激昂的台词，将整个场馆的气氛提到了最高点。

江洛琪几人在中心区域落座。

远远望去，观众席上一片灯海，"AON"三个字母如满天繁星般落在了每个角落。

江洛琪一眼就看到了坐在前排的彭予琛几人。

陈昕宁还兴奋地朝她招了招手，欢呼道："琪琪加油！冲啊！拿冠军！"

坐在她身旁的喻淼淼默默地扯了扯她的衣角，提醒她注意点形象。

指尖传来温热的触感，将江洛琪的注意力拉了回来。

桌子下方，陆景然和她的手十指紧扣。

无声地鼓励。

旋即放开。

第一场"海岛地图"。

他们按部就班地落点P城，搜索物资，见安全区刷在了龙脊山上，提前开车打算去抢占高点。

然而和他们存在同一个想法的不止一个战队。

TKI战队在他们之前便开车到了龙脊山上，早先便听到了载具驶来的声音，提前藏好自己的载具，躲在掩体之后打算埋伏一波。

好巧不巧，陆景然开的那辆车正好停在了TKI队长星辰的脸上。

在他下车那一瞬间，星辰露出身位掏出枪往他的方向摁下鼠标左键，却在下一秒反被江洛琪一枪狙倒在地，堪堪救了陆景然一命。

与此同时，温旭阳、阿昆和TKI的两人也交起了火。阿昆替温旭阳吸引了一波火力，自己被打倒，却帮助他完成了一串二的操作。

TKI还剩最后一人不知道躲在哪里，陆景然给阿昆丢了个烟，温旭阳补掉那两人后去扶阿昆，TKI队长也被江洛琪补掉。

随后四人又一起去寻找TKI最后一人的身影，发现那人已经逃到了山下。

整个龙脊山都被AON给占了下来，四人分散站开控住四个方向。有好几个战队本来也想占这个点位，但见山头已经站了四个人，转道绕到了山脚。

于是山脚好几个战队开始了混战，AON几人占据高点趁着他们混战之时打靶收了不少的人头。

还未到决赛圈，AON就已经拿到了十二个人头分。

最后决赛圈刷到了西侧半山腰上，陆景然和温旭阳提前进圈占好掩体，阿昆看侧身，江洛琪断后。

圈边一个战队绕到了AON右侧，正好被仍在高点的江洛琪看到，用M24一枪狙倒其中一人，一看ID，发现正好是CT战队的谢泽雨。

她正欲开镜打算趁机补掉他，CT战队剩下的三人却及时反应了过来，一人铺烟，两人反过来同她对狙替队友架枪。

江洛琪迅速缩回了身子才免去被爆头的遭遇。

然而CT战队将她的身位死死地架住了，她躲在圈外的一个石头后，根本无法直接进圈。

陆景然在地图上标了个路线："我给你铺烟，你先进圈。"

而江洛琪却不慌不忙地朝CT战队开了一枪，说道："不用，这里CT满编队，我架住他们，你们看其他两个战队。"

这时电圈开始缩近。

眼见着CT战队又冒出一个头皮，江洛琪一个漂亮的瞬狙将其中一人打倒，另一人的枪口已经对准了她的头，她又迅速切换成M416步枪。

两人对枪，江洛琪凭着高打低的优势再次放倒那人。

然而此时她已经被毒圈笼罩，血条正以可见的速度降低。

手指在键盘跳跃，她淡定地掏出了一个破片手榴弹，拉环后在手中捏了几秒才朝CT战队扔了过去，这一瞬间她的血条也见了底，跪倒在了地上。

随着轰的一声爆炸，右上角淘汰信息顿时被刷了屏——

AON_Loki在安全区外被淘汰

AON_Loki使用破片手榴弹淘汰了CT_Rain

AON_Loki使用破片手榴弹淘汰了CT_Tang

AON_Loki使用破片手榴弹淘汰了CT_77477

AON_Loki使用破片手榴弹淘汰了CT_LKHQAQ

"卧槽，"温旭阳低声惊呼，"琪姐牛×啊，一个人架死一个队，还一雷四响。"

"我已经看呆了。"阿昆就坐在江洛琪的另一侧，刚才那一系列操作都被他看在眼里。

江洛琪谦虚地摆了摆手："基本操作，基本操作，别夸我，我会骄傲的。"

陆景然轻笑："该夸。"

温旭阳："听见没，老大都发话了，使劲夸。"

阿昆："嘘，别吵，我听到脚步声了。"

陆景然瞥了一眼屏幕："阿昆，你的右上角有一队，然后还有一队在太阳神那边。"

"让我来，我也要一串四。"温旭阳跃跃欲试地说道，揣着把枪就想往陆景然打点的那个地方冲。然而他一冒头，对面战队就开始朝他集火，他又连忙缩了回来，担惊受怕地蹲在那里，动也不敢动。

阿昆鄙视地看了他一眼，掏出烟幕弹在他们周围铺了一层烟墙。

"上啊，还愣着干吗？"阿昆催促道。

说出的话就没有收回的道理，温旭阳借着烟幕弹做视线掩体，悄悄地摸到了那个战队的侧身。

由于AON占据的那片地势极佳，又有陆景然和阿昆在迷惑他们视线，所以他们根本没有察觉到温旭阳已经摸到了他们的近点。

而温旭阳也没有打草惊蛇，首先朝他们扔了个燃烧瓶，这才将一梭子子弹尽数扫到了他们身上——

AON_sungod使用燃烧瓶淘汰了CGM_cola

AON_sungod使用Beryl-M762淘汰了CGM_Hotdog

AON_sungod使用Beryl-M762淘汰了CGM_Evil

AON_Kun使用自动装填步枪淘汰了CGM_Cheese

"？"温旭阳眼睁睁看着最后一个人头被阿昆抢了，"卧槽，你什么意思？"

阿昆："救你于水火之中，不用感谢我，请我吃火锅就行。"

温旭阳："？"

江洛琪憋着笑："太阳神别计较这个了，还有最后一个独狼。"

话音刚落，一道消音AWM的声音忽然划过耳侧，温旭阳还没反应过来便跪倒在了地上

而下一刻，游戏结束——

BP_Yaoji使用AWM击倒了AON_sungod

AON_LJR使用Beryl–M762淘汰了BP_Yaoji

陆景然在那人打倒温旭阳的那一刻锁定了他的具体位置，中远距离直接M762扫射爆头将他秒杀。

PCL春季赛小组赛第一天第一场，AON战队以21个淘汰成功"吃鸡"，获得了31分的积分。

战队气势高涨。

比赛间隙采访环节，主持人询问江洛琪被CT战队架在圈外的时候，为什么不封烟圈而是选择和CT硬杠。

对此，江洛琪的回答也就只有一句话："我觉得我可以和他们打，我也相信我的队友们在最后没有我的情况下也能'吃到鸡'。"

事实证明，她的确做到了。

AON也做到了。

不负众望，朝冠军的方向迈进了一小步。

而接下来的两场"海岛地图"，AON四人的手感已经打了出来，虽然没再"吃到鸡"，却都是高排名和高淘汰数。

AON排名稳居第一，甩开排名第二的CGM战队整整30分。

中场休息，众选手回到各自的休息室。

西瓜作为轮换选手也等候在休息室里，见江洛琪他们回来了，殷勤地给他们每人递了一瓶矿泉水。

众人坐在沙发上简单地休息，虽然刚刚才经历了三场高强度的比赛，但是他们却都没有感到疲惫。相反，个个精力充沛，恨不得立即开始下一场比赛。

AON战队休息室里欢声笑语，门口忽然传来了一阵敲门声。

江洛琪离门较近，她起身前去开门，只见一捧鲜花落入眼帘，陈昕宁从花后探出了一个脑袋，笑嘻嘻地说道："Surprise！"

而陈昕宁的身后，彭予琛、喻言、喻淼淼、周昱辰和卿诗衡一个不少地站在那儿。

江洛琪连忙将他们请进了休息室。

温旭阳一见这么大的阵仗也是吓了一跳，一句"卧槽"脱口而出："琪姐，这些都是你的粉丝？"

陈昕宁故意顺着他的话说道："是啊，我们就是琪琪的粉丝，这花也是送给琪琪的。"

"这花可是我买的，"彭予琛邀功，"好看吧？"

"好看。"江洛琪极其给面子地夸道，正要接过那捧花，一只手却横空出现将花夺了过去。

陈昕宁一脸疑惑地看向陆景然，却见他面无表情地转手就将花扔进了温旭阳的怀中。

还不等她发问，便听他淡淡地说道："琪琪花粉过敏。"

江洛琪："？"

她一脸茫然地看着陆景然，她怎么不知道自己还花粉过敏？

而陆景然却坦然地回视了她一眼，一本正经地胡说八道："刚刚确诊的。"

江洛琪："……"

其余众人："……"

这下他们再没眼色也知道陆景然是介意别的男人给江洛琪送花，就算那个男人是他的发小也不行。

彭予琛轻"啧"了一声，对陆景然说道："你可真小气。"

"再多嘴就出去。"陆景然连一个多余的眼神都懒得给他。

温旭阳几人还在好奇为什么陆景然会对江洛琪的粉丝们这么一副不待见的态度，经江洛琪解释才知道这些人并不是所谓的粉丝，而是他们队长从小玩到大的发小们。

陈昕宁几人在休息室里和他们闲聊了几句，说了几句鼓励加油的话语，随后又重新回到了观众席。

刚一落座，彭予琛便察觉到口袋里的手机轻微振动了一下。

他掏出手机看了一眼，眉头不由一蹙，神情也凝重了起来。

坐在他身边的喻言自然注意到了他的神情变化，忍不住出声问道："怎么了？"

彭予琛的神情顿时又恢复了正常，他随手将手机塞回了兜里，没心没肺地笑道："没事，推销广告，比赛要开始了，看比赛吧。"

喻言眸光一暗，若有所思，却也并未再追问。

中场休息结束，第四、五、六场比赛都是"沙漠地图"，也不知是不是因为AON在前三场比赛将圈运都用完了，连着三场都遭遇了天谴圈。

这就导致他们有两把死在了进圈的路上，没有拿到什么排名分和淘汰分。

而最后一把，陆景然转变了进圈的思路，不再盲扎占点位，而是一步一步稳进地推进圈，该打架时也决不退缩。

凭借着他清晰的指挥思路，最后一把AON又成功"吃到一鸡"。

春季赛的第一天比赛，AON战队圆满完成任务。

比赛结束后，陆景然被赛方要求留下来录个采访视频，所以AON

几人又再次回到了休息室。

江洛琪无聊地刷着手机，因着其他软件都被陈明卸载了，所以只能翻一翻朋友圈。

正巧，她看到姚天姿在晚饭时分发了条朋友圈，配图是一家米其林三星餐厅的菜色，而照片的右上角露出了一只手，手腕上戴着一块价格不菲的男士手表。

要是江洛琪没记错，那天晚上她注意到方开伦也戴了一块手表，而正好和这个是同款。

联想到姚天姿和方开伦的关系，便也能够轻易猜到和姚天姿一起吃饭的人就是方开伦。

江洛琪长舒了一口气，回想起过去和姚天姿相处的点点滴滴，也没有想到到底是哪里出了问题。

而那次的轮胎事件，虽然没有证据证明和她有关，但云西子的话却也并不是没有道理。

留个心眼也总归是好的。

比赛结束时已经晚上十点多了，观众粉丝们陆续离开电竞馆。

陈昕宁几人正往停车场走去，彭予琛却突然开口说道："我有点事，回公司一趟，你们先回去吧。"

"这么晚了你还回公司加班？"卿诗衡攀着周昱辰的肩膀讶异问道。

"有个紧急case，我得去处理一下，"彭予琛依旧是嬉皮笑脸，"不用担心我，我去去就回。"

"谁担心你？"陈昕宁翻了个白眼，"这么晚了不回家，谁知道你去做什么坏事了。"

"别瞎说，真的是正事，我先走了啊。"彭予琛朝他们挥了挥手，径直上了自己的车后便开车往公司驶去。

"阿言，你发什么呆呢，上车走了。"

陈昕宁的呼喊声将喻言的思绪拉了回来，她眸光复杂地看了一眼彭予琛离开的方向，这才上了车。

而彭予琛开车驶远后，却忽然改了道往另一个方向急速驶去。

不多时，他停在了一家私人会所的门口。

侍应生上前询问他是否有预订，他冷冷地吐出四个字："夜荷包厢。"

"您这边来。"侍应生在前面带路，将他带到了八楼的一个茶室。

一推开门，迎面扑来的却是一股浓烈刺鼻的烟味。

彭予琛眉头皱得更深。

侍应生似是想要开口说些什么，但目光一触及包厢里坐着的人，立即将嘴边的话语吞了下去，默默地退了出去。

彭予琛一屁股坐在了那人的对面，双腿交叠，轻嗤了一声问道："方开伦，你找我什么事？"

方开伦放下手中的烟，脸上扬着笑容，给他递了根烟："彭少，好久不见。"

彭予琛挑了挑眉，并未接过烟，反而往后靠了靠，眸中尽显轻蔑神情："有话就直说，我可没时间陪你在这浪费。"

"彭少，您这话说得可就生疏了，"方开伦笑眯眯地说道，"今天我找您来呢，是想向您打听个人。"

彭予琛似笑非笑地看着他，没说话，但已经猜到他接下来要说什么。

方开伦将一张照片递到了他的跟前，正是那张陆景然坐在兰博基尼驾驶座上的侧脸照。

彭予琛随意扫了一眼，又迅速地收回了目光，神情依旧毫无变化。

"彭少，不知道您认不认识这个人？"方开伦试探性地问道，有点摸不准彭予琛的想法，"要是我没记错的话，上次您赏脸来我的生日聚会喝醉后，是他来接您走的吧？"

彭予琛单手托着头，打了个哈欠："嗯。"

"我听说他姓陆……"方开伦悄悄打量着彭予琛的反应，"不知道他是不是来自那个陆家？"

"嗯。"彭予琛垂下眸，眼底浮现出淡淡的不耐烦。

而得到肯定回答后，方开伦有那么一瞬间的慌乱。

明明茶室里暖气开得很足，但他仍然觉得后背一阵发凉。

"那那个姓江的……"

彭予琛懒懒地抬起眼皮扫了他一眼。

方开伦连忙改口："那个江小姐，是陆少的女朋友？"

"不然？"彭予琛勾唇嘲讽一笑，"你把我们然哥车胎放了气的事，我们还没来找你算账，你倒是先来找上我了。"

"陆……陆少的车？"方开伦一愣，他突然想到那晚看到的车牌号，额间冷汗细密渗出，"我以为……"

"你以为什么？"彭予琛嘴角嘲讽的弧度又加深了几分，"你以为车是江洛琪的，以为她没背景好欺负，所以就带人去放了气。但是小老弟，你知不知道低调不代表好欺负？"

方开伦张了张嘴，却并未发出声音，心中隐隐有怒气升腾。

那姓姚的小婊子可是告诉他那车就是江洛琪的。

彭予琛继续说道："要不是我们然哥要比赛太忙了，他又不让我们出手，你以为你今天还能好好地坐在这儿和我说话吗？"

他的身子往前倾了倾，语气桀骜而又狂妄："别怪我没提醒你，你好好地做你的方家大少爷，别去招惹江洛琪和喻森淼。我们井水不犯河水，不然我可不能保证以后S市还有没有姓方的存在。

"你要知道，我们，你一个都惹不起。"

一字一句，不留半分情面。

将话撂在这里，随即彭予琛便起身径直离开了这间茶室，毫不客气地将门重重地甩上。

徒留方开伦阴沉着一张脸坐在里面，不知在想些什么。

彭予琛乘电梯下了楼，离开了这家私人会所。

他的车就停在路边。

夜色深沉，周遭却是一片喧嚣的灯红酒绿。

心里没来由地一阵烦躁，彭予琛靠在车门旁，从口袋里掏出了根烟点上，没吸几口，一只素白的手便从他的手中将烟夺了过去。

微弱的火光划过流动的空气落在地上，被一只精致的高跟鞋踩进泥土当中捻灭。

彭予琛愣愣地看着来人，出声问道："阿言，你怎么来了？"

喻言清冷的眸子扫了身后的私人会所一眼，语气微冷："这就是你说的紧急case？"

"这……"彭予琛挠了挠头，连忙解释，"不是这样的，是方开伦那小子约我在这见面，我怕你们会跟着来，就随便找了个借口。"

闻言，喻言的脸色才稍缓了些许。

旋即又蹙眉反问："方开伦是谁？"

见她这反应，彭予琛便知道她又没看群消息，简单地和她解释："就一纠缠三水的臭小子，不过我刚才已经警告他了，别来招惹三水，不然我们不会放过他的。"

"三水怎么没和我说过？"喻言眉头皱得更深。

"可能你平常工作忙，三水不想让你操心就没说，"彭予琛下意识就抬手替她理了理耳边的碎发，"你就别担心了，三水也是我们的妹妹，肯定不会让她受委屈的——"

喻言呼吸微顿。

而彭予琛的手也忽然僵在了半空中，指尖轻触着她的脸颊，脑袋一时变得空白。

两人目光交汇，却又在下一刻如触电般分离。

彭予琛缩回了手，往身后藏了藏，脸上再次挂上没心没肺的笑容，问道："这么晚了，回去吗？"

喻言垂下眼睫，掩去眸中一闪而过的失落，轻"嗯"了一声。

另一边，方开伦回到了附近的酒店。

一推开门，便见床上的人裹着被子坐起了身，长发垂落在胸前，雪白脖颈上的肆虐痕迹异常显眼。

若是以往见到这个场面，方开伦早就按捺不住自己了，而他现在一看到姚天姿那张脸，心中便涌现出一股厌恶的情绪。

见方开伦脸色阴霾地坐在了沙发上，一言不发地抽着烟，姚天姿心下不由一跳，小心翼翼地开口问道："你刚才去哪儿了？"

方开伦冷笑一声，并未直接回答她的问题，而是狠吸了口烟后沉声质问她："你不是说那辆车是那个姓江的女人的吗？"

姚天姿一愣，强压住心虚，装作不知情的样子反问道："难道不是吗？"

"是你妈！"方开伦猛地怒吼一声，手臂一挥，将面前茶几上的烟灰缸狠狠地摔到姚天姿床头。

姚天姿被吓了一大跳，往床的里侧瑟缩了一下，声音也控制不住带着一丝颤抖："她和我们说那是她的车，我就……我就……"

说到最后，语气中都带了点哭腔。

然而这声音落在方开伦耳中只觉得更加烦躁。

他冷冷地看了姚天姿一眼，问道："你知道她男朋友是什么人吗？"

"我怎么会知道……"

方开伦："她男朋友可是陆家的少爷。"

姚天姿一脸茫然："陆家？什么陆家？难道他们陆家比你们方家还要厉害吗？"

"呵，"方开伦嗤笑一声，看向她的眼神丝毫不掩鄙夷，"你可真没见过世面。"

姚天姿脸色一白。

方开伦也懒得和她解释陆家到底意味着什么，收回了目光又狠吸了一口烟，眸中染上了一层戾气："滚吧，有多远给我滚多远。要不是因为你，我也不会得罪陆家的人。"

姚天姿不甘地咬了咬唇。

虽然方开伦没向她解释关于陆家的事情，但看他那反应，她也能猜到那个陆家的势力必定比方家要大。

她迟疑了片刻，却仍然坚定地说道："我不走。"

"你还真是死不要脸。"方开伦冷睨了她一眼。

姚天姿："我可以帮你追到喻淼淼。"

方开伦吸烟的动作一顿。

但随即彭予琛的话又回响在他耳旁——"别去招惹江洛琪和喻淼淼……"

"呵，你还真是巴不得我早点死，"他的眸光一暗，"招惹喻淼淼就会得罪江洛琪，这和得罪陆景然有什么区别？"

姚天姿敏锐地察觉到了他话语里不对劲的地方，旋即便明白他还不知道喻淼淼和陆景然他们的关系。

因着那日是江洛琪给喻淼淼解的围，想必方开伦就以为喻淼淼只是江洛琪的朋友，完全没往陆景然那方面想。

思及此，姚天姿又斟酌地说道："那如果，江洛琪和陆景然没有关系呢？"

"什么意思？"

"如果他们两个不再是男女朋友关系，那么江洛琪和喻淼淼的事情不就和陆景然没有关系了吗？"

方开伦眯了眯眼，似是在思量她这句话的可行性。

"更何况，照你那么说，陆景然背景条件那么好，谁知道他谈女朋友是不是只是为了玩玩而已，"姚天姿悄悄打量着方开伦的神色，"你的那些富二代朋友不都是换女朋友和换衣服一样吗？"

方开伦往身后的椅背靠了靠，神色微微舒展。

见他这模样，姚天姿便知道自己说动了他，心下不由松了口气。

她的后背早已被冷汗浸湿，生怕自己说错一句话被他看出端倪。

而方开伦的嘴角忽然勾起了一抹兴味的笑容。

他问道："你是不是喜欢陆景然？"

姚天姿抿唇沉默。

又是一声嗤笑。

"你可真是不自量力，你以为陆景然能看上你？"

"……"

"你说你哪点比得上江洛琪？长得没她好看，成绩没她好，人缘没她好，"方开伦只觉得好笑，"就你这样还和她争？"

姚天姿的脸色又白了几分。

而方开伦似是还没嘲讽够，继续说道："就算他们两个分了手，你也别做麻雀飞上枝头当凤凰这种梦了，麻雀就是麻雀，是不可能成为凤凰的。"

他站起身，渐渐逼近她，手指挑起她的下巴，看着她微红的眼眶，轻蔑地说道："你这种内心阴暗的人，也只配被我们玩玩而已。"

随即不顾她的反抗，将她欺压在了身下。

翌日。

PCL春季赛小组赛第二天，C、D两组比赛，其余战队下午参加训练赛，晚上休息，自由安排。

而晚上江洛琪正好还有一节专业课要上。

下午训练赛结束后，陆景然开车送江洛琪回学校。

时隔一个星期再次回学校，之前那些事的热度也降了不少。

但同班的女生一见到江洛琪出现在了教室，仍是忍不住窃窃私语。

云西子和沈钰占了两个位置，江洛琪径直坐在了云西子的身旁。

苏真正好从后门进来，小跑到了江洛琪的座位之后，拍了拍她的肩膀。

江洛琪回头看她。

"我刚才看到你男朋友送你了，"苏真压低了声音说道，眼中闪着八卦的光芒，"你男朋友怎么不开那辆兰博基尼了？那辆车真的好帅。"

"帅吗？"江洛琪疑惑道，"我都开腻了。"

苏真惊讶地睁大了双眼，感叹道："你男朋友对你那么好，连那么贵的车都随便你开。"

江洛琪这才听明白她的意思，无奈失笑。

她解释道："那辆车是我的。"

苏真的眼睛瞪得更大，语无伦次地说道："你你你你……你的？"

江洛琪点头。

苏真又问："那为什么以前没见你开过？"

江洛琪："因为我家在C市，将车运过来挺麻烦的，而且我也不想那么高调。"

"哦……"苏真恍然大悟，又一本正经地说道，"其实我早就觉得你不是一般人了，果然我没有看错。"

江洛琪只是淡淡一笑，也没和她再继续聊。

姚天姿踩着上课铃声进了教室，沈钰朝她招了招手，她看了一眼一旁的江洛琪，犹豫了片刻才坐了过去。

"天姿，你怎么还戴着围巾？捂着不热吗？"沈钰一边问道一边抬手想帮她取下脖子上的围巾。

而姚天姿却突然抓住了她的手，另一只手警惕地护着围巾。

沈钰被她的动作吓了一跳。

"啊，不好意思，"姚天姿后知后觉反应了过来，眼睫低垂，轻声道歉，"我很怕冷的，不好意思，弄疼你了。"

"没事。"沈钰缩回了手，却忍不住多看了她一眼，不知为何觉得她今天有一点点不一样。

今天晚上来给他们上课的是一个老教授，半节课还没上完，教室里众人便已经开始昏昏欲睡了起来。

幸好之前云西子占位置时占在了后排，江洛琪悄悄地掏出了手机打开了鲸鱼直播。

AON其余三人都正好在直播看比赛。

江洛琪点进了陆景然的直播间，由于忘了调成隐身，她一进直播间，众粉丝就开始疯狂cue她。

Loki来了，然神你露个脸说句话行不？

为啥Loki不直播？看然神直播好没意思，他都不说话。

Loki在微博解释了，她说今晚要上课，所以就没有直播。

Loki还要上课？上什么课？

Loki是S大金融系的，S大前段时间开学了。

我头一次听说还能边打职业赛边学习的，难道不会影响训练吗？

然神之前不也是这样？后来不照样拿了世界冠军？

和Loki一个班的表示我就坐在她斜后方，看到她点开了直播间，我也默默点开了直播间。

羡慕前面那个大兄弟和Loki一个班。

…………

正当弹幕聊得热火朝天时，屏幕的右下角忽然出现了一个小窗口，露出一只修长的手正在调试着镜头。

旋即陆景然的脸便出现在了镜头面前。

从直播页面的小屏幕看去，他似是刚洗完澡，头发还是湿的，深邃的眸子就这样盯着摄像头，就如同面对面盯着你看一般。

江洛琪趴在桌子上，手臂托着下巴，饶是她不止一次和他对视过，这样一看心跳仍是不受控制地漏了一拍。

此时弹幕——

啊啊啊啊啊，我死了，然神这该死的魅力。

我天，这完全就是女朋友视角下的然神啊，呜呜呜，我太幸福了。

难道就没一个人发现然神是看到Loki来了才露脸的吗？

这碗无形的狗粮我干了。

有一说一，然神和Loki到底有没有在一起？在一起了就赶紧官宣吧，我们cp粉等得好着急。

别吧，别在然神这里带节奏，没官宣那就是没在一起，cp粉圈地自萌行吗？

上次然神不是说表白了吗，难道还没在一起吗？

在一起有什么好，又都是一个战队的，在一起肯定会影响训练的，到时候太阳神他们刻苦训练，就他们在一旁卿卿我我。

我也觉得在一起不太好，而且从一开始Loki和然神就绯闻不断，总感觉Loki进AON就是冲着然神来的。

…………

弹幕各种言论不断，江洛琪却只盯着屏幕里的那个人。

从耳机里传来一阵清润温柔的声线，陆景然开口问道："不好好上课，看我干什么？"

江洛琪一笑，在弹幕输入框中打字。

AON江洛琪：我不是来看你的，我是来看比赛的。

"哦，是吗？"陆景然看了一眼电脑屏幕里此刻正在进行的比赛，语气似是带了点幽怨，"既然这样的话，那我就关摄像头了。"

AON江洛琪：那还是开着吧，看比赛的时候，顺道看看你。

陆景然轻挑眉梢，唇角漾着笑意："想看就直说，又不是不给你看。"

弹幕——

然神这也太双标了吧，我们看了这么久的直播都不给我们看脸，Loki一来你就露脸了。

啧，有些事情我们自己明白就行，不用明着说出来。

然神双标又不是一天两天了，大家懂得，都懂哈。

…………

江洛琪和陆景然都将注意力重新放回比赛当中。

此时已经进行到了第四场"沙漠地图"比赛，PTG战队暂时排名第一，而EMP战队紧跟其后排在第二，分数差距不大。

但是这一把PTG战队一开局就掉了人，只坚持到了第八名，便被淘汰。而EMP战队势如破竹，状态和昨天的AON有点相似。

这一场比赛前期EMP就拿了不少人头，进决赛圈的时候，虽然只剩下程一扬和魏思远两人，但是其他战队也都不是满编队伍，他们凭借着好的点位，还是占据了很大的优势。

尤其是到了最后，其他战队先打了起来，给了EMP进圈的机会。最终EMP坐收渔翁之利，成功地"吃下一鸡"，将PTG战队挤下了第一名。

不可否认，虽然EMP那几人人品不太好，但是实力的强劲却是有目共睹，身为夺冠热门队伍之一，他们受到的关注也不比AON的少。

这场比赛结束，主持人进行赛后采访，不可避免地就问到他们对于AON的看法。

回答问题的是程一扬，他接过话筒，看向镜头的眼神，带着一丝挑衅："不管怎样，我还是最期待和Loki能在比赛相遇，看了她那么多场比赛，我承认她的实力，但是'狙神'的称号只能有一个人。"

言外之意，那个人就是他。

此话一出，全场沸腾。

浓浓的火药味已经溢出了屏幕。

而此时江洛琪和陆景然的表情如出一辙，皆都没有什么变化，丝毫没有将他的话放在心上。

反而隐隐约约听到从耳机里传来温旭阳的谩骂声："就他那样？还'狙神'？也不看看他在去年PGC上打得跟个什么屎一样，要不是我言哥退役了，哪里轮得到他在这里蹦跶？"

猝不及防听到萧明言的名字，江洛琪心中也是一片感慨。

要论"狙神"，萧明言是当之无愧的第一人。

此时，陆景然直播间的弹幕也是清一色的嘲讽。

这个狗是怎么说出这种话的？当初在AON的时候也没见着他有多厉害啊。

我言神都从来没有自封过"狙神"，他怎么有脸这么说？

真当我言神提不动刀了吗？

虽然扬狗的话确实很讨人嫌，但是我也想看Loki和他对狙。

不，准确地说，我想看Loki把他打爆。

可惜A、D两组比赛要到最后一周去了。

不过言神要是能回来就好了，AON也不至于走下坡路。

唉，我也想念言神了，自从退役后他就像是销声匿迹了一样，完全没有了音讯。

行了行了，别cue言神了，既然都退役了就不要再打扰他了。

…………

此时正好一节课下课，江洛琪陪云西子去上厕所，回来的时候却见教室门口站着一个熟悉的人影。

见到那人，江洛琪下意识就把云西子护在了身后，双眉微蹙，警惕地看着他。

那人的一半身影隐在阴影中，神情晦暗不明，但嘴角却始终挂着一抹不可一世的笑容。

见江洛琪如此警惕他的模样，方开伦状似无奈地耸了耸肩，往前走了一步，正好走到了门口。

从教室里倾泻而出的光亮尽数洒在了他的身上，江洛琪这才发现他的手上提了几杯奶茶。

"你来干什么？"江洛琪冷声问道。

方开伦直截了当地回答："我来向你道歉啊。"

他的语气一如既往地轻佻，实在听不出到底是有没有诚意的道歉。

而教室里的人也注意到了后门口的对峙，纷纷都以为方开伦是来找江洛琪麻烦的，也没有一个人敢凑近了偷听。

沈钰扯了扯姚天姿的衣角，担心地问道："要不我们去看看吧，万一方开伦真的是来找洛琪麻烦，我们就去找老师。"

姚天姿摁下沈钰焦躁不安的手，清淡地扫了一眼门外，眸中幸灾乐祸的笑意一闪而过。

她安抚道："应该不会这么明目张胆地来找麻烦，说不定是有什么误会呢，我们先看看再说吧。"

沈钰仍是心神不宁地盯着门外，要是让她一个人冲出去她又不太敢，只好听姚天姿的，先观察一下门外的动静。

而此时的后门外。

冷不丁从方开伦的口中听到了"道歉"二字，江洛琪讶异了一瞬，但眸中的警惕却不减半分。

江洛琪的反应在方开伦的意料之中，他也不急着解释，反而开始了套近乎："你早说你是陆少的女朋友，我要是知道你是陆少的女朋友，我哪里敢得罪你呢？你说是吧？"

听他这么一说，江洛琪便明白了他的此番来意。

恐怕给自己道歉只是次要目的，主要目的还是想通过自己搭上陆景然这条线。

她看着他没说话。

方开伦继续说道："上次车胎的事情是个误会，我也没想到那车会是陆少的。这样吧，希望你能给我一次机会让我能面对面向陆少道个歉，我们之前的恩怨就一笔勾销了，我也不会再去纠缠喻淼淼了。"

说完，他暗自打量着江洛琪的神色。

其实他决定来找江洛琪也是经过了深思熟虑的，不可否认昨晚姚天姿说的那些话很让他心动，但是万一姚天姿就失败了呢？

万一姚天姿拆散他们两人没成功，到时候陆景然一查发现他在背后推波助澜，那他自己也是死路一条。

但如果他反过来能和陆景然打好关系，他得到的好处又岂能是一个喻淼淼能比的？

思来想去，他干脆决定作壁上观。

姚天姿想做什么他不插手，也和他没有关系，成功了固然好，就算失败了他也能让姚天姿背下所有黑锅。

但是陆景然那边他却是必须要打好关系，最起码是不能得罪。

而他没去找彭予琛，也是因为彭予琛说的那句"别去招惹江洛琪"让他觉得有些不太对劲。

毕竟他的那些富二代朋友们，包括他自己，没有一个会为自己兄弟只是玩玩的女人出头。

既然彭予琛能说出那句话，那就意味着江洛琪对于陆景然来说意义非凡。

所以他今天晚上便出现在了这里。

也是为了赌一把。

江洛琪隐隐能猜到他突如其来的道歉定是有了什么打算，但既然他忌惮陆景然的身份地位，那暂时定不会做出什么对她不利的事情。

见江洛琪的神色似是有所舒展，方开伦趁机问道："不知道江小姐接不接受我的道歉呢？"

云西子轻拉了江洛琪的衣袖，附在她的耳边小声提醒道："小心他在搞什么阴谋诡计。"

江洛琪拍了拍她的手臂以示安慰，清冷的目光重新落在了方开伦身上。

她说道："你不应该来和我道歉，你应该向喻森森道歉。"

方开伦："那是自然，我等会儿就去向她赔罪，不会吓到她的。"

"至于然哥，"一提到陆景然，江洛琪的眸光不自觉地就柔和了几分，"他的事我做不了主，我可以帮你传话，但是同不同意还得看他。"

"那是自然，毕竟陆少忙，我也不太好意思打扰他，"方开伦将手中的奶茶递给了江洛琪和云西子，"这是简单的赔礼，这次我请你们全班喝奶茶，下次我再单独请你们吃顿饭。"

说罢，他往身后招了招手。

江洛琪和云西子这才发现他的身后还站了好几个人，每个人手中捧着一个小箱子，得到方开伦的指示后，从教室后门鱼贯而入。

起先见到一群陌生人突然冲进了教室，教室里的同学们都吓得不轻，但却发现他们竟然是来送奶茶的，一个个面面相觑，摸不着头脑。

直到方开伦走后，都没有其他什么冲突矛盾发生。

云西子跟着江洛琪进了教室，仍然觉得不可思议。

毕竟她当初也是见识过方开伦是有多嚣张，但今天的他就像是变了个人一样。

有同学上来询问江洛琪发生了什么，在得知方开伦竟然是来道歉的时候，众人也同样是不敢置信。

能让方开伦主动低下头道歉，那想必江洛琪的背景也同样不简单。

思及此，众人看向她的眼神也都多了几分敬畏和猜测。

而最意想不到的还是姚天姿，她死死咬着下唇，脸色微微发白，缩在口袋里的手紧握成拳，指甲嵌入了掌心。

明明昨天都已经说好了，今天方开伦却突然来了这么一出，他到底想要干什么？

摆在桌角的那杯奶茶简直就是对她的嘲讽。

坐在她身旁的沈钰冷不防见到她如此失态的神情，心下疑窦丛生，悄悄地往云西子的方向挪了挪。

上课铃声响起，依旧是那个老教授上课。

这是晚上最后一节课，下了课后江洛琪还得赶回基地。

她给喻淼淼发了条消息和她说了方开伦的事情之后，又重新趴回了桌子上，连上耳机，熟练地点进了陆景然的直播间，发现他不知何时又将摄像头关了。

因着她上节课的时候调了隐身，所以直播间里的粉丝都不知道她又潜了进来。

此时第五场比赛结束，PTG战队"吃鸡"，再次夺回了第一的位置。

而这时却又正好听到陆景然和粉丝说要关直播了。

弹幕——

今天怎么这么早就关直播了？不是还有一场比赛吗？

是啊，太阳神他们都还在播呢，然神你怎么能偷懒？

难不成是因为Loki没有看你直播？

那个和Loki一个班的大兄弟，让Loki来说句话，让然神继续直播。

大兄弟表示看到Loki刚刚点进了直播间。

然神看到没有，Loki在窥屏，你别走！

…………

弹幕疯狂刷屏之际，陆景然已经将比赛页面关了，耳机里传来旁边温旭阳和阿昆嘈杂的声音，但又似乎隐隐约约能听到一阵微弱的呼吸声。

低沉悦耳的声音顺着电流滑进耳中，陆景然的语气淡然却又充满了宠溺意味。

"不直播了，"他说，"要去接小朋友放学回家了。"

这节课下课。

云西子边收拾东西边问江洛琪："回寝室吗？"

"不回了，"江洛琪看了眼时间，想着陆景然现在应该已经到了，"等星期四晚上比完赛再回来，到时候记得帮我留个门。"

云西子："你这样两头跑可真麻烦，也亏得你家然神还专车接送。"

"嘿嘿，"江洛琪笑着捏了捏她的脸，意味深长地说道，"宝贝你应该找个男朋友了。"

云西子拍掉了她的手，道："我又不着急。"

"行了，我先走了，周四再见。"

江洛琪拎着包包出了教室，刚走到教室门口时忽然想到了还有件事没说，回过身的那一刹那正好对上了姚天姿看她的视线。

说不清的，有种阴恻恻的感觉。

姚天姿似是也没想到她会突然回头，慌乱地垂下了眼，避开了她的目光，假装在收拾书本。

两人之间隔着人影憧憧喧嚣吵闹。

如同隔了一道永远无法跨越的沟壑深渊。

江洛琪转身离开。

这一瞬间姚天姿瘫倒在了座位上，后背早已被冷汗浸湿，紧张的心情难以平复。

陆景然在图书馆附近的停车场等她，江洛琪往那边走的时候正好看到喻淼淼在群里发的消息。

喻淼淼：那个方开伦，为什么会莫名其妙来向我和琪姐道歉？你们对他做了什么吗？

彭予琛：我们倒也想做什么，但上次辰哥和然哥不是让我们别出手吗？

陈昕宁：然哥我知道他要比赛，没有时间去理会那种小喽啰，就是不知道辰哥有没有做啥。

周昱辰：我也什么都没做。

周昱辰：之前是想去找他麻烦的，三水觉得没必要闹大，劝我别去。

陈昕宁：三水妹妹怎么这么善良呢，我觉得可能就是他自己反了，不用管他了。

…………

江洛琪边看消息边走到了停车场，一眼就认出了陆景然的车，径直走到副驾驶开了车门上车。

车内萦绕着淡淡的沐浴露香味，陆景然的双手正搭在方向盘上，手中把玩着手机，页面正好是微信群的消息。

见江洛琪上了车，他习惯性地调高了空调的温度，又顺手接过了她的外套放在后座。

虽说现在已经是三月份了，天气逐渐回暖，但夜间的温度仍旧偏低。

"方开伦找你道歉了？"陆景然问道。

他启动了车子，将车驶出了停车场。

"是啊，莫名其妙的，"江洛琪找到了一个最舒服的姿势窝在座椅里，闷声闷气地嘀咕道，"不过我觉得他是带着目的来的，他知道你是陆家的，还说要和你当面道歉，反正我觉得他没安好心。"

"嗯，不用理他，"陆景然直视着前方道路，余光瞥见她悄悄地打了个哈欠，唇角轻勾，轻声道，"累就睡一会儿，等到了再喊你。"

"好。"

先前在教室还不觉得，现在一坐在车上，被周遭暖意包裹，江洛琪的脑子就开始昏昏沉沉。

车窗外的街景急速后退着，车内播放着轻缓舒适的音乐，暖黄柔软的灯光洒下，气氛静谧而又温暖。

半个小时后，车子驶入基地车库。

熄了火，见江洛琪仍没有醒来的迹象，陆景然轻手轻脚地解开安全带下了车，随后又绕到了副驾驶，将她整个人打横抱在怀中。

兴许是她实在太累了，只蹙着眉往他的怀中拱了拱。

陆景然抱着她往基地别墅走去，刚一进门，就见到温旭阳端着水杯从电梯走了出来。

"唉，然哥你回来——"

话还未说完，便察觉到一道冷冽的视线投来，温旭阳瞬间噤了声。

而江洛琪也因此被吵了醒来，缓缓睁开眼，睡眼惺忪地看了眼四周，发现自己正被陆景然抱着，下意识就伸手搂住他的脖子，亲了亲他的脸颊。

"我们什么时候回来的？"她嘟囔道，"你怎么不叫醒我？"

旋即忽然听见不远处传来杯子落地的声音，循声望去，江洛琪这才发现附近还有其他人的存在。

她看着温旭阳，眨了眨眼。

温旭阳迅速闭上了眼睛："对不起，我什么都没看见，我是个瞎子。"

江洛琪被他逗笑，示意陆景然先放她下来。

陆景然将她放下，揉了揉她的头，温柔叮嘱道："你先去洗澡，等会儿要是饿了就下来吃点东西再睡。"

江洛琪点了点头，往电梯方向走去，经过温旭阳身边的时候还故意拍了拍他的肩膀。

电梯门合上。

陆景然往花园的方向走去，温旭阳见状也跟了上去。

两人并肩靠在玻璃门上。

微风徐徐，轻抚着他们的发梢。

温旭阳从口袋中摸了包烟，递给了陆景然一根，点燃后吸了一口，眯了眯眼说道："兄弟，我早就想问你了，你是不是一开始就看上琪姐了？"

陆景然的指间夹着烟，闻言轻笑一声："嗯。"

"我去，还真是，"温旭阳恍然大悟，"我就说你怎么对她不一样，合着你早就惦记上人家了。"

见陆景然沉默着没说话，温旭阳的脸色又凝重了下来："不过老大，你们打算什么时候公开？"

"还没想好。"

"嘶——"温旭阳倒吸了口气，"这可不像你啊，你以前做什么事不都是计划好了才会做吗？别告诉我你追琪姐也是一时兴起的。"

"不是一时兴起，"陆景然垂着眼，吸了口烟，又缓缓吐出，烟雾迷蒙了他的视线，却能清晰地直视内心，"喜欢她这件事是蓄谋已久的，但是感情这事计划没用。和她待在一起就会控制不住自己，所以就干脆抛开理智了。"

"挺好的，"温旭阳笑了笑，"不过你有没有想过，如果到时候你们公开了，你的粉丝会怎么想？你还记得你那些所谓的女友粉吗？到时候不仅琪姐会成为众矢之的，你们也会如履薄冰，出不得任何差错。不然比赛一有失利，首当其冲背锅的就是琪姐。"

"这些我都想过，"陆景然捻灭了烟头，眸光凛冽，嘴角笑意却不减半分，语气乖张，"但是我觉得我还是护得住她的。"

吃过夜宵后，江洛琪躺回了床上，看了眼这两天的比赛结果。

总积分排名目前AON仍旧排在第一，PTG第二，EMP以微弱的几分差距排在第三，CGM第四，CT第五，TKI第六。

鲸鱼战队第三天才开始比赛，暂时没有排名。

准备入睡前，江洛琪又忽然想到今天晚上下课后有话忘记和云西子说了。

当时因为和姚天姿对视了一眼，便将这件事抛在了脑后。

她点进微信给云西子发了条信息——

　　明天下午的课记得帮我答"到"！

明天下午有训练赛，正好和一节选修课撞上了，想着训练赛比较重要，江洛琪便理所当然地准备翘课。

云西子很快就回复了她一个"OK"的表情。

过了片刻，云西子又问她——

　　你有没有看学校贴吧？

Loki要拿世界冠军：我手机里的微博贴吧论坛都被我们战队经理卸载了。

云西子二话不说给她甩了张截图。

首先映入眼帘的就是一串明晃晃的标题大字——"校霸和系花之间不得不说的爱恨情仇"。

江洛琪："……"

她接着往下看去。

　　想必在场各位应该都听说过前几天在学校操场发生过的一件系花从校霸手中抢系花（防吞，懂得都懂）的事件吧？本来校霸把系花的车胎放了气，我们都以为他们这梁子就结下了。可谁都没想到，今天这件事竟然来了个大反转！

　　首先介绍一下我自己，我是音乐系的一名大三学生，今天晚上正在音乐室练琴，结果就看到校霸带了一群人来道歉。对，你们没看错，就是道歉！！！

　　我们一开始都吓得不轻，但我们系花却依旧是一脸镇定，从头到尾就没变过表情。就连校霸给她道歉，她都是一副我早就料到的神情。当时我就觉得这妹子不简单啊。然后我正好有个金融系的姐妹，她告诉我校霸也去给他们系花道歉了！

不知道你们还记不记得前几天出那事的时候，学校贴吧整个瘫痪，和他们有关的词都被屏蔽。当时我以为是校霸弄的，但是今天一看，连校霸都要给她们道歉，可见她们的身份背景不一般啊。

我就是想问问大家，有没有知情者透露一点关于她们的消息？

云西子还贴心地将后面的评论也帮她截了图。

2楼：和金融系系花一个班，表示和她相处过，人挺随和没有架子，而且挺大方。穿的用的都是牌子货，但是为人低调，从来不炫富。就算有人告诉我她某个富家千金我都信，毕竟气质摆在那儿，我们学校没几个女生比得上她。

3楼：赞同楼上，不知道有人记不记得她男朋友曾开过一辆兰博基尼跑车来接她？我今天特意问了她，她说那辆车是她的，我反正信了。这年头低调的富二代不多了，哪里像校霸一样，开个豪车还要绕着学校兜几圈。

4楼：在这里我也要为我们音乐系系花说句话，你们都觉得她装清高装纯洁，但是说实话，她这人本来就话不多，有点内向，你们总不能因为嫉妒她漂亮就在外面说她坏话吧？

5楼：众所周知，音乐系的学生没一个家庭条件不好的，我就寻思着你们音乐系的女生怎么想的，哪里来的优越感欺负人家一小女孩？这下好了，连校霸都要低头向她道歉，你们还是好好想想自己平常有哪里得罪她的地方吧。

6楼：看你们说了这么多，还是没有一个人爆出她们身份的吗？等着一个大瓜。

7楼：同等大瓜，就想知道那俩系花的背景是不是真的比校霸还牛逼。

8楼：听说金融系系花在某职业战队打职业赛，要不是家里有钱任性，她成绩这么好，她家人又怎么会准她去打职业赛？

············

65楼：我一路刷下来，就没一个知道那俩系花背景的？

66楼：楼上的大兄弟，我和你想的一样，这他妈水了这么多页，就没一个实心瓜，这届网友太让我失望了！

············

后面的评论相差无几，讨论了那么多，愣是没有一个人扒出江洛琪和喻淼淼的身份背景。

云西子也不由得好奇了起来。

云西子：讲真的，我也很好奇你们到底是什么身份背景？

云西子：我只知道你是个小富婆，但是还从来没问过其他的。

Loki要拿世界冠军：你真想知道？

云西子：让我体会一下和富婆之间的差距。

Loki要拿世界冠军：江氏集团你听说过没？

云西子：……

Loki要拿世界冠军：陆氏集团你听说过没？

云西子：……

云西子：是我想的那个江氏和陆氏吗？

Loki要拿世界冠军：应该是的吧。

云西子：卧槽！！！

云西子：大小姐！！！包养我！！！

云西子家也是做生意的，自然听说过C市掌握商业命脉的龙头老大江氏集团，而陆氏集团，对她来说就更是可闻不可见的存在。

传闻陆氏集团撑起了S市的半边天，至今没有哪个企业能撼动它在S市的地位，是整个商界说一不二的存在。

云西子也没想到，和自己相处认识了三年的室友，竟然会是江氏集团的大小姐。

而且这位大小姐交的男朋友，还是陆氏集团的。

云西子：我终于知道你在学校为什么要低调了。

云西子：你要是高调起来，就没有其他女生什么事了。

云西子：我也终于知道为什么方开伦要来向你道歉了，陆氏集团捏死他们家不就和捏死个蚂蚁一样简单吗？

云西子：也亏得他能屈能伸，不然他们家就毁在他手里了。

…………

看着云西子发过来的一连串消息，江洛琪哑然失笑。

就像是一开始为了避免麻烦才选择低调一样，但如果因为这样麻烦反而更多，那又何不坦坦荡荡开诚布公呢？

三月七日PCL春季赛小组赛第四天，第二轮小组赛开始，参赛的是A、C两组。

C组的PTG战队和AON一样是多年的老牌战队，也曾一起参加过世界赛，两个战队队员之间的关系也比较和谐。

江洛琪几人一到电竞体育馆，就和PTG那几人打了个照面。

PTG的队长阿诚长得瘦瘦高高的，站在那儿就像一根竹竿似的，他的女朋友孟潇挽着他的手臂站在一旁，见到江洛琪朝她挥了挥手。

她们之前一起直播打过游戏，但是私下却还没正式见过面。

江洛琪也同样和她打了个招呼。

两个战队互相闲聊。

阿诚开玩笑地说道："今天这第一的位置我们可就要抢过来了。"

"给你给你，"温旭阳状似嫌弃的模样，"我们都坐腻了，你们喜欢让给你们坐一段时间。"

阿诚："不过我们这组有个战队和你们撞跳点了，你们有什么应对的方法吗？"

温旭阳："让是不可能让的，能抢过我们那就算他们厉害呗。"

阿昆也说："昨天训练赛也没见他们有多厉害，前两把被我们团灭之后就换跳点了，难不成他们今天还头铁来和我们抢跳点？"

"也是，"阿诚点了点头，莞尔一笑，"可能是我太敏感了，总觉得他们有点神秘。"

阿诚所说的那个战队SIX是这次从PCLP升上来的战队，打法风格和AON极为相似，就连"海岛图"和"沙漠图"的跳点都重合。

对此，昨天训练赛的时候岳青寒和布丁还着重给他们分析了这个战队的特点。

总而言之，就是一翻版的AON。

不过AON四人显然没将这个战队放在心上，毕竟同样的跳点打法，AON能拿到第一轮小组赛第一的位置，而SIX战队却只能拿到第十八名的成绩。

所以，无论如何，跳点是绝不可能让的。

闲聊过后，各自往各自的战队休息室走去。

江洛琪下意识回头看了一眼，见孟潇一脸甜蜜地挽着阿诚的手臂说着什么，而阿诚侧下身子听她说，眼中满是宠溺意味。

她曾听阮秋涵说过这两人的爱情故事，阿诚进电竞圈之时两人便早已在一起了，这么多年的爱情长跑，孟潇陪他走过巅峰又闯过谷底，为了他留在战队做经理领队，是电竞圈不可多得的模范情侣。

"想什么呢？"

低沉的声音将她的思绪拉回，江洛琪回过神后才发现其他几人早就进了休息室，门外只有她和陆景然两人。

而此时陆景然微微躬身，目光灼灼地盯着她，走廊里冷白的灯光打下，在黑色队服的衬托下，更显他的皮肤白皙，眸光深邃。

江洛琪抬手理了理他额前的碎发，说道："我就是觉得，阿诚和潇潇看起来挺幸福的，我还挺羡慕——"

话还未说完，面前男人就将她抵在了墙边，温柔缱绻的吻落下，一只手贴心地护着她的头，另一只手搂着她的腰。

唇齿气息交缠，周遭空气升温。

陆景然轻咬了咬她的耳垂，温热的气息喷洒而出，声音带着点沙哑的蛊惑："还羡慕吗？"

江洛琪的手搂着他的脖子，整个人几乎都瘫软在他的怀中，闻言脖颈处耳后根都红了一片。

她小声嘟囔道："你还真不怕被别人看见。"

"怕什么，"陆景然轻笑，"我们是正当男女朋友关系。"说罢，又垂下头轻啄了啄她的唇，"我们进去吧。"

小组赛第四天第一场"海岛地图"正式开始。

和AON四人预料的一样，SIX战队和他们选择了同样的P城跳点。

"Loki依旧占教堂，太阳神去车库开车后回到教堂下的房区，阿昆占后面六房，控住靠麦田那一边。"陆景然清冷的声音从耳机里传来。

江洛琪几人开了伞后便朝各自的点位飞去。

阿昆习惯性地观察空中伞的数量，发现了一丝不对劲："SIX怎么只有三个人跳P城？还有一个人跳哪了？"

温旭阳："不知道，没看到，可能他们打算搜完就溜，不和我们硬杠。"

陆景然："不一定，你们都小心点，不要分散太开，注意听脚步声。"

"等会儿，"江洛琪蹲在教堂里，屏气凝神，"我这好像有多余的脚步声。"

她刚捡了把S686换好子弹，压着脚步往门口走去。

陆景然距离她最近，当即就上前支援，只是还没赶到，江洛琪便和一人转角遇见。

两人都是一把喷子，但显然江洛琪反应更快，两发子弹将那人击倒在地，自己血量也已经见了底。

这时一声98K枪响划过耳侧，江洛琪不可避免地被击倒在地。

陆景然冷声道："车库旁的四层楼，太阳神架住他。"

随即铺了个烟想趁机去扶江洛琪。

"然哥别过来，我这还有一个人。"

江洛琪往视线宽阔的地方爬了爬，果然看到一个人往坡后的地方绕了过来。

她故意往他的方向爬，当作诱饵吸引他露头。

果不其然，那人见没人来扶她，当机立断露头扫了一梭子。

而在那人补掉江洛琪的一瞬间，也被陆景然用98K一枪爆了头。

"太阳神，我来支援你。"

见温旭阳和马路对面的人僵持不下，阿昆从二楼窗户破窗而出，往他的方向跑去，却冷不丁被一个埋伏在墙角的人连打带补淘汰了。

看着灰下来的屏幕，阿昆懊恼地捶了下桌子："我怎么就没发现被人摸了近点呢？"

"没事，阿昆，"江洛琪正在观战陆景然的视角，语气微沉，"他们对我们的落点和打法太熟悉了，昨天训练赛肯定是故意演我们的，就等着今天来阴我们。"

"哎哟，卧槽，这人怎么不露了？一直僵在这里有意思吗？"温旭阳皱着眉嘀咕道，拿着一把三倍大炮瞄着对面窗口，"穷死了都，再这样下去都刷圈了。"

说着，他切开地图看了一眼，又是一声"卧槽"："这机场圈，太搞了吧，老大，我们速战速决吧？"

"嗯，你继续架着，我先解决这个。"

话音刚落，就见蹲在墙角的人探出头来朝陆景然的方向开了一枪。

说时迟，那时快，陆景然掏出98K一发瞬狙将他打倒，自己也被打掉了半管血。

身上药不够，他只能勉强撑着绕到最后一人的楼下，丢了个雷进去逼他露出身位。

但由于自己没有掩体，被楼上那人露头打倒。

与此同时，雷被引爆，SIX战队被团灭。

温旭阳将陆景然扶起后，圈已经开始缩了，他们只能迅速又搜了几间房子填补物资，再开车朝安全区驶去。

此时再去找船进圈已经来不及了，他们只能从桥上过。

然而天不遂人愿，另一边桥头正好有个战队准备撤离，听见车声，当机立断决定下车拦截。

陆景然和温旭阳也纷纷被淘汰。

这一局AON四分。

始料未及。

江洛琪几人坐在各自的位置上沉默地看着回放录像，才发现SIX四人的跳点正好将他们包夹在了中间，也难怪才刚落地不久就能如此精准地找到他们的位置。

"这SIX太拖我们节奏了，要么就不打，要么就得速战速决。"温旭阳一遍又一遍地看着录像，眉头紧锁。

也不能说是SIX故意针对他们，毕竟撞了跳点，自然不可能手下留情。更何况他们也的确是太轻敌了，露出了不少破绽。

重新商讨过战术之后，迎来了第二场"海岛地图"。

然而出乎他们意料，SIX战队又换了种打法，搜完自己的东西后便溜了，没再和AON挑起战火。

虽然莫名其妙，但这的确是对他们两个战队都有利的选择。

这一局AON稳扎稳打地进圈，排名第三，拿到了七个淘汰，共十二分。

第三场"海岛地图"SIX同样是选择了避战，但AON的圈运不太好，后期完全被其他战队架死在了圈边，无法进圈。

单论这一天的分数来说，PTG暂时排名第一，AON排名第四，而SIX战队排名第六。

第四场"沙漠地图"，由于不知道SIX会不会又转变战术，AON几人搜得那叫一个小心翼翼，听到一点风吹草动都提心吊胆的。

整个皮卡多也就这么大，搜得差不多了之后温旭阳去开车，却正好撞上SIX一人来偷车。

"卧槽卧槽！这小兔崽子敢偷我车？看我不把他扫下来！"

温旭阳拿着一把M762一梭子打在了车上，那人见状不利，跳下了车往身后掩体跑去。

又是一梭子子弹扫去，不知是不是因为他心情太过于激动，这一梭子子弹竟然没有一枪落在那人身上。

目睹了全过程的江洛琪："……"

她用98K一枪带走了躲在石头后面的那人，淡定从容地收了枪，道："太阳神，今天的你一点儿也不猛男。"

Beryl-M762这把枪是全自动步枪中最难压的一把枪，游戏玩家戏称只有猛男才能压得住这把枪，所以别名"猛男枪"。

温旭阳尴尬地笑了几声，准备开车却发现车的血量被自己打掉了半管。

陆景然在地图上给他标了个点："这里有辆很适合你气质的车。"

"是不是肌肉敞篷跑车？"温旭阳屁颠屁颠地往那个点的方向跑去，却在看到那辆车后脸色顿时垮了下来。

阿昆看了一眼他的屏幕，也忍不住笑出了声："嗯，嘤嘤车的确很适合你的气质。"

嘤嘤车即为大巴车，开车的时候会发出"嘤嘤嘤"的声音而由此得名。

温旭阳愤怒地喊道："我是猛男！我要开跑车！"

旋即，一辆跑车从他的跟前呼啸而过。

看着陆景然和江洛琪的队标在那辆跑车上越驶越远，而阿昆也开着一辆皮卡进了圈，温旭阳默默地上了那辆大巴车，朝着安全区的方向"嘤嘤"驶去。

在"沙漠图"，大巴车由于速度慢很容易成为其他战队攻击的目标。

而温旭阳刚开走没多远，后方就有辆双人摩托飞驰而来。

兴许是发现周围就他这一辆车，那辆摩托竟直接冲到了大巴车前，强制逼停了他。

温旭阳本就憋着一肚子气没处撒，干脆就下了车和他们打了起来。

也不知是不是为了证明自己是猛男，这一波交战他的枪压得极稳，以一敌二丝毫不尿，成功完成了一串二的操作。

一看淘汰信息，温旭阳不由乐了。

还真是冤家路窄狭路相逢，这两人都是SIX战队的，想必先前是打算等AON先走他们再出城，正巧碰到了落单的温旭阳。本想收掉这一分，却没想到被反打了一波还送了两分。

温旭阳一边封烟舔包，一边嚣张地在队伍语音中叫喊着："是不是猛男？你们就说我是不是猛男？"

江洛琪极为配合地应和："是是是。"

阿昆："别磨叽了，快点进圈，SIX还剩一个人，你小心点别被他偷了屁股。"

温旭阳："放心，那个独狼肯定跑了，毕竟我刚刚一串二肯定吓到——"

话还未说完，他便听到一阵消音M24的声音，屏幕中的自己跪倒在了地上。

　　SIX_AZhe使用M24击倒了AON_Sungod

"……"

他惨叫："老大琪姐快来救我！！！"

陆景然："……"

江洛琪："……"

他们两人早在温旭阳被逼停的时候就往回赶来，这时也锁定了SIX最后一人的位置——

　　AON_Ran使用自动装填步枪淘汰了SIX_AZhe

江洛琪开着车封了烟将温旭阳扶了起来。

虽然这波拖了点节奏，但由于阿昆早就在圈里占了点，所以江洛琪他们也成功进了圈，最后"吃到一鸡"。

AON的排名瞬间就上升到了第二，而SIX战队的排名却往下掉了不少。

连续打了四场比赛，正因为SIX的打法和AON差不多，所以陆景然对他们的套路也摸得差不多了。

第五场"沙漠图"，AON四人直接用了SIX第一场的战术落地就将他们团灭，导致最后一场比赛SIX四人连忙换了跳点不再和AON周旋。

而PTG战队越打越勇，最后两场比赛"两连鸡"，和AON的总分差距拉近了不少，只相隔了三分便能夺到第一名的位置。

第二十章　邯郸学步

这一日比赛结束，单日排名PTG第一，AON第二，总积分排名仍旧AON第一。

江洛琪几人正整理外设时，一行四人稚嫩而又陌生的面孔朝他们走了过来。

见状，AON四人都停下了自己手中的动作，隐约能猜到他们的来意。

为首的男生长相青涩，局促不安地走上前，带领其他三人朝AON四人深深地鞠了一躬。

"前辈们好，我们是SIX战队的，我是队长阿哲，刚刚的比赛我们多有冒犯，还请你们不要放在心上。"

温旭阳轻"啧"了声："比赛的时候咋没见你们觉得冒犯呢？"

闻言，阿哲窘迫地挠了挠头，不好意思地说道："我们本来只想和前辈们切磋切磋的，但是发现好像太高估我们自己了。"

说罢，他又看向陆景然，眸中似有光芒闪烁："我们其实都是AON的粉丝，当初决定组战队报名参加PDL的时候，是因为想要追随你们的脚步。我们能打上PCL也是多亏学习了你们的战术和打法，所以这次不管我们能不能留在PCL，都没有什么遗憾了。"

看着面前这四人清一色的坚毅神情，江洛琪忽然不知道该说什么了。

温旭阳和阿昆面面相觑，也有些哑口无言，同样没想到事情的原委竟然是这样。

反而陆景然此时开了口。

"你们一开始就错了。"

他慢条斯理地将键盘耳机收回外设包里，额前碎发垂落，眼睫微低，看不出眸中情绪。

只有清润冷冽的嗓音在周遭略显喧嚣的气氛下尤为清晰。

"你们既然能打上PCL就证明你们的实力不差，但是一味地学习和模仿别人的战术，就会导致失去你们本身的特点。"

"'邯郸学步'你们应该都知道吧？"陆景然拉上外设包的拉链，轻扫了面前四人一眼，又缓缓说道，"每个战队的战术体系都是结合战队每个人的特点形成的一套特定打法，你们应该做的是摸索出适合自己的战术体系，而不是照搬我们的。

"通过今天的交战能看出来你们都有不错的枪法和意识，但就是因为用了错误的战术，所以你们的真正实力才没发挥出来。"

得到陆景然的认可，SIX四人脸上都不掩激动神情，但被如此直截了当地说出问题所在，他们又不禁红了脸。

"希望下次在比赛中遇到，你们能给我们惊喜。"

陆景然单肩背着外设包朝外边走去，走了几步后又似是想到了什么，回过头看向仍在发愣的江洛琪三人。

眉梢微挑，语气漫不经心："还不走？"

"走走走。"温旭阳从中间攀上了江洛琪和阿昆的肩膀，推搡着他们朝陆景然的方向走去。

然而越走近越察觉到气氛有点不太对劲。

温旭阳环视了一下四周，小声嘟囔了一句："怎么突然觉得变冷了？这电竞馆到点还自动关暖气的吗？"

收回目光之际，却正好撞上陆景然幽幽的视线。

顿觉毛骨悚然。

随即只听得他凉凉地吐出一个字："手。"

"手？"

温旭阳一时还没反应过来，顺着陆景然的视线偏过了头。

和江洛琪四目相对。

他宛若触电般迅速缩回了手，下意识双手抱住了阿昆的手臂，连连求饶："老大对不起，我的手它不听使唤，它真不是故意的。"

见状，江洛琪有些想笑。

而下一刻，熟悉的清冽气息笼来，一只手搂着她的肩膀往怀里带了带，另一只手顺手接过她的外设包，连多余的眼神都懒得递给温旭阳。

看着江洛琪和陆景然的身影一步步往台阶下走去，温旭阳仍旧抱着阿昆的手臂，侧过头来深情款款地盯着他说道："还好有你爱我。"

阿昆："……"

他毫不留情地抽出了手："滚一边去。"

AON一行人一同出了电竞馆，再次和PTG战队相遇。

"欸，然神，等会儿一起去吃个夜宵吗？"阿诚热情地邀请了他们。

"好啊好啊，一起去。"一听到有吃的，温旭阳当即应了下来。

"我们就不去了，"陆景然半个身子都虚靠在江洛琪身旁，指尖习惯性地捏着她的耳垂，懒懒抬眼道，"我还得送小朋友回学校。"

在场几人都知道江洛琪和陆景然两人关系不一般，见他们如此亲密的模样倒也没有太惊讶，反而孟潇疑惑地问道："Loki，这么晚了回学校干吗？"

"明天早上有专业课要上，直接从基地去学校怕赶不上。"

打了一天比赛，江洛琪此时有些困倦，头靠在陆景然的胸膛处，一只手从后面环着他的腰，揪着他的衣角。

孟潇感叹："你这样不累吗？又要上课又要比赛，还要打训练赛，我平常待在基地直播都嫌累，你还基地学校两边跑。"

陆景然眸光微顿。

而怀中的女孩却摇了摇头，笑着说道："不累啊，还挺充实，挺有意义的。"

闻言，孟潇也笑了笑，不再多说。

和其他人道别后，陆景然开车送江洛琪回学校。

此时已经将近十一点了，而S大宿舍正好晚上十一点的门禁。

江洛琪事先就和云西子说好让她帮自己留门，所以上了车后就直接给她发了条信息告诉她自己在回学校的路上。

云西子也很快回复了她一个"OK"的表情。

见江洛琪放下手机后就一脸昏昏欲睡的神情，陆景然轻声开口："累就睡一下，到了喊你。"

而江洛琪却猛地摇头，嘟囔道："现在睡了，等会儿回寝室就睡不着了。"

不知她这是哪来的歪理，陆景然唇角轻弯，也没再劝，只是趁着夜间车少，加快了车速。

然而计划赶不上变化，就在他们快到S大时，江洛琪又接到了云西子的电话。

"琪琪，你今晚不用回来了，"电话那头传来云西子懊恼的声音，"真的好奇怪，我刚就上去拿了一下充电宝，楼下这门就被人关了，我这上下楼也没见着有人进来啊。"

经云西子解释一番，江洛琪便也明白发生了什么事。

本来她踩着门禁的点帮她留了门，但是不知为何楼下的门又被锁上了。

虽然她们那栋楼的宿管阿姨从来不管夜间晚归，但至今没人能在门禁后叫醒她来帮忙开门。

江洛琪疲惫地靠回了座椅上，有气无力地说道："然哥，我们回基地吧，宿舍门被关了，我只能明天早起赶来上课了。"

陆景然的手搭在方向盘上，指尖轻轻敲着，闻言看了她一眼，触及她困顿的神色，回想起孟潇说的那番话，心下一紧。

旋即一句话脱口而出："要不今晚去我家睡吧？"

江洛琪微愣。

"我家离S大总比基地要近一点，明早我也能送你过来。"陆景然将她额前凌乱的碎发撩至一边，眸中闪着细碎的心疼。

在心中暗自估量了一下距离，江洛琪也觉得今晚在陆景然家睡是最好的选择。

于是点头答应。

陆景然转道往郁亭华府的方向驶去。

这是江洛琪第二次来陆景然家，但仍是忍不住被那面巨大的落地窗所吸引。

如果可以，她房子以后的设计也要根据这个格局来。

陆景然催促她早点洗澡休息。

而佣人却在这时诚惶诚恐地上前说道："三少爷，江小姐之前睡的那间卧房空调坏了，因着您没说今晚会回来，所以我和维修工约的时间是明天……"

陆景然："……"

"还有其他卧房吗？"江洛琪小口小口地抿着温开水，道，"我可以睡其他房间。"

"这……"佣人一脸为难地说道，"其他的就只有少爷的房间了。"

她喝水的动作一顿，杯中的雾气扑面而来，耳尖微红。

陆景然的目光落在她微红的耳尖上，又不自然地移到了别处。

"要不你今晚睡这儿，我回基地，明天早上再来接你去学校。"

说罢，他转身朝大门处走去。

只是一步还未迈开，便察觉到衣角被人拽住。

江洛琪仰着头看他，双眸潋滟，神情带了丝羞赧，但仍是一本正经地说道："你这样来来回回多麻烦，要不——"

她嗓音微顿，面不改色地继续说了下去："今晚我和你睡同一个房间吧。"

旋即，又保证道："你放心，我睡觉很老实的，绝对不会和你抢被子的。"

"……"

陆景然喉结滑动，眸光深邃，嘴唇动了动，拒绝的话却怎么也说不出口。

他如果真的拒绝了，可能就不是一个正常男人该有的思维。

闭了闭眼，片刻后，他听到自己的声音说了声："好。"

江洛琪轻车熟路地找到了自己的换洗衣物，钻进了陆景然房间的浴室，而陆景然则在外面的浴室洗澡。

听到浴室里传来的哗哗的水流声，佣人悄悄地从口袋里掏出了手机，给关芹发了条短信——

夫人，今天晚上三少爷带少夫人回来了，按照您说的安排他们睡同一间房了。

关芹很快就给她回了消息。

夫人：棒！！！这个月奖金翻倍，下次记得换个理由。

佣人笑眯眯地收回了手机。

洗完澡后，陆景然特意等到江洛琪洗完才推开了卧室的门。

沐浴露清淡的香味充斥着房间里的每一个角落。

江洛琪穿着白色的棉质睡裙盘腿坐在床上，正将手中吹风机的插头往插孔插去。

陆景然极其自然地接过她手中的吹风机，让她背对着自己，先用毛巾将她头发的水分吸干，这才打开吹风机轻柔地帮她吹着头发。

盯着镜子中的这一场景，江洛琪微微发愣。

"头发长长了。"

身后传来低沉的声音。

江洛琪回过神来："对，是长长了。"

他的指尖轻拂过她的皮肤。

她的呼吸都不由自主地变得绵长。

又是一室沉默。

心脏在吹风机声响的遮掩下肆无忌惮地横冲直撞着。

一下，又一下。

等头发差不多干透，陆景然顺手就将吹风机放在一旁，从背后搂着江洛琪的腰往后一扯。

两人距离再次拉近。

下颚搭在她的肩窝处，温热的气息喷洒在她的颈间。

脑子有那么一瞬间的空白。

却又忽地听到他问："累吗？"

江洛琪下意识摇头。

"我是想问，你这段时间既要上课又要兼顾比赛，累不累？"

她依旧摇头。

陆景然惩罚似的咬了口她的耳垂："说实话。"

他的一举一动、一言一语，都在撩拨她的心弦。

江洛琪强忍住心间悸动，尽量让自己的语气听起来正常。

"我每天醒来最期待的事情就是能见到你，所以无论在做什么，一想到有你在，我就不会觉得累。"

微凉的唇瓣覆上她的肩膀，沿着颈侧细致温柔地描绘着她肌肤的纹理。

所过之处，红晕点点。

呼吸逐渐变得急促而又灼热。

陆景然的手缓缓向上游移着，却又猝不及防被江洛琪抓住了手腕。

他的眸间恢复了几分清明，正要退开些许，却见怀中的人儿转过了身，跨坐在他的腿上，双臂搂着他的脖子。

两人四目相对。

江洛琪的双眸氤氲着一层雾气，眸尾却洇着薄薄的红，衬着惊艳的眉眼，摄人心魂。

她倾身，薄唇印上了他的双唇，舌尖抵开他的牙关，动作生涩，却带着小心翼翼的欢喜。

陆景然的手扣着她的后脑勺，主动加深了这个吻。

意乱情迷之间，江洛琪察觉到腰间传来一股大力，随即天旋地转，她整个人被压进了柔软的大床中。

摊在两侧的手被他捏在掌心，十指相扣。

灼热的吻落在她的发间、额头、鼻尖、唇角，然后一路往下，轻轻啃咬着她的锁骨。

她的身体轻颤，双腿绷得笔直，心底却燥热得不行。

陆景然小心地试探着，不疾不徐地，就像是对待一个稀世珍宝一般，生怕碰碎了。

房间气氛旖旎。

一阵手机铃声却不合时宜地响了起来。

陆景然动作一顿。

江洛琪半眯着眼，能明显看到他漆黑眸子里未退的浓厚情绪。

铃声坚持不懈地响着。

陆景然吻了吻她的额头，这才捞过一旁的手机，看了眼屏幕上的来电显示，眉心不由一蹙。

正当江洛琪好奇打电话的人是谁时，只听得陆景然哑着声音对电话那头的人说道："彭予琛，你要是找我不是什么重要的事我会弄死你。"

彭予琛："？"

"然哥，你这么早就睡了吗？起床气什么时候这么严重了？"

陆景然："……挂了。"

"等等等等，"彭予琛连忙阻止，随即又可怜兮兮地说道，"然哥，来局子捞我一下呗。"

"……"

彭予琛："阿辰和杰哥都不在S市，我只能找你了。"

陆景然冷冷道："找你家喻总。"

一听这话，彭予琛顿时蔫了，好声好气地乞求道："然哥，这么晚了我怎么好意思去打扰她……"

"那你就好意思打扰我了？"

"这……"彭予琛支支吾吾地说道，"今天特殊情况，你就来市局捞我一下呗，这孙子难缠得很，你赶过来也就半个小时的事。"

听得陆景然沉默，他又哀号道："爸爸，我叫你爸爸成吗？你忍心我饿着肚子在这黑不溜秋又阴冷的地方蹲一晚上吗？"

"你在里面蹲一辈子去吧。"

陆景然毫不客气地挂断了电话。

低眸，怀中人儿脸颊的潮红仍然未退，唇瓣娇艳欲滴。

他欺身，含住她的唇，却并没有多余动作。

江洛琪紧张地揪着他的衣角，含糊不清地问道："彭予琛……他怎么了？"

陆景然圈着她的腰，亲吻发梢："不知道又惹了什么事，蹲局子里去了。"

"那你真不要去找他？"

"不去。"

"那我们……"江洛琪眨了眨眼，"继续？"

陆景然喉间一紧。

她的睫毛扇动，就如同一把小刷子在他的心尖挠了挠。

他低低笑出了声。

"如果继续的话，"他的语调上扬，"我怕你明早赶不回学校上课。"

话语间暗示意味极浓，江洛琪又不争气地红了脸。

她的发丝凌乱，衣襟前裸露的白皙肌肤印着点点红痕，陆景然扯过一旁的被子盖在她的身上，吻了吻她的唇角，声线暗哑低沉。

"乖，你早点睡觉。"

旋即起身，拿过一旁的手机就要下床。

江洛琪攥住他的手腕，疑惑地问道："你去哪？"

陆景然唇角稍扬，将她的手又塞回被子里："去捞一下咱儿子。"

离开前还不忘叮嘱道："马上就回来，你先睡，明早还要上课呢。"

江洛琪点了点头，半张脸都埋进了被子里。

一辆黑色路虎驰骋着穿过夜色，停在了市警察局的大门前。

陆景然一进门，便见彭予琛像个大爷一般瘫坐在椅子上，双腿搭在前面的桌子上。

他的脸上挂了点彩，眼角处有一片青紫的痕迹。

一见陆景然出现，彭予琛当即从椅子上跳了起来，惊讶地问道："然哥，你怎么这么快就来了？"

"怎么回事？"陆景然懒得回答他的问题，语气带了浓浓的不耐。

一旁的警官好心地解释道："醉酒打架闹事，把人家打进医院了。"

"……"陆景然轻睨了彭予琛一眼，"你很闲？"

彭予琛"嘿嘿"笑了两声："还不是因为那孙子欠揍嘛，爷也就揍了他一顿，没把他打残算爷手下留情了。"

"咳咳，"警官瞪了他一眼，"这是警局，说话注意点。"

随后又对陆景然说道："签个字交了钱就可以带他走了。"

出了警局后，彭予琛完全没有了先前的嚣张模样，缩着脖子跟在陆景然身后朝车走去。

正准备要开副驾驶的车门时，却发现怎么都打不开。

他拍了拍车窗，叫喊道："然哥，既然你都来了，就行行好搭我一程呗。"

陆景然看都懒得看他一眼："坐后面。"

"哦。"

彭予琛拉开了后座的车门上了车，不满地嘀咕道："什么毛病？连副驾都不让人坐了。"

陆景然淡淡地说道："副驾座椅的高度是琪琪自己调的。"

"……"彭予琛酸溜溜地说，"懂了，不就女朋友专座呗。"

陆景然没说话。

却能从后视镜中看到他的眉眼都上扬了几分。

车穿过凌晨的街道，市区依旧热闹至极。

陆景然随意问道："那人怎么惹你了？"

彭予琛轻嗤一声，大剌剌地说道："那龟孙子在背后说阿言坏话，刚好被我听到了，我这暴脾气能忍？"

闻言，陆景然冷笑："你有胆子揍人，怎么没见你有胆子去表白？"

"……"

彭予琛顿时偃旗息鼓。

他嗫嚅地说道："又不是没表白过，人家不没答应呢吗？"

"这次说不定能成。"陆景然的语气意味深长。

"嗐，算了吧，"彭予琛摆了摆手，眸中浮现出一抹黯然神色，转瞬即逝，"这样也挺好的，做朋友总比做不成朋友要好。"

"到了。"陆景然停下了车。

"噢，好。"彭予琛想都没想就下了车，"谢谢然哥了。"

脚刚一落地，他便察觉到了好像有哪里不太对劲。

然而还没等他意识到哪里不对劲，身后的车便呼啸而去。

"卧槽！"彭予琛看着周围熟悉的景象，心里咯噔一下，他追着陆景然的车尾灯，忍不住哀号出声，"然哥，你把我送阿言家干吗！！！"

身后，独栋别墅二楼的窗户被推开，传来熟悉的声音："彭予琛，你怎么在这？"

彭予琛的后背一僵。

回到郁亭华府，家中一片安静。

此时已经凌晨两点，只听得到客厅上悬挂着的时钟嘀嗒嘀嗒地响着。

陆景然轻手轻脚地推开了卧室的门，床上窝着小小一团，睡得正香。

他换了衣服，将空调温度调低了些许，这才掀开被子躺了上去。

过了片刻，兴许是觉得有些冷，江洛琪下意识往陆景然的方向靠了靠。

陆景然顺手搂着她的腰，让她枕在自己的手臂上，将她往怀中带了带。

他轻咬着她的嘴唇，怀中人儿无意识地嘤咛出声，他趁机攻城略地。

唇中气息被一丝一毫地吮吸而尽，江洛琪蹙了蹙眉，迷迷糊糊地睁开了眼，嘟囔了句："然哥别闹，困。"

陆景然轻笑，也没再闹她，拥着她合上了眼。

翌日清早，江洛琪是被陆景然叫醒的。

准确地说，是被他吻醒的。

看着镜子中自己脖子上若隐若现的痕迹，江洛琪不禁哑然。

偏偏陆景然还没察觉，从身后搂着她的腰，垂头轻咬她的脖颈。

酥酥痒痒。

"然哥，"江洛琪反手揉乱了他的头发，"我要迟到了。"

陆景然这才松开她，却又恋恋不舍地亲吻她的唇。

昨天的衣服被佣人洗了，江洛琪只得从陆景然的衣柜中挑了件卫衣，里面搭了件高领的毛衣才遮住脖子上的痕迹。

陆景然送她回学校，云西子帮她拿了书，她直接赶去教室。

一进教室，云西子就注意到了江洛琪今日的穿衣风格有些不一样，待她坐下后压低了声音问道："你今天这衣服怎么看起来有点不合身？"

还不等江洛琪回答，云西子又自顾自地"哦"了一声，一副明白了的样子："可能这就是最近流行的'男友风'吧。"

江洛琪："……"

这么说起来好像也没什么不对的。

上午连着四节专业课，上完课后江洛琪和云西子、沈钰一道去吃中饭。

她这才发现好像少了个人。

"姚天姿没来上课？"

沈钰解释道："她昨晚一晚上没回来，说是亲戚家有事，上午的课不知道她有没有请假。"

江洛琪和云西子对视了一眼，皆没再说话。

三人去了学校附近的美食街，随意挑了家人少的店子走了进去。

点好菜后，云西子又问："琪琪，你下午是不是还有训练赛？"

"两点半开始，来得及。"

江洛琪用开水烫了烫碗筷，正好看到陆景然给她发了条消息。

然哥：等你吃完饭来接你。

江洛琪回了个"好"字。

三人又转移话题开始聊其他的事情。

这时一道身影忽然走近，语气带了点惊讶："江学姐？"

江洛琪循声看去，见到熟悉的面孔，眉眼也带了点笑意："是你啊，学弟。"

面前这人正是先前江洛琪在电竞社团认识的一个学弟，名叫王铭健，比她低一届，现任电竞社社长。

王铭健腼腆地笑了笑："没想到会在这儿见到你，有好久没见了吧？"

江洛琪点头："是有一年了，那个时候你才刚进社团没多久。"

"既然这么巧，不知道学姐明天有没有空，"王铭健看向江洛琪的眼神隐隐带了点期待神情，"明天社团正好有活动，学姐有空的话要不要来参加？"

"明天周六有空，不过我得看情况，到时候如果来的话再告诉你。"

周六放假一天，周日还有训练赛。

"好。"王铭健也没多留，说了句"朋友在等"就离开了。

江洛琪边吃顺便就边和陆景然说了这件事。

陆景然回消息很快。

> 然哥：那要不然你明天玩完后再回基地。

> 然哥：不然来来回回地你也累。

江洛琪微愣，戳着屏幕回他。

> Loki要拿世界冠军：那今天下午的训练赛怎么办？

> 然哥：给你放假，这段时间你也辛苦了。

> 然哥：训练赛还有西瓜可以上，放心吧。

> 然哥：明天玩完我来接你。

心底暖意渐生，江洛琪便也没再纠结，答应了他的提议。

难得一天清闲，江洛琪回到寝室后睡得昏天黑地。

迷迷糊糊间，似是听到了沈钰和谁打着电话。

"你今晚又不回来？"

"好吧，没事，洛琪今晚回来睡了。"

"昨晚吗？楼下的门不知道被谁关了，她没来得及赶回来。"

"那我就不知道了，我也没问，反正今早没迟到。"

"哦……你要星期天晚上才回来？你亲戚家事情很多吗？"

"没事没事，你忙，我先挂了，拜拜。"

随即又听到沈钰问云西子："你有没有觉得天姿最近有点奇怪？"

"姚天姿吗？"云西子正在敷面膜，含糊不清地说道，"是挺奇怪的，整天阴阴沉沉的，谁知道她脑子里在想什么。"

沈钰犹豫了片刻，又道："我上次听到她好像和一个男人打电话，还提到了洛琪的名字……"

"什么时候？说了什么？"云西子当即坐起了身，也顾不上面膜脱落。

"就……"沈钰回想了一下，"方开伦找洛琪道歉的那一天，我听到她在楼道打电话，情绪好像还挺激动的，就一直问那人为什么要这么做？是不是不想和她合作了这类话，我看她好像心情不太好，也没敢问她发生了什么。"

云西子不由冷笑："谁知道她整天在做什么，懒得管她。"

沈钰便也没再继续谈论这件事。

床上的江洛琪翻了个身，刚才她们的谈话在她的脑海不断萦绕着，又渐渐串成了一条线。

一些事情逐渐明朗了起来。

第二天下午，江洛琪刚出宿舍大楼就见王铭健在楼下等着她。

她惊讶地走上前，问道："你怎么在这等着？"

王铭健低头笑着，嘴角露出两个酒窝，挠了挠头说道："你给我发消息的时候，我就正好在这附近，想着等你一起去。"

江洛琪也没多想："那一起走吧。"

"好。"王铭健嘴角笑意更深。

两人一同朝电竞社的活动办公室走去。

这次活动，也是这个学期开学以来电竞社举办的第一次社团活动。

江洛琪曾在大二上学期担任过电竞社的副社长，王铭健就是当时经她的手招进来的。

后来她去美国做交换生，副社长的位置便让了人。

这次回来，电竞社的管理层也换了一批新人。

但平常电竞社举办什么活动，都会主动邀请前辈们前来参加。

江洛琪的到来也在他们的意料之外。

电竞社的前社长叶钦，是当初和江洛琪一起加入社团的，也是当年江洛琪参加"高校杯"的队友之一。

一见到江洛琪，叶钦难掩激动神色，攀着王铭健的肩膀，一拳捶向他的胸膛："可以啊，铭健，你说有惊喜带给我们，我们还纳闷是什么，你竟然把洛琪给带来了。"

王铭健含蓄地笑着："这不昨天吃饭的时候正好碰上了，我就和学姐说了这件事，她正好有空，我就请她过来了。"

第二十一章　社团活动

在场的人一半都是熟面孔，江洛琪一一打了招呼。

叶钦和王铭健也向其他人介绍江洛琪。

有学弟认出了她："学姐，你是不是AON战队的Loki？"

得到肯定回答后，那些AON的粉丝个个面露激动神色，纷纷找江洛琪要签名，还祝愿AON能拿下这次春季赛的冠军。

王铭健简要地介绍了下午的活动，总地来说就是游戏对战，因为在场的人玩"Survivor"居多，所以最后定下来的游戏就是"Survivor"。

电竞社和学校附近一家网咖有长期合作，每次电竞社一有什么活动都会在这家网咖举办，这次活动也不例外。

一行人浩浩荡荡地朝那家网咖走去。

电竞社的社团成员本就多，外加这次活动前三名还有奖金，基本所有社员都到齐了，所以这日下午王铭健就干脆将那家网咖包了场。

游戏对战分为三轮，每轮两场，每四人一组。

第一、二轮选定的是战争模式，即在地图上随意选择一块区域，所有人在这块区域混战，可以复活。在规定时间内，看哪个组拿到的人头最多。

第一轮只允许用全自动步枪，而第二轮只允许用狙击枪。

这个模式和街机模式大同小异，但是却能自由决定参加人数。

第三轮就是竞技模式，按照传统比赛的规则来。

在王铭健介绍完之后，江洛琪却觉得自己参加有些不妥。

她主动提议道："要不我来当裁判吧，毕竟我一个职业选手参加这种有点不太公平。"

"没事，"叶钦安慰她，"本来也就只是玩玩而已，况且他们说不定还挺想和你一起玩的。"

在场也有人附和道："学姐，没关系，我们都知道你很厉害，但是我们就想和你切磋切磋。"

"要不这样，"王铭健道，"学姐，你要是觉得不公平，我们给你安排三个实力最菜的队友吧？"

叶钦薅了一把他的头发："谁会承认自己菜？"

王铭健憨憨地笑道："我就菜啊，我'kd'才0.2。"

"我也……"有个女生举了手，弱弱地说道，"我也挺菜的，我想和学姐一组。"

"我我我，我也菜……"

"你那叫菜？我才菜好吧。"

"都别说了，我全场最菜！"

在场众人竟然开始争论自己到底有多菜。

见这场景，江洛琪哭笑不得。

"都别吵了，"叶钦无奈笑道，"每个人把自己战绩页面摆出来，'kd'最低的三个和你们江学姐一组，其他的自由分组可以吗？"

前任社长都发话了，他们自然都同意了下来。

最后分在江洛琪那一组的，除了王铭健之外，就是之前说话的那个女生薛敏敏和一个戴着眼镜的小男生孙毅。

四人一同在电脑前坐下。

薛敏敏边登录游戏边吐槽道："社长，没想到你的'kd'真就0.2，你这游戏水平是怎么当上社长的？"

闻言，王铭健不好意思地挠了挠头："我就是喜欢玩这个游戏，但是可能没什么天赋，枪法太菜了。"

"菜没关系，"江洛琪正垂着头给陆景然发着消息，"做事能力强就行，我看你管理电竞社管理得挺井井有条的。"

"这也是叶学长带得好。"王铭健的脸上浮现出标志性的腼腆笑容，目光触及江洛琪的手机页面，忽地一顿。

江洛琪没察觉到他的异常，自顾自地进了游戏，点进了自定义服务器。

待众人都准备就绪后，游戏开始。

尽管江洛琪这组其他三人的实力都不够强劲，但是她的打法向来勇猛，尤其是战争模式这种混战游戏，她几乎是以一人之力取得了压倒性的优势，这还是在她放了点水的前提下。

而第三轮的竞技模式，为了照顾组员，江洛琪带着他们前期避战，往较为偏僻的地方落点。

另外三人搜东西的速度都比较慢，江洛琪搜完后研究了一下进圈的路线，却突然听见耳机里传来王铭健的声音。

"学姐，你过来一下。"

江洛琪一愣，看了眼地图，往他所在的房区走去，便见他的脚下躺了个三级甲。

王铭健没有多说话，只是操纵着游戏角色做出动作，示意她换上三级甲。

"不用了，你自己换吧，"江洛琪失笑，"你自己保护好自己就行了。"

"社长，你怎么不把三级甲给我？"薛敏敏开玩笑地说道。

她瞥了一眼王铭健的屏幕，也明白他刚才叫江洛琪是为了什么。

随即便见王铭健一脸正经地解释道："这不，我看学姐是我们中最厉害的，三级甲给我们三个用那就挺浪费的。"

"……"薛敏敏思考了一下，"好像还挺有道理的。"

话虽如此，江洛琪也没去捡那件三级甲，而是让给了薛敏敏。

这一路进圈，只听得王铭健一直在队内语音问道："学姐，你药够不够？"

"学姐，你子弹还够不？"

"学姐，八倍镜要不要？这里还有把98K。"

"学姐，你要是有什么装不下的东西可以放我包里，你就把我当成四级包就行。"

"学姐……"

听得薛敏敏连连吐槽："社长这狗腿样还真是前所未见。"

听到这话，王铭健也不恼，反而嗦嗦笑了两声，道："毕竟只有学姐才能带我们拿第一。"

这话不假。相较于其他组来说，江洛琪的经验还是要丰富一些，带着王铭健三人一路苟到了决赛圈。

三轮游戏下来，江洛琪那组毫无悬念地拿下了第一。奖金不多，但也够他们一起吃顿饭了。

经不住王铭健几人的盛情邀请，江洛琪决定吃完晚饭再回基地。

聚餐地点选在了学校周围的饭店，因着今日高兴，叶钦还叫了几瓶酒。王铭健坐在江洛琪的身旁，细心地帮她将碗筷烫了一遍，放在她的面前。

"谢谢。"江洛琪低声道谢。

正好这时叶钦又在问她："洛琪，你是怎么想起去打职业赛的？"

"一直都挺想去的，刚好有机会，就什么也没想直接去了。"

叶钦的眸中划过一丝艳羡的神情。

虽说他曾经和江洛琪一起获得过"高校杯"的冠军，但是他的实力相较于她来说还是差了一截。

更何况自从退出电竞社后，他玩游戏的时间也少了许多，所以便也与职业战队无缘。

但或许是每个电竞男生的心中都存在着一个职业梦，看着那些和自己差不多年纪的职业选手在那个比赛台上发光发热，说不羡慕是不可能的。

见他们聊到了打职业赛的事情，王铭健对此似懂非懂，却还是忍不住问道："我记得程一扬学长好像也去打职业赛了，当时你们还一起去参加过'高校杯'来着。"

此话一出，餐桌上忽地沉默了下来。

但偏偏他还没察觉到气氛的不对劲，继续说着："程学长为了打职业赛都休学了，我也好久没见过他了，听说他现在好像换了个战队，不知道最近怎么样了……"

"咳咳咳，"叶钦重重地咳嗽了几声打断了他的话，又悄悄打量了一眼江洛琪的神色，起身给王铭健倒了杯酒，"你就别哪壶不开提哪壶了，自罚一杯。"

王铭健这才后知后觉想起江洛琪以前和程一扬的关系，当即面色窘迫地端起了酒，朝江洛琪的方向一敬："对不起啊，江学姐，我刚才不是故意说那些话的。"

"没事。"江洛琪淡然一笑，倒也没把这件事放在心上。

而同桌的薛敏敏和孙毅皆都一脸茫然，毕竟他们进校的时候，江洛琪和程一扬都不在学校，所以便也没听说过他们的事情。

但见叶钦的神色，他们也不敢探究其中原委。

叶钦连忙转移了话题。

王铭健似是为了弥补自己刚才说错的话，不停地给江洛琪夹菜，还自愿地多喝了几杯酒。

一顿饭吃得差不多后，他走起路来也是踉踉跄跄。

见陆景然发消息说到了学校门口，江洛琪找了个借口离席。

王铭健摇摇晃晃地站起了身："学姐，我送你回宿舍吧。"

"我不回宿舍，"江洛琪看了一眼时间，"我直接回基地了，明天还有训练赛。"

"那我送你去坐车吧，外头天黑了，你一个女生走夜路不安全。"王铭健坚持道。

叶钦也觉得他的话有道理，帮着说道："就让铭健送你去吧，也就几步路。"

江洛琪便没推辞，拎着包包和王铭健一同出了饭店。

被冷风一吹，王铭健也清醒了不少。

两人并肩朝着S大校门走去。

踩着路灯洒下的片片光影，周遭空气中萦绕着淡淡清香。

王铭健侧头凝视着身旁的人。

只见她的脸部轮廓柔和，昏黄的灯光映在她的脸上浮现出淡淡的光晕。

似是察觉到了他的视线，江洛琪偏头看他，露出了礼貌而又疏离的微笑。

"学姐，你等会儿是打车回去吗？"王铭健随便找了个话题打破这安静的气氛。

江洛琪勾唇浅笑："我男朋友开车来接我。"

她眼中一闪而过的温情尽数落在了王铭健的眼中。

他微微一愣，似是没想到她会说得这么直白。

"这样啊，"王铭健习惯性地挠了挠头，"你男朋友对你真好，还亲自开车来接你。"

闻言，江洛琪嘴角笑意更深："是啊，每次回学校他都负责接送。"

王铭健脸上的表情凝固了些许。

此时正好走在阴影处，黑暗将他的神色笼罩。

酒意有些上头，他听到自己的声音回荡在这寂静的街道，带了点苦涩："那挺好的，他应该挺喜欢学姐的。"

夜风袭来，凉意阵阵。

江洛琪双手插进口袋中，不禁缩了缩脖子。

见状，王铭健连忙脱下自己的外套，就要披在江洛琪的身上。

而江洛琪却是下意识往旁边侧了侧身子，外套径直掉落在了地上。

灰尘轻扬。

"不好意思。"

"不好意思。"

两人异口同声。

王铭健尴尬地笑着，又重复了一遍："不好意思，学姐，是我唐突了。"

旋即他弯下腰准备捡起外套。

也不知是不是因为喝醉了酒，他的身体微微晃着，脑袋一晕，就要往江洛琪的方向栽去。

然而还没倒下多少，他便察觉到自己的后领被人一揪，整个人往后一提，竟然稳稳当当地站稳了身子。

"然哥。"江洛琪欣喜地朝他身后唤道。

王铭健脊背一僵，一股冷意爬上心头，余光瞥见一抹身影弯下了腰将外套捡了起来，扔进了他的怀中。

陆景然越过他，顺其自然地脱下自己的外套披在了江洛琪身上，还不忘替她拢了拢领口的缝隙。

其间陆景然一个眼神都没有落在王铭健的身上。

反而王铭健被他的气势压迫得一句话都说不出。

江洛琪抱着陆景然的手臂仰头看他，语气不自觉地带了点撒娇意味："然哥，你怎么过来了？"

陆景然揉了揉她毛茸茸的脑袋："待在车里无聊，就顺着这条路来找你了。"

"学姐……这就是你男朋友吗？"

突兀的声音打破了两人之间的甜蜜气氛。

陆景然这才将目光懒懒地投向了面前的这人身上。

忽地唇角轻扯，只听得他语气淡淡："你好，我是她男朋友。"

不知为何，明明是再正常不过的语气，江洛琪却愣是从中听出了一点炫耀意味。

王铭健的脸色僵了一瞬，但又很快恢复了正常，自我介绍道："你好，我是江学姐的学弟，我叫王铭健。"

陆景然冷淡地"嗯"了一声，表示他知道了。

见陆景然不像是个好相处的，王铭健也放弃了和他继续攀谈的想法，偏过头又对江洛琪说道："学姐你今晚喝了点酒，等会儿回去记得喝点蜂蜜水，不然明天胃会难受。"

"你喝酒了？"陆景然侧头看她，眉心微蹙。

江洛琪往他的怀中蹭了蹭，嘟囔道："就喝了一点。"

陆景然的神色这才舒缓了些许。

旋即眼神轻扫，客套地同王铭健说道："要是没什么事，我带我女朋友就先离开了，我看张同学喝得不少，回去注意安全。"

江洛琪捏了捏他的腰间软肉："别人姓王。"

陆景然："哦。"

并没有放在心上。

看着面前两道亲密的身影越走越远，头顶上的路灯忽明忽暗地闪着，伴随"boom"的一声，阴影笼罩，周遭都暗了下来。

抓着外套的手紧了紧，王铭健抬起沉重的脚，转身往回走，步伐慢但却稳健，哪还有先前那样摇摇晃晃的姿态。

回到车上，江洛琪取下外套叠放在腿上，正准备系安全带时，身旁之人倾过身来，手指勾着安全带拉到座椅旁替她系好。

微微愣神之际，听到陆景然漫不经心地问道："你和那个姓张的很熟？"

"没有啊。"江洛琪侧头看他，见他不知何时坐直了身子，双眸直视着前方，眉眼淡淡，看不出情绪。

她又补充了一句："不太熟，都没见过几次面。"

"那他一口一个学姐叫得可真亲热。"陆景然嗤笑一声，启动了车子，单手旋转着方向盘。

后视镜上挂着的小平安结正不安地晃动着。

车内忽然有种风雨欲来的压迫感。

江洛琪眨了眨眼，直言问道："然哥，你是不是吃醋了？"

旋即便听到从他鼻腔内传来一声轻哼。

并没有理会她的问题。

江洛琪动了动唇，还想再说什么，手中的手机屏幕忽地亮了起来。

几条微信信息接连蹦出。

王铭健：学姐到家了记得告诉我一声。

王铭健：我看你男朋友好像脸色不太好的样子，他是不是误会了什么？

王铭健：需不需要我向他解释一下？

"……"

这剧情走向怎么感觉有点似曾相识？

江洛琪正要回复他，车子却蓦地停了下来，她的身子不受控制地往前倾了些许，一只骨节分明的手从她的手心里将手机抽了出来。

陆景然一手搭在方向盘上，一手快速地在手机屏幕上摁着什么，又顺手将手机扔回了江洛琪的怀中。

正巧此时红灯转为绿灯，再次启动了车子。

这一系列动作如行云流水，一句多余的话都没说。

江洛琪怔怔地将目光放回正亮着的手机屏幕上，只见和王铭健的聊天窗口里多了一段话——

张学弟，我和你好像不太熟吧？

她没忍住"扑哧"笑出了声。

而身旁的陆景然宛若未闻，专注地开车。

直到回到了基地的车库，停好车，江洛琪拉开车门正要下车，手腕却忽地被人扣住。

一道身影欺身向前，一只手覆在她搭在车门的手上，"砰"的一声又将车门再次关上。

江洛琪被陆景然圈在了座椅的角落里，他额前的发丝散落，眸中透露出浓浓的不悦。

"知道我吃醋了还想跑？"他的声音沉沉。

"我没跑……"江洛琪弱弱地说道，"我就下个车……"

陆景然眸色渐深。

"好啦，"江洛琪当即换了语气，双手搂着他的脖子，"我以后会注意的，和其他男生保持距离。"

陆景然的脸色这才缓和了些许，附身咬了咬她的嘴唇以示惩罚。

随后两人下车回到基地别墅。

因着今日周六休息，温旭阳和阿昆、陈明几人难得坐在一楼沙发看着电视。

见他们二人回来，温旭阳主动去冰箱里拿了两瓶饮料就要递给他们，却见江洛琪倏地往陆景然身后一躲，和他拉开了距离。

温旭阳："？"

他看了看手中的饮料，又看了看自己今天穿的衣服，好像没什么不妥的地方。

他又绕过陆景然将饮料递到江洛琪跟前，疑惑地问道："琪姐，这不是你平常爱喝的吗？"

江洛琪连忙摆了摆手，如同躲瘟疫般再次和他拉开了距离，这才探出头来，一本正经地说道："我刚答应了然哥，要和男生保持距离。"

温旭阳："……"

这又是演的哪一出？

他狐疑地看向陆景然。

只见陆景然唇角稍扬，手亲昵地揉了揉江洛琪的脑袋，用夸奖满意的语气说道："乖，真听话。"

温旭阳："？？？"

三月十一日第二轮小组赛结束，EMP战队发挥超常，竟然反超了第二的PTG战队，比第一的AON战队只相差了一分。

三月十二日第三轮小组赛正式开始，赛前照例在休息室准备，江洛琪却莫名觉得气氛有些奇怪。

倒也不是说他们紧张，就是觉得……安静得过分了。

以往这个时候休息室里都是叽叽喳喳的，但今天却出奇地安静。

直到坐上了比赛台，开始了今天的比赛，江洛琪才察觉到这丝不对劲是从哪来的。

陆景然："太阳神，去拿车。"

温旭阳："好。"

江洛琪："太阳神，你有没有多的762子弹？"

温旭阳："有。"

阿昆："这里有八倍镜你要吗？"

温旭阳："不要。"

陆景然："太阳神，你去看下这片房区有没有人。"

温旭阳："嗯。"

随后便见温旭阳开了辆摩托径直冲到了那片房区中间，被早就占据那个点位的一个战队围攻而死。

"……"

陆景然："我让你去看有没有人，不是让你冲房区送人头的。"

温旭阳："我以为没有人。"

陆景然："？"

他的声音微沉："我说了没人吗？"

温旭阳："……那可能是我听错了吧。"

见陆景然的脸色似是沉得厉害，江洛琪和阿昆连忙打着圆场。

"然哥，刷圈了，我们咋进圈？"

"这个路线怎么样？这边刚好是弱侧，应该没有什么人……"

"温旭阳，我不管你遇到了什么事，不要把情绪带到比赛当中来，"陆景然唇线紧抿，眸中隐隐闪烁着冷意，"现在已经是第三场比赛了，你自己看看我们的分数和排名，难道你还想重蹈去年的覆辙吗？"

温旭阳瘫坐在椅子上，目光愣愣地看着远处大屏幕上的当日积分榜。

第一页的排名上找不到AON的战队名字，这两场比赛AON已经掉落到第十二名了。

温旭阳闭了闭眼，艰涩地开口："对不起，我会调整好状态的。"

也不知是不是因为温旭阳的状态影响到了其他三人的手感，第三场比赛AON依旧没有获得很好的分数，排名卡在中游的位置不上不下。

中场休息，AON几人回到休息室，晚饭已经送了过来，他们沉默地分散坐开，自顾自地吃着晚饭。

气氛依旧凝固。

陈明坐在一旁吃着碗里的饭菜有些食不知味。

岳青寒和布丁今天刚好都没有跟队，他们虽然知道比赛存在失误，但是说教责怪的话却怎么也说不出口。

江洛琪看了眼身旁神色如常的陆景然，又看了眼坐在不远处的温旭阳，见他边吃着饭还不忘边看手机，心中的疑惑忽然就有了答案。

"专心吃饭。"陆景然懒懒抬眸，夹了几块肉放在她的碗里。

江洛琪埋头，一手握着筷子往嘴里扒拉了几口饭菜，另一只手则悄悄掏出手机放在桌下，点开了和阮秋涵的聊天框。

　　Loki要拿世界冠军：你是不是和太阳神吵架了？

　　阮啾啾：嗯，影响到你们比赛了吧？对不起。

　　Loki要拿世界冠军：发生什么事了？

　　阮啾啾：昨天心情不好和他吵架，然后一时冲动说了分手……

　　Loki要拿世界冠军：……

　　Loki要拿世界冠军：为什么心情不好？

这次阮秋涵回复得比较慢。

江洛琪放下了筷子，心中隐隐浮现出不好的预感。

"吃饱了？"陆景然轻瞥她一眼，见她点头，自然地将她的碗筷和自己的收拾在了一起。

掌心的手机传来一阵轻微的振动——

　　阮啾啾：就我妈和我弟呗，他们来S市了，现在在我家，我出来找酒店了。

江洛琪心下一紧。

　　Loki要拿世界冠军：要不来我们基地吧，你一个女孩睡酒店怪不安全的。

阮啾啾：不麻烦你们了，再说我和他还没和好呢，就一晚上不会出事的。

阮啾啾：温旭阳要是不好好比赛就揍他，把他揍清醒了，他到底还想不想拿冠军了？

见状，江洛琪也不好多说什么，只是让她有事就给她打电话。

这边江洛琪正聊着天，丝毫没有注意到陆景然和温旭阳两人一同走出了休息室，直到第四场比赛即将开始才回来。

兴许是陆景然和他说了什么，接下来的三场比赛温旭阳的发挥稳定了一些，也没再犯那种低级错误。

但今天一天他们的分数都不容乐观，尽管总积分仍在第一，但等到这轮小组赛结束，很有可能就会被EMP和PTG反超。

回基地的车上，见众人都愁眉苦脸的，陈明试图活跃气氛，却始终没人捧场。

正当他苦恼时，就见温旭阳站起了身，朝着江洛琪三人的方向弯下了腰："对不起，老大、琪姐、阿昆。"

江洛琪三人都没说话，静静地等待着他的下文。

"今天比赛失误是我的锅，我不该因为个人私事影响到了整个战队，我自己的事这几天会尽快处理好的，下次比赛绝对不会出现这种情况了。"

说罢，他的眼中浮现出浓浓的自责情绪，又深深地鞠了一躬。

"嗐，这又不是啥大事，我们今天发挥得也不太行，谁还没个状态不好的时候？况且还有两场小组赛，我们进淘汰赛肯定没有问题，到时候保持好的状态就OK了，"阿昆往座椅上一躺，大刺刺地说道，"你要是真觉得对不起，今晚的夜宵就归你请了。"

"我赞同。"晚饭本就没吃多少，江洛琪此刻已经觉得有些饿了。

陆景然依旧没说话，但却能看出他神色舒缓了不少。

"好，没问题。"温旭阳扯了扯嘴角，干脆利落地应下了今晚的夜宵。

车内的气氛又逐渐活跃了起来。

这日晚，温旭阳拉着陆景然、阿昆、陈明喝了不少的酒，却只字不提自己和阮秋涵之间的事。

他们也都没问，只一杯杯地灌酒下肚。

最后他们都喝得东倒西歪，只有陆景然看起来比较正常，靠坐在沙发上盯着江洛琪忙前忙后的身影。

江洛琪给他们每人泡了杯蜂蜜水，强硬地逼着他们喝光。

好在西瓜和两位教练都还没睡，一人扶着一人送回了房间。

客厅只剩下江洛琪和陆景然两人。

江洛琪收拾着客厅里的残余垃圾，正将垃圾都打包好之时，身后阴影笼下，耳侧喷洒着浓烈的酒气。

一双手紧紧箍着她的腰，柔软的唇瓣落在她脖颈的肌肤上，吮吸、亲吻。

连带着一阵酥麻战栗。

江洛琪转过身来，揉了揉陆景然的头发，用哄小孩子般的语气说道："乖，该上楼睡觉了。"

"怎么？"陆景然唇角轻扯，声音喑哑，"你要和我一起睡觉吗？"

江洛琪："……"

她轻哼一声："想得美。"

陆景然的指尖拂过她的脸侧，目光灼灼地盯着她的双唇，喉结微微滑动。

"那么——"

他站起了身，又弯腰将江洛琪打横抱在怀中。

"我诚挚邀请江小姐和我一起睡个觉。"

被熟悉的气息完全包裹时，江洛琪的脑袋仍是一片空白。

身侧的床陷了下去，陆景然一手将她搂进怀中。

江洛琪下意识动了动身子，想找个舒适的姿势躺着，却听得耳畔声音低哑至极。

"别动。"

呼吸灼热，他的身体滚烫。

她紧张地揪了揪被角，呼吸一窒。

然而出乎意料地，陆景然并没有对她做什么，只是头往她的颈窝蹭了蹭。

似是察觉到了她的紧张不安，他捏了捏她的手心，安慰道："别紧张，我喝醉了。"

江洛琪抬眸看他。

陆景然吻了吻她的唇，低低笑着："没力气干正事，留着下次吧。"

"真的吗？"江洛琪眨了眨眼，好似还没想明白其中到底有什么关联。

"但是你要是乱动的话，我不保证我等会儿会不会有力气。"

他的声音极轻，说到后面几乎是用气音发声。

房间昏暗。

窗外皎洁的月光洒下，一室静谧。

身侧之人的呼吸已变得均匀而又绵长，朦胧的夜色下隐隐约约能看清他的精致五官和脸部轮廓。

江洛琪往他的怀中靠了靠，唇角微勾，轻声说道："晚安。"

翌日上午，江洛琪是被一通电话吵醒的。

迷迷糊糊地想翻个身，腰间的手臂却倏地箍得更紧。

勒得她险些喘不过气来。

枕头旁的手机还在坚持不懈地响着，身旁的男人却宛若未闻，毫无反应。

江洛琪腾出一只手，戳了戳他的脸颊。

"然哥，我手机响了。"她小声嘟囔道。

也不知陆景然有没有听见，眼睛没睁开，搂着她的手却是松了些许。

江洛琪艰难地摸到了手机，先调成了静音，这才注意到电话是阮秋涵打来的。

怕吵到陆景然，江洛琪往被子里拱了拱，这才接听了电话。

她压低了声音问道："怎么了，啾啾？"

"琪琪，你现在方便来我家一趟吗？"电话那头的声音听起来有气无力的，"我实在是不知道该怎么办了。"

回想起昨日她说的那些话，江洛琪也意识到定是出了什么事，当即应了下来："行，你等我过来。"

旋即挂了电话，她刚从被窝里冒出了头，便发现陆景然不知何时醒了过来，半掀眼皮，双眸满是倦意。

"怎么了？"他将头埋进了她的颈窝，声音低哑困顿。

青色的胡茬儿划过她细腻的皮肤，连带着一阵酥酥痒痒的感觉。

江洛琪的手插在他的发间，指尖绕着一缕短发，轻声解释道："啾啾有事找我，我很快就回来。"

"嗯，"陆景然的手又松开了不少，含糊不清地说了句，"早点回来。"

江洛琪正准备起身，腰间却又忽然传来一股大力，再次将她用力拽回了怀中。

而罪魁祸首却是闭着眼，嘴角浮现出一抹若有似无的笑容。

暗示意味明显。

江洛琪无奈浅笑，倾身亲吻他的唇，正要离开之际，却被反客为主压在了身下。

直到气息被汲取殆尽，陆景然才恋恋不舍地松开了她。

"早点回来，有事给我打电话。"

他揉了揉她的头发，随后似是极累，再次睡了过去。

江洛琪轻手轻脚地爬下了床，出了房门后刚关上门，便听到身后传来迷茫疑惑的声音："琪姐，你怎么从然哥房里出来了？"

"……"

江洛琪回过身，见温旭阳正倚靠在对面的房门上，睡醒惺忪地揉了揉眼，神态迷糊。

见状，她的心里起了玩笑之意，故作一脸正经："太阳神，这是我自己房间，你站在阿昆的房门口干吗？"

"是吗？"温旭阳半眯着眼，似是还没有回过神来，懵懵懂懂地往旁边房间走去，"谢谢琪姐提醒。"

房门"砰"的一声被关上，江洛琪趁机溜回了自己房间。

洗漱之时，隐隐约约听到对面房间传来的怒骂声。

"卧槽，温旭阳你干吗？大清早地上我的床？"

"你有毛病？这不是我的房间吗？"

"你他妈睁开眼睛看清楚，这是老子的房间！"

"真奇怪，我记得我明明进的是我自己的房间。"

"你丫的脑子有病！"

"……"

江洛琪出门前，对面房间已经恢复了安静。

每间房门都紧闭着，走廊上开着微弱的灯，脚步声回荡在耳边。

江洛琪径直进了电梯，在电梯门合上的那一刹那，不远处的一间房门忽地开了一条缝。

白色兰博基尼从车库驶出，往星弥公寓的方向开去。

丝毫没注意到跟在车后的那辆黑色雷克萨斯。

星弥公寓楼下。

江洛琪将车停在了路边，走进了电梯。

按下阮秋涵所住的楼层，电梯门缓缓合上，却在这时，一只手突然搭在了电梯门上，拦住了即将关闭的电梯门。

见到来人，江洛琪神色不掩惊讶："太阳神，你怎么来了？"

温旭阳的脸上还残留着宿醉的疲惫，但眼中却闪着一抹坚毅的特殊光芒。

他走进了电梯，喉间似滚了沙石般嘶哑："我就想知道啾啾有什么事情瞒着我。"

这还是江洛琪第一次见到他如此凝重的神情。

她动了动唇，却哽塞得难以开口。

罢了，该来的，迟早要来。

电梯上行。

待到7楼时，江洛琪先走出了电梯。

而温旭阳却迟疑了片刻，才抬脚踏了出来。

两人一同往阮秋涵家的方向走去，却又同时停住了脚步。

走廊光线昏暗，两边的墙上都贴满了各式各样的小广告。

而走廊尽头的房子门口，围了好几个高大威猛的壮汉。

隐约能看到身形小小一只的阮秋涵淹没其中，神色不虞地同那些人说着什么。

回想起那日令人不适的目光，江洛琪当即便以为阮秋涵被他们欺负了，正要上前制止，就只见一道身影比她更快。

"你们干吗？！"

一道怒吼声响彻整个楼道，温旭阳如离弦之箭般冲了过去，二话不说揪起其中一人的领子就要给他来一拳。

在场众人都还没反应过来，倒是被揪的那人下意识就挡住了他的拳头。

因着力气悬殊，温旭阳的拳头根本无法落在那人的脸上。

"温旭阳，你在干什么？"

阮秋涵反应过来后连忙拉住了他的衣服，半拖半抱才让他松开了手。

"对不起啊，各位，这是我男朋友，他可能是误会了。"阮秋涵向那几位壮汉一一道歉。

那几位壮汉并不是蛮不讲理之人，摆了摆手表示并没有放在心上。

走近之后，江洛琪也察觉到了现场情况好像并不是他们想象的那样，直截了当地问阮秋涵："这是怎么一回事？"

阮秋涵深吸了口气，这才指着刚才差点被温旭阳揍的那人解释道："这位是房东大哥，其他几个都是他的兄弟。"

"房……房东大哥？"江洛琪哑然。

温旭阳也一愣一愣地，脑袋有点转不过弯来。

"妹子，别看我们都是大块头，但是我们都是好人哩，"房东大哥"哈哈"一笑，爽朗地说道，"这不，这个妹子说她家被偷了，联系我查监控，我就把我弟兄们都带来了。"

"什么被偷了被偷了？会不会说话？"一道尖酸刻薄的声音从屋内传来，"我都说了东西被她弟弟拿走了，一家子人怎么能算偷呢？"

屋内的声音将众人的注意力都吸引了过去。

江洛琪这才察觉到屋内的景象，只见客厅已是一片狼藉，东西四处散落在地上。

而阮母则坐在沙发上，双臂交叠在胸前，一副理直气壮的模样。

"大娘，你这话就说得不对了，"房东大哥微微蹙眉，不赞同地说道，"人家小姑娘一个人拼死拼活地攒下几万块的存款，你家儿子一声不吭地就拿走了，这不是偷又是什么？"

"欸，你这人怎么这样？"阮母当即就不乐意了，三步并作两步地冲到了门口，双手叉腰，十足的泼妇样，"这是我们自己家的事，关你们这些外人什么事？"

房东大哥显然也不是个脾气好的，脸色顿时沉了下来："租我房子的是这个妹子，是她找我来帮忙处理这件事的，不知道又关大娘你什么事？"

"我……"阮母还想再说，看到面前几人的大块头，声音又不由自主地弱了几分，"我是她妈妈，这当然关我的事。"

通过他们的对话，江洛琪也大致猜到发生了什么事。

想必是昨晚趁阮秋涵不在家，阮秋铭就将她的银行卡、存折给偷走了，还在她回来之前偷跑了出去。

看阮母的神情，也不像是不知情，说不定阮秋铭的行为都是在她的纵容下做的。

"这样吧，妹子，"房东大哥又问阮秋涵，"你说到底想怎么办？我这监控反正都查得到。"

众人再次将目光投向阮秋涵的身上。

只见她的脸色微微发白，澄澈的眸子里却隐含着怒气。

她一字一句掷地有声："我报警。"

此话一出，在场之人神色各不相同。

"欸，你这个白眼狼！那可是你亲弟弟，你竟然要报警？不就几万块钱吗？你就当给你弟弟零花钱了。"阮母惊讶得瞪大了眼睛，扬起手就要打她。

只是手还没落下，就被江洛琪死死地扣住了手腕。

她的双眸似结了一层冰霜，语调寒冷："白眼狼？不知道谁才是白眼狼？这几年你们的生活费都是啾啾给的，要说养也是她养你们，现在你反过来说她白眼狼可真是搞笑。"

面对江洛琪的时候，阮母心里还是有点发怵，说话语气也夹杂了几分心虚："反正钱都要给我们的……早给晚给不都一样吗……"

"谁说要给你们的？"阮秋涵声音颤抖，"那是我自己存下来的，我自己也要生活。要不是因为爸，你以为我愿意给你们钱？愿意管你们死活吗？"

说到最后，她几乎是歇斯底里："你们把爸一个人扔家里跑到S市来，要是他在家有个三长两短，我这辈子都不会原谅你们。"

一提到阮父，阮母脸上顿时浮现出一抹慌乱神情。

她的神情变化尽数落在了江洛琪的眼中，一个不好的猜想从心底涌现。

阮秋涵："温旭阳。"

突然被叫到名字的温旭阳这才回过了神。

"报警。"

"欸，好。"温旭阳眸光复杂地看了她一眼，掏出手机报了警。

见对方人多势众，阮母实在没了办法，一屁股坐在地上，哭喊道："没天理啦，姐姐要把亲弟弟送进监狱咯！我真是白养了你十多年，一提到钱就翻脸不认人，要是你爸知道你这么不孝，肯定后悔将你养大成人……"

"你还敢提我爸？"阮秋涵的眼眶染上了一圈红色，"要不是你每天念叨我爸穷，我爸会去做那么危险的高空作业吗？现在好了，他瘫痪了，你满意了？"

阮母却装作什么都没听到，只自顾自地继续哭喊："没天理咯，女儿还想把亲妈扫地出门，亲爸卧病在床她都不想管咯，有钱了就不要穷爹娘咯……"

走廊的吵闹吸引了不少邻居的围观，面对着他们的指指点点，阮秋涵被气得胸口不断起伏。

忽然，温暖的掌心将她的手包裹了起来，轻轻往后一带。

一只手揽着她的肩膀，让她的头靠在自己的胸膛处。

温旭阳轻拍了拍她的后背，如同哄小孩子一般低声说道："没事，啾啾，有我在呢。"

衣襟前被洇湿了一片。

正当这时，几个身穿制服的民警赶了过来："是谁报的警？"

阮秋涵推开温旭阳，一抹眼泪，哽咽道："是我。"

将走廊监控的证据上交给了警方，又录了口供，不过一个小时，警察就在银行抓到了阮秋铭带回了警局。

然而阮秋铭却一口咬定这银行卡和存折都是阮秋涵给他的，他根本就没有偷，再加上阮母的胡搅蛮缠歪曲事实，民警对此也十分头疼。

最后还是江洛琪提议去阮秋涵家取证，证明阮秋铭并未经过阮秋涵的允许就随意在她家翻箱倒柜，还拿走了重要财物。

但念在这是家庭纠纷，民警也只做了将阮秋铭拘留十五天的决定。

一行人再次回到阮秋涵家，阮母死皮赖脸地跟着，还扬言阮秋涵要是有本事，就把她赶出家门饿死在街头。

几人沉默地坐在沙发上。

阮母别过脸，看到温旭阳对阮秋涵关心的举动，又回想到先前去警局时他开的车好像也不错，当即心里起了念头。

"小伙子。"

温旭阳厌恶地看了她一眼。

虽然这是阮秋涵的母亲，但经过刚才一事，他实在是对她没什么好感。

而阮母似是没察觉到他的厌恶，反而一脸欣喜地问他："你是不是喜欢我们家秋涵啊？"

温旭阳没说话。

阮母又笑眯眯地说道："你喜欢那好办，我把秋涵嫁给你，你只要给我们家三十万元彩礼钱就行了……"

"妈！你够了！"阮秋涵猛地站起了身，"你不走是吧？我走！"

旋即又冲进了卧室，不过片刻，拖了个小行李箱走了出来，径直出了门。

江洛琪和温旭阳连忙追了出去。

身后，阮母轻啐一口，朝门口的方向翻了个白眼："要不是你弟把你爸的保险金都赌完了还欠了一屁股债，我又怎么可能三十万就把你卖出去。"

第二十二章　真正的耍流氓

江洛琪和温旭阳将阮秋涵带回了基地。

本来阮秋涵不想因此麻烦他们，但她又实在是无处可去。

回基地的路上。

阮秋涵坐在江洛琪的副驾，手肘撑在车窗上，目光幽幽地盯着后视镜里跟在车后的那辆雷克萨斯。

良久，她轻叹一口气，问道："你怎么把他带来了？"

江洛琪正开车，闻言轻"啊"了一声，这才明白她说的那个"他"是谁。

"我出门的时候他悄悄跟我后面，我没发现。"

余光瞥见她一副愁眉苦脸的模样，江洛琪又安慰她道："别瞎想了，太阳神不会因为这事就和你分手的。你妈刚才说三十万彩礼那事，我看太阳神那反应，要不是你阻止了，恐怕他当时就答应了。"

"唉——"阮秋涵收回目光，躺回了座椅上，似是极为疲惫地闭了闭眼，"正是因为这样，我才不知要如何面对他。"

有些事，尽管已经摆在了明面上，但她仍然难以启齿。

尤其是被喜欢的人看到自己极为狼狈的那一面。

她想躲，却又不知该藏在哪。

江洛琪还想再劝她几句，一通电话却在此时打了进来。

一触及屏幕上的名字，她的目光顿时柔和了下来。

"然哥，你起来了？"

"嗯，"电话那头的声音懒洋洋的，带着刚睡醒的惺忪，"忙完了吗？"

江洛琪："正在回来的路上了。"

"午饭想吃什么？"

"都可以，"江洛琪看了阮秋涵一眼，又道，"点外卖的话多点一份，我把啾啾带回来了。"

阮秋涵下意识想要推辞，却听到陆景然已经应了下来，并且挂断了电话。

她又情不自禁地叹了口气。

"别叹气了，再叹气就真成老太婆了。"

江洛琪看了眼周围的路况，此刻已经驶出了市区，郊外的马路上车辆少了许多。

她将车顶打开，呼啸的风尽数涌入。

"姐姐带你兜兜风。"她唇角轻勾，旋即一脚踩下油门。

两人的身体都不约而同往后仰去，白色兰博基尼风驰电掣地穿过马路。

风声、笑声、尖叫声杂糅在了一起。

阮秋涵奋力叫喊着，似是要将那些不愉快的事情全都扔在脚下踩碎踩蹦。

而一回到AON基地，她又恢复了以往正常的模样。

基地里的人都知道阮秋涵要来，也不知是不是约定好的，谁都没有问她发生了什么事，反而都十分热情地招待她。

温旭阳将她的行李箱放回江洛琪的房间，这才下楼和他们一起吃饭。

下午江洛琪他们还有训练赛，阮秋涵便直接回房间休息。

待她离开，阿昆和陈明才向温旭阳打听究竟发生了什么事。

温旭阳也不知道该怎么解释，只是告诉他们阮秋涵会在这里小住一段时间。

对此他们自然没有意见。

而另一边，江洛琪送阮秋涵上了楼，刚替她关好门，便察觉到眼前一暗，熟悉的气息萦绕在鼻尖，腰间被身后的人紧紧圈着。

她刚转过身，整个人便被抵在了门上。

温热的手掌护住了她的头和背，还未等她反应过来，灼热的吻便落了下来。

缠绵辗转，气息交缠。

直到餍足，陆景然才退开了些许。

"你怎么……"江洛琪微微喘着气，双手抵在他的胸口处，脸上红晕未退，"就只知道耍流氓？"

"一上午没见，怪想你的，"陆景然轻声笑着，语气理直气壮，又带了点无赖，"而且这怎么能算耍流氓呢？"

旋即又是一吻落下。

伴随着低哑而又魅惑的声音回荡在耳旁："迟早会让你见识真正的耍流氓是什么样的。"

回到训练室，刚坐在自己的位置上，便听到温旭阳大惊小怪地问道："老大，你的嘴怎么破了？是不是吃辣的吃多了？"

陆景然："……"

他轻睨了温旭阳一眼："关你什么事？"

温旭阳悻悻地收回了目光，正好看到江洛琪往这边看了过来，又如同发现新大陆一般，指着她问道："琪姐，你今天这口红色号挺好看的，是不是就是传说中的'斩男色'？"

江洛琪："……"

陆景然不动声色地挡住了他的视线，淡淡说道："再多嘴，后天比赛你就别上了。"

温旭阳立即闭了嘴。

等待训练赛开始的间隙，江洛琪无聊地刷着朋友圈，正巧见到江洛嘉刚发了条朋友圈。

想着阮秋涵家里的事，江洛琪点开了和江洛嘉的聊天框。

Loki要拿世界冠军：哥，在不？

这条消息刚发过去，训练赛正好开始了，江洛琪便将手机扔到了一旁，注意力重新转回了训练赛当中。

因着后天是A、E两组比赛，所以训练赛的成员也是A、E两组战队，而鲸鱼战队正好在E组。

于是刚一进"素质广场"，便能听到全部语音中胡黎在叫嚣着要和温旭阳battle："太阳神，来机场，让爷给你看看谁才是机场霸主。"

温旭阳对此嗤之以鼻："有本事来P城，我P城执法官可不是浪得虚名的。"

…………

随后开局十分钟，两人纷纷成为各自战队中最先被淘汰的人。

一局训练赛结束，简单的复盘过后，江洛琪才想起看江洛嘉有没有回复消息。

结果一看，发现江洛嘉不仅给她发了几十条微信消息，还给她打了十几个电话。

因着上午她将手机调成了静音，才没注意到他打过来的电话。

江狗：什么事？

江狗：？？？

江狗：人呢？找我一句话都不说？

江狗：遇到啥事了要求哥哥帮忙？

江狗：你倒是说啊，真急死我了。

江狗：［语音通话未接听］

江狗：卧槽，你不是遇到啥事了吧？电话都不接我的？

江狗：给你十秒钟！赶紧回我消息！！！

江狗：10！

江狗：9！

江狗：87654321！！！

江狗：人呢？赶紧给我滚出来！

江狗：［语音通话未接听］

江狗：［语音通话未接听］

…………

江洛琪连忙回复他。

Loki要拿世界冠军：刚刚训练赛，没出事。

江狗：哦。

江狗：那你找爷干吗？

江狗：有屁快放。

Loki要拿世界冠军：啧。

Loki要拿世界冠军：你这样是找不到女朋友的。

江狗：……

Loki要拿世界冠军：你还在C市吗？

江狗：今年主要发展国内业务，咋？不想打职业了，想回来继承家产了？怕哥哥和你分家产？

Loki要拿世界冠军：……你还记得我闺密啾啾吗？她妈妈和弟弟都来S市了，家里只有一个瘫痪的爸爸，你帮忙去找个人照顾一下吧，家庭地址是永安街104号，她家姓阮。

江狗：一个月不联系我，再找我就是使唤我做事？你可真有能耐。

江狗：让我帮你也行，你先帮哥哥一个忙。

看到这句话，江洛琪下意识就去瞅了眼自己的银行卡余额。

旋即截个图，打开P图软件把余额后面一串零抹去，再将图片发给了江洛嘉。

Loki要拿世界冠军：我没钱了，你还忍心压榨我？

江狗：滚犊子，爷像是缺钱的人吗？

江狗：就问你个问题。

江洛琪这才松了口气，正要问他是什么问题，就见陆景然将头偏了过来，正巧看到了她和江洛嘉的聊天记录。

眉梢微挑，他问道："没钱了？"

"没……"

"我有钱"三个字还没来得及说出口，就见陆景然直接掏出了手机打开了支付宝的转账页面。

见他在金额处输入超过五个零时，江洛琪才反应过来，连忙阻止了他："我有钱我有钱！"

迎着陆景然不信任的目光，江洛琪重新点开了银行卡的余额摆在他的面前。

"我这不是怕我哥又坑我钱嘛。"

陆景然被她逗笑，无奈地揉了揉她的脑袋。

在这间隙，江洛嘉又给江洛琪连发了好几条微信消息。

　　江狗：如果一个女生答应你去你公司上班，是不是意味着对你有意思？

　　江狗：???

　　江狗：你人又给我死哪去了???

　　江狗：赶紧给爷滚出来回答问题。

　　江狗：还想不想要爷帮你忙了？

　　江狗：卧槽，什么人啊这是，聊天还玩失踪的？

江洛琪怀疑她哥是不是生吃了火药桶。

　　Loki要拿世界冠军：我觉得那个女生可能单纯觉得你开的工资高吧。

　　江狗：……

　　江狗：哦，我突然想起我等会儿要飞美国去开个会，那个什么事你去找爸的助理吧。

　　Loki要拿世界冠军：但是我相信那个女生不是因为钱才留在你公司的，肯定是因为你英俊的外表和迷人的气质，被你深深迷住了。

　　Loki要拿世界冠军：她肯定喜欢你，哥，大胆去追吧！妹妹给你疯狂打call！！

　　江狗：好嘞，等哥哥消息。[加油]

　　"啧，变脸变得真快。"江洛琪小声嘀咕了一句。

　　一下午的训练赛结束，几人一同吃了晚饭。

　　因着阮秋涵每天都需要直播，而昨天已经请了一天假，所以陈明便给她在备用训练室安排了电脑和摄像头直播。

　　温旭阳美其名曰怕她一个人害怕，也屁颠屁颠地去了备用训练室陪着她一起直播。

　　江洛琪和陆景然、阿昆三人"四排"，被弹幕粉丝戏称"一对cp外加一条狗"。

　　这时，一条夸张绚丽的弹幕特效蹿了出来。

　　在鲸鱼直播App中，能拥有如此夸张的弹幕特效，除了认证的官方职业选手之外，那就是充了足够多钱的大佬。

　　而这条弹幕一出来，就吸引了所有人的注意力。

　　　　江大爷：手机又没开声音？

　　　　江大爷：快点给爷回消息。

　　　　江大爷：有急事。

　　　　江大爷给主播送了一架宇宙飞船×10。

　　　　这……这个ID似曾相识，好像在哪看到过。

　　　　这不就是Loki直播首秀那天怒砸十架大飞'gay'的江大爷吗？

　　　　前面的记错了，是宇宙飞船不是大飞"gay"。

　　　　这好像是Loki小姐姐的亲哥哥，呜呜呜，我慕了。

　　　　这……给妹妹零花钱倒也不必如此昭告全世界。

　　江洛琪："……"

　　不知道这位大爷又发什么神经，她拿着手机走出了训练室，正巧这时江洛嘉又打了个电话来。

　　江洛琪顺手滑了接听："怎么了，哥？"

　　"你确定地址没有错？永安街104号？"电话那头传来江洛嘉严

肃的声音。

闻言，江洛琪心下咯噔一跳，白天的不安感愈来愈强烈。

"没错，我不会记错的。"

江洛嘉沉默了几秒，才继续说道："我今天下午去那看了，那里早就没住人了。我打听了一下，说是原本住在那家的女人在今年年初死了丈夫，拿了一笔巨额保险金，然后儿子又因为赌博把那笔保险金都输光了，还欠了一屁股债，那女人就带着儿子跑了。"

他顿了顿，江洛琪隐隐约约听到电话那头传来打火机摁下的声音。

"所以说，"江洛嘉吸了口烟，又长长地吐了一口气，"如果没错的话，你那闺密的爸爸，早死了。"

江洛琪身形微震，握着手机的手也忍不住颤抖起来。

这一句话就犹如当头一棒，将她整个人都打蒙了。

尽管——

她有了同样的猜测。

但猜测得到了证实，仍是让她难受得喘不过气来。

训练室的门开了又被关上。

一道身影走近，温热的掌心覆盖着她的手，熟悉的气息将她包裹了起来，往怀中一带。

鼻尖瞬间盈满了那令人安心的清冽气息。

视线越过陆景然的身影往后看去，备用训练室里两人并排坐着，温旭阳时不时偏过头凑到阮秋涵跟前说着什么，而阮秋涵则故作生气地拧他手臂上的肉，却又在下一秒露出得逞的笑容。

江洛琪的手死死地揪着陆景然的衣角，喉间艰涩哽咽地对江洛嘉说道："哥，拜托你，去调查一下啾啾爸爸的……死。"

挂了电话，胸前的起伏仍旧没有平复。

江洛琪只觉得脑袋木木的，心口处似是堵了一块巨石，压抑得难以呼吸。

陆景然只轻揉着她的后脑勺以示安慰。

约莫过了五分钟，江洛琪才从他的怀中抬起了头。

她的鼻尖红红的，吸了吸气，低声说道："啾啾爸爸的事暂时先不告诉她吧，等我哥调查清楚了再和她说。"

"嗯，"陆景然拍了拍她的背，"你也不要……太难过。"

"知道，"江洛琪深吸一口气，又快速地眨了眨眼，将眼底的涩意尽数隐去，"暂时不能让啾啾发现不对劲。"

旋即又拉着陆景然的手回到了训练室。

第三轮小组赛EMP和PTG胶着不下，以几分的差距占据了第一、第二名，而一直稳定发挥的鲸鱼战队也在这轮冲到了第三名，AON战队和TKI战队分数一样，并列第四。

而第四轮小组赛各战队几乎都没有什么失误，AON战队只上升了一名，而PTG战队则取代了EMP战队占据了第一名的位置，EMP战队屈居第二。

转眼就来到了最后一轮小组赛。

这一周AON基地难得地平静，江洛琪依旧过着基地学校两边跑的日子，没有特殊情况陆景然都会负责接送。

而阮秋涵那边，阮母给她打过几次电话，不是问她在哪就是问她要钱，在阮秋涵询问阮父的情况时，阮母又含糊不清地说来S市前请了人去照顾他。

想着她应该不至于没良心到那种地步，阮秋涵便也相信了她的说辞。

江洛琪也一直在等着江洛嘉的调查结果，目前只知道阮父的死有蹊跷，但具体的证据还在进一步调查中。

三月二十日最后一轮小组赛开始，这日是A、D两组参赛，也是AON战队和EMP战队在这次比赛中第一次交锋。

好巧不巧，这日上午江洛琪正好有课，于是她便在前一晚又赶回了学校。

刚一踏进宿舍门，就见云西子、沈钰和姚天姿三人各自坐在自己的桌子前，不约而同地对着电脑敲打着什么。

见状，江洛琪不由疑惑地问道："你们在干什么？"

云西子敲打键盘的手一顿，神情呆滞地回头看她，又顿时如同遇到救星般跳了起来，冲过来一把抱住了江洛琪。

"呜呜呜，琪琪，你终于回来了，"云西子一边哀号一边将她拉到了自己的电脑前，"你快帮我看看这个数据怎么分析？还有这个偿债能力的几个指标，我怎么越算越不对劲？"

看着云西子电脑桌面上同时打开的几个表格文档，江洛琪这才后知后觉想起，上周老师布置了一个财务报表分析的作业，而明天上午的课正好到了展示环节。

老师要求每个学生自行选择一家公司，分析其近几年的财务报表，并配合PPT展示。

一想到自己还没开始，江洛琪不禁感到头疼。

替云西子解决了那几个问题，江洛琪这才坐回了自己的位置，打开电脑，又顺便给江洛嘉和江逸明的助理向征发了消息，找他们要嘉木集团和江氏集团近几年的财务报表。

这可比她自己去找要轻松得多。

不过几分钟，向征便给她上传了资料过来，还附言道：大小姐要是有什么不懂的尽管问我就行，我随时都在。

而江洛嘉则是唠叨了半天，才给她发了资料。

江狗：又要我调查又要我给你查报表？还真把爷当你助理了？

江狗：要我公司财务报表干吗？想谋权篡位？

江狗：啧，看上了我公司直说啊，哥哥给你安排个……前台接待员的工作怎么样？

…………

话虽然多，但是给江洛琪发的资料也极为详细，甚至连一些指标都不需要她来计算，总结性的话语也应有尽有。

而每次这种案例分析展示，江洛琪都习惯性地准备两份案例，以防和其他人撞题，这也就导致她直到凌晨四点半才爬上床短暂休息了一会儿。

江洛琪这边灯刚熄灭，斜对面的床帘便悄悄地露出了一条缝隙。

大概过了十分钟，姚天姿才蹑手蹑脚地爬下床，去了洗手间。

回来时，她迟疑地停顿了几秒，又似是下定决心一般，从自己的抽屉里掏出了一个U盘，转头就走到了江洛琪的书桌前。

笔记本电脑的屏幕轻掩着，微弱的光从缝隙泄出。

姚天姿屏住呼吸揭开了面前的笔记本电脑。

屏幕的青光幽幽地照映在她的脸上，将她的脸映得苍白无比。

宿舍静谧无声，落在她耳中的唯有自己的心跳声。

翌日，江洛琪艰难地从床上爬了起来，脑袋如灌了铅一般沉重。

洗漱完后，她随手将桌上的U盘塞进包里，便被云西子拖着出了门。

沈钰和姚天姿跟在她们身后。

见姚天姿气色不太好，沈钰不由关心问道："天姿，你昨晚没睡好吗？"

"嗯，"姚天姿眼睫低垂，她的眼下一片青黑，"昨晚睡不着，四五点就起来背稿子，顺便熟悉一下展示的内容。"

"唉，你可真努力，"沈钰感叹道，"果然学霸的世界就是不一样，我今早听洛琪说她昨晚搞到四点才睡。"

姚天姿："她毕竟昨晚才开始搞，又要找资料又要计算还要做PPT，四点就搞完了还挺快的。"

沈钰："这倒是，唉，一想到等会儿要上台就头疼，我这PPT做得乱七八糟的，还不知道老师要怎么讲我……"

姚天姿静静地听着沈钰吐槽，脑海中却不自觉地回想起凌晨时看到的那一套PPT的内容——

逻辑缜密，分析用词几乎毫无漏洞，甚至有几个点她完全没有考虑到。

如果课堂展示用这一份的话，她的分数毫无疑问会是最高的。

只是——

姚天姿的眸中划过一丝挣扎和犹豫。

如果她这样做的话，无疑代表当场和江洛琪撕破了脸皮。

她闭眼长舒了口气。

再次睁眼，眼底早已布满了狰狞的嫉妒情绪。

早撕晚撕，不都一样？

课堂展示是依照学号顺序来，江洛琪排在中间靠后的位置，所以她一进教室就趴在课桌上补眠。

迷迷糊糊间，似是听到云西子说了句："姚天姿上台了，下一个就到我了，怎么这么快？"

江洛琪将头从臂弯里挪了挪，下巴搭在手臂上，睡眼惺忪地看向讲台。

与此同时，姚天姿点开了U盘里的PPT文件，朗声说道："今天我为大家带来的是，关于江氏集团的财务报表分析。"

"……"

江洛琪眯了眯眼。

投影仪上——闪过的PPT幻灯片和她此刻U盘里躺着的那份PPT一模一样。

而台上那人……

"琪琪，她分析的怎么是江氏集团？我记得她昨天还在说要分析苹果公司……"

看到江洛琪微冷的神色，云西子顿时噤了声，心下也瞬间明白发生了什么事。

"卧槽？这人太不要脸了吧？你昨晚辛辛苦苦做的PPT，就这样被她偷过去用了？"

一旁的沈钰懵懵懂懂地看着她们二人，虽然她不知姚天姿何时突然换了选题，但也不明白为何分析江氏集团就断言她是盗用了江洛琪的PPT。

江洛琪坐直了身体，后背靠着椅背，好整以暇地盯着台上正侃侃而谈的姚天姿。

两人的视线就这样猝不及防在半空中相撞。

姚天姿浑身一震，语速也不由得放慢了些许。

她能清晰地从江洛琪的眼中看到浓浓的不屑，以及以那种高高在上的姿态对她的嘲弄。

心底仅剩的那一丝心虚和羞愧被怒火淹没。

凭什么？

凭什么她永远都能高人一等？

凭什么她能用这种眼神看人？

凭什么人人都夸她，人人都觉得她好？

凭什么她就算什么都不做就能获得无数关注？

凭什么……她无论怎么努力都不能超过她？

姚天姿紧咬着下唇，心底深处有道声音不停地呐喊着。

她不想再见到她这副高高在上的模样，她只想看她从云端狠狠摔下来的狼狈。

深吸一口气，她移开了目光，将自己早就背好的稿子流利地说了出来。

分析完毕，老师满意地点了点头，先不急着评价，而是对讲台下的同学问道："不知道其他同学对姚天姿同学的分析有什么问题吗？"

话音刚落，就见坐在最后一排中间的江洛琪懒懒地举起了手。

姚天姿心头咯噔一下，但面上仍强装镇定。

老师："好，江洛琪同学，你有什么问题呢？"

江洛琪站起了身，双手撑在面前的桌子上，身子微微往前倾，唇角上扬了一抹讽刺弧度："我想问一下姚天姿同学，你说了这么多，你到底知不知道江氏集团的主营业务是什么？"

她的声音清淡，语气平静，和以往说话时并无两样，落在姚天姿耳中，心里却硬生生升起一片寒意。

她眼神闪躲："我们都知道，江氏集团在房地产开发这个行业独占鳌头，主营业务自然是房地产了……"

"咔——"

一声嗤笑从江洛琪唇中溢出，她的眉眼微扬，双臂随意地在胸前交叠，朱唇轻启，一字一句尽显嘲讽："那看来姚天姿同学没仔细看江氏集团的财务报表吧，前几个部分的介绍里就很明确地写明了，江氏集团是靠制造业起家的。"

"虽然近几年在房地产这个行业的确赚得多，但是啊，江氏集团还是主营制造业。而你做的这个PPT，"江洛琪故意将"你做的"三个字的音咬得极重，"就只分析了房地产行业的财务报表，那制造业的呢？还有其他涉及的几个行业呢？"

面对着姚天姿越发苍白的脸，江洛琪嘴角的弧度也越发深了许多："最后总结你也只是匆匆结尾，逻辑显然没前面那么缜密。我就想问问姚天姿同学，这是为什么呢？"

"因为……"姚天姿眼眶微红，不甘心地瞪着江洛琪，"因为时间来不及，所以我只做了最重要的部分……"

话还未说完，就被江洛琪径直打断了："因为这个PPT不是你做的，而是我做的，资料也不是你自己去找的，而是我找的，你做的只有根据这个PPT写了个稿子，然后背了下来而已。"

此话一出，全场哗然。

其他同学交头接耳小声讨论，对着姚天姿指指点点，而老师的脸色也沉了下来。

"你凭什么这么说？"姚天姿的胸口剧烈起伏着，双手紧握成拳，眼眶蓄满了泪水，委屈地说道，"你不能因为和我撞了选题就这么污蔑我吧？虽然我们一个寝室，但是你昨天晚上才开始搞这个，我又怎么偷你的PPT？你有什么证据证明这个PPT是你的？我还没说你偷我的PPT呢。"

"有证据啊。"江洛琪轻笑。

姚天姿一愣，右眼皮突突直跳。

"把PPT的每页背景调成透明，你就能看到证据了。"

见姚天姿站着没动，老师大步走向了讲台，操纵着鼠标将PPT的背景调成了透明。

而底下的同学见到投影仪上的页面，每一页PPT的右下角都有一个不大不小的水印——

"Loki"。

水落石出。

姚天姿跟跄地后退了几步，后背重重地撞在了黑板上，脸上血色倏然退尽。

底下同学的议论声越发肆无忌惮了起来，个个都在说着没想到姚天姿是这样的人。

老师也冷硬地直接宣布姚天姿这门成绩为零，让她下台。

姚天姿浑浑噩噩地坐回了位置，恍惚间又听到老师说："那既然江洛琪同学准备的案例就是江氏集团，那你就直接上来展示吧，相信你能给老师一个更完美的展示。"

"老师，"江洛琪笑靥盈盈地看向姚天姿，眸底却是森然冷意，"我要准备的案例不是江氏集团，而是——嘉木集团。"

姚天姿猛地抬头看向她，眼中尽是不敢置信，身体颤抖得更加厉害。

江洛琪上了台，将PPT传进了电脑，见这PPT的确和自己偷过来的不一样，姚天姿脑袋一蒙，下意识就以为自己进了她的圈套。

"我这次带来的案例展示，是分析嘉木集团的财务报表。众所周知，嘉木集团的总部在美国纽约……"

一上午的课结束。

教室里的人三三两两地离开，路过教室最后一排时都不约而同地将目光投向坐在角落的姚天姿。

见她趴伏在桌上，也不知是真睡还是假睡。

而江洛琪、云西子、沈钰三人，正慢吞吞地收拾东西。

因着昨晚实在是没休息好，一放松下来，江洛琪便感觉脑袋混混沌沌的，像灌满了糨糊一般。

看着她眼底爬上了淡淡的红血丝，云西子有些担心地问道："琪琪，你下午不是还有比赛吗？你这状态没事吧？"

"没事，等比赛就精神了。"江洛琪等着陆景然给她发消息，打算等会儿就直接回基地。

她正垂着头看手机，眼前光线忽地一暗。

夹带着桂花的清新香味萦绕在空气中，江洛琪还记得这香水正是她送给姚天姿的。

眸中讽刺转瞬即逝，她懒懒地抬起眼，神色已恢复了以往的平静冷淡，同站在她面前的姚天姿静静地对峙着。

姚天姿的眼眶红肿，眼睫上还带着些许湿润，本是一副梨花带雨楚楚可怜的模样，却因愤怒瞪圆了眼睛，表情看起来狰狞而又滑稽。

"你是不是故意的？"姚天姿开门见山地质问道。

"故意？"江洛琪眉梢轻挑，语调也染上了丝丝笑意，"姚天姿同学，或许你可以去检查一下自己有没有……被害妄想症什么的。"

"你就是故意的，"姚天姿忍不住低吼出声，"不然你怎么可能刚好又拿出另一份PPT——"

"啪——"

清脆的巴掌声在空荡的教室回响着，姚天姿的头被打得偏向一边，白皙的脸蛋上有个极为清晰的五指印。

江洛琪的手还在半空中并未收回，她的身体微微前倾，单手捏着姚天姿的下巴，强迫她看向自己。

想着曾经这张脸素面朝天，戴着一副框架眼镜，笑起来含蓄害羞，就连说话都是细声细气的。

而现在，她的脸上化着精致的妆容，隐形美瞳替代了框架眼镜，唇上抹着鲜艳的红，眼中早已不见当年的纯粹。

"姚天姿，"江洛琪冷冷地睨着她，语气依旧平淡，"就算我是故意整你，那你也是活该被我整。"

一字一句，犹如细密的小针扎在她的心上。

姚天姿猛地回过神来，挣脱了江洛琪的手，红着眼扬手朝她扇去。

"你敢打我？"

然而手还未落下，就被轻易地钳住了手腕。

旋即又是"啪啪"两道声响落进在场所有人的耳中。

听到这声音，每个人的心间都不由得一颤，但却升不起一丝一毫的同情。

江洛琪是用了力的，两巴掌下来，姚天姿的脸肉眼可见地肿了起来。

"噢，还有，"只见江洛琪慢条斯理地收回手，用纸巾轻轻擦拭了一番，揉成团扔进了垃圾桶，这才继续说道，"别以为你背后搞的那些小动作我不知道，还有你和方开伦做的那些勾当。别说我没提醒你，还有下次，就不止几巴掌这么简单了。"

江洛琪轻蔑地看了她一眼："别想着能靠方开伦做些什么，他有脑子你没有，你玩不过他，也惹不起我。"

姚天姿颓然地坐回了凳子上，捂着脸不敢置信地看着她，似是在想她到底是如何知道这些事的。

正好此时放在桌上的手机屏幕亮了起来，江洛琪扫了一眼，拿起手机拎起包："我还有事，恕不奉陪。"

话一撂下，她便头也不回地离开了教室。

云西子和沈钰互相对视了一眼，也都纷纷选择忽略姚天姿，径直出了教室门。

一出教室，江洛琪就觉得脑袋嗡嗡的。

她快步朝着停车场的方向走去。

隐约似是听到身后有人叫自己，她停下脚步，回头看去，双眸微眯。

就见到王铭健从人群中挤了出来，朝她跑来。

"学姐，还真是你，"王铭健微微喘着气，脸上洋溢着灿烂笑容，"我就远远地看了一眼觉得像你，就叫了你的名字。"

江洛琪眉头几不可察地一蹙。

眩晕感愈发强烈了起来。

她的语气冷淡："有什么事吗？"

王铭健一愣，挠了挠头，问道："学姐这是要去吃饭吗？要一起吗？"

江洛琪闭了闭眼，再睁开，尽量让自己的语气听起来舒缓正常："不好意思，我赶时间，我男朋友还在等我。"

"哦……那好吧，"王铭健的眼中划过一丝失落，但脸上笑容仍然挂着，"学姐先忙吧，下次有机会再约。"

"嗯，谢谢。"江洛琪转头就走。

而在她转身的那一刹那，王铭健嘴角的弧度顿时凝固了起来。

看着江洛琪远去的背影，他嘴角的弧度又一点一点地往下落。

这时，一道深沉压抑的声音在他背后响起："王铭健。"

王铭健回过头，见到来人，面露惊讶。

好不容易到了停车场，爬上了陆景然的车，江洛琪瘫倒在座椅上，长舒一口气："累死我了。"

"怎么了？"陆景然揉了揉她的头，看到她眼底淡淡的青黑，指腹轻柔地拂过她的眼底，语气暗含心疼，"黑眼圈都出来了。"

江洛琪抓住他的手往脸旁蹭了蹭，这才嘟囔道："我昨晚熬夜做案例展示的PPT，直到凌晨四点才睡，又一大早地赶去上了一上午的课，实在是太累了。"

她絮絮叨叨地说着，甚至连她自己都没注意到自己这发牢骚的一句话充满了撒娇意味。

陆景然顺势捏了捏她的脸，眸中盈满了宠溺的笑意。

熟悉的清冽气息将那残余的桂花香水味尽数驱散。

江洛琪安心地闭上了眼，打算短暂地休息一会儿。

陆景然开车往基地驶去。

不知为何，这一路上，江洛琪总是睡不安稳，脑袋隐隐作痛。

明明陆景然开车极稳，但她仍然觉得胃里翻江倒海，十分不适。

就连下车时也险些站不稳。

好在陆景然及时扶住了她。

见她脸色苍白，陆景然探了探她额头温度，并没有发烧的迹象。

第二十三章　最后一轮小组赛

他微微蹙眉："下午比赛别去了吧，累成这样就在基地休息吧。"

江洛琪摇头，手指抵着太阳穴用力揉了揉："没事，我就是有点晕车，缓一下休息一下就好了。"

话虽如此，但实际上回到基地也并没有什么时间休息。

简单地吃过中饭之后，整理外设，外加统一赛前训话，AON一行人就被塞进保姆车里，直接赶去了比赛场馆。

江洛琪昏昏沉沉地靠在陆景然的肩膀上，也不知是不是因为难受，眉头皱成了一团。

下车后，江洛琪稍微精神了些许。

因着她坚持，陆景然便也没提出让西瓜代替她上场的建议。

最后一轮A、D小组赛开始。

隔着远远的比赛台，江洛琪都能感受到对面中间投来的挑衅目光。

毫无疑问，那是EMP战队。

自上次solo赛和他们进行过简单的交锋以来，这次比赛还是江洛琪进队以来第一次和EMP全队交手。

内心一半期待一半紧张。

期待的自然是想将EMP打败，紧张的则是怕自己今天状态不好和他们碰上会有失误。

正当她心情忐忑之际，温热的掌心覆上了她握着鼠标的手。

"不要强撑，坚持不了也没关系。"

外界喧嚣，而这一句话却如同一股暖流从耳中涌入，又分成若干条支流，淌过她心间的每个角落。

她深吸一口气，又缓缓吐出。

心神俱定。

第一场"海岛地图"比赛开始，前期基本相安无事。

他们开车进圈途中，江洛琪开了辆蹦蹦在车队最后方，之前观察到圈边一个房区只有两人，所以他们决定直接开车顶入房区，将这个房区占据下来。

可谁知停车的时候出现了一点小失误，阿昆坐在温旭阳车上的二号位，而江洛琪的车正好停到了温旭阳车的旁边。

车速还未降下来，阿昆便跳下了车，正好被江洛琪的车撞上。

比赛中载具撞队友的情况并不少见，江洛琪当即起了烟，准备先将阿昆扶起来。

"先别扶，那两人过来了，先打。"陆景然冷静地说道。

江洛琪见只剩几秒就能扶起阿昆，心下想着干脆先扶起来再说，结果下一秒就听到手雷扔过来的声音。

再逃已是来不及，阿昆被补掉，而她也被炸倒。

陆景然和温旭阳堪堪解决掉那两人，他们的队友便赶了过来，趁着陆景然和温旭阳没时间打药，径直奔了过来将他们淘汰。

屏幕一灰，看着躺在地上的四个盒子，江洛琪心里很不是滋味，自责地说道："对不起啊，阿昆，我不应该开车直接过来的……"

"没事，这不是你的错，"阿昆安慰她道，"本来我应该从三号位下车的，上车的时候忘记切座位了。"

话虽如此，但江洛琪也知道这局是自己拖了一波节奏。

想着下一场比赛会更加注意这个问题，江洛琪自我调节了一下心态，准备下一场比赛。

却没注意到一旁陆景然的神情晦暗不明，似是在考虑着什么。

第二场"海岛地图"比赛，刷的机场圈。

AON几人进圈比之前都要快了一点，这样可以直接从桥上过，但是缺点就是物资搜索得不够充足，导致全队都没有高倍镜。

过桥之前，远远隔着一条海峡，用三倍镜往海对岸的一片房区瞄了瞄，见房门没有打开的迹象，也没有见到人影。

江洛琪道："好像没人。"

温旭阳也看了看："好像是没人。"

阿昆："应该没人吧。"

这一口一个"好像""应该"，听得陆景然不禁沉默了下来。

温旭阳提议道："要不先去这个房区转转？"

阿昆："要去你去。"

温旭阳："那我去了？"

阿昆："去去去，赶紧去，我们就跟在你后面。"

温旭阳："得嘞。"

随后AON车队立即过了桥往那片房区赶去。

温旭阳骑着一辆摩托冲在最前面，然而还没停稳就见一间房子里突然窜出来一个人将他扫倒在地。

"上山。"陆景然当机立断指挥道。

于是后面三辆车当即转了道往山上开去，徒留温旭阳跪在地上，眼睁睁地看着兄弟们离他远去，欲哭无泪。

正当那人要补掉他时，一声98K的枪响划过耳侧，他又连忙躲在了围墙后面。

江洛琪三人其实并未走远，上了山后找到掩体便反过来狙击房区的人。

只是先前那一枪一开，江洛琪便不由蹙了蹙眉。

按照她的估计那一枪应该能爆头的，然而却只打中了脖子。

但这种细微的差距还是能在接受范围当中，江洛琪便也没放在心上。

他们在山上与山下房区的人对狙，温旭阳毫无疑问是救不到了，但房区的位置极佳，要是能占下来进下一个圈也更为有利。

只是几番对狙下来，江洛琪竟然一枪未击中。

之前的比赛几乎没出现过这种情况，她握着鼠标的手心渗出了细密的汗珠，也不知是不是老天故意针对，脑袋在此时又开始隐隐作痛了起来。

最终还是陆景然用大炮将那人狙倒，见他的队友并不在附近，这才下山将房区占领了下来。

这一局分数较为可观，但江洛琪的心态却渐渐起了波澜。

第三场比赛，AON在进圈途中和EMP的车队相遇了。

两方车队一同在麦田上驰骋，目标都是前方不远处的山头。

到达山头之上，各自依据自己的优势点位分散枪线，开始对对方进行包夹。

江洛琪绕到了高点的一棵树后，眼见着对方一人露出了身位，用98K一枪就将他爆头击倒。

也正是因为这个淘汰信息，他们才知道对面是EMP。

既然遇上了，那自然就没有后退的道理。

枪声震耳欲聋。

江洛琪敏锐地看到一人躲在石头后正用98K朝她的方向瞄着，当即就猜到了那人定是程一扬。

趁着他收枪缩头之际，江洛琪才露头给他来了一枪。

子弹打在了石头上。

而程一扬似是为了震慑她，也朝她开了一枪，同样没打中，只打在了树上。

两个战队都在互相试探，互扔投掷物。

而江洛琪和程一扬就一直在这对峙着，谁都没有轻易露头开枪。

耳机内传来陆景然的声音："Loki，有个人往你那边绕了，往回撤一点。"

"好，知道了。"江洛琪应道，往旁边拉了下视野，并没看到人也没听到脚步声，于是又将视野拉了回来。

正巧看到程一扬露了个头皮，江洛琪觉得这是个好机会，心下一急，当即就开镜朝他开了一枪。

然而就在这时，耳侧枪声乍响，绕到她身侧的人寻到机会，一梭子子弹连打带补都打到了她的身上。

她朝程一扬开的那一枪也落了空。

由于江洛琪的位置离队友还有些距离，陆景然他们都无法支援到她，所以只能眼睁睁看着她被补掉。

但也正是因为那边形成了一个突破口，EMP的枪线就完全拉了开来，以一换四将AON包夹团灭。

这一场比赛结束，到了中场休息，AON一行人往休息室走去。

这种比赛的小失误温旭阳和阿昆倒都没放在心上，毕竟"Survivor"的比赛向来周期长，场次多，他们不可能每场比赛都能保持最佳状态，也不可能每场比赛的发展都能按照他们的预期来。

但是见江洛琪和陆景然神色好似都不太好看，他们两人也都不敢随便发言安慰。

到了休息室门口，陆景然示意温旭阳和阿昆先进去。

进门之前，温旭阳迟疑了片刻，还是决定和江洛琪说道："琪姐，刚才比赛你不用放在心上，好好调整一下状态，还有三场够我们杀回去的。"

江洛琪扯了扯嘴角，顺着他的话道："好，会杀回去的。"

但其实她刚才只是在心里复盘了一遍刚刚的比赛，觉得自己的确是太心急了一些，想着等最后三场一定要放平心态，放稳节奏。

待温旭阳和阿昆回到了休息室，休息室门外就只剩下了江洛琪和陆景然两人。

江洛琪问："然哥，你是要说什么吗？"

走廊上的光线有些昏暗，从她的角度看去，能看到他的双眸幽深如井，似是泛着丝丝波澜。

没有任何拐弯抹角，陆景然直截了当地说道："最后三场让西瓜代替你上吧。"

江洛琪一愣，大脑有片刻的空白。

"为……为什么？"她的声音带着不易察觉的颤抖。

陆景然眸中划过一丝不忍，但仍是继续说道："你今天的状态不行……"

话还未说完，就被江洛琪心急地打断了："我知道我前三场比赛没有发挥好，但是最后三场肯定不会再犯同样的错误了，我也会好好听你指挥，不会自作主张……"

"Loki。"

陆景然的声音不由沉了几分，薄唇微抿。

这是他第一次私下叫她"Loki"，也是为了提醒她，她是AON战队的Loki。

江洛琪张了张嘴，良久，才低声问道："上次太阳神状态不好你为什么不换掉他？"

语气中隐隐带了些委屈。

陆景然轻叹了口气，语气也放柔了些许："上次他是心态问题，但是你今天是身体状态不行。"

"可是……"江洛琪吸了吸鼻子，"我觉得我还能坚持……"

陆景然上前一步，将她轻拥入怀，如同哄小孩般拍了拍她的背："宝贝听话，你太累了，不要再逞强了，这只是比赛而已。"

江洛琪将整个头埋进了他的怀中，身体一放松，便感觉到眼皮沉重，头重脚轻。

她闭着眼，闷闷地"嗯"了一声。

陆景然心下暗自松了口气，他还真怕她会死钻牛角尖。

而他做出这一决定，不仅仅是为了AON，更是为了她。

她的精神状态显而易见太过于紧张，外加休息太少，整个人都处于极度疲惫的状态，以这样的状态上场比赛毫无疑问会出现失误。

而失误越多，外界网友针对她的点就会越多。

毕竟那些无脑喷子才不会管这背后有什么隐情，他们只看表面。

待江洛琪的心情稍微平复了些许，陆景然才带她回到了休息室。

江洛琪默默地吃着饭，但实际上根本没什么胃口。

陆景然看着她几乎是一粒一粒地吃着米饭，无奈地揉了揉她的头。

他对西瓜说道："西瓜，最后三场你代替Loki上场。"

正在吃饭的西瓜一愣，停下了手中的动作，下意识就看向了江洛琪，见她似是有些闷闷不乐，连忙说道："还是琪姐上吧，我就是替补而已。"

"替补自然就要发挥替补的作用，"陆景然神色淡淡，"你上场，让你琪姐好好休息一下，她太累了。"

闻言，西瓜又悄悄打量了一眼江洛琪，见她脸色看起来好像的确挺疲惫的，这才应了下来。

温旭阳小心翼翼地挪到了陆景然身边，压低了声音问道："你这样做，琪姐不会生气？"

"不会。"

回答他的并不是陆景然，而是江洛琪。

只见她放下了手中的筷子，神色轻松地说道："我今天的确是状态不好，你们看我用栓狙都打不到人，我实在是太累了，现在只想睡觉。"

说完她似是撒娇般搂着陆景然的腰，往他的怀里拱了拱。

避开所有人的视线之后，嘴角弧度又缓缓落下，江洛琪心中暗叹。

不能上场对她来说还是挺失落的，但她也知道陆景然是为了她好，所以她更加不能让他有心理负担。

小组赛最后三场比赛，因为西瓜轮换了江洛琪的位置，而他们两人的打法风格完全不同，所以陆景然也换了指挥思路，前期节奏都放慢了不少。

虽然节奏慢了下来，但是他们稳健进圈，三场的排名也都不低。

因为AON战术转变成了避战，所以就算和EMP相遇了，他们也果断选择了退让。

而江洛琪在休息室里自然也是没有心情补觉，通过休息室里的转播电视看完了最后三场小组赛。

这一天的比赛积分不高不低，但对于AON来说，进淘汰赛是毫无悬念的。

这日晚，江洛琪和阮秋涵并肩躺在床上。

尽管已经极为疲倦了，但江洛琪一闭上眼仍是睡不着，意识混沌。

阮秋涵侧着身子玩手机，手机屏幕幽幽的光打在她的脸上。

忽地，她滑动屏幕的手一顿，手肘下意识就往旁边戳了戳。

"嗯？"江洛琪迷迷糊糊地应了声。

阮秋涵翻过身来，好奇地问道："你和然神吵架了？"

"什么？"江洛琪勉强地睁开了眼，眯成一条缝，道，"我怎么不知道我和然哥吵架了？"

"这微博上写的，还配了图，我看还挺像吵架的样子。"阮秋涵说着，将手机在她眼前晃了晃。

强烈的光线刺来，江洛琪下意识闭上了眼，等适应了这光线后才再度睁开了眼。

起先看着有些模糊，她直接拿过了手机，眨了眨眼，才看清屏幕上的文字——

AON战队疑似再次出现队员不和现象：今天小组赛中场休息，AON战队队长Ran和狙击手Loki似是发生了激烈争吵，随后在下半场的三场比赛中Loki并未上场，是否证实了两人关系出现裂痕？而且上半场比赛中Loki发挥并不稳定，到底是真的状态不好还是故意为之？

这篇微博的配图正是中场休息时她和陆景然站在休息室门口的那一幕。

当时两人的气氛的确有些剑拔弩张，但那所谓的"激烈争吵"却是子虚乌有。

不知道他们是何时被偷拍的，江洛琪只觉得挺搞笑。

仅凭一张照片就捕风捉影地胡乱猜测，江洛琪不知是该夸他们脑洞大，想象力丰富，还是该骂他们多管闲事。

看着这条微博的评论数还破了千，她下意识就点进了评论。

一个路人：吵架？看着的确有点像，而且最后三场Loki都没上场，难道是被然神骂自闭了？但是然神和她关系不是挺好的嘛，之前然神还主动承认自己在追Loki，难不成没追到恼羞成怒了？

EMP不拿世界冠军不改名：楼上脑洞可真大，什么追不追的，Loki前三场比赛的操作没看到吗？真的菜得下饭。然神身为队长难道就不能说她几句吗？而且就她那状态，换西瓜上不是很正常吗？

吃葡萄不吐葡萄皮：你们仅凭一张照片就说他们两人吵架也是够搞笑的，说不定然神是在安慰Loki。你们说他们吵架好歹也要把吵架内容写出来啊，这种模棱两可的微博都敢发出来？

不知道取什么名字好那就这样吧：竟然还有人说照片里的然神是在安慰Loki？没看到他们两个人的脸色都很严肃吗？就算不是吵架也肯定起了争执，至于队内和不和谐的问题我就不知道了。

…………

吃鸡战神666：难道就我一个觉得Loki太膨胀了吗？从solo赛上就能看出来，她对自己的实力很有自信，但是这就造成了她的过度膨胀。有时候不听指挥，自以为是，私自行动。就比如上次那一波一雷四响，本来可以铺烟进圈她没进，硬是要和CT卡在那里，要是她最后没把CT灭了，自己被毒死岂不是很亏？

AON的小仙女回复吃鸡战神666：评论人均云教练？各种马后炮都来了。［微笑］［微笑］［微笑］

吃鸡战神666回复AON的小仙女：你别不服，你自己看Loki今天的操作，不是一般地菜。第一场把队友撞倒我就不说了，第二场那98K跟烧火棍一样我都替她尴尬，第三场本来可以撤回，硬是要和扬神在那里卡，活该被小天偷了屁股。

吃鸡战神666回复AON的小仙女：怎么？你们队员失误我还不能说了？你们粉丝一个个地和"护舒宝"一样，说一句就着急跳脚了。与其在这和你杠，还不如让你们队员好好找找失误的原因。今天前三场比赛，明眼人都看得出来就是因为Loki的失误才拉闸。

…………

陆景然老婆：那些cp粉现在就不要再出来蹭热度了，看见没，他们不可能在一起的，别天天在那拿我老公说事。［微笑］［微笑］［微笑］

锦旗CP是真的回复陆景然老婆：不知道是谁在这蹭热度：），你看我们cp粉有谁发言了吗？倒是你在这拉踩有意思吗？

陆景然老婆回复锦旗CP是真的：我也就随口说一说，你要出来碰瓷那我肯定得好好奉陪。今天要不是Loki失误，我老公至于发脾气和她吵架吗？她不会打职业就别打，别受了委屈就只知道嘤嘤嘤。

锦旗CP是真的回复陆景然老婆：Excuse me，你有脑子吗？你哪只眼看到然神和Loki吵架了？你哪只眼看到Loki嘤嘤嘤了？真的搞笑，职业选手失误不是一件很正常的事吗？难道然神就没失误过？

…………

评论五花八门各式各样的都有，但针对江洛琪的言论占大多数。

阮秋涵靠在江洛琪的旁边跟着她一起看评论，见到后面不好的言论越来越多，她连忙夺过了手机摁灭了屏幕。

"你和然神没吵架吧？"阮秋涵试探性地问道。

"没有，"江洛琪摇头，"他就是和我说让西瓜轮换的事。"

顿了顿，她又不满地嘟囔道："然哥后面明明还抱了我一下，难道没看到吗？吵什么架，我和然哥感情好得很。"

"他们什么都不懂在这瞎逼逼，别理他们，"阮秋涵也替她打抱不平地说道，"你明明是没休息好状态不好，他们就在这一直逼逼？还'膨胀'？哪里膨胀了？我们家琪琪本来就很厉害。"

"本来就是，"江洛琪笑道，又催她，"赶紧睡觉，我真的困死了。"

说罢，她自顾自地翻过了身，却没闭眼。

隐隐约约能看到窗外路灯下耸立的大树，几片叶子从枝叶上落下，打着旋儿，飘飘荡荡。

她的心情就如同这几片叶子一般，一点一点地沉了下去。

与此同时，S大附近一个简陋的出租屋内。

屋内空间狭小，进门左手边就是卫生间，再往里走只有一张床和一张桌子。

桌子上被各种化妆品、吃剩的饭盒和一本本专业书籍占满了，而床上也堆满了各式各样的衣服，隐隐约约能看到里面拱成一团，散发着幽幽的光。

姚天姿自从和方开伦有了不正当的关系后，就在学校附近租了一间小单间。

而且她今天刚和江洛琪撕破脸皮，不仅云西子和沈钰，就连隔壁寝室的女生看她的眼神都充满了鄙夷，她在寝室是无论如何都待不下去了，干脆就直接搬出来住了。

此时姚天姿躺在床上，手机页面正好停留在那条怀疑江洛琪和陆景然吵架的微博上。

她点开图片，放大。

盯着里面江洛琪的神情看了几秒，旋即又退回到微博页面，将这条微博截了张图。

打开微信，顺手发给了方开伦。

　　姚天姿：［图片］

　　姚天姿：我说什么来着？你看他们俩都吵架了。

发完这句话，隐在黑暗中的嘴角不由得意地上扬了几分。

她又去看了眼微博评论，看到评论大都是指责江洛琪的，心情顿时畅快了不少。

正当这时，方开伦回复了她。

方开伦：所以？

姚天姿：所以我不明白你为什么要怕江洛琪，就算是因为陆景然的背景你也没必要对她客客气气的吧？

方开伦：关你屁事？

姚天姿：你忘了我上次说的要帮你得到喻淼淼吗？

方开伦：所以？

姚天姿：现在他们俩感情出现了问题，喻淼淼的事情陆景然肯定不会管。

姚天姿：而且我有办法了。

方开伦：什么条件？

顿了几秒，姚天姿缓缓敲打着屏幕——

姚天姿：我要二十万元。

方开伦：呵，你还真是狮子大开口。

方开伦：看你表现。

和方开伦谈妥之后，姚天姿又点进了另一个聊天框，同样将那张微博截图发给了他。

看着聊天框顶部"王铭健"三个字变成了"对方正在输入"，姚天姿嘴角的笑意更加张狂了许多。

王铭健：这是？

姚天姿：我之前就说了她那个富二代男朋友对她只是玩玩，你不用有心理负担。

姚天姿：现在他们吵架了，你就好好趁这个机会安慰一下她，说不定她就答应你了。

王铭健：我明白了，谢谢学姐。

姚天姿：不用客气，成了请我吃饭就行。

敲完最后一个字，按下发送，姚天姿又切回了微博页面，想再看看那些指责谩骂江洛琪的言论，却发现那条微博不知何时被删了。

不仅如此，连带着所有相关内容的微博都搜索不到了。

这不由得让她回想到了那日喻森森贴吧事件，心下咯噔一跳。

她紧握着手机，自己安慰自己不要多想，就这么迷迷糊糊地睡着了。

睡了一觉醒来后，阮秋涵也发现了昨晚那些微博全都不见了踪影，虽然心下疑惑，但她也选择了缄口不言。

毕竟她可不想在江洛琪面前哪壶不开提哪壶。

A、D两组小组赛已经结束，剩下两天的小组赛外加周六、周日两天，AON几人能短暂地休息四天，下周一再开始训练赛，而下周三正式开始淘汰赛。

周四、周五这两天江洛琪正好有课，所以她吃过中饭就回了学校。

昨晚的微博并没有引发什么大波澜，尤其是才发了不到一个小时就被删了，所以就算有网友看到了那条微博，也大多以为是造谣，根本没有人知道那条微博及相关微博都是被人强制删掉的。

下午上课时，江洛琪收到了来自王铭健的消息。

　　王铭健：学姐，听说你下午有课，下了课后要不要一起去吃个饭？

还不等江洛琪回复，他又紧接着发来第二条。

　　王铭健：岳心学姐回来了，她听说你回国了想请你吃饭，叶学长也一起来。

看到"岳心"两个字，江洛琪又将输入框里拒绝的话一一删掉。

岳心正是当年S大"高校杯"夺冠队伍中最后一名队员。

也正是她将江洛琪带进了电竞社。

岳心比江洛琪和叶钦还要高一届，前段时间因为在外地实习，所以才没能回来参加电竞社的活动。

而她一回来就听叶钦说江洛琪也回来了，当即暗搓搓地想着找机会请她吃饭，正好今天大家都有空，便让王铭健来联系江洛琪了。

四人在饭店一见面，岳心便给了江洛琪一个大大的熊抱。

落座后自然免不了一番寒暄，江洛琪问岳心关于实习的事情，岳心反过来问她打职业赛的事。

两个女生聊得不亦乐乎，倒将叶钦和王铭健晾在了一旁。

一顿饭下来，他们只听见江洛琪和岳心叽叽喳喳的声音，深感无奈。

吃得差不多后，岳心起身去厕所，叶钦去结账，桌上就只剩下江洛琪和王铭健两人。

气氛忽然变得有些怪异的安静。

江洛琪是猜到王铭健几分心思的，外加上次答应陆景然的，所以尽量和王铭健保持距离。

最终还是王铭健打破了这片安静。

他试探性地问道："学姐，听说你和你男朋友吵架了？"

江洛琪喝水的动作一顿，眸光晦暗不明地落在了他的身上。

她抽了张纸巾轻轻拭去嘴角的水珠，问道："你听谁说的？"

"也不是听谁说，"王铭健挠了挠头，"就是我昨晚看到那条微博了。"

江洛琪敛眸，语气带着明显的疏离："没吵架。"

然而她这副模样落在王铭健眼中却更像是受了委屈。

他组织着话语："学姐，你也不用难过，或许你们就是不合适呢？"

江洛琪："……"

她冷淡地看了他一眼，没说话。

而王铭健并没察觉到她的情绪，反而继续说道："毕竟我们和他们那些有钱人的观念不一样，他们对待感情可能更加随便吧，我听说那些有钱人换对象就像换衣服一样。虽然我不知道你们为什么吵架，但要是及时发现不合适，趁早分开也是能及时止损的……"

"张……哦不王学弟，我想你可能是误会了什么，"江洛琪双手交叠，语气淡淡地打断了他的话，一字一句毫无温度，"第一，我们没吵架。

"第二，我也是有钱人。"

岳心和叶钦回来的时候，都察觉到了气氛的不对劲。

"怎么了？你的脸色看起来不太好。"岳心坐了下来，给江洛琪倒了杯温水，关切地问道。

江洛琪还未说话，对面的王铭健倒是先开口了。

"是我不小心说错话了，"他面露自责神色，"我听说学姐和她男朋友吵架了，以为她男朋友欺负她，就说了她男朋友几句坏话，惹学姐不高兴了。"

岳心和叶钦互相对视了一眼，觉得这好像也不是什么大事，当即纷纷替王铭健说起话来。

"这铭健也是好心，洛琪你就不要放在心上了。"

"是啊，他都没谈过恋爱，在这不懂装懂，不用理会这小子说的话。"

江洛琪倒也没有多生气，只是不太喜欢别人对自己的感情指指点点。

"我没生气，"她慢条斯理地喝了口水，看了眼时间，拎起包站起了身，"不过我晚上还有课，我得先走了。"

其间一个多余的眼神都没有给王铭健。

见状，岳心和叶钦也不好再说什么。

待江洛琪离开后，叶钦不由叹了口气，手肘捅了捅身旁的王铭健，说道："你到时候找个时间好好给你学姐道个歉。"

"就是，"岳心在一旁帮腔道，"人家好好的，你在这瞎安慰什么？还说她男朋友怎么怎么样，说不好听的，别人小情侣怎样和你有关系吗？你还真应该改改你这多管闲事的毛病。"

她说话向来直，但见王铭健的神情越发尴尬了起来，便也住了嘴不再多说。

王铭健颓败地垂下了头，声音有气无力："我知道了。"

　　江洛琪先回了趟宿舍拿书。

　　云西子和沈钰已经先去教室占位置了，江洛琪抱着书正下楼，就接到了来自陆景然的电话。

　　她单手抱着书，掏出手机接电话，语气也轻快了些许："然哥，你吃完饭了没？"

　　"嗯，吃了。"

　　低沉悦耳的声线沿着电波传来，隐隐约约能听到陆景然那边似是有些嘈杂。

　　江洛琪疑惑地问道："然哥，你现在在哪呢？"

　　"你猜。"陆景然的语气隐含笑意。

　　心念一动，江洛琪加快了脚步下楼，果不其然在楼下看到了那道熟悉的身影。

　　陆景然就站在宿舍楼对面的台阶上，穿着一件简单的休闲外套，站姿慵懒随意，一只手松松垮垮地揣在兜里，另一只手握着手机放在耳边。

　　似是感应到了江洛琪的目光，他懒懒地抬眸，一丝丝笑意从眼底浮现。

　　也不管此刻周围进出的人较多，江洛琪径直扑进了陆景然的怀中。

　　她抱着他的腰，仰头看他，眸中满是惊喜神色："你怎么来了？"

　　陆景然回抱着她，唇角上扬："我来监督小朋友上课。"

　　"你要陪我去上课吗？"江洛琪欣喜地问道。

　　陆景然揉了揉她的头，轻"嗯"一声。

　　"那走吧，我都快迟到了。"

　　江洛琪挽着他的手臂，陆景然顺手从她怀中接过她的书本，两人一同往教学楼走去。

　　赶到教室时正好打了上课铃，江洛琪和陆景然在中间最后一排落座。

因为进来得晚，班上同学几乎都没有察觉。

云西子和沈钰就坐在他们前面一排，自然发现了陆景然的存在。

但不知为何，一想到陆景然坐在她们身后，她们就感觉到了巨大压力，脊背都不由得挺直，一副认真听讲的模样，但其实注意力都放在了身后两人的谈话中。

陆景然用手指轻点了点桌子上那本书的封面，压低了声音问道："这节课是国际金融，你为什么带的是金融市场学的书？"

"……"江洛琪心虚地看了眼周围，发现其他人带的都是国际金融的书，小声嘟囔了句，"我怎么记得是上金融市场？"

"你说什么？"陆景然歪头看她。

目光带了点审视意味。

江洛琪："……"

她缩了缩头，理不直气不壮地解释："因为国际金融我自学完了，所以我才带这本书来学习的。"

"是吗？"陆景然微眯双眸，明显不太相信。

这时，云西子悄悄将自己那本国际金融的教材递给了江洛琪。

江洛琪正要伸手去接，旁边那人动作却比她更快。

陆景然接过书，漫不经心地说道："既然你都学完了，那你就学另一本书吧。"

"……"江洛琪讪讪地从他手中将那本书抽了出来，"我再学一遍也是可以的。"

陆景然眉梢轻扬，唇角抑不住笑意，没再戳穿她的小心思。

讲台上老师在给全班讲课，而讲台下陆老师在监督江洛琪一个人听课。

"你别趴在桌子上写字，对眼睛不好。"

"……"

"别玩手机，这个知识点很重要，记得做笔记。"

"……"

"翻页了，别打瞌睡。"

"……"

"刚那一页PPT我帮你拍了照，等会儿下课你再把笔记抄到书上。"

"……"

好不容易挨到课间休息，江洛琪长叹一声正要趴在桌上，衣服后领却又被某人揪了起来。

"然哥，又怎么了？"她闷闷地问道。

而陆景然却笑着看她，语气中带了点无赖意味："陪我去上厕所。"

江洛琪："？"

最终江洛琪还是陪陆景然去了厕所。

两人一从教室里离开，原本只有一点喧闹的教室突然如沸腾的水炸了开来。

"卧槽，刚刚那是然神？然神？"

"他来了多久啊？本来下课的时候我往后看时看到他还以为自己眼睛出问题了。"

"应该刚上课就来了，我就看到有个男的和洛琪一起进来，没注意到那竟然就是陆学长。"

"天哪，等下然神回来我一定要找他签名。"

"我也要去，我们一起。"

"我觉得你们肯定不敢去，哈哈哈哈，刚刚陆学长在的时候你们都不敢大声说话。"

"这不怕认错人了嘛。"

"……"

没人注意到的角落里，姚天姿死死盯着后门的方向，紧咬着下唇，殷红的唇上渗出了一点红血丝，桌上摊开书的那一页已经被她完全揉皱。

一个女生站在男厕所外等人，怎么看都觉得有些怪异。

好在这个教学楼是四合院形式的，走廊外面就是一个小花园，江洛琪倚在栏杆上，看着灌木丛里一只小萤火虫飞来飞去，一时竟然看出了神。

身后一道身影走近，裹挟着淡淡的清冽气息。

陆景然从身后搂着她的腰，将头埋进了她的颈窝当中。

靠着他温热的胸膛，江洛琪回过头正想和他说些什么，双唇却被他精确地撷住，辗转厮磨。

薄凉的月光洒下，两唇分离之际，一丝银线闪着细碎的光芒。

江洛琪呼吸不稳，她瞪了陆景然一眼："这是在厕所门口。"

"那又怎样？"陆景然低低地笑着，"在教室不方便动手动脚，这里挺方便的。"

江洛琪红着脸推搡他："要上课了，回去了回去了。"

陆景然反过来揽着她的肩膀将她搂入怀中，朝教室走去。

两人的身影一出现在教室后门，原本喧闹的教室又突然安静了下来。

江洛琪和陆景然站在门口，见教室里的人都盯着自己看，一时之间不知该不该走进去。

正巧此时上课铃声响起，教室里的同学如梦初醒般回到了各自的位置。

江洛琪和陆景然才得以走进教室，却又察觉到来自同学们时不时打量的目光。

老师上课的时候也察觉到了同学们的异常，将书本放在了讲台上，推了推鼻梁上的眼镜，锐利的目光投向了最后一排。

"最后一排那个男同学和女同学站起来一下，我倒要看看你们有什么魅力吸引其他同学偷看你们。"

正想趴着打瞌睡的江洛琪："……"

正要阻止江洛琪打瞌睡的陆景然："……"

两人互相对视了一眼，这才慢吞吞地站起了身。

老师先是看了江洛琪一眼："噢，原来是江同学啊，难怪那些男同学总是偷看你。"

旋即又将目光转到她身旁的陆景然身上，愣了片刻，眸中的惊讶溢出。

"陆、陆、陆……陆景然？"老师不敢置信地问道，似是要看清他的长相，眼睛还睁大了不少。

"罗老师，好久不见。"陆景然坦荡地打了声招呼。

罗老师惊喜地问道："你怎么来了？"

陆景然下意识地看了江洛琪一眼，也不遮掩，浅笑道："我来陪女朋友上课。"

"女朋友？"罗老师一时没反应过来，后知后觉才意识到他指的是江洛琪，笑骂道，"你这小子。好了，我先上课，等下课我再找你算账。"

江洛琪和陆景然又坐了下来。

隐约察觉到周围有人投过来的视线，回想起罗老师刚才说的话，陆景然眉头微皱，抬手就摁住了江洛琪的头，强迫她趴在桌上。

江洛琪："？"

陆景然淡然道："不是困了？睡吧。"

江洛琪："？"

随即又见他拿了本书盖在她的头上，还美其名曰："帮你挡光。"

江洛琪："？？？"

什么毛病？

不远处坐在角落位置的姚天姿一眨不眨地盯着那两人的互动，眸间的嫉妒简直要呼之欲出。

忽然，陆景然似是察觉到了她的视线，掀了掀眼皮朝她看了过来。

姚天姿能明显看到他原本带着笑意的神色在抬眼的那一瞬间骤然冷冽了下来。

她心尖一跳，慌忙地将目光收了回来。

陆景然淡淡地扫了她一眼，神色冷凝。

这节课下课，陆景然果不其然被叫到办公室去喝茶了，连带着江洛琪也被揪了去。

好不容易摆脱了罗老师的热情招呼，两人出了办公室后都已经十点多了。

陆景然送江洛琪回宿舍。

两人手牵着手漫步在学校的小道上。

一到这个时间点，女生宿舍楼下都是相拥的情侣，旁若无人地打情骂俏。

一个孤独的人站在中间显得有些突兀。

见到这人，江洛琪和陆景然都不约而同地停下了脚步。

那人正是王铭健。

王铭健也看到熟悉的人影，正欣喜之际，又看到了站在她身边的陆景然，面上神情不自然地凝固了起来，但仍然硬着头皮朝他们走去。

他拎着杯奶茶，是来赔罪的。

"学姐，今天吃晚饭的时候我不应该说那些话的，我是真知道错了，你就别生我气了吧。"王铭健一脸恳求神色。

一听到"吃晚饭"三个字，陆景然的眉梢又不自觉上扬了几分。

江洛琪向他解释："一个很久不见的电竞社学姐请吃饭，所以就一起了。"

陆景然"哦"了一声，并未说话。

而王铭健却又趁机说道："陆学长，你不要误会，我和学姐只是吃饭而已，真的没有什么其他的事。"

陆景然的名号很好打听，自第一次见面后，王铭健就知道他也曾是S大的学生。

听到他的这番话，陆景然只轻睨了他一眼，依旧未言。

江洛琪莫名察觉到了这两人视线相撞的火药味，连忙对王铭健说道："我真没生气，你要是没什么事就先走吧。"

"那学姐收下我这杯奶茶吧，不然我心里过意不去。"说着，王铭健将奶茶递给了江洛琪。

陆景然却顺势挡在了江洛琪的跟前，就如同管教孩子的家长一般，淡淡说道："晚上吃甜的对牙齿不好。"

旋即又轻揉了揉江洛琪的脑袋，温柔地道："不早了，小朋友上楼去睡觉，明天你上完课我再来接你。"

"可是……"

江洛琪还想再说什么，却被陆景然硬生生地打断了："乖，听话。"

她只好往宿舍楼走去，一步三回头。

见那两男人剑拔弩张的气势，江洛琪还真怕他们就在这里打了起来。

待江洛琪的身影消失在了楼道，陆景然才从口袋里掏出了根烟点上。

吸了口烟，又缓缓吐出。

透过迷蒙的烟雾，他盯着王铭健，眯了眯眼，冷声问道："你和她说了什么？"

初次见面的那种压迫感再次袭来，王铭健脊背一凉，但仍是梗着脖子说道："没说什么，就是和学姐说觉得你们两个不合适。"

话音刚落，就听到从陆景然口中溢出一声嗤笑。

陆景然的指尖轻弹了弹烟灰，不屑而狂妄的眼神落在王铭健的身上："我们不合适？那谁和她合适？你吗？"

最后两个字的反问充满了轻蔑。

王铭健脸一红，想说的话不经大脑思考脱口而出："谁知道你和学姐在一起是不是只是玩玩而已，你们这种富二代我见多了，你和学姐又不是一个世界的人，你为什么要耽误她呢？"

陆景然轻声笑了出来，也不知是不是因为这番可笑的言论。

他将烟头捻灭，随意丢进了旁边的垃圾桶，漫不经心地说道："这位学弟，说这话前先掂量掂量自己什么身份。我和她门当户对，无论家世背景还是长相那都是配得上的，更何况我们小时候就是见过家长的。"

他的语气中隐隐带了点炫耀意味。

"我不知道你一个连她都不了解的人是怎么有资格说出这种话，癞蛤蟆想吃天鹅肉我能理解，但是你要知道，天鹅是永远不会看上癞蛤蟆的。"

王铭健呆呆地站在原地，刚才陆景然的话一个字一个字地砸进他的耳朵，他的脸色青一阵紫一阵地变化。

陆景然没打算和他继续周旋，正准备转身离开之际，又似是感应到了什么，抬头，正好看到江洛琪靠在走廊上往下张望。

他朝她挥了挥手，这才往停车场的方向走去。

江洛琪目送着陆景然走远。

"唉，你家陆学长就连挥手的动作都那么帅！"身侧突然传来一道感叹的声音。

苏真和江洛琪并肩靠在走廊上，同时也注意到了楼下满脸失落的王铭健。

"欸，楼下那学弟，"她的手肘轻碰了碰江洛琪的手臂，下巴朝王铭健的方向扬了扬，"我上次看到他和姚天姿在一起。"

"姚天姿？"江洛琪语气不掩惊讶，自从上次PPT事件过后，姚天姿就搬出了宿舍，她也就再没有听到这个名字了。

如今再次听到，竟然还是因为王铭健。

"是啊，"苏真回想了片刻，不好意思地吐了吐舌头，"就是上次她偷你PPT还理直气壮那天，我上厕所出来得晚，刚好看到他们躲在角落里聊什么，我就凑过去听了一下。"

江洛琪下意识挑眉，直觉这件事应该和自己有关。

果不其然，只听得苏真继续说道："姚天姿好像在帮那个学弟追一个女生，那女生好像还有男朋友，因为我听到那学弟说想放弃，但是姚天姿一直在劝他不要放弃。

"姚天姿还说那女生的男朋友是个富二代，换女朋友和换衣服一样勤快，说他们在一起一点也不合适，还说她男朋友对她不好，迟早要甩了那女生。"

见江洛琪没说话，苏真又道："要不是我知道你男朋友和你感情好得很，我都要怀疑姚天姿说的那人就是你了。"

她不知道王铭健想追求江洛琪的事，更不知道江洛琪和王铭健认识，所以压根没将他们联系到一起。

"不过我还真的挺好奇他们说的是谁，但是我总觉得姚天姿没安好心，以前觉得她乖乖的性格又好，没想到背地里竟然是那么阴暗的一个人……"

苏真叽叽喳喳地继续说着，而江洛琪却若有所思地盯着不远处亮着的路灯发呆。

路灯前方的路被照亮，而后面却是阴暗一片。

就好比一些人，表面上光鲜靓丽，但在人看不到的地方，却是杂草丛生，腐烂不堪。

三月二十六日，周二。

上午进行了淘汰赛分组抽签，一共二十四支战队重新分为A、B、C三组，进行为期三天的淘汰赛，总积分前十六的队伍晋级季后总决赛。

和小组赛不同，淘汰赛的参赛战队都是从各战队脱颖而出，实力不容小觑的队伍，每一天每一场的比赛都需要全力以赴。

而AON战队和EMP战队同抽到了A组，也就意味着周三和周五两天的比赛他们都会在赛场相遇。

这一日也是淘汰赛前最后一天的训练赛。

和以往一样，AON参加训练赛的依旧为江洛琪、陆景然、温旭阳和阿昆四人。

而反观EMP那边，却只上了两个首发队员，另外两个都是替补。

表面上宣称是锻炼新人，但大家都知道是为了隐藏战术，防止被针对。

不过AON倒是不在乎这些。

前两场训练赛一直相安无事，到了第三场，却突然听到温旭阳在队内语音提了一句："琪姐，为什么这两天都没看到你用栓狙了？"

江洛琪滑动鼠标的手一顿，旋即又恢复了正常。

"是吗？我都没注意，"她的语气听不出任何异常，"捡到什么就用什么了，可能是没找到栓狙吧。"

"咦，我这儿明明满地都是98K和M24。"温旭阳小声地嘀咕了一句。

江洛琪抿了抿唇，没说话。

这时，陆景然又忽然开了口："Loki，我98K和你身上的大炮换一下。"

江洛琪一愣："为什么？"

陆景然淡然道："没找到连狙。"

江洛琪看了一眼自己脚边躺着的一把SLR和一把SKS，当即觉得陆景然就是故意的。

她总有种自己的小心思被陆景然看穿了的感觉，认命地和他换了把枪。

转移进圈的途中，他们和一个战队交起了火。

江洛琪下意识就掏出了98K往对面瞄了一眼，却在开枪的时候犹豫了。

准星瞄着对面一个人的脑袋，跟随他的动作晃来晃去，却迟迟没有开枪。

过了几秒，她又将枪收了回来，换成步枪朝对面扫。

她这一系列动作都落在了陆景然眼中。

而这时，温旭阳被对面的狙击手用M24狙倒了，他不由得破口大骂起来："他敢狙老子？琪姐！快上！让他们知道谁才是真正的狙王！"

江洛琪迟疑地再次掏出98K。

耳边传来如细风般温柔的声音："别怕，我们都相信你。"

这句话就如同一颗定心丸一般，江洛琪闭了闭眼，再次睁开之时，双眸中划过一丝凌厉的亮光。

开镜开枪，外加收镜一气呵成，子弹成功穿过对面狙击手的脑袋，将他打倒在地。

"Nice！"

温旭阳和阿昆异口同声欢呼，趁着这个机会朝狙击手倒下的地方狂扔手榴弹和燃烧瓶。

江洛琪在他们身后架枪，压制得他们不敢露头，以至于被陆景然摸到了近点都没发现。

他们以零换四成功吞下这个战队。

这一场训练赛结束，江洛琪只觉得压在心口处的石头骤然崩裂，整个人都轻松了不少。

她的状态变化陆景然都看在眼里，他倒也没想到，先前比赛的小失误会给她带来影响。

不过好在并不是什么大影响。

陆景然往后靠着椅背，见江洛琪正专注地看着刚才训练赛的回放录像，抬手揉了揉她毛茸茸的脑袋。

江洛琪连忙拍了一下他的手，又抱住头，转过椅子哀怨地看了他一眼，嘟囔道："没洗头，别摸。"

陆景然轻笑："好。"

翌日，淘汰赛第一天A、B两组参赛。

前两场比赛，AON四人都明显感觉到比小组赛要难打一些，陆景然的指挥也更加小心谨慎了起来，不轻易和其他战队发生冲突。

而第三场比赛，EMP似是摸准了AON的战术，见他们避战，就偏偏要和他们发起冲突。

这一场又正好刷的是Y城圈，EMP猜到了他们的进圈路线，堵在他们进圈必经的点位，出其不意和他们交起了火。

AON四人没有防备，被他们得逞全军覆没。

第四场EMP还想故技重施，却反被AON套路了一把，玩了一出请君入瓮的戏码，将他们一网打尽。

1：1平。

第五场，AON和EMP谁都没有轻举妄动。

两个战队都稳健地进了圈，到了最后决赛圈，就正好只剩下AON、EMP和TKI战队。

但是AON和TKI在人数上占了优势，都是满编队伍，而EMP的程一扬在进圈途中被淘汰，只剩下三个人。

安全区刷到了TKI所在的房区，AON和EMP不可避免地先交战。

M24的枪响划过天际，Pink刚冒出一个头皮就被江洛琪打倒，但温旭阳和阿昆却被魏思远高打低一串二。

陆景然放倒了魏思远，却又被趴在坑里的小天阴了一把。

江洛琪虽然及时将小天爆头，把EMP淘汰了，但TKI也闻声赶来，在她还没来得及扶起陆景然就被四人包夹淘汰。

这一场TKI"吃鸡"，AON第二，EMP第三。

最后一场EMP又死磕AON，两个战队两败俱伤，都没进到最后的决赛圈。

这一天比赛下来，AON和EMP的排名都只处在中游位置。

EMP的针对意图太过于明显，这一天的比赛AON四人都打得极其憋屈。

比赛完回到基地，江洛琪几人和教练讨论新的战术直到深夜，才各自回房休息。

周四是C、D两组比赛，A组轮空一天。

这天江洛琪又正好有课，还是不能缺席的那种，她就只好向训练赛请假，回了学校。

同样是一个下午加一个晚上的课，没了陆景然的监督，江洛琪肆无忌惮地趴在桌子上玩手机看比赛直播。

一想到EMP昨天的一系列骚操作，江洛琪心里就憋着一肚子火，想着等明天最后一天淘汰赛，一定要让EMP连决赛都进不了。

云西子戳了戳她的手臂，压低了声音问她："明天你的比赛和专业课撞上了，你请假了没？"

"请了，"江洛琪头也没抬，懒洋洋地说道，"毕竟明天的比赛那么重要，我还想虐程一扬那条狗呢。"

"加油，"云西子笑嘻嘻地说道，"我已经迫不及待看到你们AON夺冠了。"

江洛琪被她逗笑，捏了捏她的鼻子："别毒奶。"

云西子反过来挠江洛琪的腰。

兴许是两人在台下的动作有点大，讲台上的老师瞪了她们一眼，重重地咳嗽了一声。

江洛琪和云西子立即噤了声，趴在桌上偷偷地笑。

下了课，江洛琪被老师叫去整理资料，本来云西子说要等她一起回宿舍，却又临时因为校团委的事情被叫走了。

好不容易忙完老师交代的事情，江洛琪从办公室出来，已经差不多十点半了。

她独自一人走在回宿舍的路上。

这条路今天倒是安静得有点过分了，除了她踩在枯枝落叶上发出的细碎声音，就只能隐隐约约听到远处马路上传来的汽车鸣笛声。

忽然，"砰"的一声，头顶上的路灯炸了一下，四周都陷入了短暂的黑暗。

江洛琪一时不习惯这突如其来的黑暗，加快了脚步往明亮的地方走去，却又倏地察觉到了一丝不对劲。

陌生的脚步声从身后传来。

她停住了步伐，身后的脚步声也跟着停了下来。

几乎是这一瞬间，危机感从心底蔓延到了四肢百骸。

她能察觉到身后那人正蹑手蹑脚地接近她。

旋即，她突然转过了身，一脚就踢中了那人的腹部。

那人捂着肚子踉踉跄跄地退后了几步，低声骂了句脏话。

周遭昏暗，江洛琪只能隐约看到那人的轮廓是个男性，却看不清他的长相。

但总地来说，这人来者不善。

江洛琪提高了警惕，她从小就学过防身术，所以面对这人倒也没有心生怯意，正准备将他打趴下然后报警，却见那人突然抬起了头，不知从哪掏出一个小瓶子朝她按下了喷头。

已经快到门禁的点却还不见江洛琪回来，云西子着急地在宿舍里走来走去，一遍又一遍地给她打电话。

沈钰在一旁安慰她道："可能洛琪回基地了吧。"

"她就算回基地应该也会告诉我一声的。"云西子听着手机那头传来机械而又冰冷的女声提醒她拨打的电话已关机，心头不安的预感越来越强烈。

她没有陆景然的电话，没办法向他询问江洛琪是否已经回到了基地。

就在这时，手机推送了一条"您关注的主播阮啾啾正在直播"的消息。

云西子猛地一拍脑袋，连忙从通讯录里翻出阮秋涵的电话，打了过去。

第二十四章　比赛继续

而此时AON基地。

一道颀长的身影正虚靠在训练室的玻璃门上，一手夹着烟，一手握着手机，眉头紧蹙。

指尖的烟即将燃烧到了尽头，陆景然却仍旧没有察觉，只一遍又一遍地拨打着同样的号码。

陈明正巧从旁边路过，眼瞅着训练室门外烟雾缭绕，当即就跳了脚："我不是说了不让你们抽烟吗？怎么又抽起来了……"

看到陆景然微沉的神色，他又将后半句话硬生生地吞了下去，试探性问道："怎么了？脸色这么难看。"

"没事。"陆景然眼睑低垂。

话虽如此，但他的神色一点也不像没事的样子。

陈明还想再问，却又忽地听到隔壁备用训练室里传来一声惊呼。

"你说什么？琪琪到现在还没回寝室？"

陆景然身子一僵。

"没有，她没说要回来，"阮秋涵边打电话边关了电脑急匆匆地往外走，"好，我去问问然神。"

她一推开门就见陆景然和陈明站在门外，还未来得及开口就见陆景然猛然转身朝电梯走去。

通过刚才的只言片语，陈明也猜到了发生什么事，连忙跟上前去，还不忘回头催阮秋涵："愣着干吗？一起去找人啊！"

"哦好！"阮秋涵回过神来，快步跟了上去。

从云西子口中得知，江洛琪晚上是去了老师办公室帮忙整理资料，然而从办公楼到宿舍楼的这一条道路上并没发现什么不对劲的地方。

除了一个坏掉的路灯。

不过好在S大保安室都是二十四小时值班，在陆景然几人找到保安室要求调监控的时候，值班的保安也欣然同意了。

监控画面有点暗，但却能清楚地看到一个多小时前江洛琪的的确确是被一个男人迷晕了之后带走的。

整个监控室的气氛都有点压抑。

陈明也没想到在这关键时刻竟然还会闹出绑架事件来，现在好像除了报警也别无他法。

他正准备提醒陆景然这件事时，却见他定格了监控的某个画面，随即放大。

画面中的男人将昏迷过去的江洛琪扛在了肩膀上，往监控的方向看了一眼，又慌忙地垂下了头绕着监控离开了。

而就在他抬头看监控的那一瞬间，众人都看清了他的脸。

陆景然面无表情地将目光落在了身后满脸震惊的阮秋涵身上。

阮秋涵睁大了眼睛，无意识地退后了几步，双手捂着嘴，却发不出任何声音。

怎么……会是他？

云西子探究的视线在陆景然和阮秋涵两人身上流转，疑惑地问道："你们认识监控里的这个人？"

阮秋涵的神色极其复杂。

过了几秒后才艰涩地开了口："他……他是我弟弟……"

这句话就如同重磅炸弹一般在人群中炸开。

陈明和云西子都不清楚其中的原委，越发不明白阮秋涵的弟弟为什么要绑架江洛琪。

旋即又见陆景然将刚才的监控录像传进了手机，紧抿着唇一言不发地冲出了监控室。

其余人又连忙跟上前去。

上了车，陆景然从后视镜中淡淡地扫了阮秋涵一眼，冷声问道："你妈还在你家吗？"

经云西子提醒，阮秋涵才从刚才的震惊中回过神来，语气带了点慌乱："应该在，她有段时间没联系过我了。"

陆景然平静地收回目光，启动了车子，又对坐在副驾驶的陈明说道："老陈，报警。"

"好。"陈明手忙脚乱地掏出手机报了警。

听到陈明和警方讲述事情的经过时，后座的阮秋涵不由揪紧了衣角，心乱如麻。

浑浑噩噩之际，车子停了下来。

她往外看了一眼，才发现竟然停在了星弥公寓的楼下。

陆景然下车直奔里屋走，阮秋涵和云西子要小跑才能跟上他。

到了阮秋涵租住的公寓门口，陆景然也只有简单的两个字："开门。"

阮秋涵深吸了口气，输入密码后开了门，一开灯，却又被眼前景象吓了一跳。

屋子里的景象比她离开的那天还要凌乱许多，甚至连客厅里的电视、卧室里的电脑等所有值钱的东西都不翼而飞。

就如同经历了一场大洗劫。

屋子里一个人都没有，也不知阮母离开了多久，又去了哪里。

陆景然站在客厅的中央，垂在两侧的手已紧握成拳，青筋暴露，骨节泛白。

他一句话也没说。

也正是因为如此，气氛才压抑得让人喘不过气来。

陈明站在门外提醒道："警方要我们先去市局……"

陆景然的身影从他身旁掠过。

他眼底划过的一抹血色烙印在陈明的脑海当中，久久挥散不去。

S市某处。

强烈的灯光以及欲裂般的头疼刺激着江洛琪的感官，她的意识渐渐回笼，缓缓睁开眼之际却又被眼前的灯光晃得晕了晕。

好不容易习惯了这亮光，她的视线恢复了清明，却见一道人影就坐在她的跟前。

阮秋铭不知道这样盯着她看了多久，眼神阴鸷狠辣。

看清他的模样，江洛琪倒也没有多惊讶。

她稍微挣了一下手上的绳索，发现这绳索系得极为牢固，她轻轻一动，那绳子就在她嫩白的手腕上留下了淡淡的红痕。

"你别想逃。"

阮秋铭开了口，声音似裹了沙砾般沙哑难听。

江洛琪静静地看着他。

两人沉默对视。

江洛琪能清晰地从他眼中看到一种叫作绝望的情绪。

她定了定心神，冷静地问道："你要多少钱？"

阮秋铭一愣。

旋即忽地笑出了声。

"江大小姐，你怎么知道我是想要钱而不是想对你做些什么呢？"

他的语气下流，眼神肆无忌惮地在江洛琪身上乱转。

江洛琪强忍恶心的感觉，眸光森冷："你因为赌博欠了一屁股债，是不是因为那些债主追到S市来了，所以才想着绑架勒索我？"

阮秋铭的神色有那么一瞬间的崩裂，但又很快恢复了正常。

他从口袋里掏出了一根廉价香烟点燃，刺鼻的烟味充斥着整个密闭空间。

过了片刻，香烟燃尽，阮秋铭才再次开了口："你能给我多少钱？"

听到这话，江洛琪心底松了口气。

要钱好办。

她对阮秋铭说道："你想要多少我就能给你多少。"

阮秋铭思索了一会儿，才说了一个数字："一百万。"

"没问题，"江洛琪眼瞅着自己的手机就放在一旁的桌子上，小心翼翼地说道，"你拿我手机给我哥打电话，他会把钱给你。"

哪知阮秋铭闻言却嗤笑一声："大小姐，你当我傻吗？你手机一开机就会被定位，别说钱了，到时候来的可就是警察了。"

"你以为你把我绑到这里来，他们就不会报警了吗？"江洛琪淡淡反问。

阮秋铭一愣，旋即面色猛然变得狰狞起来："他们要是敢报警，我就敢撕票。"

"我告诉你，"江洛琪语气平淡，"我们家不缺这钱，对我的家人来说，我的安全比钱更重要，你明白吗？"

"所以呢？"阮秋铭不解。

"你主动联系我的家人，他们知道我安全，就会按照你的要求把钱送来，至于报警这件事，任何能威胁到我生命安全的事，他们都不会做。"

见阮秋铭的神色有了丝毫动容，江洛琪又继续说道："你不想拿我手机打也行，我给你电话号码你随便找个公共电话打。我爸妈就别打扰了，这么点小钱找我哥就行，说不定明天你就能收到钱了。"

阮秋铭又沉默了片刻，才道："电话给我。"

江洛琪报了一串数字，就见他起身往门外走去。

开门的那一瞬间，她能看到外面天色依旧浓重如墨，想着距离自己被绑过来应该也就过去了几个小时。

门被阮秋铭重重地关上，依稀能听到落锁的声音。

江洛琪环视了一下四周，几乎是一个密闭空间，只有顶部才有通风的小窗户。

看起来像是一个小仓库。

她倒是不担心自己会怎么样，就是有点担心明天的比赛，也担心AON其他几人的状态，更担心陆景然会不会因为她而影响最后的比赛。

想到这，她又不由得叹了口气。

这阮秋铭什么时候来绑架不好，偏偏在淘汰赛这关键的时候来绑架。

江洛琪闭了闭眼，只祈祷江洛嘉办事能迅速一点。

阮秋铭出了小仓库后，又特意打了辆车绕了远路，这才将自己手机开机，将那串手机号输入按下了通话键。

过了大约半分钟对方才接起了电话，不耐烦的声音从手机里传来："谁啊？大半夜地吵爷睡觉。"

阮秋铭故意压低了声音，说道："你妹妹在我手上。"

"什么？"刚被吵醒的江洛嘉还没听清他说的什么。

阮秋铭又重复了一遍："你妹妹在我手上。"

"什么诈骗电话都敢往爷这里打？也不打听打听爷的名号，"江洛嘉不屑说道，打了个哈欠，"从哪来滚哪去，别打扰爷睡觉——"

"你妹妹江洛琪，S大大三金融系学生，AON战队狙击手，我说的没错吧？"

江洛嘉还维持着打哈欠的姿势，闻言立即从床上坐了起来，语气严肃："你绑架了我妹妹？"

"明天晚上十二点前，我要一百万现金，不能报警，否则你妹妹就没命了。"

"操！"江洛嘉低骂了一句，边穿衣服边吼道，"你丫的我给你一千万，你好吃好喝地供着我妹妹，要是我妹妹受了半点委屈，你看我弄不死你！"

挂了电话后，江洛嘉沉着脸从通讯录中找到一人的名字，打了过去。

陆景然几人从市局回到基地时，天都已经蒙蒙亮了。

警方表示会调查阮秋铭可能的去处，也让他们随时注意阮秋铭会不会打来电话勒索钱财。

留在基地的温旭阳、阿昆、西瓜和两位教练知道江洛琪出事了，也是一夜没睡，都坐在一楼的客厅等着陆景然他们回来。

门一开，他们就迫不及待地迎了上去询问到底发生了什么事。

昨晚事出突然，温旭阳几人都没搞清楚到底发生了什么。

陈明叹了口气："被绑架了……"

话还未说完，就被温旭阳咋咋呼呼地打断了："绑架？哪个王八蛋敢绑架我们琪姐？是不是EMP那些孙子使的龌龊手段？"

"是……"陈明眸光复杂地看了阮秋涵一眼，"啾啾的弟弟。"

"我管他谁弟弟呢，绑架我琪姐真是不要命了……"

温旭阳后知后觉地反应了过来。

他惊讶地看向阮秋涵，见她双眼红了一圈明显是哭过的，心疼地将她拥进怀中，咬牙切齿地骂道："阮秋铭那个小王八羔子，祸害他姐姐还不够，还来祸害其他人，真是狗娘养的贱种！"

陆景然沉默地从他们中间穿过。

阿昆情急之下拉住了他的手臂："然哥，你别太着急……"

看到陆景然回过头来看他的神色，他却什么话也说不出来了。

陆景然的神色一如既往地冷淡漠然，但那一双眼睛却充斥着红。

红血丝犹如蛛网般爬满了他的眼眸，仅看一眼就教人胆战心惊。

陆景然没说话，轻松地挣脱了阿昆的手，往电梯走去。

其余人看着他的背影，如鲠在喉。

回到房间，陆景然坐在床沿上，静默了几秒，这才掏出手机给陆河舟打了一个电话。

电话一接通，就听到陆河舟那头喧闹的声音。

"事情我都知道了，我和洛嘉刚下飞机，先去市局了解一下情况，等中午我们再来找你。"

"好。"

陆景然的声音艰涩而又沙哑。

"你别太担心，"陆河舟又道，"半夜的时候那小子给洛嘉打了电话，要价一百万，估计是债主追上门来了狗急跳墙才绑架了琪琪，她现在肯定是没什么危险，大不了先给了钱把人救出来再抓人。"

陆景然闭了闭眼，轻声道："知道了。"

陆河舟也没再和他多说，径直挂断了电话。

强烈的倦意袭来，陆景然躺在床上，眼睛盯着天花板，却执意不肯睡过去。

心脏处就如同蚂蚁啃咬一般，酸痒难耐。

后悔的情绪如潮水般汹涌而至。

如果……

如果他一直都陪在她身边该有多好……

如果一开始不让她加入战队，是不是就不会有这种事发生……

直到中午。

陆景然下楼时，见到温旭阳几人正四仰八叉地躺在沙发上睡觉，个个眼底都一片青黑，神色疲惫。

他本不想打扰他们休息，正欲出门，门外忽然传来一阵门铃声响，将沙发上的几人都吵醒了。

温旭阳睡眼迷糊地看向门口，茫然问道："老大你要去哪？"

陆景然淡淡地看了他一眼，没说话，将门打开。

门口江洛嘉和陆河舟并肩而立，一见到陆景然，江洛嘉心口的怒火就压抑不住了。

一股劲风袭来，江洛嘉揪着陆景然的领口就给他的脸来了一拳。

陆景然没躲，硬生生地受了这一拳。

倒把其他人吓得不轻。

陆河舟连忙上前拉住江洛嘉，温旭阳和阿昆冲上来将陆景然护在了身后，陈明挡在两人中间，而阮秋涵愣愣地站在一旁，垂着头不敢看江洛嘉。

"你他妈怎么照顾我妹妹的？这么大一个人说绑架就被绑架了，"江洛嘉一边挣脱着陆河舟的束缚，一边吼道，"你们陆家不是很牛吗？怎么护一个人都护不住？"

"江洛嘉，你冷静点！"陆河舟钳制着他的双臂，蹙眉道，"这和小然有什么关系？你以为他希望你妹妹被绑架吗？"

"是，没关系，"江洛嘉冷笑，鹰隼一样的目光精确无误地越过众人落在了阮秋涵身上，"那总和你有关系吧？"

阮秋涵浑身一颤，不自觉地往后退了几步，一不小心撞在了桌角。

江洛嘉冷眼看着她，说出口的话毫不留情："我妹妹拜托我帮忙调查你爸爸的死因，你弟弟倒反过来绑架我妹妹，你们一家人可真有意思啊。"

"你……你说什么？"阮秋涵只觉得脑袋轰的一声炸了开来，"你爸爸的死因"六个字不断回旋在她的耳边，她眼前一黑，险些站不稳脚跟。

温旭阳眼疾手快地扶住了她，也是一脸不敢置信地看向江洛嘉，语无伦次地问道："哥你说什么？啾啾……她爸爸怎么了？"

江洛嘉冷哼一声，没回答。

反而是陆河舟叹了口气，向他们解释道："根据我们警方调查，阮先生在三个月前去世，但他的死存在蹊跷，而阮夫人有杀人骗保的嫌疑，我这次来S市也是为了将阮夫人带回去进行调查。"

一字一句，重重地砸进阮秋涵的耳中。

她的脑中一片轰鸣，接二连三的噩耗摧残着她本就虚弱的身子，紧绷的弦断裂开来，竟直挺挺地晕了过去。

温旭阳手忙脚乱地抱着她，不知所措。

好似这样才能纾解堵在心口的恶气，江洛嘉情绪稍微平静了些许，大步走进了客厅，一屁股坐在了沙发上，只是脸色依旧十分难看。

见其余几人杵在门口不动，陆河舟又道："你们愣在这里干吗？

进去坐着啊。"

陈明拍了拍温旭阳的肩膀，示意他将阮秋涵送上楼。

几人正准备坐回沙发时，却又听到陆河舟开口呵斥："你去哪儿？给我回来！你以为你就这样出去找能找到？"

众人这才发现陆景然半只脚已经踏出了门，他的嘴角还顶着一片青紫，却仿佛感受不到疼痛一般。

陈明给阿昆使了个眼色，阿昆连忙又将陆景然给拖了回来，顺带将门给关上。

"是这样的，通过昨天半夜阮秋铭给江洛嘉打的电话，警方已经定位到了他手机关机前的地点，"陆河舟冷静地分析，"但是那地方是片商圈，藏匿人的可能性很小，而且为了防止阮秋铭撕票，我们决定等晚上十一点半亲自去交易地点抓人。

"所以在这之前，我们只能先等着。"

闻言，阿昆忍不住问道："我们就这样干等着吗？离那个时候还有十几个小时，而且我们下午还有比赛……"

"比赛比赛比赛，你们就知道比赛！"江洛嘉烦躁地踹了一脚面前的茶几。

阿昆当即噤了声。

陆河舟拍着江洛嘉的背以示安抚，继续说道："那小子滑溜得很，知道躲摄像头，警方搜查起来难度很大，所以等到今晚再行动是最安全也是最便捷的办法，至于你们的比赛……"

他的目光投向一直沉默着的陆景然身上，连带着其余人的目光也投向了他。

陆景然双手交叉抵在额前，察觉到了众人的视线，这才缓缓抬起了头。

他的眉宇间似是笼罩了一层灰黑，眼底布满了红血丝，薄唇微张，声音沙哑。

"比赛……"他道，"继续。"

他眸中划过的一抹挣扎却尽数落在了在场所有人的眼里。

众人沉默。

或许陆河舟和江洛嘉不清楚其中的赛制，但是阿昆和陈明他们却清楚得很。

这种情况，就只能硬着头皮参赛。

如果弃赛，AON不仅会被网友粉丝的舆论轰炸，更有可能会造成禁赛惩罚，从而影响到今后的比赛、发展。

江洛嘉一言不发地站起了身，黑着脸朝后花园走去。

"行了，你们也不用太担心，"陆河舟从口袋中掏出了一根细烟在掌心敲了敲，"相信我们警察就行了——"

见陆景然倏然站起了身，陆河舟着急地拦住他道："你又要去哪？不是说了让你等着吗？"

陆景然："……"

他指了指楼上，面无表情地道："上楼。"

"哦。"陆河舟这才放心。

陆景然走进电梯，靠在电梯壁上，盯着电梯门上的倒影发呆。

却又忽然想到了什么，掏出手机点开通讯录，打了一个电话。

三月二十九日PCL春季赛淘汰赛最后一天，A、C两组上场。

令各战队和粉丝惊讶的是，AON首发队员只上了三人，而狙击位却是由替补西瓜上场。

除了上次江洛琪状态不好由西瓜轮换，AON还从未出现过第一场就直接让替补选手上台的现象。

这不得不让他们猜测这到底是AON的新战术还是AON内部出现了什么问题，抑或是江洛琪本人出了什么事。

而第一场比赛下来，众人又发现今天AON全员的状态都不对劲。

不仅操作迷，而且仅这一场比赛就出现了不少的失误。

这让观众皆提心吊胆，总有种梦回去年PCL联赛的感觉。

就连大屏幕的摄像头扫过他们时，观众都能明显地感觉到他们队内压抑的气氛。

这到底是怎么了？

这个疑问在所有人心间盘旋，他们更好奇的是，江洛琪哪去了？

一连三场比赛下来，AON的分数甚至都没超过两位数。

中场休息时，有关系好的战队来询问AON到底出了什么事，却都被陈明拦了下来。

江洛琪的事不方便往外说，只能以状态不好为理由搪塞。

见AON这副模样，就连EMP也没了兴致挑衅，和AON的状态相比简直就是两个极端。

又是两场比赛下来，AON的分数已经晋级无望，在场不少AON的粉丝都提前离了场。

陆景然四人坐在台上，也不知自己坐在这里有什么意义。

本来是想好好打的。

本来是想能晋级成功的。

但是一想到江洛琪还没有被救出来，她还有危险的可能，他们就忍不住心焦，比赛的时候完全集中不了注意力。

耳边是嘈杂的喧闹声，陆景然疲惫地闭上了眼。

口袋里的手机传来一阵清晰的振动，陆景然又猛地睁开了眼，掏出手机的动作竟然带了丝慌乱。

屏幕上只有简单的一条消息——

彭予琛：查到了，就在S市临海的那片废弃仓库，我已经发给你哥了。

陆景然长舒了一口气，回复他。

LJR：谢了。

彭予琛：不用谢，但是我要是被警察请去喝茶了你记得来捞我。

LJR：没问题。

点击发送之后，陆景然收回了手机。

"行了，最后一场了，赶紧打完下班去接琪琪回家了。"陆景然戴上了耳机，同其余三人淡淡地说道。

温旭阳颓丧的脸色顿时消散，惊讶地问道："琪姐没事了？"

阿昆和西瓜也都纷纷期待地看着陆景然。

"不会有事的。"

陆景然轻声说道。

是在告诉他们，也是在告诉自己。

然而温旭阳却似是想到了什么，脸色又立即垮了下来："但是我们这比赛凉了，琪姐要是知道了会不会怪我们？"

"不会的，"陆景然的语气难得如此温和，"春季赛没机会了，我们还有夏季赛。夏季赛再卷土重来，拿冠军。"

也不知是不是"拿冠军"三个字刺激到了其他三人，比赛状态又瞬间拉满。

最后一场，AON一改先前颓靡状态，进圈路上披荆斩棘，气势汹汹，最后以高淘汰分成功"吃鸡"。

然而距离晋级线却还差了那么一点。

所有人都纷纷猜测AON前几场是遇到了什么事才会状态不好，正打算看主持人采访询问原因，却见他们四人都迫不及待地离开了比赛台。

一句"有急事"直接堵住了主持人的嘴。

众人眼睁睁地看着他们离开电竞体育馆，面面相觑，不明所以。

而AON几人一出体育馆就直奔市局。

在他们刚结束比赛的时候，就收到了来自陆河舟的消息，说是已经将江洛琪救了出来，把人都带去了市局。

在去市局的路上，温旭阳还忍不住好奇问道："不是说等十一点半再行动吗？现在才八点多，怎么这么快就把琪姐救出来了？"

陈明、阿昆和西瓜也都表示疑惑。

一路驰骋到市局，车还没停稳，几个人就争先恐后地下了车往办公大厅冲去。

大厅处已经围了不少人，穿着制服的警察、陆河舟、江洛嘉，还有坐在中间正在做笔录的江洛琪。

听到身后传来声响，江洛琪刚转过身来，还没看清身后的景象，一道阴影就笼罩了下来，熟悉的气息扑面而来，将她紧紧地拥进了怀中。

"对不起，"陆景然声音低哑，"我来晚了。"

江洛琪鼻尖一酸，揉了揉他的后脑勺，安慰他："没有，要不是你让彭予琛把全市的监控录像给黑了，也不会这么快就找到我了。"

陆景然将她抱得更紧。

身后不远处，江洛嘉正靠在墙上抽烟，眼见着这副场景，不由嗤笑一声："一见到我就骂我和乌龟一样慢，见到自己男人还知道安慰，难道我就不担心她吗？呵，女人，还真是双标。"

"不过好在你妹妹没什么事，"他身旁的陆河舟从他那借了个火，眯了眯眼，"真是奇了怪了，那阮秋铭绑架你妹妹，竟然还好心帮她点外卖，不然我们也没法装作外卖员冲进去。"

闻言，江洛嘉勾了勾唇，并未说话。

而另一边江洛琪继续做笔录，陆景然回过身来，走到了陆河舟跟前，温和的神色瞬间似结了冰般冷凝："人呢？"

"跟我来。"陆河舟抽完最后一口烟，将烟头随意丢进了垃圾桶，拍了拍手往审讯室走去。

审讯室里就阮秋铭一个人，审讯室外面的警察都被陆河舟支走了。

透过单向玻璃，能看到阮秋铭的脸青一块紫一块，身上还挂着血迹，不用猜就知道是谁动的手。

一行人回到基地。

众人正嚷嚷着要洗个热水澡好好睡一觉，江洛琪却突然意识到了一件事，问道："今天的比赛怎么样？"

热闹的气氛戛然而止。

温旭阳还维持着脱鞋子的动作，下意识抬头看向陆景然。

其余几人也不知该如何回答这个问题，互相对视了一眼，纷纷保持沉默。

而陆景然则慢条斯理地换了鞋子，还从鞋柜里拿出江洛琪的拖鞋放在她的面前，就像是没有听到她的问题一样。

只是见众人这副模样，江洛琪也猜到了结果，酸涩之意涌上心头，自责地说道："对不起啊，要不是因为我拖累了你们……"

"不关你的事，"陆景然蹲下身子，替她解开了鞋带，眼睫低垂洒下淡淡阴影，"是我这个队长不够称职，没有协调好队友的心态，指挥失误了。"

"哪能怪老大呢？"温旭阳迫不及待地争论道，"队长本来就因为琪姐出事心烦意乱的，我身为副队长就应该在这个时候挑起大梁，而不是自暴自弃，所以要说原因还是我这个副队长没有尽到责任。"

阿昆伸手勾住了温旭阳的脖子："别争了，是我辅助侦察没有到位，信息也没搜集完全就报点，要说失误也是我失误最大。"

"那个……"站在最后的西瓜弱弱地举起了手，"我认错，我以为没有我上场比赛的机会，所以平常训练偷了懒，比赛的时候给大家拖后腿了，对不起。"

说完，他深深地鞠了一躬。

众人又沉默了。

最后还是陈明打破了这片沉默，他走到了众人面前，轻咳一声，说道："你们都不要自责了，这次比赛你们的努力我们都是看在眼里的，我们自己心里都很清楚我们到底能不能拿到那个冠军。

"这次比赛是出现了意外情况，和谁都没有关系，既然淘汰赛被淘汰了，那就说明我们和这次春季赛冠军无缘，但是你们要知道，我们接下来还有无数个春季赛和夏季赛，总不可能每次比赛都出现意外情况。

"所以你们要做的就是，在没有意外发生的情况下，拿下所有冠军！"

这一番话说得在场人都热血沸腾。

他们不是没有输过，但总有东山再起的时候。

他们已不仅仅是以前的世界冠军AON战队，更是一支全新的、踏上漫漫征途披荆斩棘的AON战队。

"欸，老陈，我突然发现你很有做成功学演讲大师的天分，"温旭阳攀上陈明的肩膀，径直给他胸口来了一拳，"被你这么一说，要是夏季赛没拿到冠军我们都可以退役了。"

"呸呸呸，瞎说什么呢，"陈明皱着眉捂住了他的嘴，"闭上你个乌鸦嘴，要是你打游戏有你嘴皮子这么利索，我们AON可能都蝉联好几届世界冠军了。"

温旭阳："……"

阿昆一脸嫌弃地跟着吐槽："就是，每次比赛都他话最多，吵吵闹闹地都听不到枪声了。"

温旭阳反驳道："合着每次和我一起说相声的不是你了？我自个儿说单口相声呢？"

"这我可得为阳哥说句公道话了。"西瓜从阿昆的背后探出了一个脑袋。

"果然还是小西瓜最疼我。"

温旭阳刚要过去给他一个大熊抱，就听得西瓜继续说道："何止听不到枪声，连然哥说话的声音都听不到，我每次说什么还要扯着喉咙喊才能盖过阳哥的声音。"

温旭阳："？"

他张开双臂的动作硬生生地停了下来，随后反手心疼地抱了抱自己。

阿昆总结道："所以这次比赛得温旭阳背锅。"

陈明认同地点了点头："是，你背锅。"

温旭阳："？？？"

他迷茫地看向在场所有人，刚刚不还争着抢着背锅，怎么现在都把锅扣他头上了？

见温旭阳这副模样，江洛琪有些不忍心，正要开口替他说话，腰部却被身旁的人一把搂住往后带了带。

陆景然意味深长的目光落在了温旭阳身上。

温旭阳："……"

他咽了口口水："我背锅，我错了，我再也不敢了，求你们原谅。"

众人皆忍俊不禁地笑了起来。

气氛又顿时变得活跃。